CLAIRE COOKE

UNE ENQUÊTE AVEC
EMMA CLARKE

— LE CRUCIVERBISTE —

Les Éditions
Coup d'œil

De la même auteure :

Jurée n° 9, roman, Les Éditions Goélette, 2017 (réédition Les Éditions Coup d'œil, 2019).
Plonge avec moi, récit, Les Éditions Goélette, 2019.

Infographie : Marie-Pier S. Viger

Première édition : © 2015, Les Éditions Goélette, Claire Cooke
Présente édition : © 2019, Les Éditions Coup d'œil, Claire Cooke
www.boutiquegoelette.com
www.facebook.com/EditionsGoelette
www.clairecooke.com
www.facebook.com/clairecookeauteure

Dépôt légal : 3ᵉ trimestre 2019
Bibliothèque et Archives nationales du Québec
Bibliothèque et Archives Canada

Les Éditions Coup d'œil bénéficient du soutien financier de la SODEC
pour son programme d'aide à l'édition et à la promotion.

Canada

Nous reconnaissons l'aide financière du gouvernement du Canada par
l'entremise du Fonds du livre du Canada (FLC) pour nos activités d'édition.
We acknowledge the financial support of the Government of Canada through
the Canada Book Fund (CBF) for our publishing activities.

Imprimé au Canada

ISBN : 978-2-89768-869-1
(version originale : 978-2-89690-681-9)

À Guy,
qui a toujours su dire oui
dans les moments cruciaux de ma vie

Note au lecteur

Si la tentation devient trop forte, la grille de mots croisés décrite dans le roman attend patiemment le lecteur intéressé à la remplir au fur et à mesure que les indices seront dévoilés dans le texte.

Elle est incluse à la toute *dernière page* du roman.
Elle est aussi *téléchargeable* sur mon site Internet au **www.clairecooke.com** et sur le site **www.boutiquegoelette.com**.

Pour votre plaisir qui n'est, après tout, qu'un péché véniel. ;-)

LES PERSONNAGES
(en ordre alphabétique)

ALAIN BERNIER	Agent de police à la SQ
ALICE	Femme de Louis Bellavance
ANDRÉ ST-PIERRE	Curé à l'église Sainte-Françoise-Cabrini
ARTHUR BURN	Capitaine à la SQ
BERNARD PAIEMENT	Journaliste pour *Le Journalier*
CANDICE ANGELOU	Mère d'Emma Clarke
CHELSEA BURN	Femme d'Arthur Burn
CLARA DUNSTAN	Fille de Joseph Dunstan
ÉDOUARD DUBOIS	Inspecteur-chef du Service des crimes contre la personne à la SQ
ELLIOT CARRIÈRE	Sergent-détective principal de la Rive-Nord
EMMA CLARKE	Lieutenante-détective à la SQ
ÈVE LAFLAMME	Courtière immobilière pour Les Immeubles V. V.
FRANK DEMERS	Agent de police à la SQ
GEORGES MÉNARD	Mari de Marie Lavigne
HENRIETTE MOISAN	Secrétaire de Paul Prieur
HERVÉ CLERMONT	Client
ISABELLE	Femme d'Elliot Carrière
JEAN ST-ARNAUD	Courtier immobilier pour Les Immeubles V. V.
JEANNE LÉONARD	Pathologiste
JOCELYN TARDIF	Analyste à la SQ
JOSEPH DUNSTAN	Courtier immobilier pour l'Agence Châteaubriand
JUDE LÉVESQUE	Prêtre à l'église Sainte-Thérèse-d'Avila
JULES BUREAU	Adjoint d'Elliot Carrière
LAURA MILOT	Femme de ménage de Joseph Dunstan
LÉA LACROIX	Courtière immobilière pour Les Immeubles V. V.
LOUIS BELLAVANCE	Courtier en prêts hypothécaires
LUC MARCHAND	Client

LUCIE	Secrétaire de Victor Vigneau
MARC VALLIÈRES	Notaire
MARIE LAVIGNE	Courtière immobilière pour l'Agence Châteaubriand
MARIETTE	Femme de Marc Vallières
MATHIEU LAVOIE	Courtier immobilier pour Les Immeubles V. V.
MICHEL TOUGAS	Technicien en scène de crime à la SQ
PAUL PRIEUR	Notaire
PIERRE MONROE	Courtier immobilier pour l'Agence Châteaubriand (décédé)
RENAUD LAPOINTE	Sergent-détective à la SQ
RENÉ LEMIEUX	Directeur de l'Agence Châteaubriand
SIMON DUMAS	Meilleur ami d'Emma
SUZANNE VIGNEAU	Femme de Victor Vigneau
SUZIE MARSEILLE	Sergente-détective à la SQ
VICTOR VIGNEAU (V. V.)	Directeur des Immeubles V. V.

Pour faire un bon livre,
il faut un temps prodigieux
et la patience d'un saint.
Voltaire, 1775

PROLOGUE

Mai 2010

Dans le cahier « Affaires » de *L'Intégral* :

« Édouard Dubois, inspecteur-chef à la Sûreté du Québec, annonce la nomination de la sergente Emma Clarke au poste de lieutenante-détective, Service des crimes contre la personne, où elle épaulera dorénavant son capitaine, Arthur Burn. Son intégrité, sa méticulosité et sa ténacité, essentielles au sein de notre organisation, ont grandement influencé cette décision. Nul doute qu'elle saura relever le défi avec brio. Nous lui souhaitons bonne chance dans ses nouvelles fonctions. »

*

Ce matin-là, l'homme découpa l'article, prenant mille précautions afin d'éviter de lacérer le visage qui apparaissait au-dessus du texte. Il lut et relut ce dernier jusqu'à en avoir mémorisé le moindre mot, la plus petite virgule, et fixa l'image dans son esprit. Il apprécia particulièrement la formule « relever le défi avec brio » – qu'il prit soin d'encercler d'un trait rouge appuyé –, laissant supposer qu'elle ne faillirait ni à son devoir ni à sa réputation.

Le corps de police national en avait fait son élue. Rien ne l'empêchait, lui, d'en faire la sienne.

Il traça un signe de croix sur la photo encadrée et, à contrecœur, finit par ranger le précieux bout de papier en lieu sûr – sous le couvert de la Bible –, convaincu que nul n'oserait profaner ces pages inviolables.

Un an plus tard : mai 2011

Alors qu'il sort de chez sa victime, le sourire de satisfaction affiché sur son visage laisserait croire à quiconque le croiserait qu'il est heureux, enfin. Or, la rue désertée par d'éventuels observateurs lui permet plutôt de s'éclipser en douce.

On l'a assisté, puis béni directement de l'au-delà !

Se procurer d'abord la dose du liquide odorant permettant l'asservissement de sa victime a été un jeu d'enfant ; il lui a suffi de faire diversion pour réussir à se faufiler dans le réduit, afin d'avoir accès à l'armoire, et pfft ! le tour a été joué. La qualité de la corde a ensuite garanti le succès de l'aventure.

Redevable depuis bien trop longtemps déjà, l'imposteur n'a eu que ce qu'il méritait. Sa gorge n'aura plus le loisir de raconter, de débiter ou de propager quoi que ce soit.

Favete linguis[1] *!*

---

1   Faites silence !

Jeudi 2 juin 2011

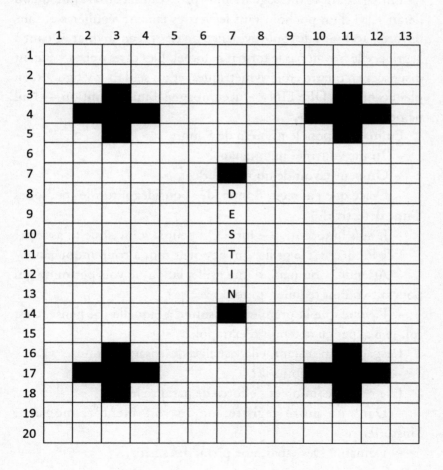

Une grille de mots croisés était roulée dans son journal, ce matin-là. Un message y était attaché, bien orthographié, bien lisible... et parfaitement incompréhensible à la fois.

Madame la détective,

Ce ne sera pas la dernière. Des indications vous parviendront en temps et lieu par le biais de ce jeu que vous affectionnez.

En regardant le message de plus près, Emma aurait juré qu'on s'était servi d'un pochoir, tant les lettres étaient régulières et sans bavures, accusant de toute évidence un désir d'anonymat. Quant à la grille, elle n'avait pas le format habituel. Des cases noires y étaient disposées en quatre croix symétriques, et un seul mot y figurait, en plein centre – « DESTIN » –, accompagné d'une définition – « Nul ne peut y échapper ».

Emma composa le numéro de Simon.

– Tu me vouvoies maintenant ?

– On peut savoir de quoi tu parles ?

– De ce que j'ai reçu. Bonne idée pour dégourdir les neurones d'une détective !

– Je suis innocent, je le jure ! On peut savoir ce que tu as reçu ?

Elle lui décrivit la grille, qui devenait tout à coup inquiétante.

– Attends... on parle d'une grille, là. Tu ne vois personne qui pourrait vouloir te jouer un tour avec ça ?

– J'avoue que la première personne à laquelle j'ai pensé, c'est toi. Je n'ai pas eu le temps d'extrapoler.

L'espace d'un instant, elle visualisa des visages connus.

– Em, tu es toujours là ?

Elle revint à Simon et s'efforça de paraître légère.

– Dans un autre registre, on se voit bientôt, monsieur l'historien ?

– Demain ? Des tapas, une pizza, des sushis...

— On n'est pas censés manger du poisson le vendredi ? plaisanta-t-elle.

— La religion, c'est pas du folklore, ça ? répliqua-t-il en riant.

— Tu ne respectes pas les rites religieux, toi ?

— Chez Depachika, tous les deux jours ! On se voit là-bas, à midi ?

— On peut le faire en 45 minutes ? J'ai un rendez-vous important, alors ne sois pas en retard.

— Hé ! Em, je n'ai qu'une heure pour luncher.

Une fois qu'Emma eut raccroché, l'envie pressante d'un café bien tassé l'assaillit. Elle l'avala en vitesse, puis passa sous la douche. En laissant couler l'eau sur son corps, elle vit les mêmes visages défiler de nouveau dans sa tête.

Qui ? Pourquoi ? Quelles indications ? Passant de la salle de bains à sa chambre, elle se creusa la tête pour tenter de comprendre les motivations qui poussaient l'auteur de l'envoi à l'interpeller directement chez elle. Voulait-il parler de son propre destin ? « Nul ne peut y échapper » évoquait la fatalité.

Et qu'entend-il par « en temps et lieu » ?

Emma examina la grille étrange au moyen de laquelle on semblait vouloir lui lancer un message tout aussi insolite.

13 x 20 font 260, moins 20 cases noires pour les croix, j'en suis à 240, moins les 2 cases entourant « destin » et les 6 lettres du mot lui-même, j'arrive à un total de 232 cases blanches… 232 lettres à découvrir…

En arrivant au quartier général, par précaution, elle en fit quelques copies.

Peu avant 9 h, Emma frappa à la porte du bureau de son supérieur où, en lettres bien nettes, étaient inscrits :

ARTHUR BURN, capitaine
Service des crimes contre la personne

À la mi-cinquantaine, le port altier malgré le cheveu hirsute, la barbe drue et la tenue décontractée laissant supposer un laisser-aller qui ne cadrait pas avec ses origines anglaises, le capitaine régnait en maître au QG. Il dégageait une attitude de *self-control*, que certains estimaient à la limite de la suffisance, mais respirait, par contre, l'intégrité et la droiture.

Levant les yeux, il détailla sa lieutenante : t-shirt en coton blanc sous un blouson en cuir, *slim* noir et Converse. Outre la carnation, une chevelure indomptable et des lèvres pleines trahissaient les origines africaines de la détective. Quant au regard émeraude et profond, il accusait l'héritage paternel.

— *Come in, Miss Clarke. So, who discovered the body[2] ?*

— La femme de ménage, qui m'a dit avoir rarement vu des gens dans la maison. Pas plus que la victime, d'ailleurs, dit-elle en s'assoyant sur le bras d'un fauteuil.

— *You found something there[3] ?*

— J'ai eu l'impression d'une scène bien orchestrée, si vous voulez mon avis.

— *Go on…*

Emma énuméra les objets ainsi que le curieux message recueillis sur les lieux. Et pour finir, le dernier élément qui confirmait sa thèse du meurtre.

— *It's puzzling[4] !* dit Burn. Vous devrez vous occuper de cette affaire, reprit-il en se balançant sur sa chaise, bras croisés sur la poitrine, ses éternels Tic Tac dans la bouche.

Anticipant les questions de sa lieutenante, le capitaine corrigea le tir :

— *Just other things to do. Don't forget, you have to keep me posted[5],* précisa-t-il en levant la main.

---

2   Entrez, mademoiselle Clarke. Alors, qui a découvert le corps ?
3   Vous avez trouvé quelque chose sur les lieux ?
4   C'est intrigant !
5   Autre chose à faire. N'oubliez pas, vous devez me tenir informé.

On ne pouvait quand même pas s'attendre à ce que Burn abandonne un dossier si facilement. Aussi tiède soit-il. Il faudrait lui laisser un peu de temps.

— J'ai déjà rendez-vous avec Elliot Carrière.

— Hum, hum…, marmonna Burn, qui s'empressa de changer de sujet. *Some news from Jane*[6] ?

— Jeanne fait tout ce qu'elle peut, comme toujours. Donnons-lui 24 heures, répondit Emma, un sourire en coin.

— *Yes, yes… And Tardif?*

— Je m'en occupe.

— *You bet!*

Alors qu'Emma longeait le corridor, ses pensées se tournèrent vers Jeanne Léonard. Bien qu'elle fût certaine de la conclusion de son examen, le rapport de cette dernière déterminerait si Joseph Dunstan avait effectivement été victime d'un meurtre ou si le pauvre bougre avait décidé d'en finir.

La veille

Sur le coup de midi, Elliot Carrière et son équipe débarquèrent sur les lieux de la funeste scène de la rue Beauchemin, à Rosemère. Un vent frais s'amusait ferme dans les arbres, menaçant de faire tomber prématurément les feuilles teintées d'un vert surnaturel en ce début d'été. Le sergent-détective principal de la Rive-Nord remonta le col de son polo, boutonna son veston et, escorté de Jules Bureau, son adjoint, entreprit d'inspecter l'endroit.

À côté du corps suspendu à quelques centimètres du sol gisait un tabouret renversé. C'eût été le signe évident d'un suicide si ce n'était un papier fin suspendu, lui aussi, à une corde enroulée autour de la longue poutre barrant le plafond.

Carrière s'en approcha et, après l'avoir examiné, demeura perplexe.

— Jules, viens voir ça.

— Hum… un indésirable. Il s'agit…

— … fort probablement d'un meurtre, mon ami, continua Elliot en levant la tête vers le haut plafond et en se demandant comment il était possible de pendre un homme à son corps défendant. Même si on peut penser qu'il a accroché le message lui-même, ajouta-t-il, une petite voix me dit autre chose.

Jamais le sergent-détective n'avait rencontré un cas d'assassinat chez un pendu. Il savait déjà que la recherche d'indices prouvant le contraire exigerait une extrême minutie. Le meurtrier, désireux de masquer son méfait, se serait efforcé de rendre la scène plausible afin que les enquêteurs concluent à un suicide.

— Et l'as de pique veut peut-être dire…, pensa Bureau tout haut.

— On a eu la même idée, Jules. Si on laissait nos amis provinciaux décortiquer ça ?

— Tu transfères le cas aussi vite à la SQ ?

— D'autres affaires urgentes n'attendront pas, se défendit Carrière.

Bureau plissa les yeux et afficha un air sceptique, devinant que Carrière prenait la liberté de confier l'affaire au corps policier national en sachant d'emblée que la détective Emma Clarke en serait chargée.

*

Lorsque Emma vit les véhicules appartenant à son corps policier garés pêle-mêle à proximité de la propriété, la fébrilité s'empara d'elle. Encore une fois, elle constata à quel point elle aimait l'ambiance régnant en ces lieux de travail inhabituels pour la plupart des gens.

Elle déplia la béquille de sa moto, accrocha son casque à l'une des poignées et cala ses Oakley sur sa tête. Appréhendant ce qui l'attendait, elle longea, en resserrant le col de son Perfecto et en comptant ses pas – 50, précisément –, une allée de gravier.

Urbaine dans l'âme, elle songea qu'elle se serait peut-être laissé convaincre d'habiter cette banlieue champêtre. Et puis, Rosemère, le nom lui plaisait.

Lorsque Emma franchit le seuil, l'atmosphère lugubre lui sauta à la gorge. Cela sentait la mort, cette odeur difficilement définissable. La détective vit l'équipe s'affairer à recueillir tout détail qui contribuerait à expliquer le geste, criminel ou non.

— Ah ! bonjour, lieutenante. Un habit vous attend, dit le technicien en désignant l'accoutrement avant de retourner à sa tâche.

Vêtue de blanc de pied en cap, Emma avança sur la pointe des pieds.

Voir un corps se balancer au bout d'une corde n'était pas la vision la plus naturelle qui soit. C'était toujours impressionnant, presque insoutenable. Le visage bleui, la langue épaissie, les bras ballants, les pieds orientés vers l'intérieur et, surtout, le regard vide ridiculement tourné vers l'au-delà, qui vous donnait froid dans le dos. Tout rappelait un pantin simulant une scène macabre.

En apercevant le papier accroché à une autre corde à côté du corps, Emma supposa qu'il s'agissait d'un mot expliquant le geste. Le cadavre et le message, installés côte à côte, oscillaient doucement au rythme du frisson d'air entrant par la fenêtre entrouverte. Pour réussir à atteindre la note, la détective dut s'approcher de l'homme qui, lui sembla-t-il, agripperait sa tête aussitôt qu'elle serait à portée de main. En retenant sa respiration, elle parvint à lire, à distance raisonnable, le message inscrit sur du papier exagérément mince :

PERSONA NON GRATA.

Pas trop bienvenu, le bonhomme!

La détective fit le tour du cadavre, les yeux résolument baissés. Lorsqu'elle se décida à les relever, elle vit l'as de pique dessiné sur l'envers du papier frémissant.

Étrange…

Emma examina ensuite la pièce et tenta de découvrir, parmi les meubles et autres objets, le moindre indice pouvant permettre de conclure qu'il y avait eu meurtre. Elle leva la tête et admira l'immense poutre traversant la maison de part en part, et autour de laquelle était enroulée la corde qui se terminait par un nœud digne des plus habiles adeptes de scoutisme.

En remettant le petit tabouret renversé sur ses pattes, elle eut la vague impression qu'il était trop bas pour l'espace compris entre le sol et les orteils de l'homme. Elle essaya de le replacer sous les pieds du mort, sans succès. Elle avait la sinistre sensation que le pendu l'observait, provoquant chez elle un inconfort irraisonné. À la deuxième tentative, elle réussit à redresser le siège. En reculant pour juger de l'effet, elle constata qu'il manquait effectivement un ou deux centimètres pour que les pieds puissent s'y appuyer.

Le doute prenait forme.

Comment hisser le corps à moins de se servir d'un outil? Un petit treuil ou une poulie? Mais il fallait l'enlever ensuite…

Emma jeta un dernier regard au pendu et la même angoisse l'étreignit. Le filet de bave séché sur le menton la fit frissonner d'horreur. Au moins, il n'y avait pas de sang.

— Qui a découvert le corps, Michel? demanda la détective, qui tentait de se redonner une contenance.

Levant les yeux de ses notes, le technicien perçut le trouble habituel chez sa collègue.

— La femme de ménage. Elle était hystérique quand on est arrivés. Le cas classique. Elle possède la clé de la maison, plus pratique si jamais le proprio est absent. Étant donné qu'elle ne demeure pas loin d'ici, j'ai pris la décision de ne pas l'emmener au QG. L'agent Ricard l'a raccompagnée. Elle m'a dit vivre avec sa fille, ajouta-t-il en lui tendant un bout de papier sur lequel étaient inscrites les coordonnées de la dame.

Il s'approcha ensuite du cadavre, s'y collant suffisamment le nez pour sentir les relents de la mort.

— Le trait de la corde est net. Comme s'il ne s'était pas débattu. Quand même, ça n'a pas dû être jojo! lança-t-il, toujours prêt à décocher une remarque épicée sur la pire scène de crime.

— Tu as vu le message? l'interrogea Emma pour faire diversion.

— C'est du latin, non?

— Hum, hum… Personne non souhaitée. On pourrait croire qu'il n'avait pas une très haute opinion de lui-même et qu'il l'a accroché là avant de passer à l'acte. Comme s'il voulait se justifier d'en être arrivé là, dit-elle, pensive. Par contre, les orteils n'atteignent pas le petit banc...

Michel Tougas s'accroupit, pencha la tête jusque sous les orteils et constata qu'en effet ils ne touchaient pas le tabouret.

— Ça ressemble plus à un meurtre maquillé en suicide...

— L'assassin aura donc écrit le mot.

— Pendre quelqu'un... faut quand même savoir comment s'y pendre... Oh! pardon, prendre. Lapsus..., plaisanta Tougas en levant les yeux vers la poutre.

— On a peut-être affaire à un surhomme, marmonna Emma.

Le technicien décrocha le morceau de papier, puis le glissa dans un sac destiné au laboratoire.

— Et l'as de pique... Comment interpréter ça? demanda-t-il.

— Ou il était perçu comme un gars particulier, ou le jeu est en cause.

— J'ai fait le tour des portes d'entrée de la maison... aucune trace d'effraction. Deux n'étaient pas verrouillées. La porte de service du garage. Normal, la femme de ménage est entrée par là. Et la principale. Il y a aussi ça, pas refroidi depuis longtemps, ajouta-t-il en tendant à Emma un nouveau sac.

Emma regarda le mégot de cigarillo à travers le plastique du sac.

— Bien. Autre chose? Un téléphone mobile?

— Qu'on a trouvé sur le bureau, toujours en mode opérationnel.

— Et qu'on fouillera. Il faudra aussi examiner son ordinateur.

— OK. On a fait un survol de la scène, pris photos et vidéos, mais on n'a pas eu le temps d'explorer à fond. J'ai bien jeté un coup d'œil au séjour, mais... pas encore investigué. J'ai pensé que tu aimerais t'aventurer dans les recoins de la maison, dit-il en lui tapant un clin d'œil.

Les yeux verts de la détective obliquèrent vers la porte en question.

— Où sont Lapointe et Marseille?

— Marseille termine ses vacances ce week-end et Lapointe a été appelé pour une urgence personnelle. Il venait juste d'arriver, il y a à peu près une demi-heure. Quand il a su que tu arrivais, il m'a dit que tu terminerais le travail et, je le cite, «à la perfection».

Emma afficha un sourire crispé, alors qu'elle arpentait la pièce. Sur un bureau stylisé, les cartes professionnelles de l'homme étaient déposées sur un support en étain en forme de jeu de cartes.

Je ne me trompais peut-être pas en pensant au jeu…

> Joseph Dunstan,
> courtier immobilier agréé
>
> Agence Châteaubriand
> 1200, chemin de la Grande-Côte,
> Rosemère (Québec)
> J7A 1J3

La détective mit la carte dans sa poche en se disant que l'agence méritait une visite. Elle s'aventura dans le salon adjacent où rien ne semblait indiquer la venue d'un intrus. Pas plus que la cuisine, d'ailleurs.

En revenant sur ses pas, elle vit l'équipe médicale s'affairer à détacher le corps. Le cœur battant, elle recula de quelques pas et revint juste au moment où on glissait la longue fermeture éclair de la housse mortuaire dans laquelle, comme au ralenti, le visage tuméfié de Joseph Dunstan finit par disparaître.

Le *flash-back* qui venait souvent la hanter crépita dans sa tête comme les clics d'un appareil photo insistant et raviva des souvenirs qu'elle croyait tapis au fond de sa conscience. Elle cligna des yeux, comme pour chasser l'image insoutenable.

— Je m'en vais, les gars. Michel, tu t'occupes de l'apposition des scellés ? Je pense aussi qu'on devrait récupérer la corde, elle semble effilochée.

— Peut-être qu'elle avait déjà été utilisée.

— Possible…, répondit-elle en observant les techniciens.

— Hé! tu espères séduire quelqu'un avec ton accoutrement? demanda Tougas en la regardant se diriger vers la porte, constatant encore une fois sa distraction lorsqu'elle était confrontée d'aussi près à un mort.

Perdue dans ses pensées, Emma avait oublié qu'elle était affublée de l'uniforme obligatoire pour avoir accès à une scène de crime. Elle s'en débarrassa et passa la porte en s'essuyant amèrement les yeux.

Elle inspira une goulée d'air frais et massa sa tempe avant de composer le numéro de la femme de ménage. Elle obtint l'aval de la fille pour rencontrer la mère.

Puis elle effleura l'icône « microphone » sur son iPhone.

« Meurtre déguisé en suicide. Indices qui ne mentent pas. »

Après avoir vu Dale Cooper, le surprenant détective de la désormais série surannée *Twin Peaks*, enregistrer ses impressions à chaud durant une enquête, elle avait décidé d'en faire autant.

Alors qu'elle attachait son casque, son regard se posa sur le ruban jaune fixé entre deux arbres. Un deuxième rappel entêtant laissant remonter à la surface la même émotion mortifère en moins d'une heure. À cran, Emma aurait aimé pousser sa machine à fond, mais se retint dans ces rues résidentielles sans doute peuplées d'enfants.

Non loin de là, elle sonna au numéro 12 d'une rue boisée où une femme osseuse vint lui ouvrir et la conduisit au salon.

— Prenez un siège, ma mère ne tardera pas.

Le regard d'Emma s'attarda sur les meubles anciens, les rideaux empesés, la housse du divan bien repassée. Son éternel cahier noir posé sur ses cuisses, la détective patienta.

Une dame petite et frêle, cheveux grisonnants bien coiffés, tablier amidonné autour de la taille, s'avança vers elle, non sans reluquer le blouson de cuir d'un air inquiet.

— Bonjour, madame.

Laura Milot prit place dans le fauteuil qui devait être son préféré, mains tremblantes sur ses genoux, comme pour signifier qu'elle n'avait rien à cacher.

— C'est épouvantable! J'suis encore toute bouleversée. Comment vous faites pour voir ça tous les jours? J'ai les sangs r'tournés à l'envers.

Emma revit, comme dans un brouillard, le pendu se balancer au bout de sa corde, puis laissa la petite dame se glorifier de travailler pour un homme qu'elle croyait important. Celle-ci lui confirma que Dunstan vivait seul, qu'il ne fumait plus depuis quelques mois et qu'il s'enfermait dans son bureau lorsqu'il était à la maison.

— Si jamais des éléments vous revenaient en mémoire, n'hésitez pas à m'appeler, dit Emma en lui tendant sa carte. Parfois, un petit détail peut faire la différence.

— Est-ce que… on aura des problèmes, moi et ma fille, dans tout ça?

— Ne vous inquiétez pas, tout sera fait pour que vous n'en ayez pas.

— Merci, madame, répondit Laura Milot, semblant un peu plus détendue, comme si la conversation l'avait réconfortée et que le cuir noir l'intimidait moins.

Soulagée de sortir au grand air, Emma massa encore sa tempe gauche où les premiers élancements annonciateurs d'une migraine se faisaient sentir. Elle fouilla dans son sac et en extirpa deux Advil. Il lui fallait trouver une bouteille d'eau, et vite, avant que le mal ne se propage et qu'un médicament plus fort ne soit nécessaire.

Pas d'eau dans mon coffre. Pour une fille organisée…

Puis elle reparla à son iPhone:

«Femme de ménage. Aucune malice. Cas classé.»

Ayant repris la route, elle tourna vers l'ouest pour emprunter l'autoroute 15 et fonça en direction de Montréal.

Pour exorciser la vision fantomatique de l'après-midi, Emma aurait dû aller courir, mais le mal de tête naissant et le manque d'ardeur furent les plus forts.

Editio princeps
(Édition première)

Jeudi 2 juin

Après sa rencontre avec Arthur Burn, Emma trouva Jocelyn Tardif accoudé au comptoir de la cuisinette, la figure dans les mains, le regard dans le vide. Jetant un coup d'œil par la fenêtre, elle chercha ce que son collègue pouvait bien voir au-delà de tout le monde. Elle ne réussit pour sa part à voir rien d'autre qu'un temps gris et maussade. On aurait dit que les nuages s'étaient tous donné la main pour former un écran impossible à percer malgré le vent insistant.

Gringalet, ne possédant visiblement pas les aptitudes voulues pour passer les menottes à un criminel, Jocelyn Tardif avait décidé d'obtenir son diplôme d'analyste à la Sûreté. Sous des dehors lunatiques, il avait la faculté de s'accrocher aux détails comme le colimaçon s'agrippe au rocher.

— Salut, Tardif, lança Emma en sortant de son sac la carte professionnelle de Dunstan.

— B-B-Bonjour, lieutenante. Certains d-d-diraient que le temps est moche, je d-d-dirais plutôt qu'un ciel nuageux p-p-porte à la rêverie, dit-il pour lui-même pendant qu'Emma composait le numéro de l'agence immobilière.

— Bonjour, pourrais-je connaître le nom du propriétaire de votre agence? demanda-t-elle à la réceptionniste. René Lemieux. Directeur. D'accord, merci.

Elle se tourna vers Tardif et déposa la carte sur le comptoir.

— Il faudrait scruter la vie de René Lemieux. Tout ce que tu pourras trouver. C'est le directeur de l'agence où travaillait Joseph Dunstan.

— D-D-Dunstan… b-b-bien sûr, marmonna Tardif.

Emma entreprit ensuite de colliger les informations recueillies sur la scène de crime. D'ordinaire, ses doigts volaient sur le clavier, mais, ce jour-là, la concentration n'était pas à son maximum. La détective ne pensait qu'à la grille vierge et au surprenant message qui l'accompagnait en se demandant ce qui l'attendait.

Elle avait beau s'acharner à synthétiser notes et impressions, la migraine, bien qu'adoucie par les médicaments dont elle aurait aimé pouvoir se passer, l'empêchait de se concentrer. Seul le retrait dans le noir total lui permettrait de l'endiguer, elle le savait. Ce mal insidieux dont elle souffrait depuis son adolescence — depuis ses souvenirs noirs, en fait — était devenu plus fréquent après l'accident. Même l'opération subie à la suite de celui-ci n'avait rien changé. Ce n'était pas faute d'avoir espéré.

Emma plia bagage et se dirigea vers la sortie. Elle enfourcha sa moto, mit son casque et ajusta ses lunettes.

Quelques instant plus tard, elle poussa la porte en bois élimée de chez Prego, son épicerie de quartier, où Tonio s'affairait à tailler un jambon de Parme en fines tranches pour un client.

— Hé! Jim, ça va? demanda-t-elle à ce dernier.

Puis, se tournant vers le commerçant, elle lança :

— *Buonasera, Tonio.*

— *Buonasera, signora Emma.*

— Si ce n'est pas ma voisine préférée! s'exclama Jim.

— Tu t'apprêtes à préparer tes pâtes prosciutto et pois verts?

— Je reçois Clara.

— Ta nouvelle flamme?

— Clara Dunstan? Non, c'est une bonne amie. Du moins, pour l'instant, ajouta-t-il en lui faisant un clin d'œil.

Emma sursauta en entendant le nom.

– Tu la connais depuis longtemps?

– Pas très. On s'est rencontrés lors d'un colloque sur un nouveau médicament.

– Elle est médecin?

– Dentiste.

– Elle vit par ici?

– Aux USA, malheureusement, répondit Jim, dépité.

– OK. Hé! Jim, excuse-moi, je dois faire mes courses avant que Tonio ferme boutique.

En pensant aux recherches qu'il faudrait faire sur cette Clara, Emma fit un tour éclair du magasin en remplissant son panier avec pâtes, mozzarella de bufflonne et sauce tomate maison.

– Alors, Jim, amuse-toi bien! dit-elle en se dirigeant vers la caisse.

Après avoir fait cuire les pâtes, Emma alluma les bougies placées sur son piano. Elle aimait la pénombre troublée par leur seule lumière et l'atmosphère calme qu'elles créaient, contrastant avec la violence qu'elle côtoyait tous les jours.

Elle se lova contre les coussins de son fauteuil et réfléchit à l'envoi du matin. Son travail lui faisait vivre des expériences surprenantes, mais celle d'aujourd'hui était on ne peut plus inusitée. Que voulait-on lui faire croire? Qui était derrière tout ça? On voulait l'utiliser? On cherchait à la déstabiliser?

Et s'il n'y avait jamais d'autre envoi?

Elle chassa cette idée en pensant à son rendez-vous du lendemain avec le sergent-détective de la Rive-Nord, Elliot Carrière.

C'est l'année précédente, par un jour pluvieux de septembre, qu'elle avait fait sa connaissance. Et c'est vêtu d'un imperméable, détrempé par la pluie qui tombait depuis des heures, qu'il avait investi la pièce maîtresse de la maison – théâtre de deux meurtres, ceux d'une femme et de son amant – avec une aisance doublée d'une bonne dose d'arrogance qui, elle s'en souvenait, l'avait irritée.

Les coups de heurtoir insistants contre la porte la sortirent de sa rêverie. Elle se leva et, prudente, tira un coin du rideau avant d'ouvrir. Son voisin, blême et visiblement bouleversé, se tenait de l'autre côté de la porte.

— Jim, tu en fais une tête!

— C'est affreux, Emma! Clara vient tout juste d'apprendre que son père a été découvert mort chez lui.

— Tu veux un thé, une tisane ou, tiens, un café très fort?

Jim fit oui de la tête. Emma se précipita vers la cuisine où, en préparant un espresso, elle songea au hasard qui avait emmené la fille de Dunstan chez son voisin.

Lorsque, plus tard, Jim rentra chez lui, Emma resta seule avec ses pensées. Il lui faudrait voir Clara Dunstan et entendre ce qu'elle avait à raconter sur son père.

À défaut de s'asseoir au piano, elle rencontra Chopin par la voie de son iPod. En passant devant son instrument, elle ne put s'empêcher d'en caresser et d'en compter les touches, même si elle savait depuis sa tendre enfance que le total restait immuable: 88, 52 blanches et 36 noires.

Fide sed cui vide
(Fais confiance, mais prends garde à qui)

Vendredi 3 juin

Malgré sa trop courte nuit, Emma était prête à attaquer la journée. Elle ouvrit la porte et regarda à gauche, à droite, jeta un coup d'œil à sa boîte aux lettres et, enfin, ramassa ses journaux.

L'Intégral titrait :

« Courtier immobilier retrouvé mort dans sa résidence ».

Le Journalier renchérissait :

« Macabre découverte chez un courtier immobilier de Rosemère ».

Emma les déroula et en fouilla les pages. Vides. Tous les matins, elle ne pourrait désormais s'empêcher de chercher une autre grille. Elle lut les articles reliés à la une. En bon journaliste, Bernard Paiement laissait entrevoir le pire : la possibilité d'un meurtre.

La météo s'évertuait à demeurer dépressive. Les nuages omniprésents des derniers jours semblaient interdire au dieu des vents de les chasser. Emma monta jusqu'au cou la fermeture éclair de son blouson, descendit les 18 marches – qu'elle avait dénombrées des milliers de fois – et rejoignit son bolide. Au moment de l'enfourcher, elle sentit une présence qui lui fit d'instinct tourner la tête. Elle ne réussit qu'à apercevoir *in extremis* un pied chaussé d'une espadrille et disparaissant au bout de la ruelle.

Lorsqu'elle arriva à son bureau, le téléphone clignotait.

— Emma, comment vas-tu ?

— Ça va, Jeanne. Et toi ?

— Je suis brûlée, le temps me manque.

La détective savait son amie pathologiste travaillante comme pas une. Rien ne l'arrêtait, surtout pas le temps. On aurait même dit qu'elle le combattait.

— Et moi qui te pousse dans le dos, tu dois me bénir!

— C'est le métier. Je viens de terminer le travail sur Joseph Dunstan. Comme il a été chloroformé, j'en viens à la conclusion qu'il a été tué.

— Raconte.

— Les signes ne mentent pas. La bouche et la gorge sont irritées, des traces sont visibles dans les poumons, et l'odeur encore présente sur les vêtements, même minime, est tout à fait reconnaissable. Il était déjà inconscient lors de la pendaison, c'est certain.

Emma réentendit les mots de Tougas: «Comme s'il ne s'était pas débattu.»

— Ça prend un homme pour réussir à hisser un corps inerte au bout d'une corde...

— Je vois mal une fille de ton gabarit s'amuser à se faire les muscles de cette façon.

— D'après toi, la mort est récente?

— D'après la lividité et la rigidité du corps, je dirais que tout s'est passé dans la soirée de mardi.

Un criminel se promenait librement depuis trois jours, se sentant à l'abri de tout soupçon, ou se terrait, angoissé, dans un antre connu de lui seul.

— Il était temps qu'on trouve le corps, pensa Jeanne à voix haute.

Emma remarqua que la pathologiste parlait en mangeant. La seule idée de pique-niquer dans cet univers glacial lui donna des sueurs froides.

— Jeanne, tu es en train de déjeuner... pas à côté du cadavre?

— Excuse-moi, je n'aurais pas le temps autrement. Je couche pratiquement ici.

Jeanne déglutit avant d'enchaîner:

— Je transmettrai mon rapport en début de semaine, ça te va?

– Hum, hum… Autre chose? Des marques de violence?

– Non, je pense plutôt qu'il a été surpris. Nous n'avons peut-être pas affaire à un assassin trop violent, cette fois. Ça nous changera. D'ailleurs, tu n'aurais eu aucun mal à assister à l'autopsie, je n'aurais eu qu'à laisser la tête sous le drap et…

– La prochaine fois… peut-être, Jeanne. À bientôt pour un café entre copines plutôt qu'une dissection de corps.

– J'attends ton invitation.

Emma n'était pas surprise des paroles de Jeanne Léonard, qui confirmaient ce qu'elle savait déjà. Chaque fois qu'elle arrivait sur une scène de crime, le mode analyse se mettait en branle, soupçonnant d'emblée un homicide. Comme dans les pays où l'accusé est coupable d'emblée jusqu'à preuve du contraire.

«Persona non grata.» *Qui en voulait à Joseph Dunstan? Espérons que son téléphone et son ordinateur révéleront quelque chose…*

Puis son esprit vagabonda jusqu'à la grille de mots croisés.

Deux histoires de front. Du pain sur la planche en perspective…

Un frisson d'excitation la parcourut.

Alors qu'elle marchait vers le cubicule de Tardif, Emma se dit qu'il devait déjà tout savoir à propos de la fille de Dunstan. Constatant qu'il n'était pas là, elle s'apprêtait à tourner les talons lorsqu'elle aperçut le coin d'une feuille de journal à demi dissimulée sous un dossier. Elle le souleva discrètement.

La dernière Ultragrille…

Aussi étonnée qu'intriguée, elle constata que l'analyste butait sur les mêmes mots qu'elle.

Perplexe, elle se rendit à la salle des ordinateurs où elle le vit penché et concentré sur un dossier. Elle l'observa de loin comme si la réponse allait lui sauter au visage: «La grille, c'est lui!» Elle secoua plutôt la tête en signe de dénégation et s'approcha de lui pour l'entretenir de Clara Dunstan. Il eut l'air de celui qui savait, comme elle l'avait prévu.

– Tu as trouvé quelque chose d'intéressant sur elle?

— Elle est d-d-dentiste en Californie. Elle d-d-demeure là depuis toujours. Elle est céli-b-b-bataire, sans enfant. Ses p-p-parents sont séparés d-d-depuis longtemps. Rien d-d-d'autre à signaler.

— Tu sais pourquoi elle était ici ?

— A-p-p-paremment, en vacances.

Emma jeta un œil à sa montre.

— Je dois y aller, j'ai rendez-vous.

En passant devant le secrétariat, elle salua Roberta, leur collaboratrice, en poste depuis que le QG existait, lui semblait-il.

*

Simon était déjà attablé chez Depachika, un petit restaurant enfoui au niveau inférieur de la Gare centrale où on servait des mets japonais authentiques, contrairement aux chaînes populaires qui galvaudaient la cuisine nippone. Emma se souvenait que les propriétaires lui avaient un jour raconté qu'ils avaient tenu à reproduire le modèle de leur pays et que le nom « *depachika* » venait de la contraction des mots « *depato* » (grand magasin) et « *chika* » (sous-sol).

Simon avait monopolisé une table, ce qui n'était pas tâche facile à midi.

— Pour te montrer que je peux te « surpasser », dit-il en mimant des guillemets, j'ai pris une avance de cinq minutes.

— En as-tu aussi pris pour décider de ce qu'on mange ?

— Tu sens l'odeur merveilleuse des *gyozas* qu'on frit doucement ? demanda-t-il, s'en délectant à l'avance et levant le nez comme pour s'en enivrer. Tu restes là, je vais commander.

Mains dans les poches, il se dirigea vers le comptoir du pas élancé de celui dont les jambes nuisent à force de longueur. Grand et filiforme tel un adolescent, une gravité perpétuelle au fond des yeux et des traits volontaires quelque peu asymétriques, Simon dégageait malgré tout un charme auquel bien des femmes avaient du mal à résister, sans savoir qu'elles n'avaient pas la moindre chance. Emma sourit.

En savourant leurs *dumplings*, les deux amis parlèrent de tout et de rien. Simon connaissait assez Emma pour savoir qu'il ne fallait lui poser aucune question à laquelle elle n'avait pas envie de répondre, en dépit de l'air préoccupé qu'elle affichait aujourd'hui. Inquiet, il avait un mal de chien à contenir ses questions.

Après avoir avalé son thé au jasmin, Emma sursauta.

— Déjà une heure! Je dois y aller.

— Je ne serais pas un véritable ami si je ne te demandais pas comment tu vis avec la grille que tu as reçue hier, osa tout de même Simon.

— Attends… « Le mieux possible » est une réponse valable?

— Sacrebleu, arrête de faire du style! Tu penses que c'est sérieux?

Emma baissa la garde.

— En fait, je ne sais pas. J'ai essayé de passer en revue toutes les personnes susceptibles d'être à l'origine de ça.

Elle pensa à Tardif, mais préféra ne pas en dire davantage. C'est alors qu'un souvenir refit surface.

— C'est bête, j'ai eu l'impression qu'il y avait quelqu'un ce matin…

— Quelqu'un? Où ça?

— Non, laisse.

Voyant l'air troublé de son ami, elle se voulut rassurante.

— Ne t'en fais pas pour moi, Simon.

Ils sortirent dans la rue et se firent la bise. Emma se précipita vers sa moto garée un peu plus loin.

Depuis la veille, l'histoire de la grille occupait l'esprit de Simon. Il fallait avouer que c'était plutôt inhabituel. Une farce? Non, une hypothèse à oublier, pensa-t-il. Le messager savait ce qu'il faisait et savait forcément à qui il s'adressait.

Qu'avait-elle voulu dire par « il y avait quelqu'un »? Il devrait creuser ça malgré l'apparente désinvolture d'Emma. Jouer à la policière endurcie était une chose, se retrouver peut-être en danger en était une autre. Simon se creusa la tête, se demandant qui pouvait vouloir du mal à son amie. Il eut tout à coup envie de la protéger. Il enfourcha sa moto et fila au travail.

*

À 13 h 30 tapantes, Oakley sur la tête et casque sous le bras, Emma arriva à la police municipale, le cœur battant la chamade malgré elle.

En dénombrant les étages que montait l'ascenseur, elle baissa les yeux vers ses pieds et se demanda si elle n'aurait pas dû devenir plus classique en portant des bottines noires. Ses habituelles Converse tranchaient inévitablement avec ses vêtements de teinte sobre. « Un pied de nez à la convenance ! Une entorse à l'obéissance ! » aurait clamé sa mère.

Sa mère… disparue de façon prématurée pour l'adolescente soudain friande d'attention, contrairement à l'enfant solitaire qu'elle avait été. Sa mère… disparue dans de mystérieuses circonstances, qui avaient éveillé l'instinct policier de sa fille. Et cette fille… avide et obsédée par sa quête de vérité, ne lâchant pas le morceau, même après toutes ces années.

Et… cinq. À nous deux, sergent !

En parcourant le dédale de couloirs menant au bureau d'Elliot Carrière, Emma salua Jules Bureau, l'adjoint du sergent-détective. Enfin, elle frappa à la porte ouverte.

— Entrez, Emma.

Elliot contourna son bureau et l'invita à s'asseoir dans le fauteuil à côté du sien après l'avoir détaillée de la tête aux pieds, d'une manière quasi sensuelle.

— Et puis, cette affaire Dunstan ? Peut-on conclure à un homicide ?

Jambes et mains croisées, épaules relevées, il affichait l'air de celui qui maîtrisait tout à fait le dossier. Ce qui agaça franchement Emma.

— Après ce que la pathologiste m'a révélé ce matin, il n'y a aucun doute, répondit-elle du tac au tac.

— Qu'avons-nous?

— En plus de la citation latine et de l'as de pique, un mégot de cigarillo, alors que Dunstan ne fumait plus.

— OK. Et qu'a conclu la pathologiste? Jeanne Léonard, je suppose?

— L'homme a été chloroformé avant la pendaison.

— Judicieux. *Persona non grata* est un message clair, dans ce cas. Quant à l'as de pique…, pensa Elliot tout haut.

— On attend de pouvoir scruter son téléphone et son ordinateur. Renaud Lapointe s'occupe de ça.

— Je comprends qu'il faudra que je laisse filer l'affaire.

Bien qu'il eût déjà décidé de laisser ce nouveau dossier à la SQ, ses vieux démons revenaient le hanter. Toujours lâcher le morceau, céder le terrain à la nationale… Voir et lire les exploits de ses membres dans les médias faisait chaque fois ressurgir son regret de ne pas avoir rejoint la bonne ligue.

Burn, l'emmerdeur…, pensa-t-il.

La relation amour-haine qu'Elliot entretenait avec Burn n'était un secret pour personne. L'obligation de lui remettre les dossiers criminels sur lesquels il n'aurait jamais le loisir d'apposer sa signature irritait à tous les coups l'orgueil du sergent-détective.

Quant à Burn, fatigué de l'isolement dans le Grand Nord, il avait démissionné de la Gendarmerie royale du Canada pour rallier les rangs de la Sûreté du Québec, où il avait gravi les échelons jusqu'au poste de capitaine aux enquêtes criminelles. Poste qu'Elliot aurait bien aimé pouvoir briguer, mais, élève de la municipale, il avait dû s'incliner.

— J'ai pensé qu'on pourrait travailler ensemble, cette fois, déclara Emma. Vous connaissez bien votre secteur et la mentalité de ses résidants, ça peut être utile. Qu'en pensez-vous ?

— Vous me proposez de jouer dans le dos de Burn ? Pas certain qu'il apprécierait.

— Ce n'est pas ça. Plutôt un échange de services, répliqua-t-elle.

Carrière baisserait-il enfin la garde en travaillant d'aussi près avec elle ? Elle osait l'espérer.

— Vous y croyez ? lança-t-il, l'œil suspicieux.

— Burn n'est quand même pas quelqu'un de si conservateur. Au contraire, il est plus ouvert d'esprit qu'il n'en a l'air, ajouta-t-elle en tentant de s'en convaincre elle-même. Il ne s'agit pas de vous impliquer dans le dossier, au vu et au su de tous. On ne réussira à changer les mœurs qu'en y allant un pas à la fois.

Lorsqu'elle avait évoqué la possibilité de jumeler les forces des deux corps policiers, Burn avait d'abord haussé les sourcils, puis s'était lancé dans un discours sur ce qu'étaient et devaient demeurer les deux entités.

— Pourvu que vous n'ayez pas de problèmes à l'interne, dit Elliot.

— Vous voulez mettre la main à la pâte ? demanda Emma en le regardant droit dans les yeux et en espérant qu'il ne reculerait pas. Faites-moi confiance.

— Si vous le dites. Vous me tenez au courant ?

Sur ces mots, il s'approcha d'elle et lui tendit la main. L'odeur sauvage dégagée par la chevelure bouclée enduisit de baume son cerveau.

— Ah ! autre chose… On tient les médias loin de tout ça pour le moment, dit Emma en plantant son regard dans ses yeux noisette.

Il se racla la gorge pour se donner une contenance.

— Hum, hum… Vous êtes déterminée, Emma, lâcha-t-il d'un air admiratif qu'il tenta de dissimuler, mais qui n'échappa pas à son interlocutrice. Il faut dire que je le suis aussi, ajouta-t-il en lui faisant un clin d'œil.

Le masque de l'indifférence a juste été soulevé. Je jure que je le lui ferai lancer à bout de bras!

Il l'avait tout de même appelée Emma. Des sentiments contradictoires, entre agacement et attirance, se frayèrent un chemin entre son cœur et son cerveau. La policière serait à pied d'œuvre. Pour le reste, il faudrait se montrer patient.

Aussitôt la porte refermée, Elliot se rendit à la fenêtre dans l'espoir de la revoir, le temps qu'elle monte sur sa moto pour repartir vers ses quartiers. La question entre toutes lui vint à l'esprit: partageait-elle son lit avec un amant ou un mari?

*

Renaud Lapointe se servait un café en même temps qu'il furetait sur son téléphone. Emma le regarda quelques instants. Lorsqu'il leva la tête vers elle, elle le questionna des yeux.

— J'ai dû accompagner ma mère à l'hôpital. Encore son diabète. Sa jambe n'est pas jolie, ils la gardent en observation. Ma sœur est avec elle.

Emma avait déjà vu son collègue moins triste. Renaud, d'un naturel espiègle, s'avérait être le pitre de l'équipe. Elle éprouvait de la tendresse pour ce grand homme aux épaules carrées, à la façon d'un receveur de ballon.

— Si tu as besoin de quoi que ce soit, n'hésite pas.

— Merci. Puis Rosemère? Courtier immobilier, c'est ça?

— Comment as-tu trouvé la scène?

— Pas eu le temps de voir, mon téléphone a sonné dès que j'ai mis les pieds là-bas. Tu crois que c'est un meurtre? Hum... tu dois avoir raison, dit-il sur un ton moqueur.

— Non seulement je le crois, mais c'est officiel. Jeanne l'a confirmé. Chloroformé avant d'être pendu, mardi dans la soirée.

— Bâtisse! Digne d'un scénario! Un suspect?

– Pas encore, mais des indices envoyés au labo : mégot de cigarillo et message en latin accompagné de l'as de pique.

– Qui, l'as de pique ?

– Personne… La carte à jouer, précisa Emma en pouffant.

En pleine confusion, Renaud tenta d'afficher un air sérieux.

– T'as parlé de latin ?

– J'avoue que c'est inusité.

– Je dirais même plus, étrange, comme diraient les Dupondt.

– *Persona non grata.* Personne non souhaitée. On a voulu s'en débarrasser, c'est évident. Il y aura peut-être des indices dans son téléphone ou son ordinateur. Tu les auras du labo dans les prochains jours. En attendant, je t'emmène chez monsieur le directeur.

– Qu'est-ce que j'ai fait de mal ? lança Renaud en lui adressant un clin d'œil.

Tardif gratta à la porte.

– Excusez-moi… À p-p-propos de mes recherches sur René Lemieux, le d-d-directeur de l'agence, j'ai trouvé un élément assez sp-spécial relié à son p-passé. Il a d-d-déjà été susp-pecté pour le meurtre d'un de ses c-courtiers.

Emma et Renaud le regardaient sans dire un mot.

– Em-p-p-poisonnement.

– Et ? demanda Emma.

– Ça n'a jamais été p-p-prouvé, le d-d-dossier a été fermé. Il s'a-p-pelait Monroe. P-P-Pierre Monroe.

– Du plaisir en perspective ! s'exclama Renaud.

Scrutant sa mémoire, Emma se rappela cette affaire qui avait fait les beaux jours des journaux durant des semaines. Cela faisait un peu plus d'un an, juste avant sa nomination comme lieutenante.

*

Prochain arrêt : l'Agence Châteaubriand sur le chemin de la Grande-Côte.

Rosemère s'enorgueillissait de sa rue principale où se succédaient restos invitants et boutiques ornées d'auvents et de portes en bois verni. On enviait cette ville aux rues sinueuses bordées de terrains boisés de feuillus rougissant l'automne venu et à la rivière coulant le long des berges des propriétés les plus opulentes. Emma en appréciait surtout la gare, rappelant étrangement un jouet Playmobil, qui scindait en deux ce village devenu ville en quelques décennies.

Arrivée tout près de sa destination, la policière se laissa distraire par un homme s'extirpant de sa voiture chic avant d'entrer à l'agence.

Renaud poussa la porte antique restaurée.

— Bonjour, nous venons voir René Lemieux.

— Il vient tout juste d'entrer… Ah! le voici.

— Emma Clarke, lieutenante-détective à la Sûreté du Québec, commença-t-elle, et voici le sergent-détective Renaud Lapointe.

René Lemieux hocha la tête pour saluer Renaud, mais sans quitter Emma des yeux.

— Vous me suivez jusqu'à mon repaire?

Il avait acquis son agence 10 ans auparavant. À 45 ans, on parlait déjà de lui comme d'un vieux routier. Les courtiers qu'il employait étaient des professionnels d'expérience, certains n'ayant jamais travaillé ailleurs. Le secrétariat était tout aussi stable, sauf pour les départs à la retraite. Lemieux pouvait se féliciter de posséder une mine d'or qui faisait ses beaux jours.

En longeant le corridor, Emma se remémora l'agence où travaillait Ève Laflamme, sa courtière, dans le temps où elle avait fait affaire avec elle, et se dit qu'elle n'arrivait pas à la cheville de l'Agence Châteaubriand. La décoration élégante, tout en blanc, crème et chocolat, invitait au calme. Les hauts plafonds et les larges boiseries conféraient à la place tout le prestige recherché.

— Puis-je vous offrir quelque chose à boire?

— Si vous aviez de l'eau, répondit Emma en sortant deux Advil de son sac.

— Seulement? Allez, on est vendredi!

Devant l'air impassible de la lieutenante, René Lemieux se résigna.

— Plate ou pétillante ?

— Plate, ça ira.

Le directeur de l'agence jeta un regard interrogatif au sergent.

— Euh… même chose, merci, dit ce dernier.

Lemieux ouvrit un réfrigérateur où s'alignaient bouteilles d'eau et demi-bouteilles de vin.

— Glace, citron, lime ? demanda-t-il, ne s'adressant visiblement qu'à Emma.

— Lime, merci. Vous conduisez une belle anglaise, une Aston Martin, dit la policière en promenant un regard circulaire sur le « repaire » du directeur.

Des tableaux de peintres célèbres en ornaient les murs, d'élégants bibelots s'alignaient sur des étagères, et une chaise en cuir marron trônait derrière le bureau en bois massif.

— C'est ma passion. J'en possède quelques-unes, précisa Lemieux en se versant de l'eau San Pellegrino et en l'agrémentant d'une rondelle de lime.

Des verres à pied atterrirent devant les policiers. L'un décoré d'agrume vert, l'autre, pour Renaud, sans supplément.

On ne pouvait parler d'Apollon, mais tout de même d'un homme au charme certain. Du haut de son un mètre quatre-vingt-deux, il en imposait grâce à son port de tête, à sa démarche énergique et, surtout, à son raffinement. Emma remarqua la coupe parfaite du pantalon et, à son poignet droit, une Rolex peu commune avec son bracelet en cuir.

— Alors, vous voulez qu'on parle de Joseph Dunstan, dit-il en s'installant dans le fauteuil marron.

Emma ouvrit son carnet, et Renaud, même s'il préférait se servir de son iPhone, se contenta, par politesse, de sortir à son tour son calepin.

— Il travaillait ici depuis longtemps ? commença Emma.

– D'aussi longtemps que je me souvienne. Il a été un de mes premiers courtiers avec… Qui déjà ? Ah oui ! Monroe… Pierre Monroe. Ils s'entendaient d'ailleurs comme larrons en foire.

– S'entendaient ?

– Monroe nous a quittés. Non, non, pas pour la concurrence, ç'aurait été surprenant, mais pour l'autre monde, répondit Lemieux sur un ton désinvolte.

C'était le moment de creuser l'affaire.

– Pierre Monroe… Ce nom me rappelle quelque chose. Un meurtre n'avait pas été envisagé à l'époque ?

– Vous avez bonne mémoire ! s'exclama le directeur en s'agitant dans son fauteuil. Aux yeux des experts, c'était en effet une éventualité.

– Que s'est-il passé alors ? demanda Emma pour le sonder.

– Après avoir interrogé quelques personnes, ils n'ont pu conclure à un meurtre, mais plutôt à une surdose de médicaments.

– Mais encore ? insista-t-elle.

– …

– Il avait des raisons de faire ça ?

– Je ne sais pas, marmonna Lemieux en évitant son regard.

– Deux décès dans votre agence, dont une mort suspecte et une deuxième qui mérite qu'on s'y attarde, c'est emmerdant, avança Renaud.

Son collègue arrivait fréquemment au bon moment avec ses remarques assassines. Encore une fois, Emma l'apprécia.

Lemieux lança un regard tout aussi assassin au sergent.

– C'est vrai, ce deuxième décès ne m'arrange pas. Ce n'est pas bon pour les affaires, dit-il en s'approchant de son bureau, sans cesser de se caresser la lèvre inférieure avec l'index.

Imperturbable, Emma regarda le doigt du directeur faire des allers-retours sur sa bouche durant de longues secondes. Le langage non verbal en disait souvent long.

– Pour Dunstan, vous pensez qu'il s'agit… d'un meurtre ?

— Certains signes nous amènent à le croire, répondit la policière en pesant ses mots.

Renaud se déplaça sur sa chaise sans faire de bruit. Emma était reconnue pour ses silences étudiés durant les interrogatoires et il était le partenaire tout désigné pour les respecter. Elle aimait percevoir le trouble chez son interlocuteur et, surtout, faire durer le plaisir. Elle observa le visage de Lemieux, qui s'évertuait à le rendre indéchiffrable, sauf pour l'index qui continuait son manège.

— Quand l'avez-vous vu pour la dernière fois ?

— Lundi dernier, ici au bureau. Il avait un problème avec un client et voulait mon avis, déclara le directeur, manifestement calme et sûr de lui.

— Vous savez le nom de ce client ?

— Un dénommé Marchand.

Emma nota le nom dans son cahier, de même que les frottements du cuir de la chaise sous les mouvements de Lemieux.

— Et quel était le problème de ce Marchand ?

— Le client ne semblait pas heureux du dénouement d'une négociation menée par Dunstan qui, à son avis, lui faisait perdre l'affaire du siècle. Problème récurrent dans notre métier, dit le directeur en levant les yeux au ciel.

— Et le cas s'est réglé ?

— En fait, non. Marchand est parti en claquant la porte. Jo m'a appelé le lendemain matin pour me dire que l'affaire était tombée à l'eau.

— Vous lui avez donc parlé le matin du meurtre ?

— Il m'a dit être déçu de ce bonhomme intraitable.

— Où étiez-vous ce soir-là ? demanda Emma en levant les yeux de son calepin.

Sous son regard soutenu, Lemieux se permit de réfléchir quelques instants.

— J'étais au théâtre. J'adore le théâtre. J'y suis abonné, d'ailleurs.

— Accompagné ?

– Pour apprécier cet art à sa juste valeur, il faut assister seul aux représentations.

Emma continuait d'écrire en prenant tout son temps. En dépit de l'assurance que Lemieux montrait, son trouble était perceptible.

– Vous fumez?

La question sembla prendre le directeur au dépourvu, mais il retrouva vite son aplomb.

– J'ai la chance d'être un fumeur social. Seulement, jamais ici. J'ai décrété l'endroit sans fumée, précisa-t-il.

Emma ignora sa remarque.

– Où et quand le faites-vous?

– En fêtant avec des amis ou pour me détendre dans ma pièce préférée, ma véranda, en lisant un bon bouquin. Vous aimez la lecture?

Encore une fois, la policière éluda la question.

– Puis-je vous demander le genre… de cigarettes, bien sûr?

– Tout ce qui est raffiné.

– Le cigarillo, par exemple?

Il y eut un flottement.

– Rarement, finit par dire Lemieux après avoir bu une bonne rasade de San Pellegrino.

– Je vois, murmura Emma en lorgnant son collègue.

– Dunstan fumait aussi? demanda Renaud.

– Il avait arrêté à l'aide du Champix, la dernière méthode à la mode pour se sevrer du tabac.

– Il ne se serait même pas laissé tenter par un cigarillo? suggéra le sergent en le fixant droit dans les yeux. À moins que ce soit vous qui ayez fumé chez lui dans les derniers jours.

– Je n'ai pas visité Dunstan récemment… sergent. C'est bien ça: sergent? rétorqua le directeur, cynique.

Puis, en regardant les deux policiers tour à tour, il ajouta avec toute la candeur possible:

– Je n'ai tué personne, voyons.

Le silence s'éternisa pendant qu'Emma feignait d'écrire un roman.

— Vous deviez donc bien connaître Joseph Dunstan après toutes ces années. À votre avis, avait-il des ennemis ? reprit la détective, satisfaite des interventions de son collègue.

— Vous savez, Jo n'avait pas un caractère facile. Il était grognon, surtout lorsqu'il jouait beaucoup, perdait de l'argent et tentait de se reprendre le lendemain. Heureusement, c'est moi qui gère le compte en fidéicommis, car je crois bien qu'il aurait vu le fond de la caisse, affirma Lemieux en ricanant.

Le jeu, encore une fois…

— Dites-moi, il vous devait de l'argent ?

Le cuir brun craqua de nouveau sous les mouvements du directeur, qui cherchait vraisemblablement une position confortable.

— C'est arrivé dans le passé, mais je n'avance plus d'argent. C'est maintenant ma devise, dit Lemieux d'un ton péremptoire.

— D'après ce que j'entends, le jeu semblait présent dans sa vie. Vous, vous jouez ?

Plusieurs secondes s'écoulèrent avant qu'il ne réponde.

— Il m'arrive d'en profiter. Le plus souvent, cela se passe chez moi devant un verre de porto.

— Hum, hum… Dites-moi, Pierre Monroe jouait aussi ?

D'abord surpris, Lemieux se reprit avec une aisance toute naturelle.

— Ça peut être un excellent moyen de se détendre, vous savez.

— Ou de tout perdre…, dit Emma, dardant sur lui ses yeux verts.

D'une simple œillade, elle exhorta Renaud à prendre la relève.

— Les casinos, c'est un milieu rock and roll, non ?

— Ah ! vous savez, dans ces établissements, les têtes roulent comme les dés, déclara le directeur, visiblement heureux du changement de sujet. Il faut se méfier de tout le monde dans ce genre d'endroit. Les ennemis y pullulent. C'est pourquoi je préfère, et de loin, ma confortable véranda.

— Joseph Dunstan se joignait à vous ? Dans votre confortable véranda ?

Lemieux fit mine d'ignorer le sarcasme du policier et prit un ton des plus sérieux.

— C'est arrivé à quelques reprises.

— À quand remonte la dernière soirée organisée chez vous ?

— Lundi soir dernier.

— Dunstan y était ?

— Pas ce coup-ci, il avait rendez-vous avec son client mécontent.

— Pouvez-vous nommer les personnes présentes ce soir-là ?

Le directeur hésita, ouvrit la bouche, mais se tut. Il baissa la tête et la releva.

— Les mêmes que d'habitude : les notaires Prieur et Vallières, Victor Vigneau, mon fidèle concurrent, ainsi que Louis Bellavance, le courtier en prêts hypothécaires. Ah ! j'oubliais… Il y avait aussi Jean St-Arnaud, un courtier immobilier qui travaille chez Victor. Il se fait plus discret qu'avant, par contre.

— Vous savez pourquoi ?

— Il doit avoir d'autres intérêts. C'est un sportif, ce gars-là.

Pendant que Renaud avait posé les questions, Emma avait joué à la sténographe.

— Ils connaissaient tous Joseph Dunstan ? enchaîna-t-elle.

— Oui. Pour la plupart, c'était un soulagement de constater qu'il n'était pas là, car, comme je l'ai expliqué plus tôt, il était souvent de mauvais poil.

— Pour les autres, ils sont tous des amis ?

— « Amis » est un mot un peu fort, sauf pour Jean et Louis.

— C'est possible de nous fournir les coordonnées de tous ces gens ?

Pendant que René Lemieux composait le numéro du poste de sa secrétaire, Emma sauta dans l'arène.

— Dunstan aurait pu assassiner Monroe ?

Les doigts du directeur se crispèrent sur le récepteur. Geste qui n'échappa pas à la détective.

— Jamais de la vie ! Ils étaient comme les deux doigts de la main. Et puis, je vous l'ai déjà dit, la possibilité d'un meurtre a été écartée, précisa-t-il.

En griffonnant dans son carnet, Emma continua :

— Vous me parlez de deux notaires. Avec lequel traitez-vous le plus d'affaires ?

— Je dirais sans doute Paul Prieur, bien qu'il partage son temps entre ses deux bureaux. Un monsieur plutôt occupé. Marc Vallières n'est pas très… représentatif, mais attention, ne vous fiez pas aux apparences, il est doué et allumé, dit Lemieux en agitant son index.

Emma feuilleta son carnet.

— Je reviendrai sur une chose. Vous avez dit, tout à l'heure, ne plus avancer d'argent lorsqu'il s'agit du jeu. Qu'en est-il au sujet des frais professionnels ? Les courtiers paient un loyer pour pouvoir opérer, non ?

Le directeur opina.

— Des arrérages dans son cas ?

— Ah ça ! dit-il en balayant l'air de la main.

— On parle d'un montant substantiel ?

Lemieux se balança sur sa chaise, l'air visiblement mal à l'aise. Intimidé par le regard appuyé d'Emma, il abdiqua :

— Pour tout vous dire, quelques milliers de dollars.

— Combien ?

— Près de 18 000 $.

— C'est dans la moyenne ?

— C'est un cas d'exception, avoua-t-il en s'enfonçant le plus loin possible dans sa chaise, donnant l'impression que s'il avait pu y disparaître, il l'aurait fait.

— Pas d'autres questions. Pour l'instant, du moins.

En se levant, Renaud se racla la gorge.

— Vous jouez conventionnel ou vous avez des règlements maison?

Lemieux tourna des yeux défiants vers lui.

— Que voulez-vous dire?

— Bien des joueurs établissent leurs lois quand vient le temps de s'asseoir autour de la table.

La surprise se peignit encore une fois sur le visage de Lemieux.

— On décide quelquefois de frimes avant de commencer la partie, répondit-il, les lèvres pincées.

— Et comment déterminez-vous la carte qui sera bluffée?

Le directeur poussa un long soupir.

— Où voulez-vous en venir, sergent? s'impatienta-t-il en appuyant sur le dernier mot.

— Ça m'intéresse de connaître…

— À tour de rôle, on en choisit une en rapport avec notre voisin de droite, le coupa sèchement Lemieux.

— Bonne tactique. J'imagine que n'importe quelle carte peut faire l'affaire, hein?

— C'est une possibilité…

— Même… l'as de pique? osa Renaud, bien décidé à ne pas lâcher le morceau.

Voyant l'air interdit du directeur, il creusa encore plus l'abcès.

— Auriez-vous pu accoler cette carte à Joseph Dunstan?

Après avoir repris contenance, Lemieux rétorqua avec arrogance:

— Un de nous aurait peut-être, je dis bien «peut-être», eu le culot de la choisir si Jo avait été assis à sa droite.

— La dernière fois où Dunstan a joué, qui était assis à sa gauche? s'entêta Renaud.

Un tressaillement presque invisible fit frémir les tendons du cou du directeur.

— Je n'en ai aucun souvenir.

— Bien sûr, murmura le policier en soutenant le regard de l'homme qui ne désirait que fuir. Et… avoir chacun sa place assignée ne fait pas partie de vos règlements?

Lemieux le toisa, pour toute réponse.

— À bientôt, monsieur Lemieux, décocha Renaud, un brin sarcastique.

En marchant vers la Dodge Charger banalisée, Emma avait de la difficulté à réprimer son envie de rire et, en même temps, elle devait admettre qu'elle admirait le don de son collègue pour les questions « lame de rasoir ».

— Tu connais le poker, toi?

— Juste assez pour tenter de le désarçonner. J'ai assez bien réussi, tu ne trouves pas? répondit-il, tout fier.

— Tu me surprendras toujours.

Pendant qu'Emma déverrouillait les portières, Renaud lança par-dessus le toit de la voiture:

— Qu'est-ce que t'en penses?

— Il lui devait pas mal d'argent. Tu sais, l'argent et le meurtre…

Ils s'engouffrèrent dans la Charger.

— Occupe-toi d'abord de Jean St-Arnaud, le courtier immobilier. Son numéro doit être sur la liste, dit Emma en passant la marche arrière et en tendant péniblement le bras vers son cahier déposé sur le siège derrière elle.

Elle pesta contre la longueur du mastodonte qu'elle devait conduire.

— Laisse, je vais le faire. Vive la moto, hein?

— Tellement plus maniable, grommela-t-elle. On verra ensuite à rencontrer les autres, il faut bien commencer quelque part. Je t'enverrai leurs coordonnées par courriel.

— Pas la peine, je les note tout de suite.

Renaud, sourire aux lèvres et clin d'œil dirigé vers sa lieutenante, tenta de joindre Jean St-Arnaud pendant qu'elle touchait l'icône du microphone.

« René Lemieux, directeur. Bonhomme sûr de lui, peut-être un peu trop. Joueur de poker avec, entre autres, la victime qui lui devait de l'argent. Fume le cigarillo à l'occasion. M'organiser pour obtenir ses empreintes. Aussi, fouiller sur Pierre Monroe. »

La circulation était lente en ce vendredi. Les gens quittaient la ville pour le week-end ou rentraient à la maison. Lorsque la période des vacances commencerait, les routes seraient désertées pour enfin laisser un répit aux automobilistes qui ne pouvaient profiter de l'été pour partir à l'étranger ou se prélasser au bord d'un lac. Emma dut faire preuve de patience et de tolérance envers les chauffeurs qui n'avaient pas la conduite dans le sang.

Les deux policiers s'étaient réfugiés dans leurs réflexions respectives, René Lemieux occupant celles d'Emma.

— Une dette de 18 000 $, c'est assez pour tuer quelqu'un, pensa-t-elle tout haut.

— Hum, hum…, marmonna Renaud, occupé à consulter ses courriels. Toutes les raisons sont bonnes.

*

Emma frappa chez Jim. Il lui fallait le numéro de Clara Dunstan. Elle monta ensuite l'escalier jusqu'au balcon, où elle vérifia sa boîte aux lettres.

Rien. Rien encore…

— Bonjour, Clara Dunstan ? Emma Clarke, de la Sûreté du Québec. Je mène l'enquête sur le décès de votre père. Mais, d'abord, permettez-moi de vous offrir mes condoléances.

La rencontre fut fixée à 11 h le lendemain, à l'hôtel où logeait Clara.

Emma enfila vêtements de sport et espadrilles et ordonna à son corps de ne pas se défiler. Si lui ne ressentait pas le besoin d'exercice, son cerveau ne demandait qu'à s'éclaircir. Les premières enjambées s'avérèrent un supplice jusqu'à ce que le tempo s'impose. Elle avait commencé à courir quelque temps auparavant, la mâchoire serrée à lui faire mal, sourde aux malaises de son corps, mais à mesure que le temps avançait, son cœur et ses muscles en voulaient toujours plus.

En rentrant, elle joua Chopin, l'*Op. 64 n° 2*, en le reprenant une dizaine de fois.

Periculum
(Danger)

Samedi 4 juin

Renaud rejoignit Jean St-Arnaud au Charly's, un endroit populaire à l'ambiance «années *fifties*» où le Tout-Rosemère se donnait rendez-vous et où on faisait la queue avant de pouvoir entrer. Comme ce samedi matin. Apparemment, le courtier, déjà attablé, avait des privilèges.

— Alors, vous êtes courtier immobilier?

— Chez Les Immeubles V. V., à Lorraine, répondit-il en prenant une gorgée de café.

— Lorraine?

— Vous ne connaissez pas la banlieue-dortoir par excellence? Où il y en a pour tous les budgets. Des maisons modestes aux propriétés prestigieuses, tout le monde y trouve son compte.

— Vous la vendez bien! Je me laisserais convaincre même si je suis un rat des villes.

En présence d'un vendeur, n'importe lequel, Renaud se permettait de faire de l'esprit. Quant à St-Arnaud, il semblait imperméable à ce genre d'ironie. Pour l'instant, il était plutôt occupé à tourner le cou assez pour se faire un torticolis, dans le seul but de suivre le mouvement ondulant des hanches de la fille qui passait au même moment sur le trottoir.

Déçu que son faux humour ne produise pas l'effet escompté, Renaud revint à ses questions.

— Vous travaillez pour l'agence depuis longtemps?

— Pas tout à fait deux ans.

— Vous étiez dans l'immobilier avant ça ?

— J'ai fait quelques années chez le concurrent de V. V. Oh ! pardon… Victor Vigneau. J'étais à l'Agence Châteaubriand.

— Avec René Lemieux ?

— Vous le connaissez ?

— Hum… Pourquoi avoir changé ?

— Lemieux se prend un peu trop au sérieux.

— Et les filles sont peut-être plus *hot* là-bas ?

Le courtier ne releva pas la raillerie.

— Vous connaissiez Joseph Dunstan ?

— Qui ne le connaissait pas ? Un dur de dur en affaires, celui-là !

— Vous pouvez préciser ?

— Pas le genre de bonhomme avec qui on a envie de se mesurer autour d'une promesse d'achat, déclara le courtier en levant une main désinvolte.

— Ça vous est déjà arrivé ?

— Quelques fois de trop.

— Vous saviez qu'il jouait au poker ?

— J'ai joué à l'occasion avec lui.

— Ah oui ? Et au poker, vous aviez envie de vous mesurer à lui ?

St-Arnaud, qui avait semblé indifférent jusque-là aux remarques goguenardes du sergent, répliqua du tac au tac :

— Et si l'envie de vous *mesurer* à moi vous stimulait ? On pourrait faire un match de mots, si vous voulez.

Renaud sentit qu'il avait, assis en face de lui, un homme qui aurait bien pu être un émule ou, mieux, un *alter ego*.

— Je n'ai pas voulu…

— Je connais le ton provocateur. Alors, ne perdez pas votre temps.

Apparemment, le courtier n'entendait pas à rire. Du moins, pas aujourd'hui. Renaud se racla la gorge avant de reprendre son interrogatoire.

— Vous disiez donc que vous avez déjà joué avec lui?

— En fait, je n'avais pas le choix. Lorsque j'arrivais là-bas, il était déjà là. Il n'était pas commode. Il devait de l'argent à tout le monde. Chaque fois qu'il perdait, il aggravait son cas.

— Il vous en devait?

— Plus maintenant, je n'ai pas les moyens d'entretenir quelqu'un d'autre. En fait, il me devait encore une petite somme qu'il m'a remboursée juste avant de mourir. Est-ce que j'ai été *le* chanceux? J'espère qu'il a fait la même chose avec les autres.

Le courtier sembla sincère à Renaud.

— Vous continuez de jouer?

— La dernière fois, c'était lundi, chez Lemieux. Ça faisait au moins deux mois que je n'avais pas touché à ça.

— Est-ce que Dunstan y était aussi? demanda Renaud, désireux de confirmer les dires de Lemieux.

— Non, il avait un rendez-vous important, à ce qu'il paraît. L'atmosphère en a été allégée, d'ailleurs.

— Lorsque vous saviez qu'il allait être présent, ça vous empêchait d'aller jouer?

— J'ai décidé d'arrêter de jouer au poker parce qu'il risquait d'être là. Ça vous donne le ton?

— Où étiez-vous, mardi soir dernier?

— Il ne s'est pas pendu? demanda St-Arnaud, l'air étonné.

— Nous n'écartons aucune possibilité.

Ils se dévisagèrent un instant, puis Jean se pencha vers l'avant et avoua tout bas:

— J'étais avec Rosalie, une fille *hot*, comme vous dites.

— Vous ne voulez pas que ça se sache?

— Je suis pas mal connu ici. Des oreilles mal intentionnées pourraient éventer mes secrets. Je n'y tiens pas. Je raterais de belles occasions, vous comprenez?

Bâtisse! Il en rajoute, le beau Brummell! pensa le sergent.

– Je crois comprendre. Vous n'avez pas écourté votre nuit, j'imagine ? ironisa-t-il.

– Je suis parti au petit matin, il y avait danger que le mari se pointe. J'ai de la chance, il travaille de nuit, confia St-Arnaud, des étincelles dans les yeux.

La bonne humeur était de retour chez le courtier. Renaud eut autant envie de rire que de lui ressembler. Il aurait aimé être aussi désinvolte vis-à-vis de ses rapports avec les femmes. Il repensa à Caroline, qui l'avait laissé tomber pour un mec dans le genre de St-Arnaud. *Alter ego* ? Hum… il faudrait que le beau Brummell lui enseigne ses techniques de chasse.

Le policier eut l'impression d'être en présence d'un charmeur professionnel, plutôt que d'un meurtrier.

*

Durant la nuit, le vent avait chassé les nuages, laissant enfin place au soleil qui n'avait plus à batailler pour réussir à percer l'écran gris. La température frôlant les 20 degrés jumelée au temps sec donnait envie de faire une escapade dans les Laurentides. La journée parfaite pour une balade à moto, mais Emma savait que le travail n'attendrait pas.

Elle arriva à l'hôtel Beaugrand et emprunta l'ascenseur.

Deux, trois, quatre, cinq, six, sept et… huit.

Et frappa à la chambre 810.

– Entrez, j'ai fait monter du café.

La policière détailla Clara Dunstan, qui semblait calme et sereine. Malgré ses vêtements basiques – jean, blouse en coton blanc et espadrilles –, on sentait qu'elle avait de la classe. Emma envia les doigts fins aux ongles féminins manucurés avec discrétion – mission impossible pour une pianiste.

– Vous demeurez dans l'Ouest américain, cela s'entend.

– À Los Angeles, précisa Clara avec un sourire. Crème et sucre ?

– Un peu de crème, merci. Votre français est impeccable.

– Ma mère a tenu à ce que je ne perde pas ma langue maternelle.

– Avez-vous demeuré ailleurs aux États-Unis ?

– Seulement en Californie. Nous avons dû en faire le tour, par contre, étant donné nos sempiternels déménagements.

Elle avait paru amère en disant cela.

– Ça faisait longtemps que votre père était venu s'installer au Québec ?

– Ça remonte à mon adolescence, répondit Clara, le regard rembruni.

– Et vous l'avez visité durant tout ce temps ?

– Je venais quelques fois par année, durant les vacances scolaires, par exemple.

– Il s'occupait bien de vous à ce moment-là ?

– Pour dire vrai, j'étais plutôt livrée à moi-même. Il sortait jusque tard dans la nuit. Je ne savais pas où il allait. Comme d'habitude, il mentait, dit-elle d'un ton exaspéré, les yeux remplis d'une colère réfrénée depuis trop longtemps.

Avec brusquerie, Clara décroisa ses jambes et les recroisa de l'autre côté.

– Dites-moi, lui connaissiez-vous des ennemis ?

– Pas à cette époque, même si j'ai surpris certains entretiens orageux.

Emma était de plus en plus intéressée par les propos de Clara qui semblait vouloir ne rien cacher, mais plutôt enfin libérer son cœur.

– Il a toujours été courtier immobilier ?

– Il pratiquait sa profession depuis belle lurette. Il avait débuté en Californie, et puis, un beau jour, il a décidé de s'exiler. Avait-il eu des problèmes avec quelqu'un ? Je l'ignore. Comme ça faisait maintenant cinq ans que je ne l'avais pas vu, je ne connais pas ses fréquentations.

– Je peux vous demander pourquoi vous avez espacé les visites chez votre père ?

Clara se dandina sur son siège avant de répondre en pinçant les lèvres :

— Mon père m'a toujours menti. Sur tout, tout… Je ne pouvais pas lui faire confiance. Jeune, je ne me sentais pas en sécurité avec lui. Il mentait à ma mère, aussi. Il jouait, bluffait… On aurait dit qu'il vivait une vie artificielle.

Sa colère se mua en désolation. Elle tritura ses doigts aux ongles parfaits.

— Quand vous dites qu'il jouait, vous parlez de jeux d'argent ? demanda Emma, dont la curiosité ne cessait de croître.

L'attitude de Clara changea tout à coup, et ses yeux étincelèrent de nouveau de colère.

— Je parle de jouer dans tous les sens du terme. Il souffrait sans doute d'un mal incurable qui l'a toujours empêché de prendre ses responsabilités. À force de miser l'argent familial, il est parvenu à dépouiller ma mère, qui a dû recommencer à neuf.

Emma repensa à l'as de pique et à Lemieux.

Il a toujours joué… Et mentir devient souvent une seconde nature chez un joueur.

— Quel était le but de votre visite ?

— En fait, j'étais curieuse de le revoir. Peut-être qu'il avait enfin changé ? C'est pourquoi j'ai fait coïncider mes vacances avec cette rencontre.

— Vous aviez rendez-vous avec lui ?

— Nous devions souper ensemble, hier soir.

— Quand êtes-vous arrivée ?

Clara jaugea Emma avant de répondre.

— Vous cherchez un coupable même s'il s'est suicidé ?

— Certains éléments portent à croire que ce n'est pas un suicide.

Clara détourna les yeux et, songeuse, regarda la ville de moins en moins ensoleillée, des nuages lourds venant soudain menacer la journée qui s'était pourtant annoncée si belle.

Emma se leva en rangeant son carnet dans son sac.

— Je suis arrivée il y a quelques jours et comptais rester deux semaines, dit Clara. Je passerai donc ma seconde semaine de vacances à régler des funérailles. Je suis fille unique et, à ce qu'il paraît, mon père n'avait pas de petite amie. Du moins, sérieuse. Si j'avais pu me douter un seul instant que mon séjour… Cela dit, je ne compte pas être de la partie pour l'enterrement. Je lui aurai donné assez de temps comme ça, alors qu'il ne l'a pas mérité.

— Je sens de la colère et de la vengeance derrière vos mots, avança Emma.

— Ce n'est pas difficile de m'imaginer en vengeresse, en effet, avec tout ce qu'il m'a fait vivre… Mais la violence n'est pas mon genre, lieutenante. Il vous faudra chercher ses ennemis cachés ou non. Je suis certaine que vous trouverez. Pour ma part, je rentrerai aussitôt que les formalités seront remplies, affirma Clara en se levant. Je n'ai pas envie de lui rendre hommage, vous comprenez ?

— C'est votre affaire. Cela dit, je vous fais signe si j'ai de nouveau besoin de vous.

Lorsque la porte se referma derrière elle, Emma saisit son téléphone et enregistra :

« Dunstan a englouti l'argent du ménage et peut-être bien celui de la fille aussi. »

La vibration de son téléphone lui donna tout à coup une décharge électrique à l'intérieur de la main.

— *Afternoon, Miss Clarke. Our famous journalist wants a piece of the pie*[7].

— Je m'en occupe, chef. En passant, je viens de voir Clara Dunstan, la fille de la victime.

— *And ?*

— Il était joueur et menteur. Belle façon de lui clouer le bec en lui passant la corde au cou.

— *Indeed*[8] !

---

7   Bonjour, mademoiselle Clarke. Notre fameux journaliste veut un morceau de la tarte.
8   En effet !

Emma n'eut pas le temps d'atteindre l'ascenseur que son mobile vibrait de nouveau.

— Bernard Paiement, du *Journalier*, ici.

Le journaliste était toujours le premier sur la ligne de front, même un samedi. Avide de laisser couler des litres d'encre de sa plume, il vous harcelait avec un sans-gêne qui, parfois, dépassait la mesure.

— Que puis-je faire pour vous ?

— M'instruire de petits détails croustillants concernant l'affaire Joseph Dunstan. Du genre : s'est-il passé la corde au cou lui-même ou y a-t-il possibilité que ce soit un meurtre ?

Exaspérée, mais n'en laissant rien paraître, Emma remit les pendules à l'heure :

— La famille n'est pas encore avisée, monsieur Paiement.

— Ne me dites pas que vous n'avez même pas une petite idée ? insista-t-il.

Emma ne répondit pas. Malgré la ténacité du journaliste, elle resta de glace.

Elle compta les étages de l'Hôtel Beaugrand, en ordre décroissant cette fois :

Sept, six, cinq, quatre, trois, deux et... un.

Clara Dunstan avait semblé somme toute transparente. Ne restait qu'à vérifier les informations qu'elle avait données. Pressée d'arriver chez son épicier avant qu'il ne ferme boutique, Emma marcha d'un pas vif jusqu'à sa moto, d'autant plus que les nuages menaçaient de crever à tout moment.

Quelque chose était coincé sous le pare-brise. La détective s'empara du papier fin qu'elle avait reconnu d'un simple coup d'œil.

Agnus Dei.

Encore du latin...

Elle regarda autour d'elle, certaine que l'assassin l'observait. Or, rien ne le lui confirma. Elle tapa nerveusement les deux mots sur Internet. «Agneau de Dieu.»

Qui enlève le péché du monde...

Agacée, Emma rangea le papier dans le sac Ziploc qu'elle conservait toujours dans son coffre. Elle mit ensuite son casque et tourna la clé dans le contact tout en continuant de scruter les environs.

On me suit... Comment me connaît-il? Qui, à part mes collègues, peut savoir que je m'occupe du dossier?

En roulant plus rapidement que nécessaire, la policière songea à Dunstan et ne put s'empêcher de faire le lien avec les péchés.

Une chose est claire: Clara ne peut pas être coupable puisqu'elle était avec moi pendant qu'il... Pourquoi, je dis toujours « il »? Ça pourrait être « elle ». Ah! puis non! Quelle femme arriverait à hisser un corps au bout d'une corde?

Elle avait espéré une soirée un peu plus calme après sa semaine chargée, mais le nouveau message venait de tout perturber et, ironiquement, elle devait avouer que cela la stimulait comme un coup de fouet bien placé. Après avoir compté les marches de l'escalier pour la centième fois, elle mit le pied sur son balcon.

Encore rien...

En sortant ses clés, elle crut apercevoir une ombre dans la rue pourtant déserte, juste une ombre, se faufilant prestement derrière l'immeuble.

Ça devient une obsession...

Emma ramassa les dépliants publicitaires tombés de la boîte aux lettres, et les déposa sur l'ottomane. Après avoir lancé sa veste sur le dossier d'une chaise, elle retapa la citation latine sur le clavier de l'ordinateur. Les mots «Agneau de Dieu» s'affichèrent à l'écran et clignotèrent sous ses yeux.

On veut me dire que Dieu a passé une commande, c'est ça?

Elle se leva d'un bond, ouvrit le frigo et décapsula une Corona glacée. Elle longea le corridor jusqu'au salon, où son regard se posa pour la énième fois sur la grille avec ses quatre croix et où le mot « destin », au centre, semblait la narguer. Elle la regardait si souvent qu'elle en était devenue familière. Où se cachaient les autres définitions ? Elle eut un geste d'humeur en reposant le papier à sa place, et se dirigea vers sa chambre afin de revêtir des vêtements confortables. Partie tôt, elle n'avait pas fait son lit. Son appartement était l'antithèse de sa personnalité. Parmi les meubles et les objets éclectiques, livres, journaux et grilles de mots croisés jonchaient tables et fauteuils, la vaisselle séchait le plus souvent sur l'égouttoir à côté de l'évier, et ses vêtements de la journée restaient accrochés à la patère placée dans un coin de sa chambre. Mais elle s'y sentait bien, à l'aise dans ce désordre ordonné qui contrastait avec son métier requérant tant de minutie.

Emma envoya valser Converse et t-shirt pour enfiler une longue chemise, pendant qu'elle revoyait en pensée les expressions et les malaises de René Lemieux à qui la victime devait de l'argent, d'une manière ou d'une autre. Était-ce une raison suffisante pour en arriver à tuer ? Pour une somme importante, c'était du déjà vu. Ou se débarrasser d'un de ses courtiers pour une raison plus obscure qui lui échappait pour l'instant ?

L'enquête progressait à pas de tortue, et bien qu'Emma sût d'expérience que celle-ci pouvait démarrer en trombe à tout moment, elle maudissait tout début d'investigation où elle n'avait aucun indice probant à se mettre sous la dent.

Alors qu'elle inventoriait les circulaires ramassées un peu plus tôt, une enveloppe marquée à son nom lui glissa des mains. Impatiente, Emma la décacheta. Un seul mot était écrit :

PATIENCE.

Second coup de fouet de la journée.
J'en suis dépourvue, désolée…

Elle s'arrêta net de penser, courut vers la cuisine, s'empara du sac Ziploc contenant l'autre message, et compara les calligraphies anonymes.

Ce n'est pas la même. Merde!

Fortitude
(Courage)

Dimanche 5 juin

Emma feuilleta fébrile *L'Intégral* étoffé du week-end, sans rien lire. But une gorgée de café au lait. Fixa son bol en bois rempli de fruits frais. Tenta de chasser les mêmes idées qui revenaient sans cesse la tarauder. Où chercher? Qui en voulait à Dunstan à ce point?

Ah oui! j'oubliais… Dieu.

Énervée, elle s'empara de la grille blanche, mais comprit que se concentrer sur quoi que ce soit d'autre était inutile, voire impossible.

Emma arpenta fiévreusement son appartement situé au deuxième étage d'un duplex d'un quartier typique de Montréal appelé « la Petite Italie », et qui avait été un vrai coup de cœur en dépit d'un manque flagrant d'entretien. Comme en plus, il y avait de la place pour son piano, elle n'avait pas tergiversé longtemps. Avec l'aide d'Ève Laflamme, sa courtière, elle était devenue propriétaire sur l'avenue de Gaspé. Emma se souvenait avoir dû faire preuve de bonne volonté en veillant à la préservation des boiseries centenaires décapées, soir après soir durant un long mois, avec gants, masque et Simon, afin de les ramener à leur état naturel. Elle avait eu l'impression de se bâtir une nouvelle vie en même temps que les murs et plafonds la remerciaient du fond du cœur du coup de pinceau devenu impératif.

Dans le but de chasser ses pensées effervescentes, Emma délaissa grille blanche, suppositions tournées et retournées, attentes frustrantes, et invita Simon à aller courir sur le mont Royal en espérant qu'un peu d'oxygène lui éclaircirait les idées.

*

Quel trac! Quelle angoisse! Quel défi! Sa longue nuit peuplée de cauchemars avait achevé de lui mettre les nerfs à vif. Louis Bellavance avait l'impression de marcher vers l'échafaud.

Le courtage hypothécaire est moins dangereux et tout aussi stimulant! pensa-t-il.

Il avait eu la folle idée d'accepter de faire l'expérience du grand saut avec son ami Jean St-Arnaud. Celui-ci lui avait tant et tant vanté les mérites de cette magie dans les airs que, malgré la peur irrationnelle que suscitait ce sport chez lui, il s'était mollement laissé convaincre.

À son arrivée au Centre de parachutisme Cirrus, il vit Jean, revêtu de sa combinaison, qui s'apprêtait à se ligoter comme un saucisson avec toutes les courroies nécessaires, il va sans dire, à l'extrême sécurité de la chose.

— Hé! mon ami! Je suis content que tu sois là. L'instructeur avec qui tu vas faire le tandem t'attend là-bas, dit Jean en désignant une porte rouge au fond du couloir. T'en fais pas, je vais t'attendre pour monter dans l'avion.

La terreur au ventre, Louis se dirigea vers la fameuse porte et, à la dernière seconde, bifurqua vers celle qui se trouvait à côté et qui menait aux toilettes où son petit-déjeuner, aussi frugal fût-il, se retrouva au fond de la cuvette.

Il se faufila ensuite vers une troisième porte, à la rencontre de ce qu'il voyait comme l'ultime liberté : conduire sa voiture sur la terre ferme. Combien de temps Jean l'attendrait-il à la porte de l'avion? Était-il lâche? N'avait-il pas de couilles?

La bravoure est réservée aux plus intrépides et, non, je ne suis pas de ceux-là, se dit-il, dépité.

La météo était à son meilleur ; on l'aurait dit endimanchée. En prenant une bouffée d'air, Louis observa les aéronefs alignés sur le vaste terrain, en attente de gens téméraires en mal de sensations fortes. De loin, il vit Jean, équipé de son attirail tout neuf, prêt à tenter encore une fois l'expérience. Il l'admirait pour ce qu'il était : sûr de lui, persévérant, courageux, avec en plus une propension à faire tourner les têtes. À cran, il regagna sa voiture qu'il conduisit avec toute la colère qui l'habitait.

Pour tuer le temps avant de rentrer, et ainsi retarder l'interrogatoire qu'Alice, sa femme, ne manquerait pas de lui faire subir, il fit un détour par le bord de la rivière, à la recherche d'un peu de réconfort. L'eau coulant en cascade l'apaisait toujours, comme un baume sur une plaie ouverte. Il leva les yeux au ciel et demanda à la force qu'on disait suprême de lui donner le courage de réussir la prochaine fois.

Amer et déçu de son manque de cran, Louis rentra enfin à la maison.

— Et puis, c'est aussi enivrant qu'on le dit ? demanda Alice, tout excitée.

— Je n'ai pas sauté… Problème technique, répondit-il, désinvolte.

Le mensonge valait mieux que toutes ses insécurités, qu'il ne voulait surtout pas lui dévoiler.

— Dommage… Ce n'est que partie remise, dit sa femme en lui tapotant le bras.

— Ah ! mais sois sans crainte, je me reprendrai ! lui assura-t-il, arborant l'air confiant du gars qui s'en promet.

Devant la désagréable sensation de ne jamais se sentir à la hauteur vis-à-vis d'Alice, elle-même aventurière à ses heures, il s'efforçait de toujours paraître fort et sûr de lui.

— Heureusement que je n'ai pas pu sauter, un client m'a appelé et il a fallu que je le rencontre sur-le-champ, mentit Louis. Et toi, tu as vu ta copine ? lança-t-il, empressé.

— Elle a ses problèmes comme tout le monde, mais dans l'ensemble…

Enfermé dans son monde, Louis ne l'écoutait déjà plus. Rien n'arrivait à chasser les pensées négatives de son esprit. Pourquoi son ami avait-il tout le succès qu'il voulait, tant dans sa vie professionnelle que dans cette nouvelle passion qu'était pour lui le parachutisme ? Sans compter ses nombreuses conquêtes qu'il collectionnait comme des trophées. Pourquoi, lui, n'avait-il pas cette facilité innée chez Jean ? Pourquoi ne l'avait-on pas doté de cette force et de cette confiance dignes des meilleurs ?

De retour de son saut, Jean St-Arnaud s'enquit de son ami auprès du personnel. Quelqu'un l'avait-il vu détaler comme un lapin ? Non. Personne ne l'avait même entrevu. Jean aurait tant aimé que Louis ressente cette incroyable montée d'adrénaline.

Ces temps-ci, il est bizarre, distant, absent. Je ne le reconnais plus, se dit-il en marchant en direction de sa voiture.

Il déposa son bagage dans le coffre de sa BMW sport et, encore sous l'effet de l'euphorie, roula un peu trop vite sur l'autoroute. Il repensa à Louis. Quoique moins téméraire que lui, son ami lui avait pourtant semblé prêt à tenter l'expérience.

In petto
(Dans le secret de la pensée)

Lundi 6 juin

Le mot « patience » la défiait.

Quel charabia ! Donnez-moi quelque chose pour que je travaille un peu !

Emma s'assura que son bol en acajou était bien rempli de fruits avant de claquer la porte arrière, en proie à une colère dirigée contre l'inconnu qui semblait s'amuser d'elle.

En roulant vers le QG, elle pensa qu'elle devait parler à Burn du papier déposé sous le pare-brise de sa moto.

*

Le téléphone et l'ordinateur de Joseph Dunstan trônaient sur le bureau de Renaud Lapointe, qui fouilla d'abord le téléphone à la recherche des derniers numéros enregistrés. Il y en avait une série durant la dernière semaine. Celui d'une certaine Gigi revenait souvent.

Renaud s'attaqua ensuite à l'ordinateur, en examina les fichiers, espéra un miracle, mais conclut qu'il aurait sans doute besoin de plus de temps. C'est alors qu'un dossier attira son attention. Lorsqu'il double-cliqua dessus, une liste de débiteurs apparut, dont quelques noms qu'il avait vus dans le répertoire du téléphone. On voyait nettement les sommes que Dunstan devait encore à Prieur, à Vallières, à Vigneau, à Bellavance, à St-Arnaud et à Lemieux.

La dette de jeu, excellent motif d'assassinat, comme disait Emma, songea Renaud. *Je ne vois pas le remboursement de la somme qu'il devait à St-Arnaud, par contre...*

Il imprima le papier et rejoignit Emma et Burn, qui y jetèrent un coup d'œil.

— Y en a qui tuent pour moins que ça, lança Renaud.

Emma sortit son cahier noir.

— René Lemieux a cité ces noms-là, vendredi.

— J'ai vu ça.

— OK. *So*, on a une piste plus concrète, dit Burn en suçant des Tic Tac.

Mis en garde par son médecin, il avait cessé l'usage du tabac, non sans peine, et trompait son envie de fumer avec les petites menthes qui, espérait-il, l'aideraient à tenir le coup.

— Hum, beaux suspects en vue. D'autant plus que sa fille et Lemieux ont parlé de son vice, dit Emma. C'est plus qu'impératif de les interroger.

— *You bet!*

— Ce n'est pas tout, reprit Renaud, le numéro d'une Gigi apparaît au moins six fois durant la dernière semaine. Faudrait demander à Simplet de trouver son nom complet.

Emma et Renaud prirent congé de Burn et longèrent le couloir en direction du cubicule de Jocelyn Tardif, l'analyste.

On aurait dit que celui-ci n'attendait qu'eux, à croire qu'il n'avait rien d'autre à faire. Emma lui demanda de retracer le dossier Monroe. Il promit de faire ce qu'il fallait pour Gigi.

Discrètement, Emma examina la table de travail de l'analyste dans l'espoir d'y apercevoir une grille de mots croisés, comme si une telle découverte avait été susceptible de confirmer ses doutes. Mais elle ne vit rien.

— J'ai vu Jean St-Arnaud. Méchant tombeur! dit Renaud en accompagnant Emma à son bureau. Il m'a dit que Dunstan lui avait remboursé un montant d'argent juste avant sa mort. Mais ce n'est

pas inscrit sur la liste. Peut-être que Dunstan n'a pas eu le temps…
Bâtisse! je ne vois pas un coureur de jupons en meurtrier!

— Il t'a parlé de femmes?

— Que de ça! dit le policier en levant les mains d'un air impuissant.

— Et les notaires?

— Je les rencontre aujourd'hui.

— Et moi je vais voir le client, Marchand.

Les dernières nouvelles avaient fait oublier à Emma le papier coincé sous le pare-brise de sa moto. Elle fit demi-tour vers le bureau de son chef pour constater qu'il était parti.

*

Après quatre sonneries, Elliot Carrière répondit:

— Bonjour, Emma. Alors, du nouveau?

— Vous êtes libre aujourd'hui?

— Sans problème. Au Pub, à Rosemère?

— J'y serai dans une demi-heure.

Malgré elle, le cerveau d'Emma se gonfla d'adrénaline. Elle roula jusqu'à l'endroit indiqué, un immeuble inspirant de style anglo-saxon. Elle appréciait cette ville bucolique, en apparence calme, recelant des trésors comme celui-ci. En revanche, elle savait aussi que, derrière cette façade de rues paisibles et de maisons proprettes, le mal guettait. Là comme partout ailleurs. Nulle part, personne n'était tout à fait en sécurité. Elle était bien placée pour le savoir.

Emma poussa la porte et laissa ses yeux s'acclimater à la lumière tamisée. Le bar, recouvert de bois verni et ceinturé d'aluminium dépoli, pouvait accueillir tout au plus une douzaine de clients. Des fauteuils recouverts d'un tissu à rayures dans différents tons de bleu entouraient des tables rondes.

Elliot était déjà là, installé à une table isolée, affichant son sourire ravageur. Elle se permit la pensée saugrenue qu'il le lui réservait.

Sous ses airs de perfection, existait-il autre chose qu'un cœur de pierre?

— Vous voilà, lui dit-il en lui tendant une main chaude, sensuelle.

— C'est mystérieux, ici. Vous venez souvent?

Emma laissa vagabonder son regard afin d'apprécier l'endroit. Puis ses yeux revinrent vers le sergent-détective.

— Seulement avec des personnes choisies, répondit Elliot en la regardant de façon intense. J'adore cet endroit. Je vous offre un verre de vin, une bière?

— Vin blanc. Sauvignon de préférence, merci.

En dépit de sa volonté, l'imaginaire d'Emma se mit en branle à propos des «personnes choisies».

— Vous aimez les calmars? Ils en font d'excellents ici.

— Ce serait bien. Je n'ai pas dîné.

— Garçon! Deux sauvignons et vos fameux calmars.

Elliot planta ensuite un regard inquisiteur dans les yeux d'Emma qui, s'efforçant de ne pas flancher, s'empressa de déclarer:

— Tous parlent de Dunstan comme d'un joueur invétéré.

— Vous avez donc fait le lien avec l'as de pique.

— Hum, hum… D'autant plus qu'on a déniché ça dans l'ordinateur de Dunstan, dit-elle en lui tendant la liste de créanciers.

— Plus que probable qu'il s'agisse de dettes de jeu. Bonne piste à explorer.

— Une certaine Gigi l'a aussi appelé à plusieurs reprises. On cherche ses coordonnées. Mmm… délicieux, surtout après une journée bien remplie, ajouta Emma après avoir goûté le vin.

Elliot fut troublé en s'attardant sur les lèvres pleines qui caressaient le bord de la coupe.

— J'ai eu l'honneur de rencontrer le directeur de l'agence immobilière, René Lemieux.

— J'ai eu le plaisir de lui être présenté lors d'une journée d'affaires organisée dans le secteur. Il m'a semblé un chic type.

— Je ne sais pas. Peut-être… Il a déjà été soupçonné du meurtre d'un de ses courtiers, il y a plusieurs années. L'affaire a été classée, faute d'indices.

— Je me souviens de cette enquête pour le moins nébuleuse. Ça avait même nui à ses affaires, précisa Elliot.

— Quand je suis sortie de l'hôtel où j'ai rencontré la fille de Dunstan, ce papier m'attendait, dit Emma en poussant le sac vers lui.

Le policier s'approcha et lut à travers le Ziploc :

— *Agnus Dei…*

— Agneau de Dieu.

— Mouais… La religion, encore…

— La même écriture sur le même papier fin utilisé pour le mot laissé chez Dunstan. On ne peut soupçonner Clara, sa fille, le papier était sur ma moto quand je suis sortie de l'hôtel.

— Et… vous n'avez pas traîné en chemin ?

— Non. Elle n'a pas eu le temps de descendre.

Ils s'accordèrent un moment de silence en dégustant leur vin. En voyant les longues mains masculines caresser le pied du verre, Emma n'eut qu'une envie : entrelacer ses doigts aux siens.

— Le temps file. Ça vous dirait qu'on soupe ensemble ?

— Je suis libre, s'entendit répondre Emma, étonnée de sa promptitude.

Après avoir commandé un saumon grillé aux herbes arrosé d'un deuxième verre de vin, ils rédigèrent la liste des personnes à interroger.

— C'est bizarre, commença Emma, à chaque début d'enquête, par curiosité, j'ai l'habitude de chercher le nom des suspects sur la toile. J'ai lu qu'en France, Paul Prieur, vigneron celui-là, produit un excellent sancerre, malheureusement pas vendu ici, après vérification auprès de la SAQ. Et imaginez, le Domaine Prieur est situé au pied des monts Damnés. Rien de moins !

— À Paul Prieur, producteur de vin ou… notaire criminel! s'exclama Elliot en trinquant.

Leurs verres s'entrechoquèrent pendant que leurs regards en disaient plus long qu'ils ne l'auraient voulu.

— Je débuterais par Marchand, enchaîna Emma pour faire diversion.

— Il est inscrit sur la liste trouvée dans l'ordinateur?

— Non, mais il jouait peut-être ailleurs avec lui.

La conversation se voulant professionnelle, ils s'évertuèrent, chacun de leur côté, à demeurer dans les paramètres de l'affaire. Elle dura deux bonnes heures pendant lesquelles ils firent le tour de la question.

En la raccompagnant à sa moto, alors qu'une voiture les frôlait d'un peu trop près, Elliot obligea Emma à se presser contre le siège en la tenant par la taille. Sous le contact de la main chaude, le courant électrique qui longea son échine réveilla chez Emma un désir lancinant. À contrecœur, ils prirent congé l'un de l'autre comme des collègues ayant l'habitude de suivre ensemble un dossier à la trace.

Avant de se diriger vers Montréal, Emma décida de faire un détour. Elle roula sur le chemin de la Grande-Côte, se rendit au coin de la rue Beauchemin, où elle éteignit le moteur de la moto qu'elle poussa jusqu'à la longue allée de gravier. Jusque chez Dunstan. Elle réprima un frisson désagréable en voyant les silhouettes obscures des arbres devenues inquiétantes avec la nuit tombée.

Emma accrocha son casque à une des poignées de la moto et s'assura qu'il n'y avait pas de témoin. Elle avança en silence en comptant 30 pas, se plaça au milieu de l'allée, en face de la porte d'entrée. Puis elle ferma les yeux, mit les doigts sur sa nuque, à l'endroit précis où la rose blanche avait été tatouée, et appela son cerveau à la rescousse. Il fallait qu'elle s'imprègne de l'ambiance morbide et électrique qui devait régner, ici même dans cette allée, comme dans la tête du meurtrier, le soir du 31 mai.

Le but étant d'entrer en communion avec l'assassin, Emma plongea dans un état méditatif afin de ressentir ses vibrations. Se mettre dans la peau d'un tueur exigeait une extrême concentration.

La policière tenta de visualiser l'ombre qui avait dû attendre que le champ soit libre avant d'entrer par la porte déverrouillée. La refermer sans bruit, longer le corridor à l'affût du moindre son, repérer enfin Dunstan, le surprendre en le chloroformant, préparer son attirail sophistiqué, et le hisser finalement au bout de la corde.

Les yeux toujours clos, elle réussit à sentir l'adrénaline qui devait transpirer des habits de l'ombre à ce moment-là. Ombre qui s'en retournait en repassant la porte, fantôme se coulant contre les murs, pour s'éclipser dans la nature. La scène était si réelle derrière ses yeux qu'Emma put presque percevoir les ondes d'euphorie émanant de la silhouette encore anonyme.

Elle sortit de sa méditation pour revenir dans la réalité, et prit tout son temps pour recouvrer ses sens. Enfin, elle repartit en faisant rouler sa moto jusqu'au coin de la rue.

À tous les coups, elle s'obligeait à retourner sur le lieu d'un crime où elle tentait de reconstruire ce qui s'était passé. Même si l'essentiel de cette démarche se déroulait dans sa tête, elle se justifiait à mesure que l'enquête évoluait. Pour aujourd'hui, cela n'avait été qu'une ébauche, une première imagerie. Mais elle devrait sans doute revenir jusqu'à ce que tout devienne clair dans sa tête.

*

À l'heure prévue, Renaud Lapointe passa la porte de l'étude du notaire Paul Prieur.

— Sergent Lapointe?

L'homme de loi lui tendit une main ferme et sèche. Renaud comprit qu'il ne perdrait pas un temps fou avec lui. En le suivant dans le couloir, il constata que l'endroit était aussi dégarni que la tête de son propriétaire.

Prieur lui fit signe de s'asseoir dans un fauteuil en cuir aussi craquelé que la peau d'une vieille tortue.

— Vous êtes l'enquêteur principal dans cette affaire?

— La lieutenante-détective Emma Clarke pilote l'enquête. Mais comme on doit se partager les tâches…

Un vague sourire étira les lèvres de l'homme.

— Vous êtes sans doute au courant de la disparition de Joseph Dunstan qui était un de vos clients?

Prieur opina du chef, avec une expression neutre qui donna à Renaud envie de le secouer un peu.

— En fait, il s'agit d'un meurtre.

— On ne l'a pas trouvé pendu? demanda le notaire avec un air tout à coup consterné.

— On peut pendre quelqu'un.

— Et comment peut-on le faire?

En enquêteur suspicieux, Renaud douta de sa sincérité.

Ou il feint à la perfection, ou il est vraiment sous le choc, pensa-t-il.

— Vous l'avez vu, la semaine dernière?

Prieur se recomposa un visage impassible, comme le meilleur des comédiens.

— Je l'ai rencontré avec un client pas très commode, lundi soir dernier. Ils voulaient que je fasse office d'arbitre dans un dossier épineux.

— Et vous avez réussi à calmer le jeu?

— Après deux bonnes heures de négociation, sur un ton beaucoup trop véhément, je dois l'avouer, le client a claqué la porte.

L'homme de loi semblait bien sûr de lui en dépit de l'échec de la transaction.

— Comment décririez-vous Joseph Dunstan?

— Un courtier prospère qui, pourtant, se plaignait toujours d'être sans le sou. Vous ne le savez peut-être pas, mais c'était un joueur compulsif et, ça, c'est dangereux. On ne sait jamais quand s'arrêter. En plus, ce monsieur mentait comme il respirait. C'est d'ailleurs ce qui avait rendu le client furieux. Au moment de partir, ce dernier a déclaré que la vérité finissait toujours par triompher.

Il avait récité le laïus comme une litanie. Renaud n'avait qu'une envie : le déstabiliser.

— Tout un as de pique, le bonhomme !

Le notaire se contenta de lui jeter un regard oblique, mais ne broncha pas.

— Donc antipathique, mais quand même un de vos clients ?

— L'argent n'a pas d'odeur, sergent. Contrairement à d'autres, il ne s'emmêlait pas dans des cordes imaginaires. Il me laissait carte blanche.

— Parlant carte, vous jouez ?

— De temps à autre, avec des relations d'affaires, admit Prieur en replaçant le dossier déposé sur le dessus d'une pile afin que les bords soient parfaitement alignés aux autres, bien qu'il déviât de façon si imperceptible que seul un œil plus qu'averti aurait pu s'en rendre compte. Il faut demeurer présent dans ce milieu et se maintenir alerte, avec tous ces jeunes loups qui ont une faim insatiable de business, précisa-t-il.

— Votre nom n'est plus à faire, quand même…

Alors que Renaud disait ces mots, son regard s'attarda sur un modeste crucifix fixé en haut du mur, au-dessus d'une étagère encombrée de chemises d'un beige sombre.

— Une réputation se défait beaucoup plus vite qu'elle ne s'est bâtie. Je ne vous apprends rien, sergent, répliqua le notaire qui avait suivi son regard.

— Dunstan vous devait de l'argent ?

— Plus maintenant. (Silence.) J'use de prudence, j'ai appris.

— Vous avez appris… à la dure ?

— Cet homme était un véritable expert quand il s'agissait de vous emprunter de l'argent.

— Continuez.

Paul Prieur balaya l'air de la main en faisant non de la tête.

— La seule chose que je peux vous dire, c'est que je n'endosse plus personne, précisa-t-il d'une voix éteinte.

— Endosser, ou prêter ?

— C'est du pareil au même.

Prieur devint pensif. Renaud en profita pour jeter de nouveau un œil sur le crucifix.

Bâtisse ! Un homme pieux peut-il se permettre de tuer son voisin ?

— Vous vous souvenez avoir déjà choisi l'as de pique comme carte bluffée ?

Bien que surpris par la question, l'homme de loi répondit avec la même neutralité.

— Aucun souvenir, dit-il en haussant les épaules. Mais si vous voulez savoir, on pouvait aisément attribuer cette carte à Dunstan.

Pas moyen de le pincer…

— Où étiez-vous, mardi dernier, dans la soirée ?

— Ici, j'avais du travail en retard.

— Quelqu'un peut le confirmer ?

Prieur le regarda droit dans les yeux.

— Je ne crois pas, non. La porte de l'immeuble est verrouillée à 17 h, tous les autres bureaux sont fermés à cette heure-là.

D'un regard glacial, Prieur fixait le sergent. Ce dernier avait l'impression de se faire disséquer vivant, mais il ne sourcilla pas. Il devait être le plus fort, ne pas se laisser intimider. Sans baisser les yeux, il osa cette question :

— Vous croyez en Dieu ?

Maître de lui, Prieur croisa les mains sur le bureau sombre.

— D'une certaine manière… Un peu comme tout le monde, non ?

Renaud n'avait pas envie d'étaler ses convictions profondes à tout vent, encore moins à un notaire, et en particulier à celui-ci.

— Tout dépend des points de vue, répondit-il.

En sortant, il texta Emma :

« Prieur. *check.* bonhomme *weird* ;(»

*

À 19 h, Renaud sonna à la porte du notaire Vallières, qui habitait un quartier boisé de Rosemère où les maisons étaient bâties sur des terrains assez vastes pour préserver leur intimité. En ce temps de l'année, les lilas encore en fleurs embaumaient l'air, et les pivoines multicolores achevaient de ravir les yeux. Quant au feuillage des arbres, il était encore d'un vert tendre.

— Sergent Lapointe, je suppose ? dit Marc Vallières en lui tendant une main autrement plus cordiale que celle de son prédécesseur.

Renaud ne put s'empêcher de le détailler. Chevelure hirsute, barbe trop ou pas assez courte, bermuda trop ou pas assez long, t-shirt à l'imprimé délavé, pieds enveloppés de bas pas trop propres et glissés dans des sandales qui en avaient vu d'autres.

— Nous pouvons nous installer sur la terrasse, proposa le notaire.

Renaud le suivit dans la maison à travers un dédale encombré, jusque sur la terrasse arrière où il vit des arbres aussi échevelés que leur propriétaire, des arbustes nécessitant une bonne coupe et des fleurs disparates tentant de se tailler une place dans ce fouillis de verdure.

— Tout un jardin à entretenir ! lança Renaud.

— La nature doit faire son chemin seule, sans l'aide de pesticides et autres poisons. Histoire de faire comme tout le monde, je vaporisais, arrosais et anéantissais les bestioles indésirables jusqu'à ce que je me rende compte qu'elles étaient nécessaires au jardinage et que le Seigneur ne les avait pas créées pour rien, débita Vallières aussi sérieusement qu'un curé lors de la lecture de son homélie.

Bâtisse ! Le Seigneur qui revient !

— C'est vrai que tout ça n'est pas très santé.

— Je vous offre un café, un thé ou, mieux, une sangria ?

— Je vous remercie, non.

Après s'être frayé un chemin dans le capharnaüm de tout à l'heure, le sergent-détective n'avait surtout pas envie d'un thé servi dans une tasse ébréchée sortie d'une armoire pas vraiment propre.

— Comme vous voudrez. Puis-je connaître l'objet de votre visite?

— Vous parler de Joseph Dunstan.

— Le pauvre homme! Je ne le pensais pas suicidaire.

— Il s'agit d'un meurtre.

Renaud vit le notaire reculer sur sa chaise, s'adosser avec brusquerie contre son dossier et ouvrir la bouche, hébété.

— Désolé pour le choc, ajouta-t-il.

— Mais… il n'est pas mort pendu?

— Disons que quelqu'un l'a un peu aidé.

Vallières avait l'air mal à l'aise sur la chaise de jardin déglinguée.

— Je me trompe ou il était votre client?

L'homme de loi opina de la tête.

— Où étiez-vous, mardi soir dernier? C'était le 31 mai.

— Ne me dites pas que je suis suspect!

— Nous faisons enquête, c'est la norme.

Marc Vallières réfléchit, semblant repasser dans sa tête son emploi du temps depuis cette date.

— J'ai travaillé dans mon jardin, mes légumes en avaient besoin.

Bâtisse, c'était comment avant ça?! songea le sergent.

— Quelqu'un pourrait corroborer? Des voisins?

— Je ne sais pas, je n'ai vu personne.

— Il vous arrivait de vous adonner à des jeux d'argent ensemble?

— Quelquefois, répondit Vallières.

— Vous en devait-il?

— Comme à tous les gens assis autour de la même table que lui, dit-il en joignant les mains sur ses cuisses. Il avait le don de faire pitié, pour que son vis-à-vis cède. Il promettait si fort de rembourser qu'on se laissait avoir.

Vallières se tordit les doigts, assez pour que ses jointures blanchissent.

– Vous lui en vouliez pour ça ?

– On devait toujours le talonner. Il ne tenait jamais ses promesses, jeta-t-il avec l'air de celui qui avait baissé les bras.

Il peut très bien jouer son jeu. Faut se méfier…

– Vous seriez allé jusqu'à vous débarrasser de lui ? demanda Renaud, inquisiteur.

Le notaire sursauta suffisamment pour que sa chaise manque de se renverser.

– Vous essayez d'insinuer que… Je ne suis pas un assassin ! Sachez-le !

Le policier nota la réaction dans son calepin, puis enchaîna :

– Avouez que ça peut être tentant de se débarrasser d'un « as de pique ».

Le regard de Vallières se fit aussi lourd que le silence qui accueillit l'allusion.

– Comment était-il comme client ?

Il sembla à Renaud que la physionomie de l'homme changea du tout au tout, un rictus méprisant lui plissant soudain les lèvres.

– Il ne disait pas toujours la vérité. Jamais même. Un fieffé menteur.

Vallières s'arrêta et, comme s'il se parlait à lui-même, ajouta :

– Je déteste les menteurs, encore plus que les joueurs impénitents.

– Je vous comprends, je rencontre des menteurs à tous les coins de rue dans mon métier, répondit froidement le sergent en le regardant droit dans les yeux, espérant ainsi l'ébranler.

Le notaire détourna le regard vers la végétation foisonnante et se leva, l'air grave.

– Je peux vous montrer quelque chose ?

Ils enjambèrent les objets jonchant le sol pour atteindre une pièce située au fond de la maison où livres, revues et paperasse s'entassaient sur un bureau en bois élimé.

Marc Vallières désigna un billet de 100 $ dans un cadre accroché au mur.

— Vous savez ce que c'est?

— Je sens que vous allez me le dire.

— Joseph Dunstan a été mon premier client. Il m'a donné tant de mal que j'ai encadré le premier 100 $ que la transaction m'a rapporté. Je me suis toujours dit par la suite qu'à chaque dossier ardu je regarderais ce billet et que jamais plus un problème professionnel ne me paraîtrait insurmontable. Et que cet homme paierait son dû un jour ou l'autre…, ajouta-t-il, semblant en proie à une colère sourde.

Puis il murmura, comme pour lui-même :

— Il devait payer et quelqu'un s'en est occupé.

— Pas commode, le client, d'après ce que vous me racontez…

Sans commenter, le notaire tourna les talons et se dirigea vers la porte. En le suivant, Renaud nota la présence d'une bible sur un bahut.

— Excusez-moi… Vous êtes croyant?

— À mes heures, répondit Vallières sans se retourner.

— Ah oui… Un peu comme tout le monde, marmonna Renaud, reprenant les paroles du premier notaire. Je vous remercie de votre temps, maître.

Qu'ont-ils tous à pseudo-triper religion? bougonna-t-il intérieurement en marchant jusqu'à sa voiture où il texta Emma :

« notaire n° 2. *check*. plus *weird* que 1ᵉʳ ;) »

*

Bien que le retour chez Dunstan et la rencontre avec Elliot l'aient ébranlée, Emma se sentait en même temps rassérénée, comme si on l'avait mise sur la bonne voie. Conduisant comme un automate, elle n'eut aucune conscience du chemin parcouru, ses pensées l'amenant bien au-delà. Vers Elliot Carrière. Sous l'arrogance se cachait-il un tant soit peu d'humilité ? Elle devait avouer qu'il avait montré davantage d'humanité et d'ouverture durant la soirée. Encore une fois, des sentiments contradictoires l'envahissaient. Partagée entre le vouloir, l'abandon de soi et la peur, elle choisissait invariablement la troisième option.

Pour une fois, Emma n'avait pas compté les feux de circulation. Elle fit le tour de l'immeuble et grimpa l'escalier jusqu'à la dix-huitième marche, qu'elle atteignait maintenant sur la pointe des pieds. Depuis quatre jours. Depuis le premier envoi.

Avec toujours la même fébrilité, elle scruta dans les moindres recoins sa boîte aux lettres devenue obsession. Bien que le premier message ait été roulé dans le journal avant d'être lancé par le camelot au pied de sa porte, et que le deuxième ait été glissé dans un dépliant publicitaire, il lui semblait probable que leur auteur finirait par trouver un autre moyen pour la joindre.

Toujours rien. Rien de rien.

Malgré l'heure tardive, l'envie d'aller se dégourdir le corps se fit sentir. Emma enfila cuissard et espadrilles, et courut dans les rues habituelles en comptant ses pas un à un. Péniblement d'abord, puis plus allègrement, pour finir par apprécier l'exercice exigeant. Comme pour bien des femmes frôlant la quarantaine, les kilos ne demandaient qu'à s'installer. Emma avait donc adopté cette hygiène de vie dès son arrivée dans le quartier et avait réalisé que cette échappatoire l'aidait à relativiser les choses autant que de jouer du Chopin.

Avant de retrouver son lit, elle consulta ses courriels et le fil des nouvelles sur Facebook, d'un air distrait. Par curiosité, elle tapa le nom d'Elliot Carrière dans la barre d'adresse en haut de l'écran. Sans surprise, il n'y eut aucun résultat.

Emma chercha le sommeil, qui l'entendit autrement. Après une bonne demi-heure à retourner l'affaire dans sa tête, elle se résolut à se lever et se mit au piano. Elle en effleura les touches dont la douceur la réconfortait toujours. Pour se changer les idées, elle joua *La valse de l'adieu* de Chopin jusqu'à ce que ses doigts ne lui obéissent plus, puis elle regagna son lit et s'efforça de faire le vide.

Homo homini lupus
(L'homme est un loup pour l'homme)

Mardi 7 juin

En ce matin morne et pluvieux, c'est le cœur battant qu'Emma découvrit enfin une nouvelle grille dans un minuscule sac en plastique suspendu au crochet de sa boîte aux lettres. Celui qui l'avait mis là avait tout de même dû fouler son balcon! Elle eut un frisson d'horreur en songeant que cela s'était fait en pleine nuit. L'idée d'installer un système d'alarme lui revint en mémoire. S'assoyant sur le bout d'un fauteuil, elle s'empara avec fébrilité du texte qu'elle lut à voix haute.

La patience est une vertu. En seriez-vous dénuée? Rien ne sert de brusquer ce temps qui va trop vite. Beaucoup trop vite. Tout arrivera comme il se doit.
Vous comprendrez alors toute la portée de ce jeu auquel je vous convie.
Vous vous surprendrez à vous laisser subjuguer par tant d'ingéniosité.
Intriguée? Remarquez, je vous comprends.
Le jeu ne fait que commencer et déjà il est excitant.
Il deviendra aussi de plus en plus envahissant, vous verrez.
Un peu de stimulation intellectuelle ne fait de mal à personne…

Horizontal n° 1 :	Rôle dont je m'amuserai
Horizontal n° 20 :	Rôle dont vous vous amuserez
Horizontal n° 2, 1er :	Voir schéma de la première grille
Horizontal n° 4 :	Vous en jouerez un de premier plan
Horizontal n° 5, 1er :	Si, chez les Anglais
Horizontal n° 12, 1er :	Une de vos qualités premières
Horizontal n° 16, 2e :	Ne quitta pas des yeux

Prête pour l'aventure ?

Vertical n° 1, 1er :   Elles nous feront nous surpasser
Vertical n° 1, 2e :   Le mien est prédestiné
Vertical n° 8, 3e :   Le mien fait 150 !
Vertical n° 11, 3e :   1, 2, 3… !
Réf. : Horizontal n° 1 et n° 20, lisez le journal d'aujourd'hui.

Bonne réflexion, madame la détective.
Je vous laisse plancher… *a bene placito.*

Du latin… J'ai affaire au meurtrier de Dunstan !

Une vapeur envahit son esprit telle une brume d'été s'élevant du bitume après une averse, par une journée de canicule. S'ensuivirent des battements cardiaques accélérés cognant dans sa poitrine, comme après une séance de jogging. Toujours assise de façon précaire, elle s'imposa deux profondes inspirations.

Nerveuse, elle se leva. Fit les cent pas. Écarta le rideau. Scruta la rue. Fit demi-tour. Revint à la fenêtre. Finit par fermer le store. Se rassit et réfléchit. Et comprit alors tout le sérieux de la situation : la grille de mots croisés, les indices à venir, et un fou furieux qui voulait jouer à un jeu machiavélique avec elle.

Elle lut le message une deuxième fois et se remit à arpenter la pièce.

Impatiente, moi ! On le serait à moins ! Me laisser subjuguer par tant d'ingéniosité… De l'arrogance à l'état pur, ça, monsieur !

Emma s'arrêta net.

– OK, du calme… *A bene placito.* Je finirai par parler latin si ça continue ! Voyons ce que ça donne, dit-elle tout haut en se rendant à la cuisine où elle alluma son ordinateur portable. Allez, allez… ouvre-toi !

Internet lui donna la traduction : « Selon votre bon plaisir. »

– Pour une grille, je suis partante. Va savoir si je m'amuserai avec celle-ci !

Elle recula sur sa chaise, repensa aux messages en latin en effleurant son plat en acajou, le regard vague. Pour contrer sa nervosité, elle le vida, le lava avec précaution et l'enduisit d'huile d'olive, comme on le lui avait appris. Puis, les yeux humides, le reposa au centre de la table.

Encore la religion. Merde! ça me poursuit...

Bénéficiant d'une heure avant la réunion au QG, Emma se reprit, retourna au salon, se carra sur son siège.

Au travail!

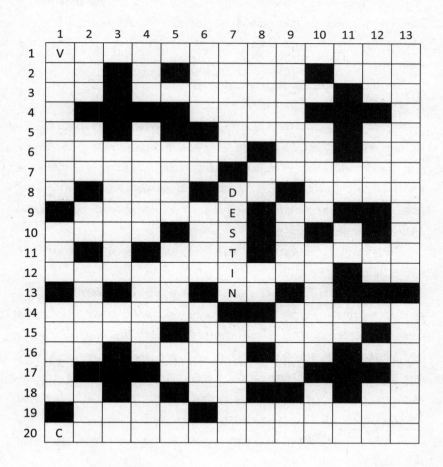

La première lettre est un « v ». C'est gentil de me l'écrire ! Elle relie son « rôle » et « Elles nous feront nous surpasser ». La lettre « c » est aussi inscrite en horizontal 20… pour me donner un coup de pouce. Allons d'abord au premier mot court… « Voir schéma de la première grille »… Qu'est-ce qu'on voit ? Quatre croix… Avec un « i » comme première lettre, on peut parler de chiffres romains… Hum, hum… « iv », donc. « Elles nous feront nous surpasser… » commence par « vi ». « Elles » est au pluriel, je mets donc un « s » à la fin. On peut penser à « vitrine » ou « vilaine », mais comme je travaille au criminel, on doit penser meurtres. Et qui dit meurtres dit… « victimes ». Mais attends… Au pluriel ? Ça veut dire qu'il y en aura plus d'une ? Il ne s'arrêtera pas à Dunstan ?

Emma leva un regard aussi inquiet qu'allumé.

On continue… « Vous en jouerez un de premier plan. » Je parie que c'est « rôle ». « Si, chez les Anglais »… « if ». « Une de mes qualités… » Comment il sait ça ? Méticuleuse, organisée, minutieuse… Non, il y a le « i » de « destin » qui ne va pas. Dix lettres. J'inscris tout de même un « e » à la fin, c'est obligé. « Ne quitta pas des yeux »… mot de quatre lettres se terminant forcément par « a ». Je penserais volontiers à « épier ». J'y vais donc avec « épia ».

Un vent de crainte la submergea. L'impression d'être surveillée…

Une chose à la fois… « Le sien est prédestiné »… Trois lettres. Ça peut être « nom ». Je risque. Son nom est donc prédestiné ?… « Le sien fait 150 ! »… Son « QI », sans doute ! Encore l'ingéniosité ! Y en a qui n'ont pas de complexes… Donc, j'ai un « q »… ce qui veut dire que le qualificatif en horizontal 12 doit bien sûr finir par « ique » et commencer par « m ». Un synonyme de « minutieuse »… Je dirais « méthodique ». Yes ! Voilà un autre long mot qui débloque. Enfin, « 1, 2, 3… ! » je serais tentée d'écrire « partez », mais comme il n'y a que deux lettres… Oui, « go »…

	1	2	3	4	5	6	7	8	9	10	11	12	13
1	V												
2	*i*	*v*											
3	*c*												
4	*t*						*r*	*o*	*ℓ*	*e*			
5	*i*	*f*											
6	*m*												
7	*e*												
8	*s*						D						
9							E						
10	*n*						S				*g*		
11	*o*						T				*o*		
12	*m*	*e*	*t*	*h*	*o*	*d*	I	*q*	*u*	*e*			
13							N	*i*					
14													
15													
16			*e*	*p*	*i*	*a*							
17													
18													
19													
20	C												

Emma s'adossa et inspira un bon coup.

Si je comprends bien, je serai sur la sellette en faisant preuve de logique pour me mesurer à un génie au nom prédestiné qui tuera au gré de ses humeurs?

Elle se sentit tout à coup au beau milieu d'une énigme hors du commun et d'une manipulation singulière. Son cœur se serra à la pensée de ce qui l'attendait en même temps que son instinct combatif prenait le dessus.

« Victimes » signifie « meurtres »…

Puisqu'elle savait maintenant que l'auteur des mots croisés et le meurtrier étaient la même personne, et compte tenu de l'état embryonnaire de la grille, d'autres assassinats étaient, à l'évidence, prévus.

Mais combien ?

Emma s'empara de la première grille aux quatre croix définies.

Doit-on relier tout ça ? Là, il faut que j'en parle à Burn. Mais avant... trouver les deux longs mots.

Dans l'effervescence, elle avait mis de côté les journaux du jour. Fébrile, elle les feuilleta rapidement, d'abord à la recherche d'un titre accrocheur. Puis, comme elle ne trouvait rien, elle parcourut plus lentement chaque page, cahier par cahier, certains avec plus d'intensité. Toujours rien. Rien que les nouvelles habituelles de décès, de décisions de politiciens scrutées à la loupe, de débandade de la Bourse ou de scores d'équipes sportives.

Les 2 mots ont 13 lettres chacun, ça ne devrait pas passer inaperçu. Rôles. Quels rôles ? Merde ! déjà 8 h !

Elle se prépara en vitesse pour éviter d'être en retard à la réunion.

13 x 2 = 26...

Alors qu'elle fixait sans le voir son reflet dans le miroir, les mots ne la quittaient pas. Le « IV » trottait dans sa tête. La même question revenait sans cesse la hanter : quatre croix indiquaient-elles autant de meurtres ? Emma enduisit ses cils de mascara, monta ses cheveux en chignon et sursauta lorsque la vibration de son téléphone vint interrompre le fil de ses pensées.

— Bernard Paiement, du *Journalier*. Vous avez des nouvelles pour moi ?

La policière leva les yeux au ciel en soupirant.

— Ah ! monsieur Paiement ! Toujours à la date et à l'heure ! En fait, oui. Joseph Dunstan a été assassiné, ça ne fait aucun doute.

— Vous avez d'autres détails ?

— Disons que... quelqu'un l'a aidé à se pendre.

— Génial, comme idée ! Un suspect en vue ?

— Nous cherchons, dit-elle, ennuyée.

— Je dois quand même rédiger mon article.

— Allez-y, mais n'inventez rien.

L'exaspération devait être perceptible dans sa voix. Emma ne pouvait empêcher le journaliste de faire son travail, et celui-ci ne s'en priverait certainement pas.

— Je vous laisse, j'ai un autre appel.

Elle reconnut le numéro de l'analyste.

— Alors, Tardif?… OK, je note… Ginette Labelle… Oui, oui, la rue Desjardins.

*

La pluie ayant redoublé d'ardeur et le vent s'étant mis de la partie, Emma fit en courant les 48 pas – pas un de plus – qui séparaient le stationnement de la bâtisse vitrée.

Elle passa la sécurité, prit l'ascenseur qui s'arrêta au cinquième étage. Après s'être ébrouée comme un chiot sortant de l'eau, elle s'assit à sa place habituelle à la grande table, au centre de laquelle trônait la coutumière douzaine de muffins trop gros, trop gras, et déposa son dossier rouge devant elle.

Tant qu'à m'empiffrer de malbouffe, je choisirais plutôt un croissant bien doré…

Emma égrena les secondes en attendant ses collègues.

La sergente Suzie Marseille se pointa la première.

— Et puis, ces vacances, Suzie?

— Y a rien d'mieux qu'une semaine de camping en Gaspésie pour faire décrocher une sergente impliquée dans son travail, dit-elle d'un ton sarcastique. J'ai fait l'vide et l'plein en même temps… de poissons! Ben oui, j'suis allée pêcher avec mes frères. Ah! j't'ai bien eue! s'exclama-t-elle en éclatant de rire. J'suis d'attaque! Alors, quoi de neuf sous le soleil de Montréal?

– Un courtier immobilier pendu contre son gré, répondit fraîchement Emma.

– Cibole! Contre son gré! C'est fou! Un suspect?

Avant qu'Emma ne puisse répondre, la sergente allongea le bras vers le centre de la table où elle prit un muffin triple chocolat.

– Y a pas de beignes aujourd'hui? demanda-t-elle en décollant le papier craquelé autour du gâteau.

Après l'avoir vue enfourner une bouchée qu'elle jugea gargantuesque, Emma choisit d'adopter un ton moqueur plutôt que réprobateur.

– On t'attendait pour dénouer l'affaire.

– J'suis donc sur le coup, lieutenante?

– Eh oui! Tu vois, j'aime bien profiter de tes compétences.

Toute l'équipe était maintenant rassemblée. On pouvait compter sur Emma, Renaud, Suzie, Tardif et Tougas, le technicien en scène de crime.

Arthur Burn entra à son tour, s'assit au bout de la table, chaussa ses demi-lunes et prit la parole en les regardant tous par-dessus celles-ci:

– *Morning. As you know, Miss Clarke is leading this case*[9], commença-t-il sur un ton autoritaire. *So, what's up, Miss Clarke*[10]*?*

Emma ouvrit la chemise rouge et prit la feuille sur laquelle étaient inscrits tous les points de l'enquête.

– OK, on récapitule. Joseph Dunstan, courtier immobilier joueur et menteur, selon tous ceux qui le côtoyaient, a été chloroformé avant d'être pendu.

– Cibole! Chloroformé en plus! Du culot, l'mec! pesta Suzie, les yeux exorbités.

– *Please, Marseille. Let's go, Miss Clarke*[11], dit Burn, irrité.

9   Bonjour. Comme vous le savez, mademoiselle Clarke s'occupe de cette affaire.
10 Alors, quoi de neuf, mademoiselle Clarke?
11 S'il vous plaît, Marseille. Continuez, mademoiselle Clarke.

– Des indices ont été découverts sur les lieux : un mégot de cigarillo et un papier spécial sur lequel est écrit « *persona non grata* », ce qui veut dire « personne non souhaitée ».

– Du latin ! c'est dépassé, ça ! s'exclama Suzie.

– Un as de pique est dessiné au verso du message, enchaîna Emma en ignorant la remarque de la sergente. J'ai fait envoyer la corde au labo, car, d'après moi, il a fallu plus qu'un nœud complexe pour pouvoir hisser le corps. Michel, tu peux nous dire ce que tu as su du labo ?

– Je débuterai par le papier appelé « papier bible ».

– Et ça veut dire ? ironisa Marseille.

– J'y arrivais. Malgré son apparente fragilité, ce papier est fort, ce qui fait qu'il ne se déchire pas si facilement. Il sert, vous vous en doutez, à l'impression de bibles et d'encyclopédies. Il est mince mais opaque, ce qui permet d'imprimer sur les deux côtés d'une feuille, donc de limiter l'épaisseur d'un volume.

– Pourquoi ce genre de papier ? demanda Emma, qui posait la question davantage pour elle-même que pour Tougas.

– À toi de me le dire, je suis curieux.

– Des empreintes ? lança Renaud.

– Non. Et on s'est servi d'un pochoir alphabet de type conventionnel pour écrire le message, tandis qu'une estampe a été utilisée pour imprimer l'as de pique.

Emma revit en pensée la calligraphie carrée, délibérément impersonnelle, des grilles et des messages.

– Ne pas dévoiler son écriture, bien sûr…, marmonna-t-elle en questionnant Tougas du regard, qui confirma :

– La spécialiste en écriture arrive à la même conclusion.

– Et le mégot ?

– Empreintes illisibles. Envoyé en biologie pour un test d'ADN.

– Rien sur le téléphone et l'ordinateur non plus ?

– Que les traces du défunt, précisa Tougas.

— *Well, what about the rope*[12] ?

— Comme la corde est effilochée, le technicien a confirmé que la théorie de l'utilisation d'une poulie est envisageable… Tu as peut-être raison, Emma.

— Une poulie! Bravo, lieutenante! railla Suzie en levant le pouce. Et comment on peut l'enlever après coup, ta poulie?

Renaud rongeait son frein. Assis en face d'elle, il lui aurait été facile de lui abîmer le tibia d'un coup de pied bien placé.

— Bâtisse, Suzie! s'exclama-t-il, incapable de se retenir.

Marseille se renfrogna.

— Il s'agit de savoir si certaines poulies sont démontables. J'espère que Tardif pourra nous éclairer, continua Emma sans se soucier le moins du monde des railleries de Suzie.

— *Of course. Tardif, mission*[13] !

— Je f-f-ferai le n-n-nécessaire, lui assura Tardif en se tortillant sur sa chaise. Lieutenante… le d-d-dossier P-P-Pierre Monroe.

Il lui tendit une chemise mince. Beaucoup trop mince au goût d'Emma. Cela laissait-il supposer un travail bâclé?

— *Anything else, Miss Clarke*[14] ?

— Renaud a trouvé une liste de créanciers dans un fichier de l'ordinateur. On fouille ça. On a aussi les coordonnées d'une dénommée Ginette Labelle, alias Gigi, trouvées dans le répertoire du téléphone. Cette dame aura droit à une petite visite après la réunion. D'autres résultats, Renaud?

— Je continue d'éplucher.

— Et dis-moi, lieutenante, en quoi j'suis utile, moi? demanda Suzie.

— À part à mettre la bisbille, rien, marmonna Renaud.

— Faire le tour du voisinage, répondit Emma, d'un ton ferme.

Marseille grogna pendant qu'Emma énumérait les personnes déjà rencontrées en levant un doigt après l'autre.

---

12 D'accord, et qu'est-ce qu'on peut dire au sujet de la corde?
13 Bien sûr! Tardif, mission!
14 Autre chose, mademoiselle Clarke?

— Ça fait du monde à messe! lâcha-t-elle.

— Un nouveau message a été glissé sous le pare-brise de ma moto. *Agnus Dei*. Agneau de Dieu. Un illuminé. Je crois qu'on ne chômera pas et on n'a pas assez d'éléments pour prévenir son prochain coup. Merde!

Emma jaugea ses collègues.

— Un sauté! s'exclama Suzie. Ben, j'vois que vous avez besoin d'aide. Sergente Marseille est de retour!

— Suzie, on doit attendre des confirmations du labo au sujet des indices trouvés sur les lieux au lieu de se lancer tête baissée sans savoir où on s'en va. Pour l'instant, ton job est de parler aux voisins.

Emma avait parlé sans ambages, sur un ton dur, espérant que ces mots calmeraient les ardeurs de la sergente.

— Bien répondu, grommela Renaud.

— C'est quoi, le problème, Lapointe? demanda Suzie, qui devina plus qu'elle n'entendit la remarque de Renaud.

— *Anything else, Tougas*[15] ?

— Pas pour l'instant, capitaine.

— *Lapointe, what about your interviews*[16] ?

Renaud, occupé à lorgner Marseille qui s'empiffrait de muffins, sursauta.

— J'ai rencontré Jean St-Arnaud, un courtier immobilier. Pas grand-chose à en dire. Ensuite, les notaires. Prieur porte bien son nom. Quant à Vallières… En fait, avec les objets religieux qui traînent chez eux…

— Quel genre d'objets? demanda Tougas.

— Un crucifix pour un, la Bible pour l'autre.

— *Well… Bible paper, crucifix and Bible… A religious man? We did not often see something like that*[17], déclara Burn.

— C'est un début, dit Emma, revoyant les quatre croix de la première grille.

---

15 Autre chose, Tougas?
16 Lapointe, quelque chose à propos de vos interrogatoires?
17 Bien… Papier bible, crucifix et Bible… Un homme religieux? On ne voit pas cela souvent.

– *Good job, guys*[18] !

Pendant qu'ils ramassaient leurs papiers, Tougas se tourna vers Emma :

– On va avoir du pain sur la planche.

– Oui, monsieur !

– Les affaires se succèdent et ne se ressemblent pas toujours, dit-il en se levant.

– Je sens que ce sera un cas particulier, Michel.

– Ça risque. Ah ! j'ai oublié de te dire… J'ai su que les parents de Tardif demeurent dans la même rue que notre victime, Dunstan. C'est tout un adon.

La détective se figea et le regarda d'un air interloqué.

Une fois que la salle se fut vidée, Suzie Marseille resta seule à râler intérieurement.

« *Miss Clarke* » *par-ci,* « *Miss Clarke* » *par-là… Fait suer, celle-là ! C'est pas quatre barres jaunes cousues sur sa chemise de la Sûreté qui vont m'impressionner !*

*

– Pitbull est de retour ! Vous n'avez qu'à bien vous tenir, lieutenante.

Emma leva les yeux sur Renaud qui, elle le savait, ne voulait qu'évacuer un trop-plein.

– Elle va finir par entendre tes remarques et je ne suis pas sûre qu'elle en rira.

– Quoi ? Tu sens pas le besoin de te protéger avec des gants de boxe ? railla-t-il.

Emma devait avouer que le terme « Pitbull » était assez bien choisi pour dépeindre Marseille.

– Je te fais signe après avoir vu Marchand, le client mécontent de Dunstan, dit-elle. On doit rendre visite à Gigi.

---

18 Beau travail, tout le monde !

— En attendant, je retourne aux jouets de Dunstan.

Emma avait tout juste le temps de se plonger dans le dossier Monroe. Elle lut le rapport de la pathologiste en long et en large, sans trouver quoi que ce soit pouvant incriminer qui que ce soit. On concluait bel et bien à une surdose de médication.

*

La pluie se faisant de plus en plus intense, Emma courut de la porte du QG à celle du Café Alibi. À toute vitesse, elle compta ses pas deux par deux. Elle chercha des yeux un coupe-vent gris et finit par apercevoir Luc Marchand assis tout au fond de la salle. Il se leva pour l'accueillir. Haut de seulement un mètre soixante-dix et ne pesant qu'environ une soixantaine de kilos, l'homme ne semblait pas menaçant à première vue. Mais plus elle s'approchait de lui, plus elle avait de la peine à soutenir le regard se résumant à deux fentes perdues au milieu d'une peau pâle et abîmée. Elle eut l'impression que l'individu pouvait fouiller son âme. C'était à elle de le deviner, non le contraire. Elle se ressaisit et, à contrecœur, lui tendit la main.

— Monsieur Marchand.

— Madame Clarke.

La voix grave accentua le trouble qu'Emma tenta de contenir en sortant crayon et calepin.

— J'aurais quelques questions concernant Joseph Dunstan. Votre courtier, je crois ?

Marchand se cala sur son dossier et croisa les bras.

— Un de *mes* courtiers.

— Vous en avez plusieurs ?

— Je m'amuse à tenter de faire des affaires avec eux.

Le ton arrogant la fouetta.

— Il s'agit d'un meurtre, vous le saviez ?

— Ah non. Dommage, répondit l'homme d'un air indifférent.

Emma nota son manque d'empathie.

– Quand l'avez-vous vu pour la dernière fois ?

Marchand demeura dans la même position.

– La semaine dernière. Un soir. Lundi… je crois.

– Vous croyez ?

Il opina de la tête.

– Pour quelle raison aviez-vous rendez-vous avec lui ?

– Nous devions nous entendre sur la marche à suivre quant à une négociation serrée.

Emma avait su par Renaud, après l'interrogatoire de Prieur, que Marchand avait claqué la porte avant de proférer des menaces.

– Et vous avez réglé ça ?

L'homme se pencha vers la table, y croisa les bras et la regarda droit dans les yeux.

– J'arrive toujours à régler mes affaires… d'une façon ou d'une autre, déclara-t-il d'une voix basse afin que seule Emma puisse l'entendre.

Cette dernière sentit un frisson glacial lui parcourir l'échine malgré son apparente maîtrise de soi et songea que l'expression «*Agnus Dei*» ne collait pas au personnage.

– Vous n'avez pas abandonné la partie en claquant la porte ?

Il lui sembla que Marchand s'était raidi.

– Il y a plusieurs manières de régler les choses, répliqua-t-il, la vengeance à peine voilée dans le ton.

Emma le voyait bien, le jeu de l'homme qui s'efforce de paraître comme celui qui flotte au-dessus de ses affaires. Pour mesurer le rapport de forces, elle laissa durer le silence avant de continuer.

– Vous jouez au poker, monsieur Marchand ?

Reculant une seconde fois sur sa chaise, il s'esclaffa :

– Grands dieux, non ! Jamais. L'argent est un bien qu'il ne faut pas dilapider, il faut plutôt le respecter pour ce qu'il représente.

Pourquoi ne pouvait-elle s'empêcher de flairer le mensonge ? À moins que ce ne soit la manipulation ?

– Et que représente-t-il pour vous ?

— L'indépendance. Et, oui, un certain pouvoir.

Et tu l'exerces où exactement, ton pouvoir ? Dis-moi !

— Où étiez-vous, mardi soir dernier ?

— À sagement regarder le tennis à la télé, répondit-il sans hésitation. Et vous ?

— Des témoins ? continua-t-elle sans se laisser distraire.

— Pas vraiment, sauf… Monsieur.

— Monsieur ?

— Un siamois qui se love contre mes pieds en ronronnant, qui mange la même moulée depuis des années et qui, surtout, n'exige rien d'autre.

Un siamois, bien sûr. À l'image du maître, froid et distant…

— Vous avez eu de mauvaises expériences avec le jeu ? demanda Emma.

Marchand se rapprocha de nouveau de la table, et se concentra sur elle.

— Vous savez comment se comporte le genre humain, je ne vous apprends rien. Vous avez une longueur d'avance dans votre domaine, n'est-ce pas ?

— Continuez, dit-elle en soutenant le regard insistant.

Maintenant désinvolte, il s'appuya contre son dossier et leva les bras en même temps que les épaules, l'air de dire : « Je n'ai rien à ajouter, du moins rien qui vaille la peine d'être raconté. »

— Vous fumez ?

— J'ai arrêté cette bêtise il y a de ça plusieurs décennies. Erreur de jeunesse, précisa-t-il d'un air suffisant.

Avant de poser la question qui peut-être le déstabiliserait, Emma marqua une pause afin qu'il ait le temps de se demander dans quelle direction elle irait. Toujours adossé, les bras croisés, il ne broncha pas.

— Dites-moi… vous croyez en Dieu ?

Égal à lui-même, Marchand récita :

— Dieu… Dieu a tout fait. Et fait tout. Tout ce que l'homme défait, finalement. À force de trop manipuler, de trop faire semblant, de trop vouloir, le mortel n'y arrive pas et c'est la raison pour laquelle il meurt et doit mourir. (Silence.) Vous croyez à ces sornettes ? la brava-t-il, l'œil scrutateur et le sourire narquois.

En revenant vers le QG, Emma se défoula sur son iPhone.

« Soit un énergumène, soit un illuminé avec un I majuscule ! Eh bien, Luc Marchand, même si tu t'amuses à te moquer de Dieu, tu n'es pas au-delà de tout soupçon ! »

Elle récupéra Renaud au QG et, à bord du véhicule de fonction – une énorme voiture qui la fit fulminer tout le long du chemin à côté d'un Renaud souriant –, se rendit chez Ginette Labelle, alias Gigi, qui se révéla plus loquace sur les piètres performances de son défunt amant que sur ses occupations personnelles et professionnelles en dehors de leurs ébats. Rien de plus à tirer de cette maîtresse blasée et plutôt préoccupée de dénicher le prochain bon parti.

*

Les notaires Paul Prieur et Marc Vallières avaient organisé, de concert avec les directeurs Victor Vigneau et René Lemieux, un déjeuner-conférence afin d'expliquer aux courtiers une nouvelle norme instaurée par la Chambre des notaires.

Mais les courtiers avaient une tout autre question en tête ce jour-là : le décès de leur confrère, Joseph Dunstan. Pire : l'assassinat d'un des leurs. Les langues allaient bon train, évaluant toutes les éventualités examinées à la loupe par tout un chacun. La réputation de joueur de Dunstan pesait lourd dans la balance, mais sa mythomanie était également évoquée. Un client mécontent, un ami trahi ou un débiteur, tous pouvaient avoir une bonne raison de lui faire la peau. Chose certaine, tous étaient sonnés par la macabre nouvelle. Les funérailles prévues cet après-midi-là réuniraient tout ce beau monde et continueraient d'alimenter les suppositions.

— Salut, tu veux un café ? demanda Léa Lacroix à Ève Laflamme.

— Avec plaisir, merci.

Lorsque Léa revint avec les tasses, Marie Lavigne vint se joindre à elles.

— J'ai rencontré un client tellement désagréable, dit-elle.

— Raconte.

— Il me regardait comme si j'étais toute nue et il ne peut prétendre à aucune attention particulière, croyez-moi! Il est repoussant! Comme si ce n'était pas assez, il voulait que je présente une offre ridicule. Ce Marchand m'a fait vivre la pire journée depuis longtemps et…

— Tu as dit Marchand? Luc Marchand? demanda Ève.

— Tu le connais?

— Il a aussi pris rendez-vous avec moi en contestant déjà le prix de la maison au téléphone, dit Léa.

— C'est donc dire qu'il tente de tout acheter pour rien, le bonhomme.

— Tu es prévenue alors, Léa. Et ne va surtout pas le voir avec ton plus beau décolleté!

Les trois femmes éclatèrent de rire.

Aucune place n'étant plus disponible autour des tables, Jean St-Arnaud se faufila entre Ève, Léa et Marie en feignant de se faire tout petit.

— Bonjour, mesdames. Vous allez bien?

— Aussitôt qu'on te voit, on ne se possède plus, mon cher! dit Marie.

— Pendant que tu y es, Léa n'avait pas assez de mains pour prendre des croissants, tout à l'heure. Ça te dirait d'aller en chercher? proposa Ève en reluquant Jean.

— Il n'y a pas de rasade de cognac pour accompagner le café? blagua Marie.

— Je ne pense pas que nos directeurs paient le cognac de si bonne heure. Ni plus tard d'ailleurs, rétorqua Jean, qui n'ignorait pas le penchant de Marie pour l'alcool.

Il n'oublia pas de sourire à toutes les femmes en se dirigeant vers la table garnie de viennoiseries.

— Quel bonhomme! ronchonna Ève.

— Il saute sur tout ce qui bouge, tout le monde le sait, renchérit Marie.

— Ce n'est pas une légende urbaine? ironisa Ève.

Léa écoutait distraitement le blabla de ses amies pendant que, de loin, elle voyait Jean St-Arnaud parler avec un courtier en négligeant Mathieu Lavoie, un autre collègue, qui se trouvait tout près d'eux. Celui-ci était également choriste à ses heures et elle savait que certains se plaisaient à ridiculiser son engouement pour les chants sacrés, alors que d'autres l'ignoraient. Elle ne put s'empêcher de songer que Jean St-Arnaud, réputé pour ses galipettes avec les femmes, n'était, lui, jamais bafoué par personne. Au contraire, on le trouvait drôle et léger.

Tous n'attirent pas la même sympathie…, soupira la courtière.

Malgré leur rivalité, Victor Vigneau et René Lemieux savaient faire la trêve au moment de réunir leurs courtiers dans le but de faire le point sur la profession. Comme la rencontre se tenait à ses bureaux, le premier souhaita la bienvenue à son concurrent et à son équipe. Puis aux notaires Prieur et Vallières, les présentant comme les meilleurs professionnels de la Rive-Nord.

— À vous, messieurs!

— Bonjour à tous. D'abord, merci, messieurs les directeurs, de permettre que nous ne nous déplacions qu'une seule fois en rassemblant vos courtiers dans la même agence. C'est apprécié. Mon collègue, Marc Vallières, et moi-même avons pensé vous parler de la nouvelle règle concernant la perception des argents de vos clients lors d'une transaction, dit Paul Prieur de son ton protocolaire. Nous savons qu'elle vous causera quelques désagréments au cours des prochains mois, mais tout devrait rentrer dans l'ordre au bout d'un certain temps.

Des murmures s'élevèrent parmi les membres de l'assemblée. Se pouvait-il qu'ils aient encore à subir les caprices d'un organisme?

Marc Vallières, affublé de vêtements froissés, se leva à son tour. Depuis quand n'avait-il pas visité son coiffeur? Depuis quand n'avait-il pas mis les pieds dans une boutique de vêtements? Hormis cela, grâce à son intelligence et à son bagout, il avait acquis une notoriété parmi les gens du métier. Même si ses fréquentes sautes d'humeur lui valaient d'être qualifié de bipolaire par plusieurs.

— Bonjour à vous. Pas trop inquiets?

Après la réunion, des éclats de voix fusèrent du bureau du directeur Vigneau. Voix masculine. Voix féminine. Des bruits de poings tapant sur le bureau. Des injures. Des bribes de phrases captées ici et là. Des noms prononcés. Enfin, des menaces à peine voilées. La porte qui claquait. Ève qui en sortait et qui longeait le corridor, altière. Des têtes curieuses dans l'encadrement d'autres portes. Des regards entendus échangés.

*

La dépouille de Joseph Dunstan fut inhumée sous une pluie battante. Emma se fit un devoir d'assister aux funérailles, comme dans tous les cas de meurtres non élucidés. Malgré le ballet de parapluies dissimulant les visages, elle reconnut René Lemieux, l'air hautain, élégant dans un imper noir à la coupe impeccable, et Laura Milot, la femme de ménage, accompagnée de sa fille. Elle ne s'étonna pas de l'absence de Clara Dunstan, qui avait annoncé ses couleurs, mais fut surprise de voir Luc Marchand. Coiffé d'un chapeau à large bord servant de rigole à l'eau qui tombait sans relâche, il se tenait à l'arrière-plan.

Que fait-il ici? Parions qu'il est venu faire un dernier pied de nez à Dunstan…

Un autre homme vêtu de noir, les yeux trop bien camouflés par son drôle de chapeau pour qu'Emma puisse l'identifier, se tenait à l'écart de la foule. Elle voyait bien, par contre, ses mains gantées.

Je rêve ou... il égrène un chapelet?

Après la cérémonie, la policière tenta de repérer l'homme en noir, mais il avait disparu. Alors qu'elle regardait autour d'elle, une femme retint son attention. Emma se rapprocha d'elle afin de mieux voir ses traits partiellement voilés par une écharpe. Elle reconnut alors Ève Laflamme, la courtière qui l'avait aidée lors de l'achat de son appartement.

— Excusez-moi. Vous vous souvenez de moi? Emma Clarke.

— Bien sûr, la gentille détective qui a acquis l'appartement qui avait pas mal besoin d'amour. À Montréal, sur la rue... attendez un peu... Casgrain, c'est ça?

— De Gaspé, vous étiez tout près. Je vous offre mes condoléances, Ève. Je peux vous appeler Ève?

— Avec plaisir, mais pour les condoléances, ce n'est pas nécessaire, répondit Ève en s'enveloppant plus étroitement dans son châle. Il ne me manquera pas, comme à la majorité des gens qui sont ici, balança-t-elle. Ce n'est pas très surprenant qu'il se soit fait assassiner, lui qui devait de l'argent à tout le monde. Mais quand même... qui peut bien avoir fait une chose pareille?

— Je suis mandatée pour élucider ça.

— Je suis certaine que vous êtes la meilleure personne pour le faire.

— Merci. Mais, dites-moi, vous n'êtes plus à Montréal?

Ève sourit faiblement.

— J'ai eu envie d'un peu de verdure. Je suis maintenant au bureau de Blainville, chez V. V.... Ah, pardon! Victor Vigneau.

Emma se souvint du nom du concurrent dont avait parlé René Lemieux.

— Vous pouvez me le présenter?

Ève prit un air contrarié, comme si cette requête contrecarrait ses plans, mais elle guida tout de même Emma vers un petit homme engoncé dans un imper beige trop long. La pluie ruisselait sur sa casquette plate à la manière d'une rigole sur une pente douce et se terminait en rideau devant son visage, laissant au passage une goutte régulière au bout de son nez.

— V. V., laisse-moi te présenter Emma Clarke, détective à la Sûreté du Québec et une de mes clientes, dit Ève, frondeuse.

L'homme feignit d'ignorer l'attitude de la courtière et tourna vers Emma un regard suspicieux.

— Madame, dit-il en lui tendant une main maigrichonne. Une détective aux obsèques… normal ?

Le sourire qu'il afficha aurait pu faire fondre ses suspicions, mais Emma ne sauta pas trop vite aux conclusions.

— Lorsqu'il y a matière à enquête.

— Cela a commencé par des ouï-dire, puis la rumeur s'est emballée, et enfin la vérité a éclaté… du moins selon vos dires, remarquez, ironisa-t-il en levant une main baguée.

— La vérité n'est pas toujours celle qu'on veut entendre, monsieur Vigneau.

— J'ai beaucoup de mal à comprendre comment un homme pourrait se débarrasser d'un autre en le pendant au bout d'une corde. Je pense que vous cherchez trop loin. Qu'en pensez-vous, lieutenante Clarke ? la défia-t-il, le sourire toujours accroché aux lèvres.

— J'en pense qu'il ne faut s'étonner de rien.

Le regard de Vigneau se posa loin derrière Emma.

— Vous avez un suspect ?

— L'enquête progresse. Nous le découvrirons, soyez sans crainte.

— Remarquez, si vous tenez à vous lancer dans le jeu du chat et de la souris, Dieu vous aide ! répliqua-t-il, le sarcasme à peine voilé.

Il la salua d'un hochement de tête, permettant ainsi à l'eau retenue par la casquette plate de dégouliner en minces filets jusqu'à ses pieds, puis tourna les talons.

Emma se dirigea vers sa moto et réfléchit en attachant son casque. Marchand l'inquiétait et Vigneau l'agaçait. Pour se protéger de la pluie, elle releva la fermeture éclair de son blouson, enfila ses gants et quitta le cimetière.

*

Emma se réveilla au milieu de la nuit, en nage, après avoir rêvé de lettres et de mots tous plus farfelus les uns que les autres. Elle se leva et marcha dans le corridor le plus vite possible en dépit de ses jambes ankylosées. Elle empoigna le journal, repéra le cahier « Arts et spectacles » et le feuilleta. À la page 5, elle revit l'entrefilet où on annonçait la mort de Marcel Trenet, grand verbicruciste français. Bien que son cerveau se souvienne l'avoir lu, cela lui avait échappé, la veille.

C'est sûrement ça... Le « v » serait la première lettre de son rôle de « verbicruciste », et le mien, qui commence par la lettre « c », serait « cruciverbiste » ? Ils ont 13 lettres chacun et on parle de mots croisés, ici...

Surexcitée et encouragée, elle inscrivit les deux mots sur la grille, regagna son lit et tenta de refermer l'œil.

Est modus in rebus
(En tout, il y a des bornes)

Mercredi 8 juin

Dès la porte ouverte, la chaleur sauta au visage d'Emma. Cette canicule était plutôt inhabituelle en ce début de juin.

Ses yeux se posèrent sur la une de *L'Intégral*.

« Courtier immobilier de Rosemère : assassinat confirmé ».

Ça y est, c'est parti !

Après avoir sauté dans ses Converse rouges, elle dévala l'escalier en sentant le poids d'une humidité déjà bien installée, percée par un soleil plus que prometteur.

Conditions idéales pour un après-midi au bord d'une piscine, mais j'ai mieux à faire…

Emma se rendit à la porte du bureau de Burn, sans même prendre le temps de se verser un café. Heureusement, elle avait pu avaler un espresso en vitesse au saut du lit. Le cerveau en ébullition, elle n'avait réussi à profiter d'un sommeil superficiel, ponctué de réveils en sursaut, que durant les deux dernières heures de la nuit. Mais elle se sentait tout de même d'attaque, prête à affronter son supérieur.

Pour la troisième fois, elle vérifia qu'elle avait bien tout glissé dans sa mallette. Elle n'eut pas à frapper.

— *Come in, Miss Clarke ! So, what's new*[19] ?

— Vous avez lu le journal ?

---

19 Entrez, mademoiselle Clarke ! Alors, quoi de neuf ?

– *Of course! We have to double up to find this bastard*[20].

Excitée, Emma s'installa sur le bras d'un fauteuil.

– Vous êtes bien assis ?

– *You bet!*

– Je dois commencer par le début, soit jeudi dernier.

Intrigué, Burn s'adossa, Tic Tac dans la bouche.

– Ce matin-là, j'ai reçu une grille de mots croisés accompagnée d'un message anonyme et glissée dans *L'Intégral*.

Elle guetta la réaction de son chef, mais celui-ci ne broncha pas.

– Comme on m'en promettait d'autres, j'ai attendu que le messager se manifeste de nouveau, vous vous en doutez.

Emma regardait Burn, attendant une réplique.

– *Go ahead*[21]…, dit-il en croisant les bras.

Emma continua son récit en déposant un à un sur le bureau les papiers confirmant ses dires. Burn s'approcha pour les examiner. Il leva les yeux et, d'un geste de la main, lui fit signe de continuer, semblant impatient d'entendre la suite.

– Lundi matin, j'ai voulu vous parler du papier trouvé sous mon pare-brise, mais la découverte de la liste des créanciers de Dunstan a pris toute la place.

Burn enleva ses demi-lunes et les déposa sur le bureau.

– *You are sneaky! So, what happened*[22] ?

– Hier, j'ai reçu une deuxième grille, répondit-elle en la lui montrant.

Éberlué, Burn lut les mots qui y étaient inscrits.

– *Can you explain, please*[23], demanda-t-il en pointant du doigt les deux plus longs.

– Le verbicruciste est celui qui conçoit une grille de mots croisés, tandis que le cruciverbiste est celui qui la remplit.

– *Well…*, grommela le capitaine, les sourcils froncés.

20 Bien sûr ! Il va falloir redoubler d'ardeur pour trouver ce bâtard.
21 Continuez…
22 Vous êtes sournoise ! Alors, qu'est-il arrivé ?
23 Vous pouvez expliquer, s'il vous plaît ?

— Aucun lien, me direz-vous ? C'est ce que je pensais jusqu'à ce que je lise la citation latine qui l'accompagne. Un plus un font deux, le verbicruciste est inévitablement le meurtrier de Dunstan.

Il n'en fallut pas plus pour que Burn comprenne tout le sérieux de la situation.

— *Amazing! And « victims » with « iv »*[24]*... We can think*[24]*...*

— ... qu'il tuera peut-être quatre fois. Mais j'ai bien l'intention de contrecarrer ses plans, ajouta Emma, l'air guerrier.

— *SO, WHAT DOES HE WANT ? PLAY CAT AND MOUSE WITH YOU*[25] *?* tonna-t-il.

Emma sursauta, n'ayant pas l'habitude de voir son capitaine perdre sa maîtrise de soi.

— *Excuse me. I hate this kind of fanatic*[26] *!*

Emma secoua la tête, ne comprenant que trop bien sa réaction.

— *After interviews, do you have a doubt about someone*[27] *?*

— Parmi ceux qu'on a rencontrés, certains méritent qu'on les surveille, comme les deux notaires, répondit-elle. D'autant plus que Renaud a vu des objets religieux chez eux.

— *I know you, it's your kind of story. A case to dissect, gradually. Of course, you take care of this... game, it's definitely not my cup of tea. Though, I'll be anxious to know about it. I gave you this case, but*[28]*...*

— Vous serez le premier informé. C'est juste que j'attendais...

— *All right, all right*, dit Burn en battant de nouveau l'air de la main. *And, Miss Clarke... we have to keep it between you and me, for the moment*[29].

— *You bet,* chef !

---

24 Surprenant ! Et « victimes » avec « iv »... On peut penser...
25 Alors, qu'est-ce qu'il veut ? Jouer au chat et à la souris avec vous ?
26 Désolé. Je déteste cette espèce de fanatique !
27 Après les interrogatoires, vous avez un doute sur quelqu'un ?
28 Je vous connais, c'est votre genre d'histoire. Une affaire à disséquer, petit à petit. Bien sûr, vous vous occupez de ce... cas, ce n'est assurément pas pour moi. Par contre, je serai anxieux de tout savoir. Je vous donne cette affaire, mais...
29 On garde cela entre nous, pour le moment.

Le capitaine n'avait pas commenté le mot « épia ». Emma devait avouer que ça l'arrangeait. Dire à son chef qu'elle se sentait suivie l'aurait condamnée à tolérer une garde rapprochée 24 heures sur 24.

Après le départ d'Emma, Burn dut lutter contre la furieuse envie d'allumer une Export 'A'. Par insécurité, il gardait son dernier demi-paquet dans son tiroir. Il se contenta de sucer frénétiquement cinq Tic Tac en se balançant sur sa chaise.

*

Une enveloppe déposée sur son bureau avec la mention habituelle attendait Emma.

Puis-je vous suggérer de vous abstenir d'éventer notre secret ? Il s'agit d'une joute entre vous et moi. Il ne faudrait pas l'oublier, sous peine de représailles.

Immobile, le papier à la main, Emma réalisa qu'elle venait de tout raconter à Burn.

Tardif… Il a pu me voir entrer chez Burn…

Afin ne pas attirer l'attention, elle se rendit à la réception le plus normalement possible.

— Roberta, qui a déposé ça ?

— C'était dans le courrier du matin.

Alors qu'elle revenait vers son bureau, Emma aperçut Tardif rivé à son écran et décida de l'affronter.

— Tu as vu quelqu'un venir livrer ça ?

— Q-Q-Qu'est-ce que c'est ?

— Un message du tueur, dit-elle avec aplomb.

Elle épia sa réaction comme si son sort en dépendait.

— Il t-t-t'écrit, maintenant ? demanda-t-il. Hé ! regarde ! Une p-p-poulie d-d-démontable, ça existe.

Avait-il fait exprès de se rendre sur le site en question pour faire diversion, ou était-il déjà en train d'effectuer ses recherches ?

— Je m'en doutais, c'était le seul moyen que j'entrevoyais. Ingénieux, ce meurtrier, tu ne penses pas?

— Il a p-p-pensé à t-t-tout, on d-d-dirait.

Il lui sembla que Tardif bégayait plus que d'habitude.

— C'est possible de retracer un achat via un dépositaire?

— Je travaille d-d-déjà là-d-d-dessus, lieutenante.

Devenue songeuse, Emma se remémora la révélation faite par Tougas, pendant qu'elle regardait par-dessus l'épaule de l'analyste.

— J'ai une question à te poser, commença-t-elle. Tu connaissais Joseph Dunstan?

Malgré qu'il fût de dos, elle sentit qu'il s'était tendu.

— Ab-b-bsolument p-p-pas, bredouilla-t-il.

— Tes parents sont tout de même ses voisins.

— Ils d-d-demeurent à l'autre b-b-bout de la rue. Je ne l'ai j-j-jamais ren-c-c-contré, dit-il, sans se retourner.

Le scepticisme la gagna de nouveau, même si elle avait de la peine à imaginer que son collègue put être dangereux. Elle tourna les talons non sans se demander si elle devrait le questionner davantage.

*

Ève Laflamme et Léa Lacroix garèrent leurs voitures côte à côte et sortirent dans la moiteur écrasante.

— Tu te rends compte? Quelqu'un lui en voulait à mort. C'est débile! s'écria Léa en brandissant l'article de Bernard Paiement, du *Journalier*, sous le nez de son amie.

— C'est incroyable, mais il n'était pas commode. Quelqu'un a voulu lui régler son cas, dit Ève.

Ayant appris la nouvelle la veille, elle avait déjà pu se faire à l'idée. Sur ordre de V. V., elle s'était retenue à deux mains pour n'en parler à personne.

— Ève, c'est tout de même un meurtre! renchérit Léa, outrée.

– Désolée, c'était un bonhomme bizarre et menteur par-dessus le marché. Il disait quelque chose et déjà on était en droit de se demander si c'était vrai, reprit Ève, toujours sur ses positions.

– Le mensonge n'est pas une raison suffisante pour tuer quelqu'un ! Il y a sûrement une autre explication, objecta Léa en relevant ses cheveux collés à sa nuque.

Le journal fit le tour de l'agence, chacun y allant de ses commentaires jusqu'à ce que le bavardage parvienne aux oreilles de Vigneau.

– Restons calmes. C'est vrai que les informations données dans l'article sont difficiles à croire, mais la police fait son travail et la vérité finira bien par éclater. Et pour ce qui est du bonhomme, eh bien… que Dieu ait son âme !

*

L'effervescence et l'émoi étaient à leur comble à l'Agence Châteaubriand. La commotion était totale. Tous parlaient en même temps. René Lemieux dut à son tour calmer le jeu.

– Notre confrère a été assassiné. Par qui ? Pour quelle raison ? Nous ne le savons pas. C'est le travail des enquêteurs de faire la lumière sur tout ça, dit-il d'un ton solennel. Sous ses airs de mauvais garçon, Dunstan faisait son travail du mieux qu'il pouvait.

Il se retira ensuite dans son bureau et, malgré l'heure matinale, se servit un cognac. Malgré l'interdiction, il alluma un cigarillo. Et, en vue de se détendre, il repensa au discours hypothétique maintes fois ressassé dans sa tête. Il se voyait, pour la énième fois, monter en chaire, déposer son papier sur le lutrin pour discourir sur les valeurs de la vie devant des fidèles subjugués. L'imagination savait le transporter au-delà de la réalité. Au-delà de tout.

Quant à sa fonction de marguillier-trésorier, il s'était senti contraint de l'accepter. Le curé, André St-Pierre, se disant admiratif de ses talents de gestionnaire, et surtout ayant besoin d'un remplaçant, avait insisté pour qu'il se joigne à l'équipe après la médiatisation excessive et néfaste de l'épisode Monroe. Il avait alors précisé : « ... et cela, bien entendu, dans le but de redorer votre image. » Et évidemment, pour le bien de la communauté ! s'était dit Lemieux, qui n'avait pas moins pensé : *Tant que cela me sert.*

C'était jour de poker. Quelques parties avec des partenaires de jeu aguerris seraient bienvenues après cette semaine difficile. Tous les mercredis soir, il fréquentait L'As de Pique pour satisfaire sa soif de compétition. L'établissement s'enorgueillissait de sa devise : « Quiconque désire conserver l'anonymat n'a qu'à le partager. » Les joueurs la respectaient, de sorte que rien ni personne n'avait vent de leurs soirées.

Sa propre devise : « Ne surtout rien devoir à personne. » Ayant lui-même par le passé fait crédit, il s'était juré de ne jamais être contraint de se terrer pour se soustraire à ses obligations envers un débiteur. Comme Joseph Dunstan l'avait fait avec lui.

*

Ève arriva à l'avance devant l'immeuble à visiter, un duplex datant de Mathusalem qui avait eu la chance d'être bien rénové et de prendre de la valeur.

La Mercedes tourna lentement le coin de la rue et se gara de l'autre côté. Elle vit s'avancer un homme chétif à la chevelure foncée qui se terminait en longs favoris mal taillés. Une barbe qu'on devinait envahissante, sur une peau qui portait les marques indélébiles d'une acné juvénile.

— Ève Laflamme, dit-elle en lui tendant la main.

Luc Marchand la détailla intensément de la tête aux pieds, en même temps qu'il ignorait la main offerte.

— Cet immeuble est nouvellement rafistolé, affirma-t-il d'une voix guère plus avenante qu'au téléphone, la veille.

– Rafistolé, vous y allez un peu fort, répliqua Ève, aussi gentiment qu'elle le put. Le propriétaire s'est donné beaucoup de mal pour le remettre en état.

– Je l'avais visité avant que votre client ne mette la main dessus. Il n'a pas défoncé son budget pour en faire l'acquisition, ni pour le rafistoler.

Marchand insistait. Il fallait le remettre à sa place.

– C'était une bonne affaire, je vous l'accorde. L'acquéreur a bien investi et a bien fait les choses par la suite. Le prix est pleinement justifié, vous verrez.

– C'est ça, on verra…, rétorqua-t-il du même ton inamical.

Il la pria de passer devant dans le corridor sombre, bordé de portes qu'elle s'obligea à ouvrir afin de lui permettre d'apprécier les rénovations à leur juste mesure. La présence de cet homme faisait naître en elle un malaise évident, amplifié par le fait que l'immeuble fut inoccupé, ce qui rendait la situation encore plus hasardeuse. Le cœur battant, elle s'efforça de faire le tour du propriétaire le plus rapidement possible, espérant que lorsque l'homme la frôlait avec son bras, comme il le fit à quelques reprises, c'était par inadvertance.

– Je vais en offrir 225 000 $.

Ève sursauta.

– Excusez-moi… Le prix demandé est plus que compétitif compte tenu du marché actuel. L'état impeccable de l'immeuble et ses améliorations récentes garantissent sa valeur, et c'est sans parler de sa situation géographique. Rosemère est une ville en demande, vous le savez…

Troublée, la courtière s'interrompit d'elle-même. Marchand se contentait de la fixer d'un regard froid et condescendant. Elle tenta de ne pas se laisser démonter.

– Vous serez sans doute ouvert à analyser une contre-proposition ?

– Je crois qu'au-dessus de ce prix, l'immeuble n'en vaut pas la peine. Les rénovations ont, quant à moi, été bâclées.

— Ce n'est pas mon avis. Mais vous avez aussi droit au vôtre, s'empressa d'ajouter Ève.

Les yeux noirs plongèrent dans les siens, puis les lèvres minces remuèrent.

— Vous n'avez qu'à travailler fort, madame Laflamme. Vous en avez l'habitude, déclara-t-il tout bas.

Ève ravala ce qu'elle avait envie de répliquer, malgré sa réputation d'avoir la langue bien pendue. Le propriétaire se chargerait de le faire à sa place, et elle connaissait assez Hervé Clermont pour savoir qu'il répondrait sans détour si l'offre ne lui convenait pas.

— Il y a un café au coin de la rue, nous pourrions nous installer là, proposa Ève.

Elle essaya de marcher à la hauteur de l'homme, qui s'efforçait nettement de demeurer derrière elle. Lorsque, en entrant dans le café, il insista pour s'installer dans un coin à l'écart, elle obtempéra, se disant que rien ne pouvait lui arriver dans un endroit public. Le jeu dura une bonne heure durant laquelle elle s'abstint de rencontrer le regard soutenu de l'homme. Elle écrivait aussi vite que possible, priant pour que ses mains ne tremblent pas. Marchand lui mentionna qu'il avait entendu dire qu'elle atteignait des sommets dans son travail. Pour la première fois depuis le début de l'entretien, Ève afficha un faible sourire. Après cinq années de travail acharné, la réussite était au rendez-vous et elle en était si fière qu'elle avait pour habitude de s'en targuer, ne voulant pas que ses triomphes tombent dans l'oubli.

— Vous réussirez donc à convaincre votre vendeur du bien-fondé de ma proposition. (Silence.) Vous n'êtes pas dépourvue de talent, n'est-ce pas?

Son insistance la rendit plus mal à l'aise que jamais.

— N'oubliez pas que je suis aussi votre client maintenant, renchérit-il, provocateur.

Pour une rare fois, Ève était bouche bée, n'osant argumenter avec l'arrogant.

– Mon jeu ne contient pas beaucoup d'atouts. Je ferai ce que je pourrai, dit-elle sur un ton qu'elle voulut autoritaire.

Sitôt que Marchand fut sorti du café, elle composa le numéro du propriétaire, et le mit au parfum quant à la proposition qu'elle n'endossait pas.

– On est aguerris, Ève, on lui répondra comme il se doit. Tu sais, il ne faut pas s'offusquer, tout le monde a le droit de décharger sa colère comme il l'entend. Certaines personnes répugnent à montrer leur faiblesse, alors elles préfèrent en frustrer d'autres. Les affaires représentent un moyen trop souvent efficace pour se cacher, philosopha Hervé Clermont.

La courtière se rendit ensuite à sa voiture garée un peu plus loin avec la désagréable impression d'être suivie. En se retournant, elle ne vit personne.

Afin de fuir l'agitation qui régnait dans l'agence quand elle y revint, Ève s'enferma dans son bureau et prit son courage à deux mains en priant le ciel de tomber sur un répondeur.

– Allô, répondit sèchement Marchand.

Même la voix rêche la mettait dans tous ses états.

– Le propriétaire a rédigé une contre-proposition, dit-elle, tout d'un trait.

Elle n'entendit qu'un soupir excédé, puis plus rien durant plusieurs secondes.

– Je vous avais prévenue, je ne voulais pas de cette réponse.

– Vous aurez compris que ce n'est pas moi qui prends la décision. On peut se rencontrer à mon bureau pour en discuter?

– J'y serai. À 11 h.

Le combiné claqua aux oreilles d'Ève.

Sans entrain, elle consulta ses messages sur son téléphone, et vit que le notaire Prieur l'avait appelée.

Paul Prieur, homme flegmatique et réservé, savait dédramatiser les situations problématiques qui se présentaient dans certains dossiers. Elle lui préférait cependant Marc Vallières, plus audacieux pour les cas demandant une vitesse d'exécution que Prieur n'avait pas. Par excès de perfectionnisme, celui-ci avait le don d'exaspérer les plus patients. Vallières, intelligent et astucieux, n'hésitait pas à passer entre les mailles du tricot pour arriver à ses fins.

Prieur confirma que la transaction qui traînait en longueur depuis trop longtemps pourrait être conclue, le voisin ayant accepté de signer la servitude.

— Vous pourrez donc toucher votre argent. Vous vous en réjouissez, j'espère ?

Encouragée, Ève composa le deuxième numéro.

— Alors, Louis, du nouveau ?... Comment, encore un retard ?

— Il faut que tu comprennes que le prêteur ne veut pas se mouiller à l'aveuglette.

— Ou que je comprenne que mon courtier a mieux à faire que de régler ça.

Un silence pesant s'installa à l'autre bout de la ligne.

— À t'entendre, il y en a toujours un qui ne fait pas ce qu'il doit faire. Tu ne chercherais pas à montrer patte blanche, par hasard ? ajouta Ève, l'ironie à peine voilée.

Marchand arriva à l'heure dite, avec son regard torve.

— Si j'ai bien compris, vous croyez avoir tout fait, dit-il.

— Absolument tout, mentit la courtière. Le vendeur a conscience de la valeur de sa propriété, il a donc...

— C'est tout ce que vous trouvez à dire ? demanda-t-il d'une voix éteinte.

Marchand ne daigna pas signer le refus sur le document.

— Vous n'aimez pas les courtiers, n'est-ce pas ? lança Ève vertement.

À la manière d'un fauve jaugeant sa proie, Marchand prit son temps afin de savourer sa réplique.

— Les aimer... Drôle d'idée. En vérité, je les exècre tous autant qu'ils sont. Ça répond à votre question, madame Laflamme ?

Piquée au vif, la courtière se cabra.

– Il y a des êtres qui se croient supérieurs. Prenez garde, ça vous rattrapera, monsieur Marchand, jeta-t-elle avec l'envie de mordre.

Il la toisa, ses yeux en disant beaucoup plus long que tous les mots qu'il aurait pu prononcer. Lorsque la porte se referma, Ève tremblait de rage de la tête aux pieds.

*

Sitôt rentrée chez elle, la chaleur implacable finit d'accabler Emma. Son t-shirt ressemblait désormais à un bout de tissu qu'on aurait pu tordre.

Elle soupira lourdement.

Trop chaud pour aller courir, désolée…

Une fois qu'elle eut sélectionné sa liste « *cool down* », les premières notes de guitare de *Daydreaming,* du groupe Groenland, envahirent la pièce. Un verre de rosé à la main, Emma s'installa devant sa chemise rouge et son ordinateur. Il fallait qu'elle réfléchisse. Les témoins rencontrés jusqu'ici ne donnaient pas de piste concrète.

Sauf que tous jusqu'à maintenant, à part peut-être St-Arnaud et Lemieux, semblent religieux, et tous, sauf peut-être Marchand, sont joueurs.

Elle scruta de nouveau les photos prises chez Dunstan en évitant les plus morbides. Elle visita les sites de poulies démontables que lui avait indiqués Tardif. Comment retrouver un achat fait par un meurtrier sans savoir s'il était récent ? La tâche était énorme. Emma osa espérer que Tardif tenterait le maximum.

L'enquête ne progressait pas à son goût, laissant ses neurones pédaler dans la gadoue. Qui avait désiré la mort du courtier ? Dette de jeu, ou professionnelle ? Mensonge récurrent, ou abominable ? Ou une tout autre raison ?

Armée de son tableau blanc et de son feutre, la policière dessina ce qu'elle appelait son « canevas » en dressant une liste des suspects rencontrés ou susceptibles de l'être.

Puis, pensive, elle compta machinalement les lettres des noms inscrits : René Lemieux, 11 ; Victor Vigneau, 13 ; Jean St-Arnaud, 12 ; Louis Bellavance, 15 ; Paul Prieur, 10 ; Marc Vallières, 13 ; Luc Marchand, 11.

Et Emma Clarke, 10.

Curieuse, elle poussa l'exercice.

Jocelyn Tardif, 13. Troisième 13…

Emma interrogea Internet sur la signification des nombres en s'attardant sur le 13, à propos duquel on parlait de malchance, de superstition et de mort. On expliquait aussi que, dans la mythologie chrétienne, ce nombre était reconnu comme une « source de déséquilibre opposée au divin ». Un peu plus loin, on mentionnait : « *Mem*, treizième lettre de l'alphabet hébreu, s'apparenterait à la mort. » Et comme l'hébreu et le latin, disait-on, étaient intimement liés…

Le fichu latin ! Si on décide de nager là-dedans, il faut explorer toutes les avenues…

Emma s'enfonça dans son fauteuil, cogita durant un certain temps, puis se décida à composer le numéro.

— Renaud, j'ai une idée.

*

Les yeux rivés sur les nouvelles de 22 h, Louis Bellavance tiqua lorsqu'une sonnerie le tira de ses réflexions.

— Louis, c'est moi, Jean.

— J'étais sur le point d'aller me coucher, dit-il, feignant une voix endormie.

— Je n'ai aucune nouvelle de toi depuis dimanche. Tu te caches ?

— Non, non, c'est juste… J'ai beaucoup de travail, je n'arrête pas en ce moment, répondit Louis avant de simuler un bâillement.

— J'aimerais qu'on parle. On peut se voir demain ?

Le soupir agacé de Louis n'échappa pas à Jean.

— Je pars demain jusqu'à lundi. Va falloir que ce soit au début de la semaine prochaine.

— C'est un peu loin… On peut parler maintenant ? proposa Jean, déçu.

— Je suis couché, là. On se voit lundi, y a pas urgence.

Sur ces mots, Louis raccrocha. Jean ne reconnaissait pas son ami. L'épisode du saut en parachute raté n'en était peut-être pas l'unique raison. Sa relation avec Alice s'effritait-elle ?

Louis eut juste le temps d'entendre le journaliste confirmer l'assassinat crapuleux du courtier immobilier. En montrant des images de la résidence de Rosemère, il donnait des indications sur le *modus operandi* du meurtrier. « Comment peut-on pendre un homme contre son gré ? Eh bien, apparemment, quelqu'un a trouvé la manière… » Le journaliste continua en spéculant, en long et en large, sur les circonstances entourant le crime. Le courtier en prêts hypothécaires l'écouta avec grand intérêt jusqu'au bout, puis ferma le téléviseur avant de gagner son lit.

Paul Prieur, tisane à la main, regardait sans les voir les mêmes images que le petit écran diffusait à intervalles réguliers depuis une heure. Des experts étaient interrogés. « Comment peut-on pendre quelqu'un sans l'aide d'un outil quelconque ? » Tous y allaient de leur point de vue. Les personnes chargées de résoudre l'énigme avaient du pain sur la planche. Un sourire las apparut sur le visage du notaire, qui décida qu'il en avait assez. Il éteignit l'appareil et se glissa dans ses draps.

Mariette éteignit le téléviseur, qui émettait toujours la même nouvelle.

– Hé! pourquoi éteins-tu? demanda Marc Vallières à sa femme.

– C'est fatigant, à la fin, toute cette histoire. Tu le connaissais?

– Qui ne le connaît pas dans les parages?

Le notaire ralluma le poste pendant que Mariette l'embrassait avant d'aller dormir.

La nouvelle faisait du bruit, c'était le moins qu'on puisse dire. Joseph Dunstan avait été un homme complexe et rusé. Il avait joué, bluffé et devait de l'argent à plus d'un au moment de son décès, ce qui était assez pour le condamner. Plusieurs personnes auraient pu souhaiter sa mort, pensa le notaire qui resta rivé à l'écran durant une bonne heure avant de fermer le téléviseur. En se mettant au lit, il se signa avec déférence.

Victor Vigneau monta dans son VUS Mercedes et s'engagea dans la bretelle de l'autoroute 15 en direction nord. Pensif, il regarda l'horloge : 22 h 10. Il avait fait l'amour avec juste assez de fougue à sa partenaire pour lui laisser croire qu'il était le seul et l'unique, mais sa soirée adultère s'était encore soldée par une prise de bec monumentale. Il n'avait pas voulu que cela dégénère, mais sa maîtresse était opiniâtre et rebelle à ses heures. Elle avait beau jurer de sa fidélité, il savait maintenant qu'elle ne disait pas toujours la vérité. Réussirait-il un jour à éclipser tous les autres? Parce qu'il savait d'instinct qu'il y en avait d'autres. Elle ne l'avouait pas. Elle le laissait supposer, comme ça. L'attitude désinvolte ne le trompait pas. Il avait cette impression malsaine qu'elle s'amusait de lui et cela lui était insupportable. Il se promit qu'elle lui appartiendrait, quitte à provoquer son rival en duel. Victor énuméra dans sa tête les présumés ennemis : Jean St-Arnaud, don Juan par excellence, René Lemieux, homme de goût à qui rien ne résistait, et Joseph Dunstan, soupçonné depuis toujours, mais qui, lui, venait tout juste d'être éliminé.

Il arriva juste à temps pour entendre la nouvelle diffusée en boucle. Suzanne, sa légitime, calée contre les oreillers de son lit jumeau, télécommande à la main, écoutait avec attention les experts discuter et relancer le débat dans l'affaire du courtier de Rosemère. Victor constata qu'elle avait défait son lit avec précaution, signe qu'elle s'attendait à ce qu'il rentre pour la nuit.

— Tu as entendu ça ?

— Hum… Les courtiers n'ont parlé que de ça toute la journée.

— Tu le connaissais ?

— Comme ci, comme ça, répondit-il évasivement en dénouant sa cravate.

— Il travaillait chez Lemieux ?

— Hum, hum…, marmonna-t-il.

— Tu connais quelqu'un qui lui en voulait assez pour en arriver là ?

Pour toute réponse, il haussa les épaules. Suzanne Vigneau le regarda s'éloigner d'un pas pressé vers la salle de bains, avant de monter le son du téléviseur.

René Lemieux sortit de L'As de Pique aux alentours de 23 h. Seules quelques voitures étaient encore garées dans le stationnement surveillé par des caméras et le demeureraient jusqu'au petit matin, attendant que leurs propriétaires décident qu'il était temps de rentrer après une longue nuit de gains, ou plus sûrement de pertes.

N'espérant pas atteindre le point de non-retour et souhaitant avant tout conserver ses avoirs et son train de vie, René savait toujours quand s'arrêter. En d'autres mots, juste à temps. Passé maître dans l'art de la stratégie, quelle qu'elle soit, il ne pouvait que se féliciter de sa rigueur.

Il ouvrit à distance la troisième porte de garage, gara sa MGB décapotable avant de rejoindre la véranda, où il s'installa dans son fauteuil moelleux après avoir allumé un cigarillo. Il jeta un œil au téléviseur éteint et ne ressentit aucune envie d'enfoncer le bouton vert, se doutant déjà de quel sujet on parlait aux nouvelles. Il préférait se replonger dans le dernier Michael Connelly, où l'intrigue atteignait maintenant son apogée. Mais, avant tout, il composa le numéro de sa nouvelle flamme qui devait attendre son appel, maintenant qu'il avait cédé à ses avances. Il savait qu'elle jouait sur deux fronts, mais il se croyait à l'avance gagnant.

Ad libitum
(Au choix, à la volonté)

Jeudi 9 juin

Emma, qui s'était couchée tôt, s'éveilla vers 6 h et savoura son espresso, qui acheva de l'extirper du sommeil. Elle décortiqua la grille pour la énième fois. Quel était le fichu message? Elle cueillit ensuite ses journaux humidifiés par l'air déjà lourd, conséquence de la canicule qui ne prenait pas de vacances.

Elle tenta de joindre Louis Bellavance, le prochain sur la liste des débiteurs, mais son répondeur lui apprit qu'il serait absent jusqu'au lundi suivant. Déçue, elle se rabattit sur Simon.

— Allô, répondit ce dernier d'une voix pâteuse.

— Désolée, je te réveille. Tu n'es pas déjà au travail? demanda Emma.

— Je commence plus tard aujourd'hui. J'en profitais pour dormir un peu.

— Tu préfères que je te rappelle?

Simon grogna en guise de réponse.

— Tu es libre demain soir? Je pourrais préparer quelque chose à la maison.

Il étouffa un bâillement.

— Ne dis pas non, j'ai besoin de faire le vide.

— Pourquoi pas? Un gars seul ne cherche que consolation, le vendredi soir.

— On en parlera. Je te préparerai des *pasta* comme tu les aimes.

Sa rencontre avec Renaud prévue dans l'après-midi lui laissait tout le temps d'aller faire un saut chez le sergent-détective de la Rive-Nord. Elle composa son numéro.

— Ça va, sergent ?

— Bien, merci. Lorsque j'entends votre voix, je me dis que vous avez sans doute des choses intéressantes… à raconter.

Emma perçut l'hésitation.

— Je suis allée aux funérailles de Dunstan et j'y ai rencontré Ève Laflamme, la courtière qui m'a aidée lors de l'achat de mon appartement. Elle s'est jointe à l'agence de Victor Vigneau, à qui j'ai parlé également. Il a paru contrarié que je mène l'enquête et a trouvé étonnant que je m'attarde à ce cas, puisqu'il y a eu pendaison.

— Hum… c'est peut-être lui qui nous étonnera.

La policière revit le visage perplexe du directeur et se plut à l'imaginer en meurtrier.

— J'aimerais vous entretenir d'un détail… qui n'en est pas un, en fait.

— Quand vous voulez.

— Disons… tout de suite ? suggéra-t-elle.

En poussant la porte de l'immeuble de la police de Blainville, Emma sentit la brise bienfaitrice soufflée par les bouches d'air et ferma les yeux de bonheur. Où se cachaient donc ses gènes africains ? Elle choisit, tout de même, d'emprunter l'escalier.

Elliot l'attendait sur le pas de la porte. Avec admiration, il la regarda avancer d'un pas assuré, casque à la main, longues jambes effilées enserrées dans un *slim* gris perle et chaussées de Converse émeraude.

— Bonjour, lieutenante, dit-il, le sourire dans la voix.

— Bonjour, sergent, répondit-elle, le cœur battant, pas tant en raison de l'ascension qu'elle venait de faire, mais plutôt à cause des yeux d'Elliot Carrière plantés dans les siens.

Celui-ci prit soin de fermer la porte derrière eux.

— Alors, dites-moi.

En sortant les précieuses feuilles de son sac, Emma sentit le regard soutenu d'Elliot. Elle leva les yeux, il baissa les siens. Elle rompit le silence devenu gênant.

— Tout d'abord, vous devez promettre de garder le secret. J'ai reçu des menaces de représailles si je l'éventais.

— Vous pouvez compter sur moi, la rassura-t-il. Il aurait affaire à moi…

— Voilà, l'interrompit-elle, je reçois des grilles de mots croisés. Deux, en fait, depuis le début de l'enquête, avec des mots et des définitions ciblées.

— Mots croisés? Continuez, dit-il, la curiosité en éveil.

— Comme il me parle en latin dans le message qui accompagne la seconde grille, j'ai compris que j'avais affaire à notre assassin.

Emma dévoila les documents. Elliot les examina avec attention, les sourcils froncés.

— Pourquoi des mots croisés?

— Il a su, je ne sais pas comment, que je suis cruciverbiste.

Le sergent émit un sifflement.

— Vous m'étonnez! J'ai toujours admiré ceux qui se donnaient la peine de…

— C'est passionnant, vraiment!

— Vous pourriez m'enseigner ça, lança-t-il, une lueur amusée dans le regard.

Il continua de scruter les documents, de nouveau sérieux.

— Donc, en indiquant le mot « destin », on est en droit de se demander s'il parle de lui, de vous ou des victimes. Et ces quatre croix combinées aux messages en latin… C'est spécial, dit Elliot tout bas en levant les yeux. Cherchons-nous quelqu'un de religieux?

— L'avenir nous le dira. Les hommes rencontrés semblent un brin religieux.

— Religieux… comme?

— Un crucifix chez l'un, la Bible chez l'autre.

— Les mots trouvés dans la grille vous dirigent quelque part ?

— Il semble vouloir combiner mon sens de la déduction avec son QI élevé. Quant à son nom prédestiné, à part Prieur dont le nom rappelle la religion, je ne vois pas.

— Que dites-vous du mot « épia » ?

Emma le regarda, perplexe.

— Je ne sais pas si c'est un hasard, mais je me sens épiée depuis quelque temps.

— On vous suit ? demanda-t-il, soudainement inquiet.

— Je sens une présence, disons… intéressée, autour de chez moi.

— Il faut vous faire surveiller.

— Non, non. Je préfère voir si ce n'est pas pure imagination de ma part. Si ça se confirme, eh bien, il sera toujours temps de réagir.

Elliot se dit qu'il aurait bien aimé se noyer dans les yeux verts empreints d'émotion. Au lieu de cela, il dut se concentrer sur l'entretien.

— La deuxième grille est arrivée il y a longtemps ?

— Mardi. Il réussit bien son jeu, je ne peux pas m'empêcher d'attendre la prochaine. Il me tient en haleine, je le sais, avoua Emma, la mine tout à coup assombrie. Je voudrais ne pas me laisser happer, mais je ne peux pas faire autrement.

— Burn est au courant ? demanda Elliot en désignant les papiers étalés sur le bureau.

— Depuis hier, mais il ne sait pas que je vous informe de ça, aujourd'hui.

— Vous lui avez parlé de notre collaboration ?

— Pas encore.

*

Renaud l'attendait déjà devant l'église de Rosemère, appuyé contre sa voiture, tout absorbé par son téléphone.

— Quelque chose qui vaut la peine d'être raconté ?

— Monsieur le curé nous attend.

André St-Pierre, curé à l'église Sainte-Françoise-Cabrini depuis la nuit des temps, connaissait la plupart de ses paroissiens par leur prénom. Vêtu d'une soutane noire sous une croix démesurée, bondissant sur son abdomen proéminent – rappelant drôlement frère Tuck à Renaud –, il les accueillit avec déférence en inclinant humblement la tête.

— J'espère qu'on ne vous dérange pas? lança Emma.

— Cela me fait plaisir de vous recevoir dans la maison de Dieu, même si je me demande ce qui peut vous amener ici.

Il les conduisit dans un minuscule bureau, où les murs étaient tapissés d'icônes liturgiques. D'un geste de la main affecté, il les pria de prendre place sur des chaises en bois.

— En fait, nous aimerions connaître un peu plus vos paroissiens, commença Emma.

— Je vous écoute, mon enfant, dit le père St-Pierre, mains jointes sur son opulente poitrine.

— Il doit y avoir des personnes plus ferventes que d'autres.

— Les vrais de vrais sont rares, de nos jours.

L'affabilité de l'homme donna de l'espoir à Emma.

— Vous pouvez nous donner quelques noms?

Le curé les regarda tour à tour sans sourciller.

— Ce n'est pas... entrer dans leur intimité?

— Lorsqu'il y a enquête, tout doit être dévoilé, précisa la policière.

— Enquête, vous dites? s'alarma-t-il.

— Vous n'êtes pas sans savoir qu'un de vos concitoyens a été victime d'un meurtre?

Il fit non de la tête et se signa en fermant les yeux pendant qu'Emma et Renaud se regardaient en coin.

— Les hommes qui le côtoyaient semblent religieux, nous devons chercher plus loin.

Le prêtre restant muet, Emma tenta de l'ébranler.

— L'un de ces hommes est peut-être un criminel. Dieu ne permet pas une telle chose, n'est-ce pas ?

Il releva la tête et la fixa d'un air indéfinissable.

— On peut vous aider, intervint Renaud. Vous connaissez René Lemieux ?

Le curé hocha la tête.

— Vous pouvez nous parler de lui ?

— Il est marguillier, ici à la paroisse.

Emma et Renaud échangèrent un regard de connivence.

— Vous pouvez nous rappeler en quoi consiste la fonction de marguillier ?

André St-Pierre poussa un long soupir, apparemment déçu de constater, encore une fois, l'ignorance du commun des mortels sur les choses de l'Église.

— Le marguillier est l'administrateur des biens d'une paroisse. Le conseil est composé d'un président, d'un trésorier et d'un secrétaire. René Lemieux est trésorier.

On entendit les stylos gratter le papier des calepins des policiers.

— C'est un homme qui, malgré sa prospérité, désire ardemment s'impliquer auprès des citoyens, expliqua-t-il, le sourire trop large pour être sincère, selon Emma.

— Hum, hum…, dit cette dernière, qui n'arrivait pas à se départir d'un scepticisme grandissant depuis qu'elle avait rencontré René Lemieux. Fait-il autre chose pour s'impliquer ?

— Comme il a à cœur le patrimoine religieux, il organise des collectes de fonds. Il ne faut pas que nos bâtiments se détériorent, les gens d'affaires de la région ont donc le devoir de veiller à leur entretien, argua-t-il avec le même sourire trop poli.

— Un marguillier est-il automatiquement pratiquant ? demanda Emma.

Le curé prit un air contrarié et décroisa ses doigts boudinés, qui se posèrent un peu plus rudement que nécessaire sur le bureau.

— Non, en fait. Mais vous aurez compris que j'apprécierais que monsieur Lemieux le devienne.

— Et qu'il se confesse de tous ses péchés, dit Renaud, que la suffisance du prêtre chatouillait de plus en plus.

— On ne peut rien vous cacher, rétorqua le père St-Pierre, visiblement offensé.

— Nous avons encore quelques noms à vous mentionner : Paul Prieur...

Le prêtre leva une main ornée d'un simple anneau en or, l'air de dire : « Stop ! »

— Paul Prieur est aussi marguillier. Marguillier-secrétaire, pour sa part, et il remplit ce rôle à merveille, je dois le dire. C'est René Lemieux qui lui a demandé de remplacer le marguillier sortant, et nous ne pouvons que nous féliciter de sa rigueur et de sa constance.

— Et il est pratiquant, celui-là ? l'interrogea Renaud.

— Malheureusement, pas plus que le premier, se désola le père St-Pierre. Quels étaient les autres noms ?

— Jean St-Arnaud, Louis Bellavance, Marc Vallières, Victor Vigneau, reprit Emma.

— Les noms Vigneau, St-Arnaud et Bellavance ne me disent rien. Par contre, Marc Vallières vient souvent. Il a l'habitude de s'agenouiller sur le premier prie-Dieu.

Les deux policiers s'entre-regardèrent en haussant les sourcils.

— Et si je vous disais Luc Marchand ? ajouta Emma, fébrile, espérant d'autres révélations.

— Je ne vois pas qui cela peut être.

Déçue, la détective consulta les notes qu'elle avait prises la veille et alla à la pêche, ne sachant aucunement si sa question était pertinente.

— Une question, comme ça : vous tenez un registre des gens qui viennent à l'église ?

Le visage du curé s'éclaira comme si l'Esprit saint lui avait fait un signe.

— Personne ne m'avait demandé cela avant aujourd'hui, mais oui, je le fais. Pure initiative personnelle, soit dit en passant.

— Si c'était possible de consulter vos notes…

De toute évidence ravi de montrer ses cahiers, le prêtre les étala devant les enquêteurs.

— On peut les emprunter? demanda Renaud.

— Tss-tss… Je les chéris comme la prunelle de mes yeux. Je ne peux que vous laisser un peu de temps pour les consulter ici même.

Emma accepta et le remercia. Le prêtre les laissa seuls.

Ils feuilletèrent les cahiers sur lesquels étaient indiqués les dates et les événements. Emma repéra celui de mai et laissa glisser son doigt sur tous les jours du mois.

— 28, 29, 30… Un lundi. Prieur est venu ici la veille du meurtre.

Intriguée, elle prit le cahier de juin.

— Tiens, tiens! Vallières est venu se confesser le 1er juin. Le lendemain du meurtre.

— Bâtisse! Des petits crapauds, ces deux-là!

— Les deux notaires sont peut-être de connivence, ajouta Emma en reculant sur sa chaise. Mais ne sautons pas trop vite aux conclusions…

— … et allons voir ce que l'autre curé a à nous dire, continua Renaud.

— D'abord, on doit photocopier ces pages.

En tournant la tête, Renaud aperçut l'appareil désuet dans un coin de la pièce. Après avoir glissé les photocopies dans le sac d'Emma, les policiers prirent congé en remerciant le curé de son hospitalité. En route pour la seconde paroisse, ils échangèrent leurs impressions.

— Bâtisse! C'est pas possible d'être aussi religieux au vingt et unième siècle!

— Il y a de tout en ce bas monde! Et si tous se donnaient un rôle? pensa Emma tout haut.

— Ben voyons! dit Renaud, l'air grave malgré la remarque désinvolte.

L'église Sainte-Thérèse-d'Avila occupait tout un quadrilatère de la vieille ville de Sainte-Thérèse. Les deux enquêteurs sonnèrent à la porte de service et une femme replète les conduisit jusqu'au prêtre, Jude Lévesque, homme chauve d'une soixantaine d'années à l'air austère, qui sembla à Emma moins avenant que son homologue de Rosemère. Il les précéda dans un petit local servant d'office.

— La police, ici! En quoi puis-je vous être utile?

La voix grave et le ton exagérément posé, selon Renaud, pouvaient devenir intimidants. Emma ne se laissa pas troubler et alla droit au but.

— Victor Vigneau, ça vous dit quelque chose?

— C'est un fidèle régulier, contrairement à ses courtiers qui ne daignent jamais rendre hommage à leur Dieu, affirma le père Lévesque avec aplomb.

Le ton condescendant horripila Renaud.

— La religion n'est pas une panacée, monsieur.

Le regard hargneux que lui jeta le prêtre lui rappela celui d'un chien prêt à mordre. Emma lui pinça le bras, l'invitant à enfiler ses gants blancs.

— Pardonnez mon commentaire, mais je crois quand même…

— Vous disiez que Victor Vigneau vous rend visite assidûment? intervint Emma avant que Renaud ne s'aventure en terrain trop glissant. Comment le décririez-vous comme pratiquant?

— Le communiant par excellence! clama le curé, l'air satisfait. Je crois bien que si les hosties se vendaient à la douzaine, il serait preneur. Il faut dire que ce n'est jamais mauvais d'accueillir son Dieu le plus souvent possible. Monsieur Vigneau est un homme qui comprend ce que Dieu vient faire dans sa vie. Il y a quelques jours, il est même venu se confesser, geste rarissime dans son cas, et c'est moi qui l'ai assisté.

Emma l'interrogea du regard, priant pour qu'il laisse échapper ne serait-ce qu'un renseignement, si minime soit-il. Le prêtre croisa les bras sur son torse soudain bombé, laissant comprendre aux enquêteurs qu'il ne servirait à rien d'insister.

La détective enchaîna avec le prochain nom, se promettant de revenir sur la confession de Vigneau.

— Et Luc Marchand, vous le connaissez ?

— Voilà un nom qui ne me dit rien, dit le père Lévesque en levant une main aux doigts élancés.

— Jean St-Arnaud et Louis Bellavance, ça vous dit quelque chose ? demanda Renaud. Ces deux amis viennent peut-être communier ensemble…

Le curé contracta sa mâchoire, en même temps qu'il fit non de la tête.

— Revenons donc à Victor Vigneau, reprit Emma. Vous vous souvenez du jour où il est venu se confesser ?

— Je m'en souviens très bien, c'était il y a quelques jours. Mardi, pour être exact.

— Vous avez une bonne mémoire ! le félicita Renaud.

— Il se trouve que le mardi je suis disponible pour les fidèles qui souhaitent se confesser, rétorqua le prêtre, le ton encore plus dur. D'ailleurs, ça vous ferait le plus grand bien, vous devriez adopter ce rituel, ajouta-t-il, de toute évidence désireux de remettre le sergent à sa place.

Renaud eut du mal à réprimer son envie de rire. Se confesser, rien n'était moins sûr. D'ailleurs, qu'aurait-il à avouer ? Il tenta de se représenter la scène improbable où, agenouillé et levant les yeux vers le visage quadrillé, il divulguerait à un étranger ses secrets les plus intimes.

Emma prit place côté passager dans la voiture de fonction empruntée par Renaud.

— La confession n'est pas dans tes cordes ? le taquina-t-elle.

— Bâtisse! Autant consulter un psy!

Elle éclata d'un rire franc, puis reprit son sérieux.

— Bon, qu'est-ce qu'on a?

— Deux gangs de religieux! Un avec frère Tuck, et l'autre avec Grincheux déguisé en prêtre.

— La comparaison avec frère Tuck est assez réaliste. Quant à Grincheux... Bon, résumons, enchaîna-t-elle en consultant son carnet. Les éléments les plus intéressants concernent Prieur et Vallières, qui se sont rendus à l'église la veille et le lendemain du meurtre. C'est quand même particulier.

— Particulier, tu dis! Veux-tu me dire ce qui les attire là-dedans?

— Ça en prend pour tous les goûts. Lemieux et Prieur sont des marguilliers sans être pratiquants. Vallières s'est confessé et Vigneau l'a aussi fait le jour même du meurtre, alors qu'il ne le fait jamais.

— En plus, il mange des hosties à la douzaine!

— Et, pas moyen de savoir ce qui se dit entre le pécheur et son confesseur. Difficile de croire que des hommes d'autant de foi puissent tuer leur prochain.

— On les confronte quand? s'impatienta Renaud.

— Tu me laisses travailler mon canevas, avant?

Ils se murèrent dans leurs pensées respectives, puis Renaud rompit leur mutisme.

— Tu connais *The Gambling Priest*? C'est de Danger Mouse. Un son qui rappelle *Twin Peaks*. Tout à fait approprié à notre affaire. Tu imagines un prêtre jouant au poker?

Ils échangèrent un regard, mais pas un mot.

*

Malgré la canicule, le quartier de la Petite Italie vit Emma Clarke courir dans ses rues, bandeau sur la tête afin de retenir les gouttes salées qui, sans cela, n'auraient pas manqué de lui brûler les yeux, une détermination farouche dans le regard. Aujourd'hui en particulier, son esprit réclamait cette dépense d'énergie. Bien sûr, elle réfléchissait à toute l'affaire, aux mots des grilles et aux révélations des prêtres, mais ses pensées voguaient aussi vers le sergent de la Rive-Nord. Elle se perdit suffisamment dans ses pensées pour en oublier de compter ses pas.

Elle avait planifié de s'arrêter en chemin chez Pierro, fruitier au marché Jean-Talon.

— *Buonasera, Pierro.*

— *Buonasera, signorina.*

— Vous avez des tomates italiennes bien mûres?

— *Certo! Quanti?*

Emma lui montra 10 doigts, et Pierro choisit des fruits bien rouges. Elle prit ensuite basilic, origan, persil et sauge en quantité industrielle, les rangea dans son sac à dos et salua l'Italien avant de reprendre sa route. Puis elle s'arrêta à l'échoppe des produits québécois, où elle acheta une quiche aux épinards.

En revenant vers chez elle, au bout d'une rue peu fréquentée à cette heure-là, Emma crut sentir un regard peser sur sa nuque. Elle se retourna d'un mouvement brusque et aperçut une silhouette qui tournait rapidement le coin de la rue. Son instinct policier étant le plus fort, elle fonça à toute vitesse vers cet endroit. Arrivée là, elle trouva la rue déserte. Haletante, elle avança d'une trentaine de mètres en gardant l'œil ouvert, s'arrêta pour écouter, continua à arpenter la rue, les sens en alerte, et ne perçut aucun son. Elle dut se résigner, puis rebroussa chemin en maudissant ses impressions.

Pendant que la quiche chauffait dans le four, Emma travailla la *Valse de l'adieu* de Chopin, qui commençait à prendre forme depuis qu'elle avait commencé à la jouer deux semaines auparavant. Les notes s'échappant du bout de ses doigts, elle laissa voyager son esprit qui la ramenait, plus souvent qu'elle ne l'aurait voulu, à sa mère. Même si les deux femmes n'avaient jamais été proches l'une de l'autre, Emma s'ennuyait d'elle. Les larmes lui montèrent aux yeux alors qu'elle repensait au tragique événement qui lui avait enlevé sa mère pour de bon, mais elle refusa les images douloureuses qui s'imposaient à son esprit. Elle laissa plutôt vagabonder sa pensée en se remémorant celle qui l'avait mise au monde.

Après un événement insupportable dans la vie d'une mère, Candice Angelou avait choisi de fuir en représentant vêtements, parfums et autres produits de marque. On la recherchait pour sa beauté sauvage, son un mètre soixante-quinze et sa peau chocolat. L'Univers avait ouvert ses portes à cette femme profondément blessée mais ambitieuse, et elle y était entrée volontiers. Elle avait alors pu s'étourdir et profiter de cette vie lancée sous les projecteurs et les soieries.

Emma se rappelait avoir subi les exigences du métier de sa mère depuis la petite enfance. Elle avait été confiée aux bons soins d'une gouvernante ou d'une autre, son père travaillant souvent jusqu'à 12 heures par jour à titre de détective privé. Elle avait dû apprendre à se suffire à elle-même, à se retirer dans un coin pour tromper l'ennui en comptant et recomptant les cases de ses jeux, bien qu'elle en connût le nombre par cœur : 100 pour le jeu de dames, 40 pour le Monopoly.

Intriguée par le lourd piano noir qui trônait au salon, Emma avait répété le même manège, dénombrant les touches encore et encore en les effleurant du bout des doigts. Maintes fois elle avait vu son père, l'air morose, s'y attarder après une longue journée de travail. Assise sur la bergère bleue, elle s'accoudait alors sur ses genoux et se berçait en suivant le rythme de la musique.

Puis son père avait été formel : tant les cours de piano que ceux de français seraient obligatoires pour sa fille. « Il ne faut pas rater une occasion de s'instruire ! Gould et Pivot ne se sont pas faits en un jour ! » disait-il.

Emma soupira en repensant à cette enfance rigide où le jeu n'avait plus eu que peu de place après le drame qui les avait tous secoués, et plus encore elle-même, et où les absences maternelles l'avaient frappée comme autant de gifles.

Ressasser ces événements avait réveillé la migraine tapie sous son crâne. À contrecœur, elle avala deux Advil et tenta de se détendre sur sa chaise alors que ses pensées la ramenaient au début de son adolescence. Élevée dans le culte de la beauté, c'est tout naturellement qu'elle était entrée dans la sphère où évoluait sa mère. « Ma chérie, tu peux faire fortune ! Pendant qu'un te réclame, l'autre enchérit sur toi. Pour une fois, c'est ton côté rebelle qu'on veut. Égérie de Balenciaga, tu y as pensé ? Ton avenir est assuré ! » affirmait Candice. Comme si c'était le sésame ouvrant toutes les portes. Comme si c'était la seule voie possible. Emma avait alors surnagé à travers séances de photos, frôlements par l'une ou l'autre durant les séances d'habillage et de déshabillage, et babillage incessant des rivales.

La brève incursion dans cette microsociété flamboyante et maquillée sur fond sombre l'avait confortée dans son choix de carrière. En réaction à cet univers féminin, elle s'était tournée vers *le* milieu masculin par excellence, l'École nationale de police, à Nicolet, dans le centre du Québec. À force de « oh ! » et de « ah ! », sa mère n'avait pu que se résoudre au caractère inusité du choix bien ancré dans l'esprit farouche de sa fille. Loin des chorégraphies sur scènes étroites, les escalades d'échelles tout aussi exiguës faisaient vibrer son corps, en opposition aux flashs des appareils photo qui ne savaient que l'agresser.

La minuterie sonna dans la cuisine, la délivrant des images obsédantes qui se succédaient derrière ses yeux et qui s'acharnaient à lui empoisonner l'existence. À l'emmurer dans le secret de son secret.

En nihilo nihil fit
(Rien ne vient de rien)

Vendredi 10 juin

Histoire de réfléchir aux prochains interrogatoires, Emma s'isola dans son bureau où elle inscrivit sur son canevas les renseignements donnés par les deux prêtres. Elle tenta de méditer, mais ne réussit qu'à reculer sur sa chaise et à s'éponger la nuque humidifiée par tant de chaleur. Puis elle traça le nom de la victime. Joseph Dunstan, 13.

Encore 13…

Sa manie de tout compter l'amena à fouiller sur Internet, où elle dénicha un détail qui provoqua en elle une montée d'adrénaline. Les nerfs à vif, elle composa le numéro de Renaud en cliquant de façon frénétique sur le bouton-poussoir de son stylo durant de longues secondes avant de le lancer avec justesse dans son pot.

*

Simon agita plusieurs fois le heurtoir et imagina plus qu'il n'entendit les pas précipités d'Emma dans le couloir.

— Salut, entre! dit-elle en l'embrassant sur la joue.

Il la suivit jusqu'à la cuisine.

— Hum, ça sent bon!

Il se faisait chaque fois un devoir de lever le couvercle d'une casserole qui chauffait sur la cuisinière. Sentant mais ne voyant pas la source de tant d'arômes, il insista :

— Au risque de me répéter, ça sent drôlement bon ! Où est caché le plat ?

— J'ai fait confire des tomates avec de l'ail et un millier d'herbes fraîches.

— Il ne fait pas assez chaud comme ça ?

— J'ai oublié. Trop de choses en même temps. C'est vrai qu'il fait chaud ici, reconnut-elle. Pendant que je prépare la vinaigrette, tu peux mettre la minuterie pour les pâtes ?

— Tu ne comptes pas les minutes toi-même ? Tu as pourtant une longueur d'avance avec les chiffres.

Elle le regarda en faisant la moue.

— Très drôle ! Il ne faut jamais rire des handicaps des autres. Ta mère ne te l'a jamais appris ?

Emma sursauta lorsque le téléphone sonna. Elle reconnut le numéro de la pathologiste.

— Jeanne, comment vas-tu ?

— Comme tu ne m'appelles pas, je prends les devants. Tu es libre demain soir ? Je passe te prendre à 18 h 30, ça te va ?

Emma réfléchit. L'enquête occupait tout son esprit. Mais, le lendemain, c'était tout de même samedi.

— Ah ! et puis pourquoi pas ?

Elle raccrocha et se tourna vers Simon.

— Vous irez bouffer au resto, ou alors au Laboratoire de sciences judiciaires et de médecine légale ? Ouaip, nom un peu long et compliqué pour attirer la clientèle. Tu préfères les viandes froides ? C'est l'été, il fait chaud, ça pourrait être une bonne idée. Meilleure idée que de confire des tomates par une chaleur pareille.

— Tu as fini de ramener mes failles sur le tapis ? Avec l'enquête, j'aimerais bien t'y voir, répliqua-t-elle en repoussant une mèche de cheveux trempée et récalcitrante.

— Tu es à cran, d'après ce que je vois. Ne le prends pas mal, voyons.

— Si on jasait des tiennes. Des nouvelles de Romain ?

Les deux amis étaient devenus célibataires en même temps. Emma avait quitté Pierre pendant que Romain quittait Simon, qui n'en guérissait pas.

— Coup bas, madame la détective ! feignit de s'offusquer Simon en grimaçant. J'aimerais bien en avoir. Je pourrais le reconquérir, qu'est-ce que t'en penses ?

En soupirant, Emma récita encore une fois son laïus :

— Je sais en tout cas ce que lui pense, et tu le sais aussi. Tu serais mieux de passer à un autre appel, tu te fais du mal pour rien.

— Mais… on n'a jamais tout à fait vidé la question, se défendit Simon. Il faut qu'il sache que ce Francis ne me plaisait pas… Enfin, pas vraiment.

Simon abdiqua devant l'air de doute de son amie.

— Bon, OK. Il me plaisait, mais pour un soir. C'est vrai, j'ai fait une gaffe. Mais, dans la vie, il faut pardonner, non ?

— Romain est rancunier. Pas sûre qu'il revienne sur sa décision.

La minuterie fit sursauter Emma pour la deuxième fois de la soirée. Pendant qu'elle égouttait les pâtes, elle demanda à Simon de verser la vinaigrette dans le saladier.

— C'est ce qu'on verra, répliqua-t-il en la jaugeant du coin de l'œil.

— Allez, touille, touille ! dit-elle en agitant la main. Tu travailles sur quel genre de truc, ces temps-ci ?

— Ah ! tu sais, un généalogiste n'a rien de bien palpitant à raconter sauf quand il doit donner une conférence sur les ancêtres. J'ai fait des recherches si poussées sur une lignée que je rêvais d'hommes préhistoriques la nuit, expliqua Simon en mélangeant le mesclun.

— Une famille connue ?

— Oui, mais… pas le droit d'en parler, la taquina-t-il.

Emma ignora la remarque qui, de toute évidence, faisait allusion à son propre boulot.

— Heureusement, Internet vient à notre rescousse. Ça élimine beaucoup de recherches qui, sans ça, me prendraient des siècles. Je ne dirais pas que le tour est joué quand on connaît les bons sites, mais le travail en est facilité.

— Allez… dis-moi de quelle famille il s'agit, le supplia-t-elle en joignant le geste à la parole.

— Ah! toi, suppôt de Satan! s'exclama-t-il. Les Kennedy. Là, t'es contente?

Emma émit un sifflement.

— Wow! Tu as sans aucun doute réussi à captiver ton auditoire?

Simon hocha la tête en frottant ses ongles sur son t-shirt.

— J'ai même eu droit à une ovation, dit-il en mettant la main sur son cœur.

Elle éclata de rire.

— Tu me sors de mon quotidien *palpitant*, comme tu dis.

— Sacrebleu! ce n'est pas juste, tu finis toujours par me tirer les vers du nez, alors que toi…

— Mais…

— Je sais, je sais. Les enquêtes sont top confidentielles, répliqua Simon en balayant l'air de la main. Pour ton grand chum… tu ne pourrais pas faire une exception?

— Tu sais que je ne peux pas. Sous peine de…

Il décida de la piquer un peu plus.

— J'aimerais bien que tu finisses par me révéler la raison de cette peur irraisonnée des macchabées, dit-il en levant son verre.

Emma se doutait bien que Simon ne lâcherait pas le morceau. Elle devrait un jour ou l'autre passer aux aveux. Elle s'était pourtant promis que ce soir serait *le* grand soir, mais elle n'eut pas la force d'en parler.

— Un jour, peut-être…

— Tu sais qu'elle porte un nom?

— Ma peur ? Je n'ai jamais cherché à savoir.

— La nécrophobie. C'est macabre comme appellation, tu ne trouves pas ? Pour ma part, je crois souffrir d'anuptaphobie. Tu sais ce que ça veut dire ?

— Hum… la peur d'avoir peur ?

— Non ! La peur de rester célibataire.

Et Simon éclata de rire devant la mine interloquée d'Emma.

In flagrante delicto
(En flagrant délit)

Samedi 11 juin

Jeanne se gara en double file, mit les feux de détresse, monta l'escalier en vitesse et leva le heurtoir.

— Tu es à l'heure.

— Je suis surtout mal garée. Je redescends tout de suite, il n'y a pas assez de place pour qu'une autre voiture puisse passer.

— J'arrive.

Emma verrouilla la porte en bois, vérifia la serrure deux fois plutôt qu'une, puis elle descendit en vitesse en comptant tout de même les 18 marches.

— J'ai pensé essayer le Verre-Tige sur Saint-Laurent, un nouveau bar où on sert différents vins au verre.

— Tu as fait un choix pour le resto?

— Hum, hum, mais avant, j'aimerais te montrer quelque chose.

Emma se tourna vers elle, l'air étonné. La mine sérieuse de son amie acheva de l'intriguer.

Assise, plus tard, à une table du bar, regardant le garçon évoluer entre les tables, Emma demanda :

— Tu ne trouves pas que les hommes qui choisissent le travail de serveur le font en général d'une manière exemplaire?

— Tu as raison. Par contre, si je pense à mon métier, il est le plus souvent pratiqué par des hommes. Pas beaucoup de femmes envisagent la dissection d'un corps humain dans leur choix de carrière. Dommage, c'est si passionnant! J'espère que je lui fais honneur…

Emma s'éclaircit la gorge pour se donner une contenance.

— Je t'admire, tu sais.

Jeanne lui tapota la main.

— Dis-moi, vous avez un suspect pour le meurtre du courtier pendu ?

— C'est complexe, mon cerveau travaille à plein rendement. Je ne tolère pas qu'une enquête ne soit jamais résolue.

— Un détail se révélera en temps et lieu, et tu sauras.

Elles levèrent leurs verres à l'amitié et, comme chaque fois, la question de leurs amours arriva en même temps que l'apéro.

— Tu vois quelqu'un ? demanda Jeanne.

— En fait, je ne peux pas…

— Allez, dis-moi tout. Sois rassurée, même si j'en parlais à mes clients, ils emporteraient le secret dans leur tombe, lui confia Jeanne tout bas.

Emma rit de bon cœur.

— Bon, d'accord, mais tu dois faire la même chose avec le monde des vivants.

Elle parla d'Elliot pendant que Jeanne l'écoutait, l'air intéressé. Sitôt son récit terminé, elle regretta de s'être autant livrée alors qu'elle n'était pas si certaine de vouloir s'investir dans une relation avec un homme qui l'attirait et l'irritait en même temps.

— Il est libre ?

— Aucune idée. Et de ton côté ?

— Bah, moi… toujours du pareil au même. Je commence à croire que mon ex est irremplaçable. C'est moi qui place la barre trop haute ?

Leurs verres terminés, Jeanne entraîna son amie en direction de sa voiture et roula vers l'est. Beaucoup trop vers l'est. Emma sentit poindre le danger. Danger qui se matérialisa. Elle jeta un regard foudroyant autant qu'apeuré à la pathologiste, qui dut insister pour mener à bien le plan qu'elle avait en tête.

— Je t'en prie… Il n'y a pas de corps aujourd'hui dans la salle. J'aimerais que tu commences par apprivoiser l'endroit où je bosse tous les jours. Il faut y aller une étape à la fois et, un jour, tu pourras assister à… Tu verras, un mort, ce n'est pas si bouleversant, je le jure! dit-elle en levant la main droite.

Emma connaissait bien l'expression volontaire que son amie affichait si souvent. Elle déglutit en faisant les yeux ronds, comme un chat affolé devant l'inévitable : un chien enragé.

— Je ne crois pas…, balbutia-t-elle, perdant tout à coup ses moyens.

— Mais si! On y va et on verra rendues là-bas. Le vin va t'aider à te détendre.

Chemin faisant, Emma ne pouvait s'empêcher de se triturer les doigts, s'imaginant qu'elle allait rencontrer un fantôme dès son arrivée sur les lieux.

L'ascenseur descendit dans le ventre de l'immeuble, jusqu'au sous-sol. La porte, dans un vacarme amplifié par le silence qui régnait tout autour, s'ouvrit sur un couloir blanc et nu. Leurs talons claquèrent sur un sol plus luisant qu'un piano à queue astiqué avant un concert, leur écho se répercutant sur les murs en céramique. Sinon, on n'avait conscience que de ce fichu silence entêtant. Emma fit un effort pour ne pas entendre sa propre respiration et pour ne pas perdre connaissance, là, dans le corridor inhospitalier. La désagréable impression de se sentir avalée par l'asepsie ambiante l'amena à serrer les lèvres plus que nécessaire. Elle pensa qu'entrer dans un hôpital psychiatrique devait faire le même effet, et qu'elle se retrouverait assurément dans un tel établissement, si son état de panique persistait.

Tendue comme les cordes d'un violon, Emma se tenait deux pas derrière la pathologiste en tentant de se concentrer sur ce qu'elle voyait : une chevelure mi-longue presque noire, une silhouette élancée sur des hanches généreuses, toujours vêtue à son avantage, et l'attitude désinvolte et féminine qui caractérisait si bien son amie.

Elle se questionna sur cette amie joviale et heureuse qui arrivait à travailler dans un pareil endroit. Rien chez elle ne suggérait qu'elle s'adonnait à la dissection de cadavres.

— Allez, viens, n'aie pas peur. Tout va bien, nous sommes seules ici.

Ces mots achevèrent d'apeurer Emma qui ne désirait qu'une chose : déguerpir aussi vite qu'un tamia réintègre son terrier.

— Je ne sais pas si... j'y arriverai.

— Fais-moi confiance, je ne t'emmène pas à l'abattoir, dit Jeanne d'une voix douce.

En voyant le visage exsangue de son amie, la pathologiste se dit qu'elle devait raconter quelque chose pour faire diversion.

— Au fond, mes clients sont faciles. Ils ne discutent pas, ne font aucun bruit, sont patients, ne critiquent pas, ne râlent surtout pas et ne se plaignent de rien, malgré ce que je leur fais subir. De ton côté, tout le monde ment à sa façon, tu dois sans cesse essayer de départager le vrai du faux. Les suspects, et même les témoins, sont beaucoup plus à craindre que mes morts. Sans compter tes collègues de travail, avec lesquels tu dois composer pour ne pas déplaire à l'un ou à l'autre. Je ne t'envie pas, tu sais. J'aime bien la paix qui règne ici. Je fais mon affaire et lorsque je rentre chez moi, j'ai le sentiment du travail accompli.

Jeanne poussa la porte et invita son amie à entrer en ouvrant les bras en croix.

— Bienvenue dans mon antre ! Tu vois, ce n'est qu'un labo, rien de plus.

Une odeur tenace de désinfectant mêlée à l'odeur de la mort qui empestait l'air envahit les poumons d'Emma. Celle-ci se sentit défaillir en voyant tous les scalpels, pinces et autres instruments de torture étalés sur une table en métal. En une fraction de seconde, elle en dénombra 13.

Le recensement de ces objets lui insuffla un faux sentiment de contrôle, mais la rassura pour un moment. Emma imagina Joseph

Dunstan étendu sur cette table qui dominait la pièce, et se faisant charcuter à l'aide des outils métalliques. Puis son regard se posa sur une longue seringue et n'arriva pas à s'en détacher. Voyant l'air ahuri de son amie, Jeanne précisa, comme si c'était tout naturel :

— Je t'explique. Après avoir lavé et asséché le corps, et avoir vérifié s'il y a des marques de violence, une des premières choses que je dois faire, c'est prélever les liquides corporels via la veine fémorale ou sous le globe oculaire. Ces fluides peuvent indiquer une éventuelle intoxication à l'alcool, à une drogue ou à un poison quelconque, récita-t-elle comme si elle donnait un cours à des élèves.

Sur ces mots, Emma blêmit. Jeanne eut tout juste le temps d'approcher une chaise pour que son amie, plus blanche que blanche, s'assoie. Voulant prévenir le pire, la pathologiste alla chercher des glaçons qu'elle enroula dans du papier absorbant. En les appliquant sur la peau d'Emma, elle vit le petit tatouage en forme de rose blanche sur sa nuque.

*

Jean St-Arnaud était contrarié à l'idée de ne pas pouvoir parler à Louis.

Sa sacro-sainte pêche du début de l'été ! Belle excuse pour fuir, oui ! Il ne me l'a pas dit hier soir, sachant très bien que je ne pourrais pas le relancer pendant le week-end. Il me fuit, c'est évident... À quoi il peut bien réfléchir durant quatre longues journées, seul au bord d'un lac avec sa canne à pêche, ses poissons et plein de moustiques autour de la tête ?

Il décida d'appeler Alice, la femme de son ami, qui savait peut-être quelque chose qu'il ignorait.

— Bonjour, Alice. C'est moi, Jean.

— Ah ! salut, Jean ! Ça va ?

— Bien, bien. Et toi ?

— J'essaie de profiter de mon week-end de célibataire, mais en réalité je ne sais pas quoi faire de ma peau.

— Je t'invite quelque part ? Je suis seul aussi.

Ne sachant si elle devait accepter, Alice hésita.

— Hum… Et puis, pourquoi pas ?

Elle se fit belle sans savoir pourquoi. Elle n'avait pas l'habitude de sortir avec un autre homme que Louis, mais c'était excitant même si son compagnon était Jean, qu'elle connaissait bien. Grand ami de Louis, Jean était par contre plus téméraire, plus enjoué, plus léger que son homme, et il n'était surtout pas désagréable à regarder. Il plaisait à plus d'une avec raison. Avec lui, Alice pouvait discuter de tout et de rien, mais aussi de folles aventures qui, sans doute, n'auraient jamais lieu. Elle prenait plaisir à entendre les récits captivants de cet ami si différent de tous ceux qu'elle côtoyait.

Il arriva à l'heure dite avec un air d'enterrement.

— Jean, qu'est-ce qui t'arrive ? Ça ne va pas ?

— Viens, je te raconterai.

Il l'emmena chez Rosso, son restaurant italien préféré sur la Rive-Nord. Aussitôt qu'ils se retrouvèrent face à face, un malaise s'installa. Ils n'avaient pas l'habitude d'être seuls tous les deux. Jean décida de rompre le silence.

— Ce n'est pas difficile pour toi ? Je veux dire : l'idée de passer quelques jours sans ton homme ?

— Je m'en accommode, une fois par année.

— Bon, assez tourné autour du pot. Comment as-tu trouvé Louis, dimanche dernier ?

— Quand il est revenu du centre de parachutisme ? répondit Alice, étonnée par la question.

Il hocha la tête.

— Il était déçu de ne pas avoir pu sauter à cause d'un problème technique. Pourquoi ?

Jean comprit qu'Alice ne se doutait pas que Louis avait reculé à la dernière minute.

— Je me suis inquiété quand j'ai vu qu'il ne me rejoignait pas à la porte de l'avion.

— Je ne comprends pas…

Jean raconta ce qui s'était passé ce matin-là. La porte au fond du couloir, l'instructeur qui attendait Louis, l'absence de ce dernier à la porte de l'avion, ses questions laissées sans réponses.

— Si je comprends bien, tu as pu sauter ? Donc…

— Pas de problème particulier. Il ne t'a rien dit en rentrant ?

— Qu'il y avait eu un problème technique, c'est tout, dit-elle, songeuse.

La déception se lisait sur la figure d'Alice. Pourquoi Louis ne faisait-il pas confiance à sa femme et ne lui racontait-il pas ses angoisses ? songea Jean. Son orgueil. Toujours lui.

Il observa le visage de l'amoureuse de son ami. Des yeux grands comme l'océan et, de surcroît, aussi bleus, une bouche en cœur, rose comme une pivoine fraîchement éclose, surmontée d'un nez fin. *Beau brin de fille !* se dit-il. Il avait de la chance, Louis. Le savait-il ? Il possédait ce qui était le plus important, dans la vie : l'amour. En dépit de ses fredaines et de ce qu'on pouvait en penser, Jean rêvait aussi d'une vie rangée avec femme et enfants.

Ils terminèrent le vin en jasant de tout et de rien. Puis Jean régla l'addition. Il espérait qu'Alice avait tout de même passé une belle soirée.

Lorsqu'ils arrivèrent devant chez elle, elle lui offrit de monter. Il accepta. Assis l'un à côté de l'autre sur le canapé, ils continuèrent à parler d'un éventuel voyage quelque part, jusqu'à ce qu'Alice s'approche et touche la joue envahie d'une barbe de quelques jours. Il n'en fallut pas plus pour que leurs bouches se rencontrent, que leurs doigts s'affolent et que deux âmes esseulées se consolent. Ils ne pensèrent pas à Louis, seul au bord d'un lac avec ses bestioles.

*

Louis vida son poisson, déposa la poêle sur la grille et se prépara des pommes de terre en conserve. Il ouvrit ensuite une bière, qu'il sirota en réfléchissant à ses aspirations qui commençaient à se concrétiser maintenant qu'il prenait des décisions plus arrêtées.

Pourquoi idéaliser Jean ? Celui-ci ne faisait que bambocher à droite et à gauche, susciter l'envie, mais il ne parvenait qu'à s'étourdir en attendant… rien, en fait. En même temps, Louis n'arrivait pas à chasser ses idées noires. Il profitait de son pèlerinage annuel pour faire le point sur sa vie, ses désirs, ses espoirs. Il fallait bien gagner sa vie, aussi bien que ce soit dans un milieu intéressant. Il savait son travail temporaire. Il visait plus haut, plus loin. Il voulait qu'un jour on le reconnaisse ; il voulait devenir quelqu'un. Lui seul savait par quel chemin il devait passer pour y arriver.

Sotto voce et vociferantis
(À voix basse et à tue-tête)

Dimanche 12 juin

En ce jour de la Pentecôte…

Marc Vallières prit une longue douche et enfila son pantalon le moins froissé avant de se diriger vers l'église. Pensif, il ouvrit la lourde porte, trempa ses doigts dans le bénitier, se signa. Il avança ensuite dans l'allée, mit un genou à terre au bout du banc avant de s'y glisser. Les confessionnaux étant tous occupés, il patienterait le temps qu'il faudrait en songeant à ce qu'il allait confesser.

Paul Prieur décida de marcher. Prendre l'air lui ferait le plus grand bien avant que la moiteur n'enveloppât tout ce qui bougeait. Il s'arrêta devant l'imposant édifice de pierre surmonté d'un beffroi abritant des cloches jumelles que les battants se mirent à frapper, le faisant sursauter. Avec son mouchoir, il épongea son crâne dégarni, puis ses yeux devenus humides. Il ne fallait pas laisser les émotions prendre le dessus. Au contraire, il se devait de garder la maîtrise de lui-même. C'était obligatoire.

Victor Vigneau revêtit son habit du dimanche, but un jus d'orange. Il savait qu'il aurait dû se rendre à l'église à jeun, mais son estomac s'y refusait. Il fut attentif durant la cérémonie commémorant l'expérience mystique qu'avaient vécue les apôtres, célébrant la descente de l'Esprit saint sur eux. Puis, au moment où les choristes entamaient un chant poignant, il aperçut, parmi eux, Mathieu

Lavoie. Au moins, un de ses courtiers comprenait combien l'Église avait du bon! songea-t-il. Après la génuflexion qui précédait la communion, il vit enfin le prêtre s'avancer, ciboire en main.

Louis Bellavance vit ses orteils s'enfoncer dans la vase, tant l'eau du lac était claire, laissa l'air matinal sécher sa peau, plaça ensuite son attirail dans le coffre de sa voiture. Alice ne l'attendant que le lendemain, il lui ferait la surprise d'arriver plus tôt. Un urgent besoin de caféine le força à emprunter la sortie de Saint-Sauveur. En dégustant son cappuccino, il admira, de l'autre côté de la rue, l'église du village. L'église aux portes rouges.

Luc Marchand vit les gens se presser devant les portes de l'église. Il s'arrêta, songea à y entrer et, au final, préféra s'en abstenir. Que pouvait-on trouver là-dedans? Une approbation ou, mieux, une bénédiction? Croire ou ne pas croire? Il pensa que, d'une certaine manière, il croyait. D'abord en lui. Ensuite en tout ce qui était tangible et réalisable. Quant à Dieu, il en faisait son affaire.

Passant devant l'église de Rosemère, René Lemieux regarda les fidèles qui affluaient vers les immenses portes avant de les franchir de manière cérémonieuse. Souvent, le dimanche, il se postait de l'autre côté de la rue pour observer les allées et venues des gens autour de l'édifice religieux. Il pensait que l'Église avait encore sa place en ces années où tout se bousculait, où tout allait trop vite. Or, pour lui, la religion revêtait une tout autre signification.

Les cloches carillonnant – invitation explicite à joindre les rangs des fervents –, il n'entendit pas le sergent approcher.

– Vous n'entrez pas, monsieur le marguillier?

D'abord surpris, Lemieux se ressaisit et justifia sa présence à cet endroit en expliquant que les Rosemèrois appréciaient son dévouement au sein de l'église, mais qu'il ne ressentait aucun attrait pour la pratique religieuse.

– Désolé, sergent, votre souricière ne s'est pas refermée sur la bonne personne, conclut-il en tournant les talons.

Impuissant, Renaud fit un geste pour le retenir, mais comprit qu'il valait mieux laisser tomber et attendre la fin de la cérémonie en faisant le pied de grue devant l'église. Un moment plus tard, il vit Marc Vallières quitter l'édifice religieux. Il courut au-devant du notaire.

– La confession a été bonne, maître?

L'homme de loi le regarda d'un air perplexe.

– Vous vous êtes confessé le lendemain du meurtre de Joseph Dunstan?

Voyant que Vallières faisait la sourde oreille en continuant de marcher, Renaud attaqua:

– Le courtier était dans vos pensées aujourd'hui? À moins que…

Le notaire s'arrêta net.

– Vous devriez essayer la confesse, ça vous ferait du bien, lui jeta-t-il à la figure.

Furieux de n'avoir pas su déstabiliser le notaire, Renaud marcha d'un pas rageur avant d'entrer dans l'église. Emma avait proposé de rendre une seconde visite aux deux prêtres après la messe du dimanche. Elle questionnerait le père Lévesque, pendant qu'il s'occuperait du curé St-Pierre. Il se dirigea vers l'autel, où le prêtre finissait de ranger les objets sacrés dans la sacristie. Ce dernier tourna la tête en entendant le bruit des pas dans l'allée.

– Tiens, sergent! Vous avez assisté à la cérémonie?

– En fait, non. J'aimerais seulement vous poser une question.

– Je vous écoute, dit André St-Pierre en continuant sa besogne.

– Vous jouez au poker?

Devant l'air incrédule du curé, Renaud s'en voulut presque d'avoir posé la question.

*

Emma attendit que Victor Vigneau soit près de sa voiture pour l'interpeller.

— Vous êtes un assidu, dit-elle en faisant un geste vers l'église.

Une furtive expression de surprise céda la place à un étrange sourire sur le visage de l'homme. Le même que celui qu'il affichait lors des funérailles de Dunstan.

— Que voulez-vous de moi, madame ? demanda-t-il d'une voix feutrée.

Emma choisit d'aller droit au but.

— Vous communiez souvent, mais ne vous confessez qu'occasionnellement. Or, vous l'avez fait le jour du meurtre. On peut savoir quel grand péché vous a conduit là ?

— Dieu entend aussi les péchés véniels, précisa Vigneau, les lèvres toujours étirées.

— Absout-il les plus graves ?

Il émit un gloussement rauque.

— Vous ne croyez pas au hasard ?

— Je crois surtout en l'art de se défiler.

L'habile jeu du chat et de la souris déplaisait et plaisait à la fois à Emma. Elle réalisa qu'elle aimait la joute de réparties qui se déroulait en ce moment.

— Remarquez, si vous y tenez…, reprit Vigneau. Je lui ai demandé de me pardonner un léger écart de conduite : avoir fait euthanasier mon chat de 15 ans. Le pauvre…

Pendant qu'il s'éloignait, elle enregistra dans son téléphone, sans quitter l'homme des yeux :

« Vigneau peut être un grand joueur. Dans tous les sens du terme. »

Elle entra ensuite dans l'église, où elle vit le père Lévesque. La mine déconfite qu'il afficha, après qu'elle lui eut posé sa question « délicate », acheva d'éliminer le prêtre comme suspect potentiel.

Puis elle envoya un message texte à Renaud.

« Vigneau = suspect nº 1. Jude Lévesque innocent. Où en es-tu ? »

Sa réponse ne tarda pas.

« Frustré. Lemieux + Vallières = 2 rusés. Curé assez éberlué pour être innocenté. »

*

Alice dormait paisiblement alors que Jean ramassait ses vêtements éparpillés sur le sol du salon et quittait l'appartement sur la pointe des pieds. Quelle erreur ils avaient commise! Bien que ce moment d'égarement ait été fort agréable, leur révélant une grande complicité dans les gestes et les caresses, il ne fallait surtout pas qu'il se reproduise. L'homme ne pouvait s'empêcher de broyer des idées noires. Et si… Alice ne gardait pas le secret? Et si… elle était incapable de se retenir? Et si… elle voulait se confier? Et si… Louis en venait à tout savoir? Et si… il se fâchait? Jean ne voulait surtout pas provoquer la colère de son ami, sachant dans quel état il pouvait se mettre quand il sortait de ses gonds.

En s'éveillant, Alice se surprit à être déçue de l'absence de Jean. Quelle nuit! Elle se pelotonna sous les draps, savourant chaque souvenir de la veille. Durant toute la journée, elle eut l'impression de marcher sur un nuage. Elle plaisait au grand Jean! Mais son cœur se serrait lorsque l'image de Louis dansait devant ses yeux. Louis, moins flamboyant et fougueux que son ami – elle n'en avait plus aucun doute –, était tout de même celui qu'elle avait choisi. Elle qui lui avait toujours tout dit, comment lui cacher cet écart? En repensant aux confidences de Jean, elle se persuada qu'elle avait pleinement le droit de préserver son secret.

Louis déverrouilla la porte et se glissa silencieusement à l'intérieur de l'appartement dans le but de surprendre Alice. Il écouta. Aucun bruit. Il l'appela. Aucune réponse. Elle était sortie. Il était seul. Il alla dans la chambre et trouva le lit complètement défait alors qu'Alice disait ne presque pas déplacer les draps lorsqu'elle dormait seule.

Était-elle anxieuse pour une raison qu'il ignorait ? Était-elle malade ? Ou pire… avait-elle dormi avec quelqu'un ? À cette seule pensée, il devint vert de rage. C'est alors que son téléphone se mit à sonner.

— Louis Bellavance.

— Emma Clarke, lieutenante-détective à la Sûreté du Québec. J'aurais quelques questions à vous poser à propos du décès de Joseph Dunstan. On peut se rencontrer ?

— Je n'ai pas le temps.

— Nous n'en aurons que pour une demi-heure.

— Je vous l'ai dit, je n'ai pas le temps en ce moment.

— Demain ? Ou, tiens, mardi, alors ?

Un silence s'installa à l'autre bout du fil.

— Je dois faire mon enquête, monsieur Bellavance, je dois insister. Je peux vous rencontrer pendant votre heure de lunch, à l'endroit qui vous conviendra.

— Vous connaissez le Comptoir ? J'y serai mardi, à midi, précisa-t-il.

— Le Comptoir… Je trouverai, conclut Emma, satisfaite.

*

Lorsqu'elle eut enfin réussi à voir un des voisins de Dunstan, qui n'était jamais chez lui, un sentiment de frustration envahit Suzie Marseille. Si seulement Burn et les autres se donnaient la peine de reconnaître ses compétences, elle hériterait de tâches plus intéressantes. Elle maudit la chaleur qui continuait de sévir. Elle monta dans la berline banalisée où elle mit la ventilation au maximum pour sécher ses cheveux collés à ses tempes, emprunta l'autoroute 15 vers le sud et rentra au QG une demi-heure plus tard, où elle rédigea son rapport qui serait prêt pour le débriefing du lendemain matin. Au moins, on ne pourrait pas la prendre en défaut.

Une femme, et quelle femme!... La première de toutes! Bien que née pour donner l'exemple, elle avait plutôt sombré dans le péché et avait, de ce fait, déchaîné les foudres du Seigneur sur ses semblables.

Celle-là réussit et s'en glorifie ad nauseam[30]. *Elle a la langue bien trop acérée! Il faut lui faire ravaler ses exploits. Lui faire vomir son besoin inépuisable d'opulence et de louanges.*

Elle mourra de cette langue qui lui rendra la monnaie de sa pièce. Avec un malin plaisir, la bouche noire piquera la dame au vif, se retirera ensuite, la regardera s'engourdir légèrement, puis violemment, et finalement la verra suffoquer, l'amenant vers l'ultime jubilation qui délivre le corps et l'esprit.

La première femme n'avait-elle pas suscité de remous dans cet éden à cause de sa désobéissance?

Ève a péché, elle doit inévitablement payer. La bête s'amusera d'elle comme il se doit. Comme elle l'avait fait jadis.

Vanitas vanitatum [31]!

---

30 Jusqu'à la nausée.
31 Vanités des vanités.

Vindictam
(Vengeance)

Lundi 13 juin

Tapi dans l'ombre, l'homme la voyait, vêtue d'un peignoir élégant, aller et venir de la cuisine au salon, jetant un œil distrait à l'image projetée par l'écran de télévision.

Il composa son numéro.

– Allô, allô… Qui est à l'appareil ? s'énerva Ève Laflamme.

Profitant de ce moment de diversion, une main gantée poussa légèrement la moustiquaire, laissant juste assez d'espace à son complice pour se faufiler et mettre son plan à exécution tout en douceur, mais cruellement, comme lui seul savait le faire.

S'enfonçant dans la pénombre de la pièce, l'arme inusitée ne devrait pas attirer l'attention de la femme qui, maintenant étendue sur le divan, regardait les nouvelles de fin de soirée. Moulant son corps contre les murs, se fondant dans le décor à la manière d'un caméléon, la longue silhouette se mouvait avec autant d'aisance que lui permettait sa découverte de ce nouvel environnement. D'autant que la bête avait la capacité de se déplacer à une vitesse approchant les 20 kilomètres à l'heure. Le perpétuel mouvement de la langue fourchue montrait que le reptile n'aimait pas l'univers hostile et froid dans lequel il avait été parachuté.

Voir la forme louvoyer habilement sur la surface inhospitalière provoqua chez l'homme une montée d'adrénaline peu commune. En continuant d'observer le manège de l'élapidé, il humecta ses lèvres déshydratées pendant que sa peau s'asséchait aussi sous la cagoule qu'il portait.

Arrivée à proximité des pieds nus, la bête silencieuse et chasseresse se prépara à mordre, mais, à cause du soudain mouvement de la femme repliant ses jambes sur les coussins, elle rata sa cible. Ce qui l'obligea à battre en retraite.

Contrarié et sentant la menace, l'animal devait se défendre et attaquer l'intruse. Le corps à l'allure gluante s'enroula autour de la patte du canapé pour s'y hisser à la recherche de l'ennemie. Il se fraya un passage jusqu'à la peau blanche qui exhalait une odeur de sang chaud et… clac! Vive comme l'éclair, la gueule noire se referma sur la cuisse de sa proie. Puis, satisfait, le reptile se replia dans les coussins moelleux afin d'y savourer sa victoire.

— Aïe! méchant moustique!

Ève se leva en massant l'endroit mordu d'une main énergique, mais constata rapidement que la brûlure devenait de plus en plus vive et lancinante. Pour la soulager, elle décida d'y appliquer une compresse d'eau froide. Elle réussit à faire les quelques pas nécessaires pour atteindre la salle de bains en boitillant et en vacillant. Elle frictionna ses extrémités prises de fourmillements, en même temps que sa vision se rétrécissait, s'embrouillait. Elle cligna des yeux, doucement d'abord, puis frénétiquement. Elle transpirait à grosses gouttes et salivait plus que de raison. Un long frisson la parcourut de la tête aux pieds, lui donnant l'impression d'être en hiver alors que la canicule sévissait.

Se disant qu'elle devait appeler Léa, Ève tendit la main vers son téléphone. À cause de ses yeux dangereusement embués et de ses doigts ankylosés, elle n'arriva qu'à composer un numéro quelconque sur le clavier. Lorsqu'une voix inconnue répondit, elle essaya désespérément de parler, mais aucun son ne parvint à franchir ses lèvres, les muscles de sa bouche et de sa langue ne lui obéissant plus.

Paniquée, elle tenta d'atteindre la porte d'entrée dans l'espoir d'aller chercher de l'aide, mais ses jambes ne répondaient plus. Tous les muscles de son corps devenaient insensibles ; ses membres, paralysés. Prise de nausée, Ève tituba et, à grand-peine, réussit à s'accrocher à la patère. Puis elle chercha l'air en même temps qu'elle essaya d'avaler le trop-plein de sa salive. Rien n'y fit. Pour finir, les yeux exorbités, les membres aussi lourds qu'une enclume, les poumons en feu, elle suffoqua et tomba au sol.

Comme s'il souffrait du « grand mal », son corps, agité de violents soubresauts, se raidit, se cambra et se contracta furieusement, comme s'il se bagarrait avec le diable. Le supplice ne semblait pas vouloir s'arrêter. Puis, dans un état proche de la catatonie, ses membres se tendirent une dernière fois pour se figer brutalement. Harassée par cette crise convulsive, Ève sombra dans le coma. Sa respiration se fit rare et son pouls ralentit de plus en plus, pour finalement s'arrêter pour de bon.

De l'autre côté de la moustiquaire, l'homme l'avait regardée, avec grande satisfaction, se débattre, perdre le contrôle de son corps, agoniser. On aurait juré que le serpent, fâché, s'était évertué à inoculer le plus de venin possible, s'assurant ainsi de la mort imminente de l'ennemie.

Lorsque les convulsions et spasmes cessèrent, l'homme ajusta sa casquette et vérifia que ses gants étaient bien collés à ses manches. Pour éviter de provoquer la bête de nouveau, il entra dans la pièce sur la pointe des pieds. Après avoir bien appris comment s'y prendre et avoir répété maintes fois la manœuvre, il devait récupérer son complice d'une façon sécuritaire. Ce serait un jeu d'enfant, du moins l'espérait-il. Lorsqu'il vit enfin le reptile sortir de sa cachette et ramper vers le sol, il prit sa longue perche terminée par un nœud coulant. D'un habile jeu de poignet, il réussit à le passer autour du corps entortillé, qu'il déposa dans un grand sac noir bardé de fils de métal. Puis il enferma la bête dans la glacière, un récipient idéal pour l'emprisonner.

Il s'attarda ensuite auprès du corps, histoire d'imprégner son cerveau de la vue de la femme étendue, membres raidis, bouche ouverte grimaçante, engluée de salive et semblant crier à l'aide. Jamais plus elle ne ferait de mal à qui que ce soit. Sauf peut-être à l'âme de ceux qui ne savaient pas faire abstraction de leurs émotions. Le sentiment du devoir accompli procura à l'homme une satisfaction sans pareille. Le Seigneur pouvait être fier de lui!

Pour une fois, cette femme était là, offerte, consentante. À sa merci. À défaut d'être l'unique, il serait néanmoins l'ultime. Cédant à son appétit, il s'agenouilla et, avec précaution, caressa d'abord la chevelure claire, enroulant lentement une mèche autour de son index qu'il tendit de façon juste assez rude, s'imaginant l'entendre pousser un cri rauque pour l'implorer de ne pas la laisser languir. D'une main pleine, il longea le cou gracile, paraissant si facile à enserrer qu'il ne put s'empêcher d'y appuyer les doigts, comme s'il pouvait punir la femme une seconde fois.

Puis il entrouvrit légèrement le peignoir diaphane, juste assez pour dégager les épaules où il savait la peau douce, presque sucrée. Résistant à l'envie d'y mordre bestialement – s'interdisant de laisser une trace de ses sucs personnels –, il écarta un peu plus les pans du négligé, libérant deux globes laiteux magnifiques, surmontés de boutons rosâtres proéminents. En regardant dans les yeux révulsés, il les saisit l'un après l'autre, les tritura sauvagement, les malmena à outrance jusqu'à les martyriser, sachant que ce devait être un supplice. Même depuis l'autre monde.

Pendant ce temps, le serpent se contorsionnait dans sa boîte. Il frappait désespérément les parois qui l'emprisonnaient en émettant un sifflement si insistant qu'on aurait juré qu'il voulait cracher tout le venin encore contenu dans son corps. Ce qui ne faisait qu'ajouter plus d'irréalité au moment. L'excitation était si forte que l'homme prit quelques instants pour caresser doucement son sexe à travers le tissu, l'exhortant ainsi à patienter.

En s'aventurant plus avant dans la découverte du corps féminin, il admira une fois encore le mont de Vénus glabre comme la joue d'un enfant, qu'il effleura tendrement du bout des doigts. Oh, qu'y poser les lèvres eût béni ses actes ! Il finit par fermer les yeux, pleurer doucement, puis jouir silencieusement.

Ébranlé et habité de sentiments contradictoires – comme dans un passé atroce, quoique lointain, mais brusquement ravivé –, l'homme arriva à se relever et à déposer les objets choisis ainsi que la note destinée à son Élue.

En guise de punition, il déplia son couteau, en caressa des doigts la lame bien affilée qu'il glissa ensuite sur les muscles de l'abdomen tendus comme la corde qui avait pendu Dunstan.

Os magna sonaturum
(Bouche à la parole retentissante)

Mardi 14 juin

Arrivée tôt afin de se préparer pour la réunion, Emma découvrit sur son bureau une enveloppe cachetée. Le cœur battant, elle glissa lentement la lame du coupe-papier sous le rabat.

Elle déplia le mot, le lut avec empressement, puis se précipita à la réception.

— Roberta, qui a apporté cette enveloppe ?

— Je n'ai vu personne. Elle était dans le sac que le gardien m'a apporté ce matin. Ça va, Emma ?

La policière éluda la question et, visiblement déçue, retourna dans son antre où elle relut le message plus posément afin de bien en comprendre la portée.

Vous vous amusez, madame la détective ? J'ose l'espérer.

Curieuse ? Remarquez, on le serait à moins.

Impatiente de voir la suite ? Je ne peux que m'en réjouir.

Il ne sera pas superflu d'aiguiser votre mine.

Prête pour la troisième étape ?

Le jeu en vaudra la chandelle, vous verrez !

Horizontal n° 3, 3e :	Début d'une répétition
Horizontal n° 5, 3e :	Début d'un être savant
Horizontal n° 8, 1er :	Leur détresse
Horizontal n° 12, 2e :	Présents de pied en cap
Horizontal n° 13, 2e :	Commencement de l'extinction de la douleur

Horizontal n° 16, 3ᵉ :   Début et fin d'un nettoyeur chez les oiseaux de proie ou voyelles doubles

Horizontal n° 18, 2ᵉ :   Liaison

Ça tourne à cent à l'heure dans votre tête ? C'est bon signe !
Et remarquez, ce ne sont que les prémices !

Vertical n° 2, 3ᵉ :   Spielberg en a fait un grand succès

Vertical n° 3, 2ᵉ :   Le centre du septième art

Vertical n° 3, 3ᵉ :   Balbutiement de lumière

Vertical n° 4, 1ᵉʳ :   On dit qu'il blesse

Vertical n° 5, 1ᵉʳ :   « C'est-à-dire » en langue de Dieu/En harmonie sur votre piano

Vertical n° 5, 3ᵉ :   Utile au rond-de-cuir

Vertical n° 6, 2ᵉ :   Magicien

Vertical n° 11, 2ᵉ :   Début et terminaison d'un remplacement (pas le vôtre, j'espère !)

Vertical n° 12, 4ᵉ :   Allez, on se joue le premier !

Vertical n° 12, 1ᵉʳ
et Vertical n° 10, 3ᵉ :   (deux mots reliés par Horizontal n° 18, 2ᵉ, tous trois constituant une seule et même définition) : Les Grands Esprits se rencontrent !

Je vous félicite, vous avez mis le doigt dessus.
Mais, souvenez-vous, ces deux milieux ne pardonnent pas…
Et n'oubliez pas d'être discrète. Ce sera moins dangereux…
Bon travail.
Festina lente.
SARAF

Ces deux milieux… ceux du jeu et de l'immobilier ?… ne pardonnent pas… Selon toi, le milieu de l'immobilier est aussi pervers que celui du jeu ?

L'étau se resserrait ; l'auteur du message lui confirmait même qu'elle nageait dans les bonnes eaux. Quel était donc son but en lui indiquant le chemin le plus court ?

Saraf… Qui est Saraf ?

Emma tapa le nom sur le clavier et n'obtint aucun résultat. Après avoir navigué de site en site, elle s'arrêta enfin sur une explication pour le moins étrange, mais plausible, où on disait que «*séraphim*» – pluriel du nom hébreu dérivé du verbe «*saraph*» (brûler) – signifie «anges louangeurs de Dieu» ou «brûleurs de péché». Et que «*saraf*» – mot latin au singulier de «*seraphim*» – peut se traduire par «venimeux» ou «serpent».

Décontenancée, Emma se cala sur le dossier de sa chaise.

D'agneau, il passe à brûleur de péchés… Il voulait visiblement faire payer Dunstan. Comment fera-t-il payer les autres ?

Enfin, elle s'attaqua à «*festina lente*», dont elle ne tarda pas à découvrir la signification : «Hâtez-vous lentement.»

Bien sûr, on veut faire durer le plaisir ! En harmonie sur mon piano, comment ?…

L'idée de moins en moins saugrenue que le tueur puisse être une personne qui la côtoyait régulièrement lui traversa de nouveau l'esprit. Elle chassa cette pensée du revers de la main et, fébrile, se mit au travail.

«Début d'une répétition»… Comme synonyme, il y a «itération». Je risque «it». «Un être savant»… Un érudit ? Donc, le début serait «er». «Leur détresse»… On parle des victimes, sans doute. J'y reviendrai. «Présents de pied en cap»… Deux lettres seulement… On verra plus tard. «Commencement de l'extinction de la douleur»… Je l'ai déjà, «ni»… Bien sûr, le «nirvana»… «Oiseau de proie nettoyeur», c'est un «urubu». On pourrait parler de toi, aussi ! La définition parle également de «voyelles doubles»… C'est donc bien «uu». Et le dernier en horizontal, «liaison»… J'y vais avec «et».

Et s'il me connaissait plus que je l'imagine ? Qui est-il ? Un des hommes interrogés ? Quelqu'un de totalement étranger au milieu immobilier ? Il me confirme pourtant que je suis sur le bon chemin. Un de mes collègues ? Ils me connaissent plutôt bien, après tout. Je ne peux quand même pas soupçonner Renaud. Certainement pas Tougas, non plus. Et les autres techniciens ?… Et Tardif ?… Ah ! et puis merde !

Emma relut l'allusion à la discrétion. Habitée d'une certaine crainte, même si elle n'osait pas vraiment se l'avouer, elle pensa que seuls Burn et Elliot étaient au courant. Elle arpenta son bureau comme un lion en cage. Elle avait la peur au ventre, comme le fichu trac qui habite l'artiste avant qu'il ne monte sur scène. Un poids lui comprimait les trapèzes, l'obligeant à baisser les épaules.

La détective se rendit à la machine à café. Pendant que le liquide coulait, elle examina son environnement de travail enlaidi par des murs d'un beige incertain, des planchers défraîchis et usés, et un plafond sillonné de néons projetant un éclairage beaucoup trop vif. Des cubicules collés les uns aux autres servaient d'espaces de travail à certains policiers, tandis que des bureaux fermés étaient réservés aux officiers supérieurs. Emma avait la chance d'occuper la toute petite pièce qui se trouvait au fond du couloir. Même exigu, cet endroit avait l'avantage de l'isoler du fourmillement coutumier. Malgré l'aridité des lieux, elle était heureuse dans ce monde. Ses yeux se posèrent sur la ville qui s'étendait devant l'immeuble de 13 étages, et songea que, le soir venu, la vue était spectaculaire avec toutes ces lumières scintillant comme des lucioles. Ce n'était qu'une illusion quand on savait que derrière la façade vitrée se résolvaient des cas qui vous amenaient à la limite de la tolérance.

Sa pensée se tourna vers l'Agence Châteaubriand, et l'image de René Lemieux s'imposa à son esprit. L'homme raffiné, sûr de lui et en même temps insaisissable, cachait-il la vérité ? Avait-il quelque chose à voir avec la mort du courtier Monroe ?

Emma entendit le brouhaha habituel du mardi matin, jour du débriefing. Et comme il y avait rassemblement quotidien en même temps, tous les policiers en vert étaient présents. Debout, jambes écartées, pieds bien campés dans leurs bottines, revolver et matraque à la ceinture, ils racontaient le dernier cas insolite ou pestaient contre la vague de chaleur inhabituelle en ce début d'été. La détective s'empara de sa tasse chapeautée d'un monticule de lait fouetté et battit en retraite vers son bureau, où elle considéra son travail.

En vertical 2, il manque la troisième lettre du premier mot. Ce ne peut être qu'un « a » ou un « e »…

Elle devina la définition « Prénom féminin ». Ce serait Éva ou Ève.

De quel film Spielberg a-t-il fait un succès? Deux lettres… E.T. ? En horizontal 10, « nt » plus deux autres lettres… Impossible. Il a aussi réalisé Intelligence artificielle *ou, en anglais,* Artificial Intelligence. *Ce serait donc « ia » ou « ai ». On y reviendra. Pour l'instant, je laisse « ai ». « Centre du septième art »… le cinéma… Je jurerais que c'est « ne ». « Balbutiement de lumière »… Deux lettres… Essayons « lu ». « On dit qu'il blesse » … Trois lettres… On ne dit pas que le bât blesse? « Bat », alors. « "C'est-à-dire" en langue de Dieu »… Langue de Dieu?… Forcément, ce sera une abréviation étant donné qu'il y a quatre lettres pour deux mots. Jumelé à « en harmonie sur votre piano »… Mon piano…*

Perplexe, Emma recula sur sa chaise.

Personne n'assiste à mes concerts solitaires, que je sache…

Elle fouilla sur Internet pour découvrir que la langue de Dieu n'était nulle autre que le latin.

Ah oui! c'est ça, « c'est-à-dire » en latin, c'est « id est ». Donc, je dois inscrire « ie », l'abréviation de cette expression. Alors, les deux autres lettres qui réfèrent à mon piano, ça suggère probablement une abréviation musicale ou une note de musique. Ça peut être n'importe laquelle. À suivre…

Elle soupira.

Qu'est-ce qui est « utile au rond-de-cuir » ? Passe. « Magicien »... Deux lettres. « Oz ». « Début et terminaison d'un remplacement »... Pas le mien... Tu veux que je continue jusqu'au bout ? Eh bien, tu sauras à qui tu as affaire, je ne lâcherai pas ! Des synonymes de remplacement, il y en a plusieurs... Passe. Quant à « Allez, on se joue le premier ! »... Mot de trois lettres se terminant par « t »... « Set », peut-être ?

Et la dernière, « Les grands esprits se rencontrent »... Deux mots à relier par V12-1ᵉʳ, H18-2ᵉ et V10-3ᵉ ? Si H18-2ᵉ = « et », pour V12, j'ai déjà « t » et « i », et pour V10, j'ai « i » comme troisième lettre. Ça prend une voyelle... sûrement un « o ». Donc, « toi et... »... « Toi et moi » ?

Lui et moi ? Les grands esprits se rencontrent... Il me nargue ! Tout ça commence à drôlement me stimuler... J'arriverai à te démasquer. Tu ne gagneras pas contre Emma Clarke ! Quant à choisir ses batailles, j'ai bien envie que celle-ci fasse partie de mon répertoire.

La policière relut chaque définition, révisa chaque réponse.

« Utile au rond-de-cuir »... « PC », bien sûr !

La grille était loin d'être terminée, mais elle prenait forme. Même s'il restait beaucoup à faire, Emma savait qu'elle s'y appliquerait jusqu'au bout.

La migraine reprit ses droits derrière sa tête, l'énervement et la chaleur n'y étant pas étrangers. Elle sortit de son sac deux précieux comprimés de Fiorinal, les Advil n'étant d'aucun secours lorsque la douleur prenait naissance dans la nuque. La journée était jeune ; mieux valait contrecarrer le mal avec une bombe plutôt qu'avec une grenade.

	1	2	3	4	5	6	7	8	9	10	11	12	13
1	V	e	r	b	i	c	r	u	c	i	s	t	e
2	i	v		a								o	
3	c			t								i	t
4	t					r	o	l	e				
5	i	f										e	r
6	m				i	o							
7	e				e	z							
8	s						D						
9		a					E						
10	n	i					S				g		
11	o						T				o		
12	m	e	t	h	o	d	I	q	u	e			
13							N	i					
14			n										
15			e										
16				e	p	i	a		u	u			
17					c								
18						e	t			m		s	
19			l							o		e	
20	C	r	u	c	i	v	e	r	b	i	s	t	e

*

Les hommes d'Elliot Carrière roulaient toutes sirènes hurlantes et tous gyrophares allumés en direction d'un chic appartement situé dans un nouveau complexe immobilier de Sainte-Thérèse.

La police municipale avait été appelée par Léa Lacroix, l'amie d'Ève, qui s'était inquiétée en constatant que celle-ci ne répondait pas à ses coups de téléphone répétés depuis le matin. Elle avait donc décidé de se rendre chez elle. Après avoir sonné une fois, deux fois, trois fois, elle avait supplié le concierge de l'immeuble, encore ensommeillé, de déverrouiller la porte. Porte qu'il avait tenté en vain d'ouvrir, avant de proposer à Léa de passer par-derrière pour vérifier l'autre issue, qui s'était avérée ouverte.

Une odeur mortuaire s'était agrippée à ses narines, la faisant reculer de trois pas. Prenant son courage à deux mains, sous le regard inquiet du concierge, Léa était tout de même entrée sur la pointe des pieds et avait fait le tour de l'appartement en plaquant un mouchoir sur sa figure. Elle s'était avancée jusque dans l'entrée où elle avait découvert avec effroi son amie allongée sur le carrelage.

Tétanisée, elle avait réalisé à grand-peine toute la portée de la scène qui s'offrait à elle. La blancheur spectrale du teint, les yeux grands ouverts, la bouche béante, d'où s'était écoulé un flot de salive maintenant séchée, les coupures nettes sur le corps, et les membres raidis ne laissaient aucune place à l'interprétation. Ève ne faisait plus partie du monde des vivants. Horrifiée, le cœur révulsé et les émotions en dents de scie, Léa s'était agenouillée à côté d'elle, lui avait caressé les cheveux et l'avait regardée dormir pour toujours.

*

L'équipe se retrouva autour de la grande table, dans la salle où avait toujours lieu la réunion du mardi matin. Suzie allongeait le bras vers la boîte de muffins ; Tardif essuyait ses lunettes sur son débardeur pour sans doute la dixième fois depuis qu'il était arrivé ; Renaud mettait trois sucres dans son café, qu'il brassait en faisant tinter la cuillère contre la tasse ; Tougas fouillait dans son dossier en se grattant la tête ; Emma sirotait son cappuccino, le regard déterminé. Quant à Burn, il observait tout son monde avec fierté. Tous ceux qui dépendaient de lui. Tous ceux qui travaillaient sous ses ordres.

— *So, who begins this morning*[32] ?

---

32 Alors, qui commence, ce matin ?

*

Elliot, prévenu par ses agents, arriva sur les lieux en compagnie de Jules Bureau, un peu avant 11 h. Il rencontra Léa, assise sur le bord du divan, les mains cachées sous ses cuisses, le regard dans le vide. Elle lui donna l'identité d'Ève Laflamme, courtière immobilière chez Les Immeubles V. V., propriété de Victor Vigneau. Les questions qu'il lui posa ce matin-là demeurèrent sommaires. Il était inutile de rajouter du stress chez la jeune femme, qui semblait déjà passablement bouleversée.

Le cadavre n'était pas ce qu'il y avait de plus agréable à regarder : arqué, anormalement raidi, la bouche déformée, les seins mutilés, l'abdomen balafré. Elliot s'en approcha pour lire le dessin gravé sur la peau et demeura perplexe.

Il pesta contre l'odeur de mort en continuant d'inspecter les pièces avec Bureau, qui découvrit un mot coincé sous une pomme entamée d'une franche bouchée.

— Hé ! Elliot… Regarde un peu ça.

Il lui tendit le message de ses mains gantées de latex.

— Du latin… Le même acteur. Décidément, il risque d'être tenace ! dit Elliot comme s'il se parlait à lui-même.

Il regarda ensuite l'endos du papier et hocha la tête. Bureau l'interrogea du regard. En guise de réponse, le sergent-détective composa un numéro.

— Notre tueur a encore frappé. Et vous ne devinez pas ? Chez une courtière, cette fois.

— Laquelle ? voulut savoir Emma.

En proie à un mélange de fébrilité et de fatalisme, elle nota l'adresse sur la couverture de la chemise rouge.

— J'y serai dans moins d'une demi-heure.

Soudain alertés, tous ses collègues assis autour de la grande table du QG la regardèrent.

— Une deuxième victime! J'ai besoin de l'équipe. Renaud, Suzie, Michel, vous m'accompagnez. On a du pain sur la planche!

Emma ramassa sa paperasse et sortit de la salle en vitesse en lançant par-dessus son épaule:

— Je vous tiens au courant le plus vite possible, chef!

Burn courut derrière sa lieutenante.

— *Out of question! I'm coming*[33].

— Appelez Jeanne Léonard et dites-lui de nous rejoindre à cette adresse, merci, dit Emma à Roberta en lui tendant les coordonnées.

Pendant ce temps, Elliot consulta Internet pour connaître le sens de la citation latine, puis, en continuant de ratisser l'endroit, raconta toute l'affaire à Bureau en omettant l'histoire des grilles.

— Tu as vu ça, Elliot? demanda Bureau, qui avait repris l'inspection des lieux.

Des bougies rouges dont la flamme vacillante creusait la cire étaient éparpillées dans l'appartement.

— J'en ai compté six, précisa l'adjoint.

*

Burn et Emma s'engouffrèrent dans une Charger noire banalisée pendant que Renaud, Suzie et Michel montaient dans une autre.

Suzie sortit du stationnement sur les chapeaux de roues et tourna trop brusquement au goût du sergent qui tentait d'entrer les coordonnées dans le GPS. En s'agrippant tant bien que mal à la poignée de maintien, il lui lança un regard assassin.

— Ben quoi, cibole! Faut pas que les journalistes se pètent les bretelles d'être arrivés avant nous!

Tendu, sur le bout de son siège, Renaud grommela.

---

33 C'est hors de question! J'arrive.

En zigzaguant dans la circulation, Emma profita de ce moment où elle était seule avec son chef pour lui parler de la troisième grille reçue le matin.

– Je me suis d'abord dit : « Qu'il aille en enfer ! » Ensuite…

Sachant que sa lieutenante était une conductrice intrépide et devinant qu'elle ne ralentirait pas sa course, Burn agrippa la poignée placée au-dessus de la portière.

– Je me suis dit que j'avais envie de voir jusqu'où il irait dans son délire, continua Emma.

– *He's a son of a gun*[34] !

Sur l'un des boulevards de Sainte-Thérèse, entre Rosemère et Blainville, un promoteur avait érigé quelques immeubles, répondant ainsi à la demande d'une clientèle élitiste. Dans ces appartements logeaient des retraités, des couples sans enfants et des célibataires nantis, à l'image d'Ève Laflamme.

L'équipe municipale était visible du coin de la rue. Les voitures de police, gyrophares allumés, garées un peu n'importe comment, ainsi que le ruban jaune en plastique ceinturant l'immeuble empêchaient quiconque de traverser la ligne de sécurité. Comme toujours, un attroupement s'était formé aux abords de la scène.

L'escouade de la Sûreté débarqua et s'informa, auprès des policiers en faction, des personnes présentes à l'intérieur. Seuls Elliot Carrière, Jules Bureau et deux techniciens en scène de crime avaient commencé le travail. L'un des policiers expliqua qu'il valait mieux entrer par la porte de derrière, le corps bloquant l'entrée principale.

Emma resta deux pas en arrière des hommes, ferma les yeux, pencha la tête, posa sa main droite sur sa nuque, et tenta d'imprégner son cerveau de l'atmosphère des lieux.

Sitôt à l'intérieur, les policiers se penchèrent sur le corps.

– Cibole ! Les nénés ont passé un mauvais quart d'heure ! s'exclama Marseille. T'as vu ça, Renaud ? Hé ! Qu'est-ce qui est

---

34 C'est un fils de pute !

dessiné sur la bedaine ? Ouch ! Ç'a pas dû faire de bien s'il lui a fait ça avant de l'achever. Qu'est-ce que ça veut dire ?

— « P » comme dans « peut-être-qu'on-le-sait-pas-encore » ? rétorqua Renaud.

Suzie Marseille lui fit une grimace.

Puis, Burn entreprit de questionner Elliot, pendant que Renaud et Suzie inspectaient les lieux à la recherche d'indices. Après avoir salué Jules Bureau, Emma, qui n'avait rien voulu voir jusqu'à maintenant, remarqua Léa, en état de choc, assise sur le bord du divan. Elle bénit le ciel pour cette apparition.

Elle s'approcha de la jeune femme, laissant les deux hommes parlementer et s'occuper du cadavre.

— Bonjour, je suis Emma Clarke, de la Sûreté du Québec, dit-elle en tentant désespérément d'inspirer par la bouche, tant l'odeur était incommodante par cette chaleur, odeur qu'elle avait l'impression de goûter sur sa langue.

Léa leva les yeux, reconnut la policière qu'elle avait aperçue lors des funérailles de Dunstan et lui sourit timidement.

— Je sais qui vous êtes. (Silence.) Ève serait heureuse de vous savoir ici, elle ne tarissait pas d'éloges à votre égard. Vous êtes sans doute la personne susceptible de retrouver l'auteur de cette abomination, récita Léa d'une voix monocorde.

Bien qu'elle n'ait pas encore parlé à Elliot, Emma avait déjà son idée quant à l'auteur de l'assassinat et elle essayait d'imaginer la teneur du message en latin. N'ayant pas osé jeter un coup d'œil à la femme étendue dans l'entrée, elle préféra questionner Léa.

— Vous pouvez me parler d'elle ?

— Elle vivait seule et réussissait bien dans son travail. Trop bien, même, selon certains. Les gens ont de la difficulté à accepter ça. La jalousie nous guette, dans notre milieu hermétique. C'était une fille super. (Silence.) Elle était mon amie, finit-elle par dire tout bas, d'une voix chevrotante, en se triturant les doigts, sans tenter de retenir les larmes qui coulaient enfin sur ses joues.

— Je suis désolée, je sais que ce n'est pas facile. Avait-elle d'autres amis ?

— Ève misait beaucoup sur la réussite, ce qui lui avait fait perdre contact avec les autres. J'ai bien peur d'être la seule qui soit restée. C'est dommage, si les gens avaient pris le temps de la connaître, ils auraient pu voir son côté plus humain. Moi qui la connaissais bien, je peux dire qu'elle s'amusait à se forger une façade qui ne lui ressemblait pas tout à fait.

— Elle avait de la famille ?

— En fait, elle était fille unique, et ses vieux parents habitent loin d'ici. Elle ne les voyait pas souvent, c'était un malheur pour elle.

— Un homme dans sa vie ?

— Ah, vous savez, avec Ève, c'étaient plutôt des passades. Rien de plus sérieux que ça. D'ailleurs, elle n'en parlait pas, même à moi. Je n'ai jamais su qui étaient ces hommes, dit Léa, soudain pensive. Elle voulait peut-être m'épargner parce que je suis seule…

— Connaissez-vous quelqu'un qui aurait voulu lui faire du mal ? Un ennemi, un collègue, même un client ? demanda Emma en pesant chacun de ses mots.

Léa réfléchit quelques instants.

— Elle avait eu des difficultés avec un client dernièrement. Ça l'avait traumatisée. C'est ce qui me vient à l'esprit. Autrement, elle n'a pas parlé de qui que ce soit d'autre.

— Un client… Vous savez son nom ?

— J'essaie de me souvenir… Non, je ne sais plus, dit la jeune femme en se prenant la tête entre les mains.

À cet instant, Emma vit Jeanne Léonard entrer dans l'appartement et rassura Léa :

— Prenez votre temps. En attendant, je vais voir quelqu'un.

Faisant un détour pour ne pas passer près de la morte, elle se dirigea vers la pathologiste.

— Bonjour, Jeanne.

— Ah ! Emma. De quoi s'agit-il ?

— Un deuxième courtier immobilier. Une femme, cette fois-ci.

— Même tueur ?

— Elliot semblait certain de ça. Je n'ai pas encore pu discuter avec lui, le chef le monopolise depuis que nous sommes arrivés.

Jeanne regarda les deux hommes qui se faisaient face. Elle se rapprocha, dans l'espoir de faire baisser la tension palpable entre eux.

— Messieurs, bonjour.

— *Jane, here you are*[35] !

— Bonjour, madame Léonard. Les membres sont anormalement raidis et les yeux, révulsés. Tout laisse croire à un empoisonnement. Avec en prime des lacérations…

— Je vais examiner ça, dit Jeanne en repoussant une mèche rebelle et humide derrière son oreille.

Aucunement gênée par l'odeur nauséabonde, elle se pencha vers le corps. Se devant de confirmer la mort, elle prit d'abord le pouls de la femme, puis sortit quelques instruments de son *portuna*, la mallette en cuir héritée de son père, et de son grand-père avant lui, et dont elle avait du mal à se séparer.

Elliot recula et rencontra le regard volontaire d'Emma. Il s'avança et glissa un papier dans sa main. Discrètement, elle lut :

IN OS VENENUM.

Elle le questionna des yeux.

— « Dans la bouche, le venin » ou « dans la gueule, le venin », dit-il, tout bas.

— Le même tueur, Saraf…

Il pouffa.

— Comment ? Vous l'avez déjà baptisé ?

---

35 Jeanne, vous êtes là !

— Il a signé la troisième grille comme ça. Ange louangeur de Dieu.

— Mouais… Décidément, il s'amuse avec le bon Dieu! commenta Elliot sur un ton plus grave que sarcastique. J'ai bien sûr réécrit le message. Le véritable est déjà en route pour le labo. Il était écrit de la même manière que les autres. Et, en plus, un as de cœur est estampé à l'endos, cette fois-ci.

— Encore le jeu… On peut dire qu'il a de la suite dans les idées!

En emmenant Emma vers l'entrée, Elliot la sentit réticente.

— Venez, il y a autre chose. Sur le ventre et les…

Déjà, la détective n'entendait plus. Elle inspira un bon coup en frôlant le cadavre et s'efforça d'extraire de son champ de vision le ventre en question. Puis elle risqua un coup d'œil, qui s'avéra funeste. La lettre «P» avait été tracée sur l'abdomen, ce qui n'avait laissé perler que quelques fines gouttes de sang, tel un chapelet de pierres précieuses qu'on égrènerait en récitant un rosaire. Mais le pire était les mamelons. Charcutés, désormais disparus.

De manière instinctive, Emma croisa les bras sur sa poitrine avant que la nausée ne monte dans sa gorge. Incapable de détourner les yeux, elle les ferma vigoureusement.

— Et j'ai fait exprès de ne pas faire enlever ceci pour que vous puissiez le voir…

Elliot désigna la pomme grugée dont la chair avait bruni. Soulagée de ne plus avoir à regarder le cadavre, Emma examina le fruit de plus près.

— Ça sent l'empoisonnement. Par un poison injecté dans la pomme, peut-être? suggéra le sergent-détective.

— Et le «P», qu'est-ce qu'il veut dire? On a déjà une pomme, ça commence bien, raisonna-t-elle en jetant, cette fois, un regard franc sur le cadavre mutilé, en dépit du dégoût qu'il lui inspirait et des images trop connues qu'il faisait remonter de son subconscient. Quant aux mamelons…

— Un geste abominable. J'ai cru bon de vous faire part du mot en catimini. J'ignore si votre chef est au courant...

— Burn est au courant de tout.

— Et de notre collaboration?

— Ça ne saurait tarder. Avec maintenant un tueur en série, je serai obligée de lui en parler, répondit-elle, distraite, les yeux encore rivés sur la poitrine mutilée.

Elliot afficha un air satisfait qu'Emma ne vit pas.

— Combien d'autres victimes goûteront à sa folie? Il faut découvrir à qui on a affaire avant qu'il tue de nouveau. J'ai reçu une troisième grille avec encore des menaces, ce matin même. Je vous en parlerai en privé. Pour l'instant, je dois revoir son amie.

Michel Tougas, qui était arrivé plus tard que le reste de l'équipe, s'accroupit à côté de la morte. Un autre qui ne semblait pas être incommodé par l'odeur devenue insoutenable.

— Wow! C'est un artiste, ce coup-ci. C'est bien un «P»? demanda-t-il en le frôlant presque du bout du nez, ce qui fit remonter la nausée d'Emma.

Puis les yeux du technicien suivirent le sang coagulé.

— Hé! Les mamelons ont été arrachés!

— Ils ont subi une vraie torture, avant comme après coup, dit Jeanne. Tu as vu les ecchymoses? Elles ont sans doute été faites avant la mutilation, celles-là. *Shit*! lança-t-elle en grimaçant.

— Peut-être qu'elles... Enfin, peut-être qu'en accord avec la dame..., insinua Tougas, qui se méfiait toujours des réactions vives de la pathologiste. Certaines femmes aiment...

Jeanne ne lui laissa pas le temps de terminer sa phrase et le fusilla du regard, le prévenant qu'elle n'entendait pas à rigoler.

— Désolé, je plaisantais, dit le technicien, penaud. Pour le «P»... C'est un mot que je n'aime pas prononcer devant une jolie femme, enchaîna-t-il, désireux de se reprendre.

— On peut penser à « poupée » ou « pétasse », c'est vrai. Ou tiens, j'ai déjà entendu quelque chose de plus poétique, « poudre à canon » ! renchérit Jeanne, frondeuse.

Tougas se tint coi devant son aplomb.

— Allons, n'ayons pas peur des mots, Tougas. « Pute », c'est ce que tu voulais dire, non ?

Elliot Carrière entraîna Jules Bureau chez le concierge, qu'il fallait questionner au sujet d'un éventuel visiteur pouvant s'être manifesté la veille.

— Et puis… Au fait, quel est votre nom ?

— Léa. Léa Lacroix.

— Alors, Léa, vous vous souvenez du nom du client ?

— Il me semble que ça commence par « M », mais c'est vague. Marceau, Marquis… Non, ce n'est pas ça, répondit la jeune femme, l'air découragé.

— Marchand ? Luc Marchand ? risqua Emma.

— C'est ça, Marchand ! Elle disait même qu'il portait bien son nom, car tout ce qu'il voulait, c'était marchander.

— Vous m'avez été d'un grand secours, merci. Vous pouvez partir maintenant. Vous avez besoin qu'on vous raccompagne ?

— Ça va, j'ai ma voiture.

Jeanne confirma qu'il pouvait s'agir d'un empoisonnement.

— La mort ne remonte pas à plus de 12 heures. Après avoir autopsié le corps, je pourrai être plus claire. Emma, tu y seras ?

Jeanne espérait apparemment que la visite du laboratoire avait été une entrée en matière.

— Suzie y sera, répondit fermement Emma en fuyant le regard de son amie. Un interrogatoire m'attend.

Rien que de penser à la longue seringue fouillant l'œil, elle se sentait défaillir.

— Tu pourras faire l'autopsie en urgence ?

Jeanne la regarda, l'air aussi déçu que soucieux.

— Je me mettrai au boulot dès cet après-midi. Je suis curieuse de mettre le doigt sur le bobo. L'état du corps est plutôt inhabituel. Ça devait être un poison très puissant.

Renaud et Suzie revinrent bredouilles de leur examen des lieux.

— Pas d'effraction, dit Renaud. La porte arrière était restée ouverte. Pas surprenant avec cette satanée chaleur ! Rien de déplacé. On lui voulait seulement du mal.

— On a compté six chandelles rouges encore allumées. Romantique, la madame ! Hé ! Comment elle est morte ? demanda Suzie en se dirigeant vers l'entrée.

— D'après Jeanne, ça ressemble à un empoisonnement. Le vol n'est pas le motif, le meurtre était planifié. Tu assisteras à l'autopsie cet après-midi, Suzie.

La sergente observa sa lieutenante à la recherche d'une quelconque émotion, mais déjà celle-ci s'éloignait.

Elliot résuma sa visite au concierge à Emma. Ce dernier avait bien vu sortir un homme de chez la courtière, la veille, un peu après 22 h, mais était incapable de le décrire, la noirceur l'ayant empêché de voir son visage.

— Je lui ai demandé de faire un effort, mais c'est peine perdue, pesta Elliot.

— Pas d'autres témoins ? demanda Emma.

— Nous avons fait le tour et, non. Personne n'a rien vu. Dommage, on aurait pu profiter du fait que le concierge ait la fâcheuse habitude de se poster devant la fenêtre afin d'épier les habitants de l'immeuble. Il a ma carte au cas où un détail referait surface.

Dehors, une horde de journalistes faisait le pied de grue, attendant des détails sensationnels sur la nouvelle affaire. Les médias, comme toujours à l'écoute des ondes policières, avait bien fait leur travail en dépêchant sur les lieux leurs meilleurs représentants, en quête de *la* nouvelle qui ferait vendre. Emma reconnut, parmi eux, Bernard Paiement, du *Journalier*.

— Lieutenante, attendez !

La policière se dirigea d'un pas vif vers la Charger, espérant ainsi échapper à l'importun.

— Lieutenante, une déclaration ?

Sans se retourner, elle se glissa dans la voiture que le soleil avait rendue brûlante. Elle mit l'air conditionné au maximum et démarra.

*

En attendant Louis Bellavance au Comptoir, Emma regarda la grille de mots croisés du *Journalier* laissée sur la table par le client précédent et n'arriva qu'à faire le décompte des cases noires. 23. Elle effleura la touche « microphone » de son iPhone et parla tout bas :

« Meurtre d'Ève Laflamme. Empoisonnement probable. P dessiné sur l'abdomen. Mamelons disparus. Pomme entamée. Citation : dans la bouche, le venin. Six bougies rouges encore allumées, et l'as de cœur... »

Elle arrêta l'enregistrement et repensa aux explications lues sur Internet.

Saraf... brûleur de péchés... à six ailes... rouges... Six bougies rouges trouvées sur place... Le feu... pour brûler ses péchés ? Le « P » pour « pomme » et quoi d'autre ? Et pourquoi les mamelons ?

Emma chercha sur Internet et trouva « prolongement » et « pointe » comme synonymes.

Et que doit-on penser de l'as de cœur ? Quelle en est la signification ? D'ailleurs, y en a-t-il une ?...

Elle pianota sur son téléphone et ne trouva rien d'intéressant sur la symbolique de cet as.

Sentant une présence, elle leva les yeux.

— Monsieur Bellavance?

Elle le jaugea en se demandant s'il avait une tête de brûleur de péchés. C'était un homme plutôt mince, de taille moyenne, brun et quelconque. Bien sec malgré la canicule. Et nerveux. Était-ce occasionnel?

— Vous êtes évidemment au courant pour Joseph Dunstan?

— Qui ne l'est pas?

Voyant qu'il se montrait peu loquace et préférerait visiblement répondre en monosyllabes, Emma eut envie de le provoquer.

— Un nouveau meurtre a été commis, il y a 12 heures. Vous êtes le premier informé.

Bellavance afficha un air interloqué.

— Ah non! Quelqu'un que je connais?

— Vous allez me le dire. Ève Laflamme, des Immeubles V. V.

— Ève… Vous croyez qu'il y a un lien entre les deux?

— Possible.

Le courtier en prêts hypothécaires prit une gorgée de la bière que le serveur venait de lui apporter et s'affala contre le dossier de sa chaise.

— C'est incroyable… Vous avez un suspect?

— L'enquête avance. Ève Laflamme n'avait apparemment pas d'ennemi, mais vous savez, les clients, quelquefois… Quant à Joseph Dunstan…

Louis se figea.

— Ah, lui! Il faisait damner tout le monde. Moi y compris. Il mentait comme il respirait et il devait de l'argent à beaucoup d'autres joueurs.

Emma fut surprise par tant de rancœur et par la subite loquacité de son vis-à-vis.

— Il n'était donc pas votre ami?

— Il était l'ennemi de pas mal de monde.

— Quand vous dites qu'il devait de l'argent à plusieurs autres joueurs… vous y compris ?

— Je l'aurais étranglé ! Il m'avait promis qu'il me rembourserait la semaine avant qu'il soit tué. Je n'ai jamais vu la couleur de mon argent, répondit Bellavance, l'air hargneux. Au fait, est-ce que la succession se chargera de payer les comptes en souffrance ?

La policière se contenta de lui lancer un regard neutre.

— Je dois vous demander ce que vous faisiez mardi soir, il y a deux semaines, soit le 31 mai.

L'homme la regarda d'une manière curieuse.

— J'aurais bien aimé vous rencontrer avant, mais vous étiez injoignable, dit Emma sur un ton réprobateur.

Il rit avant de répondre :

— Selon les courtiers, j'ai un horaire de premier ministre. C'est loin, tout ça. Ah oui ! c'était la semaine avant mon départ pour la pêche. Je travaillais à mes dossiers, comme d'habitude quand je dois m'en aller. Vous savez, avant de partir en congé, aussi court soit-il, il faut faire en sorte que tout le monde soit content, surtout les courtiers.

— Dans votre domaine, vous devez vous y prendre aussi long-temps à l'avance ?

— Les dossiers doivent suivre leur cours et certains peuvent prendre quelques semaines avant d'être finalisés.

— Dunstan avait beaucoup d'ennemis. Vous en connaissez personnellement ?

— Je pourrais parler de tous ceux qui jouaient avec lui, par exemple. Vous savez sans doute, vous, fin limier comme vous l'êtes, qu'il jouait au poker et qu'il réussissait toujours à obtenir un crédit de son adversaire.

Emma hocha la tête en se demandant ce que cette affirmation recelait.

— Vous étiez parmi ceux-là ?

— J'ai eu ma part, comme un peu tout le monde. Il n'était pas facile non plus lorsque venait le temps de négocier ses dossiers avec les autres courtiers. Ses opposants devaient tenir leur bout.

Visiblement, Bellavance ne décolérait pas.

— Il était aussi dur en affaires ?

— Pas un ange !

Emma profita de l'allusion.

— Parlant d'ange... vous êtes croyant ?

Le courtier commença par rester muet, puis se détendit.

— On dit que faire appel à l'au-delà ne fait jamais de tort, mais ce n'est pas mon cas. Je ne connais rien à la religion.

La détective laissa planer un silence sans le quitter des yeux.

— Si on parlait de vos loisirs... Les mots croisés vous intéressent ?

Il esquissa un sourire, mais le regard ne suivit pas.

— Mots croisés... Très peu pour moi. Vous oubliez que je suis un gars de chiffres. Je suis plutôt du genre sudoku.

Emma ne lâcha pas le morceau.

— Je parierais que le latin ne vous laisse pas indifférent.

Bellavance cessa de sourire.

— Drôle de question...

— C'est une question comme une autre, vous ne pensez pas ?

Il réfléchit un instant et ne répondit pas.

— Et votre emploi du temps, hier soir ?

— Vous me demandez ça parce qu'Ève...

Et si c'était l'assassin, là, assis devant elle ? Emma songea qu'elle devrait ajouter son visage aux autres, dorénavant. L'homme se dandina sur sa chaise et prit une gorgée de bière.

— Comme j'avais été absent pendant quatre jours, j'ai eu des rendez-vous toute la soirée.

— Quelqu'un peut corroborer ? Un client ? Votre femme ?

Il y eut un moment de flottement.

— Alice… Ma femme dormait lorsque je suis rentré, déclara-t-il en la dévisageant d'un air absent. Quant aux clients, je peux vous donner leurs coordonnées.

Emma les nota avant de demander l'addition.

*

Suzie arriva au Laboratoire de sciences judiciaires à l'heure dite. Elle vit l'assistant de la pathologiste, bloc-notes habituellement réservé à Jeanne Léonard en main, inscrire les informations données par cette dernière. Pour une rare fois, la pathologiste, intriguée par le caractère inusité du cas, avait tenu à mettre la main à la pâte. Affairée à tenter de repérer d'autres marques plus subtiles sur le corps, elle n'entendit pas la sergente entrer.

— Salut, m'dame la patho.

— Bonjour, Suzie, répondit Jeanne sans lever les yeux de son travail.

— Quelque chose à déclarer? demanda la policière en questionnant du regard l'assistant, qui se contenta de hausser les épaules.

Concentrée à l'extrême, la pathologiste parla dans son magnéto comme si c'était pour elle-même.

— Spume plus qu'abondante. Le prélèvement du liquide intra-oculaire a montré une intoxication à une substance inconnue. Pas un poison usuel. Le spécialiste en toxicologie s'occupe d'approfondir ça. Sur la cuisse droite, une marque spéciale. On dirait une morsure… Un œdème a bleui. Étrange… Ordinairement, ces signes sont imputables à une dose de venin.

Habituée à assister aux autopsies, Suzie s'approcha et vit l'empreinte singulière. Un long frisson la parcourut, encore plus que pour les seins martyrisés et l'agression de l'abdomen à la lame.

— Cibole! Il pourrait pas tuer d'une façon normale, comme tout le monde!

Jeanne continua son travail sans faire cas du commentaire et commença à découper le cadavre. La femme était délicate, ce qui facilita la tâche de la médecin. Attentive, Suzie suivait les gestes nets et précis de la spécialiste. Après avoir ouvert la cage thoracique, celle-ci incisa les poumons.

Habituellement aux commandes des instruments, l'assistant ne put s'empêcher de s'avancer pour mieux voir.

— Et puis, doc?

— Voilà... C'est comme si elle avait été asphyxiée. Ce qui explique les membres aussi raidis par la paralysie, qu'un venin a pu provoquer, murmura Jeanne.

— Hé! madame la toubib, vous marmonnez, là! J'saisis pas bien.

La pathologiste releva la tête, l'air perplexe.

— Désolée, Suzie. C'est si insolite, tout ça. Ce qui est certain... c'est que ç'a été une mort atroce, et je peux déjà confirmer que les autres blessures ont été faites après le décès. Folie morbide...

Jeanne, plus curieuse que jamais, continua son exploration et constata la présence d'un amas important de liquide dans les vaisseaux lymphatiques. Elle en préleva une quantité suffisante pour le faire analyser.

L'autopsie terminée, la sergente réfléchit à voix haute :

— Une chose est sûre, Miss Clarke aurait pas apprécié la visite d'aujourd'hui. C'est une victime impressionnante. Les bleus, les coupures, les membres raides, les yeux à l'envers, qui font penser à quelqu'un qui a eu la peur de sa vie, plus une morsure de serpent. Cibole! Tout ce qu'on veut!

Sur ces mots, Suzie Marseille quitta la pièce sous les regards ahuris de Jeanne et de son assistant, arpenta le long corridor brillant de propreté et appuya sur le bouton de l'ascenseur, le cœur léger. Elle songea qu'elle avait une fois encore l'impression de gagner du terrain sur sa lieutenante.

*

Il tardait à Emma de revoir Luc Marchand. L'homme aurait intérêt à être moins arrogant et à collaborer s'il ne voulait pas se faire talonner davantage. Elle fouilla dans son mobile à la recherche de son numéro, le composa et compta cinq sonneries.

— Oui.

La voix glaciale la fouetta.

— Emma Clarke. J'aimerais vous revoir le plus tôt possible.

— Je ne serai pas disponible avant deux jours. J'ai déjà des engagements.

Réfrénant sa rage, la détective riposta :

— Vous n'avez pas beaucoup de choix. Soit vous collaborez avec nous, soit nous obtiendrons un mandat d'amener.

Silence.

— Monsieur Marchand, vous êtes là ?

— Je vous attendrai à la marina de Rosemère. À 16 h.

Et la ligne se coupa.

*

Arrivée 15 minutes à l'avance pour avoir le temps de se détendre, Emma repensa à la grille du matin, au message qu'elle véhiculait. Il voulait jouer ? Eh bien, elle jouerait ! Jamais elle n'avait imaginé que déchiffrer une grille puisse lui insuffler pareille volonté de provocation. Puis elle vit le petit homme s'approcher d'un pas lent.

Arrivé à sa hauteur, il sortit une pomme de derrière son dos et en prit une bouchée.

— Que me voulez-vous ?

Obnubilée par le fruit rouge, Emma entreprit de lui expliquer sa théorie à propos de ses rencontres avec les deux victimes. Marchand se mit alors à rire à gorge déployée.

— Donc, vous me condamnez d'emblée, c'est ça ? Ce que vous me faites rire, lieutenante Clarke !

Ulcérée et à un doigt de sortir de ses gonds, Emma parvint tout de même à rester de marbre.

— Vous avez des preuves de ce que vous avancez? demanda l'homme.

— J'aimerais vous interroger de manière officielle. C'est-à-dire au quartier général. Si vous n'y voyez pas d'inconvénient, bien entendu.

La policière savait qu'elle ne pouvait pas l'exiger, le témoin devant acquiescer de son plein gré. Ce qu'elle souhaitait ardemment, cette fois-ci.

— Si vous êtes innocent, comme vous le dites, continua-t-elle, un interrogatoire en bonne et due forme pourrait le confirmer au lieu de vous incriminer.

Marchand réfléchit en regardant au loin, de l'autre côté de la rivière.

— Je vous l'ai dit, pas avant deux jours.

Bien sûr, Emma aurait pu insister pour que l'entretien ait lieu plus rapidement, mais elle préférait ne pas effaroucher Marchand, qui pourrait sauter sur l'occasion pour se défiler.

— D'accord, vendredi alors. À 14 h précises. Je dois vous envoyer une voiture?

Il tourna les talons et trottina jusqu'à sa vieille Mercedes. Elle parla à son iPhone:

« Mercedes noire datant de fin 90, numéro de plaque: LEM 599. »

Emma tourna la clé de sa moto, regarda l'homme s'éloigner et pensa à la pomme qui l'avait grandement troublée.

Cet entretien désagréable lui avait donné une envie irrépressible d'aller s'aérer l'esprit et, surtout, de faire travailler son corps. Comme pour se débarrasser d'ondes négatives. Elle laça ses espadrilles et emprunta un nouveau parcours. Elle répertoria les nouvelles rues. Il y en avait 12, exactement.

*

La journée était éreintante pour Marie Lavigne. Visiter plusieurs propriétés d'affilée s'avérait être une tâche ardue, en particulier lorsque les clients s'amusaient à se contredire sur le seuil de chacune d'elles. Certains acheteurs s'évertuaient à dresser une liste exhaustive de critères, et parfois même à dessiner des schémas pour réussir à embrouiller les cartes quand venait le temps d'arrêter leur choix.

Elle avait beau user de patience et de diplomatie depuis plusieurs heures, elle n'avait qu'une envie : pousser un soupir d'exaspération, se doutant que ses clients prendraient leur temps pour confirmer leur décision. Le soulagement fut d'autant plus grand lorsqu'elle prit congé d'eux. Elle se glissa derrière le volant de sa Audi, tourna la clé, et décida d'aller faire les boutiques pour le reste de la journée.

La femme alluma la radio et entendit la voix familière relater avec indifférence la nouvelle de l'heure : la courtière immobilière Ève Laflamme avait été mortellement mordue par un serpent. Abasourdie, Marie monta le son. La voix s'étendait sur la nouvelle à coups de suppositions et d'affirmations. Le biologiste invité donna son avis sur les morsures d'élapidés qu'il avait déjà observées. Choquée, Marie n'en croyait pas ses oreilles. Ève décédée ! Mordue par un serpent ! C'était à peine pensable. Une idée s'insinuait dangereusement dans son esprit : une autre de la communauté immobilière assassinée en peu de temps… Elle frissonna.

Oubliant le centre commercial, elle fit demi-tour et se dirigea vers le bureau.

Agacé, Jean St-Arnaud sortit de chez le notaire Prieur où il avait dû intervenir à plusieurs reprises afin d'éclaircir certains détails relevés par son client tout au long de la lecture de l'acte de vente. Il avait pourtant la certitude d'avoir vu et revu toutes les clauses avec lui.

Ils s'évertuent à faire des chichis pour se montrer savants ou pour le plaisir de la chose? se questionna-t-il.

Le soleil estival, la température clémente et les nuages propices au parachutisme l'incitèrent à ouvrir le coffre de sa voiture. Après avoir vérifié la présence de son attirail, il s'engouffra dans sa BMW et mit le contact. Il eut à peine le temps d'entendre les derniers mots de la présentatrice des nouvelles:

« ... cette courtière immobilière, par un serpent venimeux. »

Il aurait bien voulu rembobiner la nouvelle. Il appuya frénétiquement sur les boutons de la radio, cherchant une station qui n'avait pas terminé de l'annoncer. En vain.

Sous la photo de la façade de l'immeuble abritant l'appartement d'Ève Laflamme, on pouvait déjà lire, sur Internet:

« Nouveau meurtre chez les courtiers de la Rive-Nord. »

La nouvelle se répandit comme une traînée de poudre. La télévision repassait en boucle les images de la défunte, du lieu du drame et de l'enseigne des Immeubles V. V. Une vague de panique déferla chez les courtiers des Basses-Laurentides. Quelqu'un leur en voulait. Pour quel motif? Qui serait le prochain? La méfiance envers la clientèle s'installa. Selon eux, ce ne pouvait qu'être l'œuvre d'un client agressif ou se sentant lésé.

Désormais, ils ne manqueraient plus, avant de s'engouffrer dans leur voiture, de jeter des coups d'œil furtifs aux alentours et, le soir venu, de verrouiller la porte de leur résidence aussitôt rentrés, malgré la chaleur.

Les journaux reprendraient les mêmes images, raconteraient les mêmes scènes que la télévision, la veille. Tout cela ne rassurerait guère les courtiers, qui n'aurait plus d'autre sujet de conversation que cette frayeur qui les tourmentait sans cesse.

Marie Lavigne frappa à la porte du bureau de René Lemieux. Le visage inquiet, elle lui parla de Luc Marchand, le client difficile et agressif qu'elle avait rencontré, tout comme Ève, au cours des semaines précédentes.

L'air dubitatif, le directeur de l'agence croisa les mains, posa les bras sur les accoudoirs de son fauteuil.

— Hum… Marchand, tu dis ? Ce n'est pas avec lui que Dunstan avait eu des démêlés ?

— Je n'étais pas au courant, répondit Marie, surprise.

Lemieux se leva.

— Je m'en occupe, Marie, merci.

Elle sortit, la mine déconfite.

Corpus delicti
(Le corps du délit)

Mercredi 15 juin

Le spécialiste en toxicologie appela la pathologiste.

— Alors, Tom, qu'as-tu trouvé ? demanda cette dernière, impatiente d'obtenir la confirmation de ce qu'elle soupçonnait déjà.

— Je t'explique. L'analyse sanguine dénote la présence d'un venin à prédominance neurotoxique, qui a provoqué la paralysie et l'asphyxie. Le tissu extrait de la plaie de la morsure montre la même chose. Quand on parle de venin, on parle évidemment d'un reptile. Un serpent. Pas mal, hein ?

— Même si je ne suis pas surprise, c'est quand même incroyable… Un serpent. Il faut être assez tordu ! s'exclama Jeanne.

— Je ne te le fais pas dire ! Quant à la lymphe, le même poison y est présent. Et je parle ici d'une dose massive. La mort a dû être brutale.

— Lorsqu'on voit l'état du corps, ce n'est pas surprenant.

— Et ça change des cas usuels. Pour l'autre morsure, celle de la pomme, on peut penser qu'elle a été faite avec un objet quelconque et non par une mâchoire humaine.

Sitôt la conversation terminée, Jeanne composa le numéro d'Emma afin de lui exposer la situation.

— Un serpent ! C'est barbare. On connaît la sorte ?

— Je crains que tu ne doives faire des recherches poussées.

Jeanne Léonard lui expliqua ensuite la drôle de morsure faite sur la pomme.

– Rien d'étonnant, il n'aurait pas laissé traîner des traces d'ADN.

La détective joignit Tardif et lui donna ses instructions. Curieuse d'entendre sa réaction, elle constata qu'aucune émotion ne transparaissait dans la voix de l'analyste. Songeuse, elle griffonna le nom de la deuxième victime.

ÈVE LAFLAMME, 11

Dunstan, 13. Ève, 11. Rien à voir...

Elle raisonna tout haut :

– Ève... le serpent... la pomme...

D'un bond, elle se précipita vers son ordinateur et retrouva le site Internet où elle relut les mots « Saraf », « brûleur de péchés », « serpent », « venimeux ».

Ève, la pécheresse, bien sûr... On nage de plus en plus dans la fichue religion. Et le « P » dans tout ça ? On a bien une pomme, mais s'il y avait autre chose, comme un mot en latin...

*

À la suite du deuxième assassinat et des révélations contenues dans le rapport de la pathologiste, un point de presse avait été organisé. Il fallait empêcher que la presse ne s'emballe avec des suppositions. L'agent des relations avec les médias avait convoqué les représentants des journaux *L'Intégral*, *Le Journalier* et *La Dépêche*, de même que ceux des télévisions régionales et nationale.

Les photographes, devant leurs appareils munis de lentilles imposantes et montés sur des trépieds, n'attendaient que le moment propice pour presser le bouton afin d'immortaliser *le* cliché qui ferait la une du lendemain. Le brouhaha ambiant obligeait les techniciens de son à faire preuve de beaucoup de rigueur pour synchroniser leurs instruments avec le studio. Bien que la salle exiguë fût bondée, Emma réussit tout de même à faire le décompte des gens qui s'y trouvaient : 46 journalistes avides de *la* nouvelle croustillante. Si on ajoutait les enquêteurs assis à la table principale, 51 personnes respiraient le même air devenu vicié à force de chaleur et d'humidité, et ce, malgré l'air frais soufflé par les conduits.

Pour la circonstance, les enquêteurs avaient revêtu les habits protocolaires – brassard au biceps et décorations à l'épaule – de mise pour une sortie publique.

Arthur Burn, engoncé dans son costume galonné, l'eau perlant au front, prit la parole :

– Mesdames et messieurs, commença-t-il avec son accent tailladé par sa langue maternelle. *First,* mon équipe a la situation bien en main. Nous sommes ici pour faire la lumière sur cette série de meurtres.

Bernard Paiement fut le premier à se manifester :

– Pourquoi dites-vous déjà « série » ?

– *Mister* Paiement, on peut penser qu'il ne s'arrêtera pas à deux.

– Et pourquoi ça ?

Paiement, toujours bon premier, ne laissait aucune chance à ses collègues. Burn désigna Emma d'un signe de tête.

– Il y a des éléments pour le moins inusités et troublants qui nous laissent croire…, commença la lieutenante.

– Quel genre d'éléments ? l'interrompit Paiement.

– Nous ne pouvons tout divulguer pour l'instant. Nous suivons tout ça de près. Le laboratoire analyse les données. Nous vous tiendrons au courant, n'ayez crainte.

– Parlez-nous du serpent ! cria un journaliste qu'Emma n'avait encore jamais vu.

Elle retint un mouvement d'humeur. Comment les médias avaient-ils pu obtenir cette information ?

– Nous sommes en train de clarifier cet élément. Rien n'est…, dit Emma.

– Avouez qu'il faut une sacrée dose d'imagination ! Il y a mille façons d'empoisonner quelqu'un, rétorqua un autre.

– Je vous le répète, ce n'est pas confirmé, répéta la détective.

— *OK, OK, wait a minute!* intervint Burn. *You will have the details as soon as they will be available*[36].

Un brouhaha mêlé aux crépitements des appareils photo s'éleva dans la salle. Un autre journaliste leva la main.

— Oui, monsieur Lesieur.

Aux yeux d'Emma, Jérôme Lesieur, de *L'Intégral*, représentait l'image même du professionnalisme. Comme chaque fois qu'il parlait, un calme relatif revint dans la salle étouffante.

— Comment peut-on expliquer qu'un tueur en série ne trucide pas ses victimes de la même manière ?

Elle aimait son esprit de déduction. Il aurait pu être un des leurs. Gênée par tous les flashs qui crépitaient, lui rappelant des souvenirs à oublier, Emma répondit :

— Ça fait partie des interrogations, en effet, monsieur Lesieur. Ses motivations sont ailleurs, c'est ce qu'il nous faut découvrir.

— Et, d'après vous, il frappera toujours dans le milieu immobilier ?

— *We hope not*[37] ! Les courtiers sont sur les dents. *Rightly or wrongly*[38] !

— Mais vous croyez qu'il peut frapper encore dans ce groupe ?

— Tout se peut, monsieur Lesieur. Il nous reste à explorer certaines pistes et nous pourrons alors nous prononcer, précisa Emma.

— Si vous étiez courtiers, vous ne seriez pas inquiets ? Comment pouvez-vous les rassurer ? demanda Carmen Dutil, représentante de la télévision régionale.

— Ils doivent demeurer vigilants, c'est certain. Mais, en même temps, ils ne peuvent pas arrêter leur travail et leur vie.

— Vous ne devez pas les protéger ?

— Nous y verrons, madame Dutil. Le plus possible.

---

36 Vous aurez les détails aussitôt qu'on les aura.
37 Nous espérons que non !
38 À tort ou à raison !

Un bourdonnement incessant prenait toute la place. Tout le monde parlait en même temps. On ne devait pas perdre le contrôle de la situation.

— *Moment please! One at a time*[39] !

— Vous avez un suspect? lança Oscar Parent, de la télévision nationale.

— C'est difficile pour le moment d'affirmer quoi que ce soit. Plusieurs personnes ont été interrogées et ça se poursuit, répondit Emma.

— Un récidiviste?

— *No comment*[40] !

Burn, jugeant la réunion terminée, commença à ramasser ses notes.

— *So, thank you, all!* Nous allons continuer nos recherches et pourchasser cet assassin. Il ne nous échappera pas. *Trust me!*

— Vous semblez bien sûr de vous, cria Paiement dans tout le vacarme.

— *You bet!*

Sur ces mots, Arthur Burn se leva, donnant le feu vert à toute l'équipe. Aussitôt que ses collègues du QG furent sortis de la salle surchauffée, il lança:

— *Special meeting tomorrow morning. At 9. To review and decide on a strategy*[41].

*

L'air chaud fouettant son visage alors qu'elle roulait dans la rue Saint-Denis, Emma réfléchissait à toute l'affaire. Un tueur en série qui se servait d'une grille pour communiquer, qui écrivait des mots latins sur du papier bible, qui estampait des cartes à jouer derrière ceux-ci, qui laissait des indices particuliers, qui semblait religieux,

---

39 Un instant, s'il vous plaît! Un à la fois!
40 Pas de commentaire!
41 Réunion spéciale demain matin. À 9 h. Pour récapituler et décider d'une stratégie.

qui s'en prenait à des gens du milieu immobilier et qui, surtout, n'avait pas de *modus operandi*, n'était pas banal.

Qui est-il? Peut-être quelqu'un de totalement étranger à ma liste de suspects? Cherche-t-on dans la bonne direction, même si on me dit le contraire? Comment les victimes sont-elles choisies?

Puis, un flash. Elle revit la grille dans sa tête. Repensa à Dunstan, à Ève, et ne put s'empêcher de penser que cela se pouvait.

Elle tenta de joindre Elliot qui ne répondit pas.

En rentrant chez elle, Emma inspecta le balcon, où elle ne trouva rien. Rien que les dépliants publicitaires habituels dans un sac accroché à la poignée de la porte.

Elle s'empara de la grille et y nota la lettre qui la taraudait depuis l'après-midi, puis l'examina à la recherche d'un nouvel indice qui confirmerait son doute. Rien ne lui sauta aux yeux. Pas encore, du moins. On l'entraînait cette fois dans une joute intellectuelle détonnant avec la rustrerie et la violence usuelles. Elle en ressentit une fébrilité guerrière. Elle se jura de triompher. Même à travers les mots.

Avec conviction, Emma joua la *Sonate n° 17 Op. 31 n° 2* de Beethoven. Elle s'était éprise de Chopin, mélodieux et romantique, mais quand elle voulait se défouler, elle préférait Beethoven. Dire que, quand elle était enfant, son père l'avait forcée à prendre des cours de piano, invoquant la culture et la discipline de vie. Et, maintenant, l'ancienne obligation s'était muée en un cadeau inestimable de la part de son paternel.

Elle délaissa son clavier pour se servir un verre d'eau bien fraîche et faire réchauffer un reste de légumes gratinés. Elle retourna ensuite au salon où il lui sembla que la grille lui faisait signe, n'attendant que la vivacité de ses méninges pour se dévoiler. Puis, agacée, elle la tourna face contre l'ottomane avant d'essayer de nouveau le numéro d'Elliot.

— Ah! Emma. La pile de mon téléphone avait rendu l'âme.

Elle aimait la manière dont il prononçait son nom, en respectant le « a ». Trop de gens le massacraient sans s'en rendre compte.

— C'est possible qu'on se voie ?

— Vous avez pensé à un endroit ?

— Chez moi.

Les mots étaient sortis de sa bouche sans qu'elle sache ni comment ni pourquoi. L'idée s'était glissée dans son esprit à son insu. Elle s'en voulut et se mordit la lèvre.

L'invitation le prenant au dépourvu, Elliot hésita durant une seconde.

— Je pourrais être là d'ici une heure. Vous me donnez votre adresse ?

Dans un état de nervosité avancé, Emma rangea grilles et journaux, courut à la cuisine où elle lava tout ce qui traînait dans l'évier, replaça pommes et pamplemousses dans son panier, balaya, récura. En passant devant sa chambre, elle réfléchit et opta pour une porte fermée. Elle revint au salon où elle tapota les coussins des fauteuils, tamisa les lumières et alluma les bougies posées sur le piano.

Pendant ce temps, ambivalent et se sentant privilégié d'être invité, comme ça, chez elle, Elliot roulait en direction de Montréal, les mains crispées sur le volant.

Emma alla dans sa chambre où la patère vit disparaître tout vêtement en un clin d'œil, où les revues furent rangées dans la table de nuit et où la douillette reprit sa place sur le lit. Elle ouvrit sa garde-robe et choisit de troquer t-shirt et *skinny* contre une blouse noire et un pantalon en lin.

Son miroir lui renvoya l'image d'une femme au regard brillant et aux cheveux en bataille, qu'elle tenta de maîtriser même si elle savait que c'était peine perdue. Un peu de mascara et une touche d'eau de toilette achevèrent de la rendre présentable. Le martèlement du heurtoir la fit sursauter plus que de raison.

— Bonsoir, lieutenante.

— Bienvenue chez moi, sergent.

Les effluves de la fragrance le suivirent jusqu'au salon.

— Vous désirez boire quelque chose? Un café, un verre de vin?

— Il est déjà ouvert? Je ne voudrais pas…

— J'en prendrai avec vous, dit-elle en mettant le cap sur la cuisine.

Ému de se retrouver ainsi dans l'intimité d'Emma, Elliot laissa son regard en apprécier l'ambiance feutrée et chaleureuse, assurée par des objets éclectiques savamment agencés et des bougies brûlant sur leur socle.

De retour au salon, Emma le surprit en train de caresser le clavier du piano. Il leva les yeux et vit une femme gracieuse, à la chevelure indomptable tombant sur les épaules, s'approcher avec deux verres.

Elle lui en tendit un d'un geste délicat.

— Vous jouez? demanda Elliot.

— Disons que… je pianote.

— Vous préférez la musique actuelle ou vous êtes plutôt du genre classique?

— Chopin m'accompagne souvent avant d'aller dormir, mais, à l'occasion, j'aime bien jouer certaines pièces populaires.

Et le regard vert qui le scrutait jusqu'à l'âme… Instruments de torture. Elliot se reprit et l'interrogea sur ses nouvelles trouvailles. Emma lui raconta son idée soudaine de l'après-midi.

— Pas bête, pas bête du tout, même. On peut tenir un filon, là. Excellente déduction, si ça s'avère.

— Merci, dit-elle d'un ton fier.

— C'est frustrant de penser qu'il faudra attendre un prochain assassinat, s'il y en a un, pour pouvoir confirmer ça.

Ils étaient toujours debout l'un en face de l'autre.

— On s'assoit? proposa Emma en lui désignant un fauteuil et en se dirigeant vers l'ottomane.

Pieds nus et avec élégance, elle étendit ses longues jambes sur le canapé. Ils parlèrent de la troisième grille, des hommes rencontrés et de leur personnalité. Ils en venaient à la même conclusion : la plupart d'entre eux pouvaient avoir une raison de commettre l'irréparable. Emma ne parla cependant pas de Tardif. Quelqu'un de la police, était-ce une idée si farfelue ? Cela s'était déjà vu.

Après une longue discussion, Elliot se risqua, en montrant le siège en bois noir :

— Ça vous dirait ?...

Mal à l'aise, Emma s'enfonça un peu plus dans ses coussins.

— Jouer... ce soir ?

Il hocha la tête.

— Je ne sais pas...

— Je vous en prie.

Timide, elle s'installa au piano et attacha ses cheveux d'un mouvement gracieux.

— Que désirez-vous entendre ?

Il lui fit un geste de la main signifiant : « Ce que vous voulez. » Elle choisit d'attaquer *Mad World,* à la manière de Gary Jules, en lui lançant un regard à la fois inquiet et entendu. Le son de l'instrument remplit la pièce, se répercuta sur les murs et sur le cœur d'Elliot. Il lui sembla que ses oreilles n'auraient de cesse de vouloir l'entendre de nouveau. Les doigts de la pianiste volaient sur le clavier, effleurant à peine les touches. Il ferma les yeux, fredonna l'air connu et se laissa bercer doucement, savourant le moment qu'il n'aurait pu imaginer trois heures plus tôt.

Lorsqu'elle eut terminé, il réclama un autre morceau. Ravie en même temps qu'intimidée, elle enchaîna avec la *Valse Op. 64 n° 2,* de Chopin, qui résonna dans la pièce feutrée, éclairée seulement par la lueur des bougies.

Au même moment, un homme, plus dangereux celui-là, valsait sous la fenêtre de l'avenue de Gaspé en fermant les yeux de bonheur.

Séduit par les notes de la valse, Elliot les fredonna tout bas avant de se lever en douceur, pour ne pas déranger Emma tout absorbée par sa musique. Désirant voir de plus près les mains caresser les notes, il se plaça derrière elle. Les bras dénudés suivaient le son de l'instrument tandis que les longs doigts aux ongles courts couraient sur le clavier.

Troublée par la présence de l'homme derrière elle, Emma ralentit le tempo en imaginant les yeux noisette qui détaillaient sa chevelure, son cou. Ses cheveux relevés en chignon découvraient le tatouage en forme de rose blanche. Elliot ne put résister à l'envie d'y poser ses lèvres, qui s'attardèrent un peu trop sur la peau ambrée. En relevant la tête, il remarqua la cicatrice sous le lobe de l'oreille gauche, mais se garda de tout commentaire.

Envoûtée, Emma stoppa net.

— Non, non… ne t'arrête surtout pas, murmura-t-il à son oreille.

Elle sentit le souffle tiède sur sa peau nue. Même si elle était bouleversée, elle continua de faire danser ses doigts sur les touches.

Il l'enserra de ses bras, qui devinèrent la poitrine ferme sous le décolleté juste assez provocant. Son nez se perdit dans la crinière bouclée, qu'il respira à coups de longs filets d'air enivrant ses sens.

Puis, reprenant ses esprits, il recula de quelques pas.

— Il vaudrait mieux que j'y aille, dit-il d'une voix altérée par le désir fou de la prendre là, sur le piano.

Emma le raccompagna jusqu'à la porte, qu'il ouvrit. Mais qu'elle referma aussitôt. Malmenant le col de son polo, elle le surprit en le plaquant contre le mur. De sa bouche à son cou, à ses épaules, elle le découvrit à pleines mains. Affamés, ils s'embrassèrent furieusement. Elle n'intervint pas lorsque les mains d'Elliot apprécièrent le grain de sa peau sous le tissu noir de sa blouse et n'opposa aucune résistance lorsque le cordon de son pantalon fut dénoué, laissant choir le lin sur le carrelage. Les doigts impatients d'Emma défirent la braguette et plongèrent à la rencontre du désir d'Elliot.

Il fit en sorte qu'elle se retrouve, à son tour, dos au mur. Victime d'un désir fulgurant, elle laissa échapper un cri rauque qu'il étouffa d'un baiser enflammé. Prisonnière de l'homme, elle autorisa son corps à vibrer et s'abandonna aux mains expertes qui la confrontèrent à sa soif, refoulée depuis plus d'un an, d'un corps collé au sien. Tandis qu'Elliot se repaissait de l'odeur enivrante du parfum imprégnée depuis longtemps dans son cerveau, un son guttural s'échappa de sa gorge. Les jambes interminables enlacèrent les hanches consentantes du sergent. Les deux peaux, la hâlée et la pâle, offraient le tableau de deux ombres dissonantes et enfiévrées, se mouvant au gré de gestes indomptables. Puis la fougue céda sa place au bien-être salvateur. Reprenant leur souffle, les amants demeurèrent un moment enlacés.

Redevenu maître de lui, Elliot rajusta ses vêtements et fit promettre à Emma de le tenir au courant des développements à venir dans l'affaire en cours.

Elle verrouilla la porte et s'adossa de nouveau au mur, les jambes flageolantes. Alors que les bougies se consumaient, elle se lova dans son fauteuil. Dans sa tête, des idées emmêlées se livraient bataille. Avait-elle eu tort ? Que penserait-il d'elle ? La relation perdrait-elle au change ? Elle n'en serait que plus pimentée, pensa-t-elle. Elle tenta de s'en convaincre tout en interrogeant son cœur. Était-il prêt ? Elle n'en savait rien, mais une petite voix en elle chuchota : « Après tout, on peut mourir demain… »

Elliot rejoignit sa voiture en se demandant encore ce qui s'était passé. Il se remémora la musique, l'ambiance et celle qui l'avait mis face à son désir et qui avait laissé libre cours au sien à la manière d'une sauvageonne, comme il s'était plu à l'imaginer en secret.

À faire damner un saint ! songea-t-il.

Encore étourdi, mais réjoui de la réciprocité de leur attirance en même temps qu'inquiet des répercussions de celle-ci, il réintégra son domicile comme un automate, perdu dans ses pensées. La culpabilité se fraya un chemin en lui, mais il s'empressa de la chasser. Demain, il serait temps d'y penser. Pour ce soir, il ne voulait qu'en profiter.

Isabelle ne manquerait pas de déceler l'odeur d'Emma imprimée sur sa peau. Heureux qu'aucune lumière ne filtrât derrière les rideaux, il jugea qu'elle s'était déjà endormie. Le silence ouateux de la maison le lui confirma. Sur la pointe des pieds, il s'enferma dans la salle de bains du rez-de-chaussée, où l'eau chaude coulant sur son corps permettrait de l'innocenter.

*

Réunis chez René Lemieux pour disputer quelques parties de poker, les cinq hommes évitaient le sujet brûlant du jour. Louis Bellavance battit et distribua les cartes d'un air indifférent ; Marc Vallières, réservé ce soir-là, gardait les yeux baissés sur son jeu ; Paul Prieur, maître de lui comme toujours, arborait le faciès de celui que cela ne concerne pas ; René Lemieux, cigarillo à la main, ne se résignant pas à rencontrer le regard des autres, semblait se concentrer sur le coup à jouer ; et Victor Vigneau se triturait les doigts.

Cartes en main, les joueurs se jaugeaient plus qu'ils n'évaluaient le jeu de leurs adversaires en tentant de garder un visage indéchiffrable. Personne n'osa prononcer les mots que tout le monde craignait. Personne n'y alla de son opinion ni n'osa s'enquérir de l'emploi du temps des autres, la veille. Le sujet était tabou, et l'atmosphère, à couper au couteau. Pour la détendre, Vigneau posa soudain son jeu et, solennellement, proposa de prier pour l'âme de la courtière décédée. Stupéfaits de la proposition, les autres le regardèrent du coin de l'œil, l'air de dire : « Elle le méritait, vraiment ? » et finirent par obtempérer après s'être regardés tour à tour. Ils déposèrent leurs cartes face contre table et se recueillirent.

Testis
(Témoin)

Jeudi 16 juin

Le point de presse passait et repassait en boucle.

Calme et serein, l'homme le visionnait encore et encore et se languissait de la suite. Plus on parlait de l'affaire dans les médias, plus il jubilait. Plusieurs fois, au moment où Emma apparaissait à l'écran, il avait reculé et arrêté l'image afin d'analyser la moindre émotion que trahissait son visage, et d'imaginer ce qui se passait dans sa tête.

Que pensait-elle de tout cela? De la grille? De lui? Son jeu ne cessait de le rendre fier et satisfait de son ingéniosité. Il savait qu'il avait eu raison de la choisir. Son chef ne faisait pas le poids. Trop impulsif. Trop bourru. Tandis qu'elle avait la finesse, la force de caractère et l'intelligence voulues pour parfaire l'aventure.

À maintes reprises, il avait relu la petite annonce parue dans *L'Intégral* un an plus tôt, qu'il avait conservée dans le livre saint. Il en connaissait le moindre mot, tout comme du visage le moindre trait. Fin limier, disait-on? Il avait dû s'en assurer.

Aujourd'hui, il sentait les policiers sur les dents et c'était très bien ainsi. Chose certaine, ils ne pouvaient avoir aucun soupçon quant à son identité, il était bien trop malin. Il faisait tout parfaitement.

*

Emma laissa ses pensées l'amener bien au-delà du dossier chaud. Qui appellerait le premier? Quels seraient les premiers mots échangés? Comment réagiraient-ils en se revoyant? C'était autant de questions qui ne cessaient de la hanter. Le sergent-détective de la Rive-Nord avait allumé la mèche, elle devait l'avouer. Devrait-elle l'alimenter?

Les coups frappés à la porte de son bureau la sortirent de sa rêverie.

— J'ai t-t-trouvé d-d-des choses intéressantes, commença Tardif.

Le travail reprenait le dessus. Les bras croisés, Emma écouta l'analyste avec attention.

— J'ai d-d-découvert qu'il y avait d-d-deux grandes familles de serpents venimeux. P-P-Premièrement, les vipéridés, au venin à p-p-prédominance hémotoxique, regroupant les crotales et les vipères. D-D-Deuxièmement, les élapidés, qui comprennent les hydrophiidés, au venin à p-p-prédominance neurotoxique, regroupant les cobras et les mambas.

Fait curieux, plus Tardif parlait d'un sujet sophistiqué, plus il semblait sûr de lui. Ayant à peine besoin de ses notes, il débitait son texte d'un trait, presque sans buter sur les mots. Avec un sujet aussi complexe, il aurait dû prendre le double du temps pour le réciter. On aurait dit qu'il l'avait appris par cœur.

— Commençons par les crotales et les vipères, donc à p-p-prédominance hémotoxique. Comme ils p-p-provoquent plutôt des saignements ou, au contraire, des c-c-coagulations, on peut, à mon avis, les éliminer, car les symptômes d-d-diffèrent de ceux qu'on a trouvés chez la victime. Q-Q-Quant aux hydrophiidés, le mot le dit, ils vivent dans l'eau. C'est peu p-p-probable qu'un serpent de cette espèce se d-d-déplace sur une surface sèche. Donc, j'éliminerais aussi. Comme tu p-p-parlais d'asphyxie et de paralysie p-p-pulmonaire, les élapidés comme les cobras et les mambas me semblent plus a-p-p-propriés, car ils p-p-provoquent ces symptômes. La morsure du mamba noir, p-p-par exemple, inocule de

100 à 120 milligrammes de venin, mais, pour un humain, une d-d-dose de seulement 10 à 15 milligrammes d-d-devient mortelle.

Tardif enleva ses lunettes, qu'il essuya sur son t-shirt, puis les remit sur son nez.

— Le p-p-premier symptôme de la morsure est une d-d-douleur locale, cependant moins d-d-douloureuse que celle des serpents d-d-disposant d'un venin chargé d'hémotoxines. Puis la victime sent des f-f-fourmillements dans ses extrémités, cligne des yeux, et sa vision se rétrécit. Elle se met à transpirer et à saliver de manière ex-excessive, puis p-p-perd le contrôle de ses muscles, à commencer par ceux de la b-b-bouche et de la langue. S'ensuivent des nausées, la p-p-perte du souffle, la confusion, des p-p-problèmes respiratoires et, finalement, la p-p-paralysie. Elle peut aussi être prise de c-c-convulsions, d'un arrêt respiratoire, d'un coma, ou mourir de suffocation résultant de la p-p-paralysie des muscles respiratoires.

L'analyste avait discouru comme un savant. Emma était impressionnée.

— Quelle mort atroce! On peut savoir où on peut se procurer un serpent pareil?

— P-P-Probablement dans une animalerie sp-sp-spécialisée. Peut-être aussi avec l'aide d'un contact à l'étranger. Comme en Afrique.

— Est-ce que ce genre de commerce existe ici?

— J'en doute, lieutenante. Et si c'est avec l'aide d'un c-c-contact étranger, on n'a pas b-b-beaucoup de chances que celui-ci se confie.

— Au moins, tu as débroussaillé tout ça. Merci, Tardif.

Visiblement fier, Jocelyn Tardif repartit vers son cubicule.

Comment pourrait-il faire toutes ces recherches s'il était lui-même coupable des meurtres?

Le déni prit encore une fois le dessus.

Emma n'en croyait pas ses yeux et ses oreilles. Un serpent. Comment pouvait-on imaginer pareille atrocité, pareille agonie? Quel être désirait torturer son prochain de cette façon? Elle repensa à la citation latine « *in os venenum* », « dans la bouche, le venin ». Ève était-elle mauvaise langue ? Ou menteuse comme Dunstan ? Pourtant, la policière n'avait pas eu cette impression lorsqu'elle avait fait appel à ses services.

Avant de se rendre à la réunion, elle composa le numéro des Immeubles V. V. et fit sa demande au directeur, qui parut incertain.

— Je vous donne mon adresse courriel, dit Emma.

Elle demanda la même chose au directeur de Rosemère.

Chacun de leur côté, les deux hommes enjoignirent à leur adjointe de faire le nécessaire afin de fournir à la lieutenante Emma Clarke ce qu'elle désirait.

Dix minutes plus tard, le son avertissant cette dernière de l'arrivée d'un courriel se fit entendre.

*

Emma entra dans la salle, suivie de près par Renaud. Marseille, Tardif et Tougas arrivèrent ensuite à tour de rôle.

— Des Timbits, mes préférés ! s'exclama Suzie en convoitant la boîte de beignes.

Emma et Renaud échangèrent un regard complice.

Burn arriva avec cinq minutes de retard.

— *Sorry, an important call. So, Miss Clarke*[42], vous avez fait le topo ?

Emma ouvrit sa chemise rouge discrètement intitulée « Le Cruciverbiste ».

— Je vais résumer les faits et, ensuite, je vous ferai part d'une idée.

Elle reprit les circonstances du meurtre de Dunstan et résuma les interrogatoires menés jusqu'à présent.

— On a même interrogé deux prêtres, qui ont dit connaître quelques-uns de ces hommes. On a donc revu les Lemieux, Vallières

---

42 Désolé, un appel important. Alors, mademoiselle Clarke…

et Vigneau après la messe de dimanche. L'attitude de Vigneau me dérange, avoua-t-elle comme si elle était en conversation avec elle-même. Vraiment. On a aussi rencontré de nouveau les prêtres pour leur demander s'ils étaient joueurs. À voir leur air abasourdi, on a dû les éliminer comme suspects. Quant à Suzie, elle a fait le tour du voisinage et n'a rien trouvé d'intéressant.

— Cibole! J'n'ai pas eu votre chance! Interroger à l'air conditionné est toujours mieux que d'faire du porte-à-porte en pleine chaleur, se plaignit Suzie, la bouche pleine.

Tous la regardèrent sans dire un mot.

Emma enchaîna:

— La mort d'Ève Laflamme remontait à environ 12 heures, soit au soir du lundi 13 juin. Son amie et collègue, Léa Lacroix, m'a dit qu'elle s'était plainte du même client, Luc Marchand.

— Y revient souvent sur le tapis, celui-là! lança Suzie.

— Le concierge a bien vu un homme sortir de chez elle vers 22 h, mais il n'a pu nous le décrire, car il faisait déjà noir. Par contre, il y a un détail qui peut compter: il portait une valise. Probablement pour transporter le serpent.

La lieutenante continua l'exposé en parlant du mot en latin, de la pomme et des bougies.

— Veut-il nous faire comprendre qu'il tue d'une manière se rapportant aux défauts de ses victimes? Dunstan pendu avec une corde l'empêchant à jamais de parler. Et Ève, mordue par un serpent lui paralysant les muscles de la bouche. Fait étrange: pourquoi le «P» sur l'abdomen? Et les mamelons tranchés? Une chose est sûre, Luc Marchand avait eu affaire peu de temps auparavant aux deux victimes.

On entendit des raclements de gorge, des gobelets de café déposés sur la table, des chaises craquer sous le poids des enquêteurs qui bougeaient leurs fesses pour trouver une position plus confortable.

Renaud tendit la main vers la cafetière et constata qu'elle était vide. Suzie leva sa tasse comme pour faire tchin-tchin et afficha un sourire narquois. Le sergent se dit qu'il était trop loin d'elle pour lui donner un coup de pied dans le tibia comme il mourait d'envie de le faire. Il décida de l'ignorer et se mêla plutôt à la conversation.

— Ça, c'est ce qu'on savait. Tu as parlé d'une idée ?

— Un détail qui pourrait bien devenir le cœur de l'enquête.

Cinq paires d'yeux interrogateurs s'accrochèrent à ses lèvres.

— Joseph et Ève ont été tués. Ça vous sonne une cloche ?

— *Which is the relationship between them*[43] ?

Renaud voulut répondre, mais s'abstint devant l'idée farfelue qui lui était venue à l'esprit.

Emma se tourna vers Tardif, qui eut à peine le temps de remuer les lèvres que déjà Suzie Marseille lui enlevait les mots de la bouche.

— C'est Adam qui va suivre ? ironisa-t-elle.

— Excellente déduction, sergente !

Nouveau coup d'œil en direction de Tardif, qui ne broncha pas.

— Pensez-y. Le latin sur du papier bible, les prénoms référant à des personnages bibliques, les objets religieux chez certains, la piété ou non de ces hommes, et puis Ève, le serpent, la pomme…

— *Religion, again*[44]…

Suzie n'avait pas pensé viser aussi juste. Elle sourit en bombant le torse tout en lançant un regard à Renaud, mais celui-ci avait les yeux baissés, regrettant amèrement de ne pas avoir osé parler de son idée pas si farfelue.

— Tout ça peut avoir du sens. En tout cas, c'est une piste à explorer, dit Tougas.

— Il va quand même falloir attendre un troisième meurtre pour voir si la tendance se maintient. C'est effrayant de seulement y penser, déclara Emma en malmenant son crayon.

---

43 Quelle est la relation entre eux ?
44 La religion, encore…

— *You've got a point*[45]. Il faudrait voir si d'autres courtiers ont des prénoms… *how did you say*[46] ? Ah oui, bibliques, prononça maladroitement Burn.

— J'ai déjà fait venir la liste des noms des courtiers des deux agences et je l'ai examinée juste avant la réunion. Quelques personnes pourraient être en danger, avança Emma en épinglant les feuilles sur le babillard. Il y a des prénoms plus à risque que d'autres. Je pense à Marie et à Léa, par exemple. Il faut les faire surveiller. Je propose donc de poster un homme en civil dans une voiture banalisée près de chez elles. Et ce, dès aujourd'hui, suggéra-t-elle en regardant son capitaine.

— *I'm OK with that*[47].

— Il faut revoir tous les hommes qu'on a déjà interrogés et leur poser des questions plus pointues pour tenter de percer le mystère. J'ai déjà donné rendez-vous à Luc Marchand pour un interrogatoire en règle demain après-midi, ici au QG. Renaud m'assistera.

Renaud décocha un regard significatif à Suzie, qui s'efforça de ne pas broncher.

Emma distribua les autres tâches à tout le monde. Elle compta et recompta les hommes à rencontrer. Il y en avait bien sept, avec Luc Marchand.

— Tardif, tu n'oublies pas les recherches sur Marchand ? J'en ai besoin au plus tard demain matin, ajouta-t-elle pour lui rafraîchir la mémoire.

— Et que ça saute ! ordonna Burn, avec son accent britannique.

La séance fut levée et chacun regagna son bureau pour se mettre au travail.

Emma se rendit à la réception et demanda à Roberta d'affecter Alain Bernier à la surveillance de Marie Lavigne, et Frank Demers à celle de Léa Lacroix.

---

45 Vous avez un point.
46 Comment avez-vous dit ?
47 Je suis d'accord avec ça.

*

Il semble toujours impossible de s'introduire chez les gens, les portes étant verrouillées à double tour, et les fenêtres si correctement fermées qu'on les croit impossibles à ouvrir. Mais qui mieux que lui pouvait trouver le moyen de s'introduire dans l'univers d'Emma Clarke ?

À l'aide d'un couteau, l'homme lacéra la moustiquaire d'un trait ferme et discret en longeant le pourtour de la porte, afin d'atteindre la poignée. Pas très sophistiquée, la serrure s'avérerait aisée à crocheter. Il glissa l'outil mince, entendit le déclic, tourna la poignée. Il entra sur la pointe des pieds, s'assurant de bien refermer derrière lui.

Dans les semaines précédentes, il avait épié les allées et venues des voisins, à cette même heure du milieu de l'après-midi, s'assurant ainsi que personne ne pourrait le voir le moment venu. Et comme la propriétaire escaladait rarement son escalier avant le début de la soirée, l'homme aurait de bonnes chances d'avoir le champ libre.

Il admira les teintes lumineuses de la cuisine, le long corridor qui aurait pu ennuyer, mais qui, au contraire, séduisait grâce aux affiches en noir et blanc tapissant les murs. Il trouva une chambre toute féminine, meublée d'un grand lit recouvert d'un jeté crème, d'une commode vintage et d'une patère en bois où était accroché un peignoir. Il avança jusque dans la pièce principale où trônait le piano noir duquel s'échappaient les notes maintes fois savourées sous la fenêtre de l'avenue de Gaspé. Précieusement, il en frôla le clavier. Le fauteuil rouge l'invita à y prendre place, à se caler contre son dossier moelleux. Il imagina celle qui devait dénouer l'intrigue assise là, se posant et se reposant les mêmes questions. Qui ? Pourquoi ?

Sur l'ottomane, des mots croisés attendaient d'être résolus. Par-dessus toutes les autres, *sa* grille sembla lui faire un clin d'œil. Il la caressa délicatement du bout des doigts et lut les lettres qui y avaient été inscrites non pas à la hâte, mais plutôt de façon appliquée.

Comme il s'y attendait, son Élue accomplissait admirablement son travail, les mots trouvant leur place comme il se devait. Ceux qui manquaient viendraient noircir le papier en temps voulu. L'homme était heureux, sa compagne de jeu était sur la bonne voie.

Il sortit un petit appareil photo pour immortaliser le papier chéri. Connaissant maintenant les progrès de sa partenaire, il pourrait continuer à se pencher sur les vocables et les définitions afférentes. Il lui fallait maintenir son intérêt en lui fournissant, petit à petit, les indices nécessaires à la résolution de la grille. Et si certaines difficultés rencontrées en cours de route lui faisaient douter du bien-fondé de l'aventure, il était sûr désormais qu'elle n'abdiquerait pas. Au contraire, elles la fouetteraient et l'encourageraient à avoir toujours plus de rigueur.

Théâtralement, il envoya un baiser du bout des doigts au piano.

En repartant en sens inverse, il examina un peu plus les lieux et constata avec surprise qu'un désordre plus ou moins organisé régnait dans l'antre de la détective. Faille ? Il hocha la tête en esquissant un sourire vague.

Pour finir, il prit une pomme dans le panier à fruits déposé au centre de la table. La McIntosh, sa préférée. Le fruit défendu.

Il prit soin de tourner le bouton de la poignée en position verrouillage avant de refermer la porte et fixa la moustiquaire à l'aide d'une glu résistante et inodore. Il observa les alentours, dévala l'escalier, se retrouva dans la ruelle et disparut au coin de celle-ci.

Chemin faisant, il se dit qu'il pouvait être tranquille et dormir sur ses deux oreilles : la lieutenante Emma Clarke participerait à l'aventure jusqu'au bout.

*

Emma rentra chez elle vers 19 h avec, entre autres sous le bras, la chemise nommée « Le Cruciverbiste ». Elle déverrouilla la porte, déposa sa mallette, accrocha ses clés et alla jusqu'à sa boîte aux lettres où, déçue, elle ne trouva que son courrier.

Elle revint à la cuisine et installa son ordinateur sur la table. Alors qu'elle attendait qu'il s'ouvre, ses yeux s'attardèrent sur le plat en acajou. Elle pensa à sa sœur en comptant distraitement :

Pamplemousses, deux. Oranges, deux. Pommes, trois… Hé! Il n'y en avait pas quatre ce matin?

Avait-elle la berlue? Elle courut à sa chambre, puis au salon où tout semblait à sa place. Aucune trace de vandalisme.

Qui avait bien pu prendre le fruit? Elle examina les portes et les fenêtres, et ne remarqua rien d'anormal. Les serrures marchaient bien, et les fenêtres étaient verrouillées. Seule explication possible : Simon, qui possédait un double de la clé.

— Simon, c'est moi.

— Hé! Em, tu dois être pas mal occupée, je n'ai aucune nouvelle de toi.

— Je travaille d'arrache-pied sur cette histoire de meurtres. Un deuxième a été commis cette semaine par le même malade.

— Sacrebleu! Il ne chôme pas, le mec!

— Ça en a tout l'air. Dis-moi, tu es venu chez moi aujourd'hui?

— Non. Je suis à Sherbrooke depuis lundi. Je donne un cours aux étudiants, à l'université. Pourquoi tu me demandes ça?

— Je crois que non seulement j'ai un TOC, mais je deviens folle aussi. J'ai compté quatre pommes dans mon panier ce matin et, ce soir, il n'y en a que trois. Penses-tu que je me sois trompée en comptant? demanda Emma, de plus en plus inquiète.

— Ça me surprendrait, mais sait-on jamais? Tout le monde peut se tromper, même Emma Clarke, plaisanta Simon.

— Arrête, s'il te plaît, ce n'est pas le moment. J'ai bien peur que ce soit le tueur.

— Il ne s'introduirait quand même pas chez toi, l'énergumène?

— Tout est possible. Ça fait deux semaines que je pense à faire installer un système d'alarme. Je devrais peut-être arrêter de seulement y penser.

— Pas de traces d'effraction ? Évidemment non, si tu m'appelles…

— Je n'ai rien vu. Je m'enfermerai à double tour pour la nuit et, demain, on verra.

— Une chose est sûre, si c'est lui, il ne reviendra pas dans la minute et certainement pas quand tu es là.

— Tu dois avoir raison.

— Bisou, Em.

Et si je m'étais trompée… Impossible, il y en avait quatre !

Le mystère demeurait entier.

En sirotant un verre d'eau citronnée, la détective repassa son dossier pendant que la truite grésillait dans le four. Vraisemblablement, le meurtrier ne procéderait jamais de la même façon. Qu'est-ce qui le motivait ? Les travers des courtiers comme le mensonge ou la dépendance au jeu ? Emma se voyait mal demander si quelqu'un d'autre était un fieffé menteur dans le groupe. Hommes et femmes goûtaient à la folie du tueur aussi. Pas de discrimination.

Son esprit bifurqua vers Elliot. Comment se sentait-il aujourd'hui ? Était-il mal à l'aise ? Pour sa part, elle n'arrivait pas à avoir de regrets, même si les vieilles blessures ne manquaient jamais de refaire surface.

Elle se barricada, ne laissant même pas une fenêtre entrouverte qui lui aurait permis de respirer l'air de la nuit, et se glissa dans son lit.

Pour la première fois de sa carrière, Emma posa son arme de service sur sa table de nuit. Elle resta longtemps les yeux ouverts dans le noir.

Ex æquo
(À mérite égal)

Vendredi 17 juin

La nuit n'avait pas été reposante. Après s'être réveillée toutes les heures, Emma sentait ses yeux bouffis et ses sens engourdis. À la une du journal du matin, les grands titres parlaient encore des doubles meurtres perpétrés chez les courtiers. Tout ce qu'il fallait pour semer la panique dans cette communauté. La détective savait que seule une autre bombe médiatique réussirait à déloger celle-ci et à distraire les journalistes.

Pendant qu'elle se faisait couler un double espresso, elle regarda le panier de fruits, le regard embrumé. La pomme avait-elle roulé quelque part? Emma inspecta la pièce et dut se rendre à l'évidence: le fruit avait disparu.

Le café et la douche la remirent en selle pour la journée. Elle ramassa ses affaires et, volontairement, mémorisa le nombre de fruits restants, au centre de la table.

Au moment où elle mit la clé dans la serrure, un résidu luisant attira son attention. Quand elle le toucha, il adhéra à ses doigts. En y regardant de plus près, elle vit l'incision précise sur la moustiquaire. Invisible de l'intérieur, celle-ci lui avait échappé la veille.

Quelqu'un est entré, j'en étais certaine. Mais qui? Le tueur? Il ne me laissera donc pas en paix!

La peur au ventre, Emma pensa aux menaces en se rendant au salon. Peut-être avait-il livré son message à l'intérieur, cette fois? Aucune trace. Pourquoi serait-il venu là? Dans quel but? La grille était toujours à sa place sur l'ottomane, intacte, sauf pour les mots qu'elle y avait inscrits.

Avant d'aller interroger de nouveau Marchand, il lui fallait faire un détour.

— Salut, Michel, tu peux me rejoindre à Sainte-Thérèse, disons dans une heure ?

Emma enfourcha sa moto et fila vers l'autoroute Métropolitaine. Sitôt arrêtée au premier feu rouge, elle ne résista pas à la furieuse envie de prendre son téléphone. L'excuse était toute trouvée : l'intrusion… Elle composa le numéro qui traînait dans sa mémoire.

À la quatrième sonnerie, elle décida de raccrocher avant qu'Elliot ne réponde. Le cœur battant, elle continua sa route.

*

Emma commença par arpenter le quartier et constata la disparité des immeubles, la pauvreté des uns voisinant avec l'aisance des autres. Elle revint ensuite sur ses pas, vers l'immeuble à appartements luxueux. Là où avait vécu Ève Laflamme.

Elle se dirigea vers l'arrière de l'immeuble, se plaça en face de la porte donnant sur le jardin, posa ses doigts sur sa nuque et ferma les yeux. Aucun bruit autour ne devait l'empêcher de demeurer concentrée. Il le fallait. La policière recréa l'image de l'ombre, cette fois tapie contre le mur, attendant le moment propice pour agir. Elle visualisa le gabarit de l'homme, probablement mince et agile puisqu'il avait réussi à hisser Dunstan au bout de la corde, ses mains de toute évidence gantées, sa tête recouverte d'une cagoule. Elle le vit ouvrir la valise, libérant ainsi le mamba noir qui s'acharnerait sur sa proie.

— Salut, Emma.

Elle sursauta malgré le ton feutré de la voix de Michel Tougas qui, connaissant le rituel de sa lieutenante, y allait toujours en douceur durant ce moment crucial.

— Je t'ouvre ?

Elle opina de la tête.

Alors qu'elle franchissait le seuil, il lui sembla que l'odeur morbide s'accrochait encore aux narines, à la peau, même. Et que si on inspirait par la bouche, on pouvait la goûter sur la langue.

Tougas resta à l'écart pendant qu'Emma se postait près de l'endroit où la victime avait été trouvée. Elle ferma les yeux et entra en mode méditation. Elle tenta ensuite de se mettre dans la peau du tueur, de le ressentir. Un monde imaginaire se créa. Elle visualisa l'ombre qui se penchait sur Ève, maltraitait son corps, tranchait ses mamelons, lacérait son abdomen. Froidement. Cruellement. Ou même dans un état avancé d'excitation. Son sixième sens était en alerte rouge. Les physionomies des hommes interrogés, tous suspects potentiels, s'imposèrent à son esprit. Lequel était-ce ? Quelle était sa motivation profonde ?

Murs, parlez-moi…

L'ombre s'éloigna soudain, la laissant pantelante, insatisfaite et affreusement déçue, même si elle savait qu'il ne fallait pas forcer l'intuition et le ressenti. La réponse viendrait en temps voulu. L'important était de faire et refaire l'exercice tant et aussi longtemps qu'elle ne fuserait pas.

Les yeux grands ouverts cette fois, fixant le vide droit devant eux, elle eut une autre vision, celle-là récurrente : un corps gisant dans une baignoire capable d'en accueillir trois ou quatre, semblant avoir glissé dans le sang devenu noir après une trop longue exposition à l'air, paralysant les neurones de l'adolescente de 15 ans. Sa peau ambrée était tellement blanche qu'elle avait l'air d'un fantôme. On aurait cru que le pigment chocolat s'était envolé comme par magie. Puis l'autre corps, juvénile celui-là, se superposa au premier. Se fondit dans ce dernier, pour enfin retourner se blottir dans un recoin de son esprit.

Rose…

— Ça va, Emma ? demanda Tougas.

Elle tourna la tête, le regardant sans le voir.

— Tu es arrivée à quelque chose?

— Pas encore, mais ça viendra…, dit-elle tout bas.

*

Dès son arrivée au QG, Emma trouva un courriel de Tardif indiquant que le dossier Marchand se trouvait en pièce jointe. La réalité reprenait ses droits. La détective dévora les deux pages de renseignements.

« Diplômes : a obtenu une maîtrise ès arts en didactique du français, avec mention d'honneur. »

Tiens, tiens… on excelle en français, monsieur Marchand?

« Travail : bibliothécaire à la Grande Bibliothèque de Montréal depuis 2005. Également chargé de cours en français à l'Université de Montréal depuis 2009. »

Un homme de mots, c'est indéniable…

« Note de Tardif : célibataire après relation (cinq ans) avec une amie de l'université. »

Elle n'a pas pu l'endurer plus longtemps!

Emma imprima les pages et les glissa dans la chemise.

À nous deux, homme de lettres!

Il y avait toujours branle-bas de combat au QG avant un interrogatoire formel. Aujourd'hui, Burn et Tougas observeraient le témoin derrière le miroir sans tain pendant qu'Emma et Renaud l'interrogeraient.

Après avoir testé les micros et ajusté l'éclairage, tous prirent leur place.

La porte s'ouvrit, laissant entrer le petit homme blafard. Emma lui fit signe de s'asseoir sur la chaise en face d'elle.

— Bonjour, monsieur Marchand. Merci d'être venu.

Il répondit d'un hochement de tête, le regard neutre. Renaud se prépara à une séance ardue en voyant Marchand ignorer son salut.

Emma donna l'identité complète de l'homme. Elle s'arrêta un instant et leva les yeux pour constater qu'il regardait dans le vide.

— Je dois maintenant vous lire vos droits.

La formule, devenue routinière pour les enquêteurs, faisait normalement l'effet d'une bombe sur la personne assise dans la salle. Sauf sur Marchand, qui demeura impassible.

— Vous avez compris vos droits ?

Les bras croisés sur la poitrine, Marchand hocha la tête en signe d'assentiment.

— J'aimerais entendre une réponse claire de votre part.

— Que voulez-vous que je fasse d'un avocat ? Tous des pseudo-défenseurs de la loi ! On n'en a aucunement besoin. Surtout lorsqu'on n'est pas coupable.

— Vous déclinez l'offre, donc ?

— Je suis parfaitement apte à répondre moi-même à vos questions inutiles.

Emma jeta un œil en direction de Renaud, qui lui répondit par un air désolé.

— Je sens que vous êtes prêt, dit-elle, l'ironie à peine voilée. Alors, allons-y. Que faites-vous comme travail ?

— Quelle importance ?

Le regard insistant de la détective l'obligea à répondre.

— Bibliothécaire à *la* Grande Bibliothèque, annonça-t-il, l'air condescendant.

— Et vous y êtes depuis longtemps ?

— Depuis le début.

Emma n'eut qu'à lever les yeux pour qu'il précise en soupirant bruyamment :

— Fin d'avril 2005.

Elle cocha l'information sur sa feuille.

— C'est votre seul travail ?

— Chargé de cours à l'Université de Montréal.

— En français, compléta la policière. Je ne vous apprends rien si je vous dis qu'Ève Laflamme a été assassinée?

Marchand semblait tout à fait à l'aise et détendu, bien calé dans sa chaise, bras et pieds croisés. Seul son regard insolent défiait la lieutenante.

— Difficile à rater, les images en boucle dans les médias n'en finissent plus.

— Elle a été tuée dans la soirée de lundi dernier, le 13 juin. Où étiez-vous ce soir-là?

Sans paraître décontenancé le moins du monde, l'homme répondit sur un ton arrogant:

— Chez moi, à simplement relaxer.

Raconte ça à d'autres, se dit Renaud, qui commençait à comprendre à qui ils avaient affaire.

Emma fixa longuement Marchand dans l'attente de le voir baisser les yeux. Ce qu'il ne fit pas.

— Vous vivez seul? À part, bien sûr, Monsieur, votre chat siamois?

— Dieu merci, oui!

— Quelqu'un peut-il corroborer vos dires? demanda la détective en repensant à la femme qui avait partagé sa vie durant cinq longues années.

Il rit tout bas.

— Je vous ferai remarquer que Monsieur miaule. Vous pouvez interpréter?

Son sarcasme aurait fait dresser les cheveux sur la tête à n'importe qui, mais Emma resta de marbre.

— Ah! j'oubliais… j'ai reçu un appel de sondage.

— Mais encore? renchérit-elle en le regardant droit dans les yeux.

Marchand s'approcha de la table, y posa les bras et se pencha vers elle.

— Non, je n'ai pas d'alibi. Mais comme je ne suis pas coupable, je n'en ai pas besoin, n'est-ce pas, lieutenante ? précisa-t-il, le regard méprisant. Désolé, vous devrez chercher ailleurs.

Renaud dansait d'un pied sur l'autre. Cet homme le mettait hors de lui, même s'il ne le connaissait que depuis quelques minutes. Quant à Emma, elle ne perdit pas contenance. Au contraire, elle semblait fouettée par l'attitude prétentieuse.

— Quels étaient vos rapports avec Ève Laflamme ?

— Rien de sexuel, si c'est ce que vous insinuez.

Un rictus déformait sa bouche.

Il se fout de ma gueule ! OK, ça peut se jouer à deux, par contre.

Malgré la colère qui ne demandait qu'à s'exprimer, la policière garda son sang-froid.

— Je croyais que vous aviez compris la question. Je parlais de rapports professionnels, bien sûr, précisa-t-elle, affichant une légère insolence.

Marchand ne se démonta pas. Loin de là.

— Je l'ai rencontrée pour une transaction immobilière, qui ne s'est pas concrétisée. Je la croyais au sommet de son art, mais j'ai été franchement déçu par tant de laxisme de sa part, persifla-t-il.

Quel être imbu de lui-même !

— Vous l'avez vue combien de fois, en tout ?

L'homme soupira.

— Une fois pour visiter l'immeuble et rédiger la promesse d'achat, et une seconde pour recevoir une contre-proposition tout à fait indécente. Donc, comme vous savez compter, ça fait… deux, précisa-t-il en montrant autant de doigts.

Satisfait de sa réplique, il recula sur sa chaise et croisa les bras.

— Vous saviez où elle demeurait ? s'interposa Renaud.

Marchand dévisagea le sergent avec mépris.

— Comme elle était… bavarde et vaniteuse, elle me l'avait mentionné. Elle créchait dans un endroit chic et voulait que le monde entier le sache, rétorqua-t-il avec un petit rire forcé.

— Vous ne l'avez jamais rencontrée chez elle ?

— Je préfère les relations dites professionnelles. Je vous l'ai dit tout à l'heure, répliqua le suspect, non sans prétention.

Malgré les pensées incendiaires qui lui mitraillaient l'esprit, Emma poursuivit :

— Vous croyez qu'il est facile de se procurer un reptile capable de tuer sa victime en quelques minutes ?

Marchand posa les coudes sur la table en croisant les doigts comme s'il s'apprêtait à faire sa prière, soutint son regard, et parla tout bas comme la première fois qu'elle l'avait vu :

— Je n'en sais rien.

Il fit une pause qui dura les sept bonnes secondes qu'Emma put compter.

— Si je savais où, j'y courrais. Certains mériteraient de goûter à ce venin.

Les hommes derrière le miroir tentaient de déchiffrer le comportement dérangeant.

— *Sure he should be able to do it*[48].

— En tout cas, il ne fait pas de cadeaux !

Emma se dirigeait, lentement mais sûrement, vers les questions plus pointues.

— Vous connaissez le latin, monsieur Marchand ?

Il la regarda, les yeux dans le vague.

— Mes parents s'amusaient souvent à répéter certaines déclinaisons. Ne trouvez-vous pas que c'est une belle langue, lieutenante ?

— Vos parents vous ont transmis leur foi, affirma-t-elle plus qu'elle ne posa la question.

— C'était une charmante thérapie. Pour eux.

— Vous vous en servez, du latin ?

— Quel rapport avec le… meurtre ? rétorqua-t-il en insistant sur le dernier mot.

---

48   Certain qu'il est capable de le faire.

Il feignait l'étonnement, elle en était quasi certaine. Elle se montra plus entêtée que lui.

— Vous vous servez du latin, monsieur Marchand ?

— Vous persistez à croire que je suis *le* coupable, n'est-ce pas ?

L'homme la toisait de son regard intimidant.

— Eh bien, oui, reprit-il, je m'en sers régulièrement dans mon travail. Les clients sont érudits là où je travaille et je le leur rends bien. Ça vous satisfait, madame la détective ?

Se sentant soudain provocatrice, Emma n'hésita pas à entrer dans le vif du sujet, même si Renaud n'en savait encore rien.

— Homme de mots comme vous l'êtes, vous devez être féru de mots croisés ?

Le regard de Marchand devint malicieux en même temps que Renaud tiqua dans son coin en lorgnant Emma du coin de l'œil.

— Vous avez deviné ça ?

Il simule encore la surprise, probablement…

— C'est un jeu intellectuel de première, n'êtes-vous pas d'accord ? renchérit Emma, le regard scrutateur.

— Je connais mieux, lança-t-il d'un ton dédaigneux.

— Vous en faites, des grilles ?

— Aussitôt que j'en vois une.

Marchand semblait prendre un malin plaisir à défier Emma, mais elle voyait clair dans son jeu.

— Vous seriez capable d'en concevoir une vous-même ? s'enhardit-elle.

Il ricana en penchant la tête, puis la regarda en levant seulement les yeux, ce qui lui donna un air carrément démoniaque.

— Je n'ai pas de temps à perdre… moi.

Assurément, il la glaçait, mais elle lui tenait tête.

— Vous permettez qu'on prenne vos empreintes ?

L'homme parla encore plus bas, comme pour la narguer :

— Rien ne m'y oblige ?

Elle ne dit rien.

— Alors… non.

Emma se leva.

— Ce sera tout, monsieur Marchand. Merci de votre… précieuse collaboration. Et…, ajouta-t-elle en levant la main, si vous cherchiez le troisième mot en horizontal de la dernière Ultragrille, la réponse est « duelliste », dit-elle sur un ton désinvolte. Vous vous souvenez, la définition était : « Afin d'obtenir gain de cause, on le met au défi » ?

À la dérobée, elle guetta la réaction de l'homme trop sûr de lui. Pour la première fois depuis le début de l'interrogatoire, il parut franchement déstabilisé.

Bien que curieux au sujet des allusions faites aux mots croisés, Renaud, qui n'avait pas cru bon d'intervenir davantage, songea encore une fois que la solidité de sa lieutenante forçait l'admiration. Elle ne s'en laissait pas imposer, surtout lorsqu'elle avait affaire à un goujat tel que Luc Marchand.

Quand il se leva, même si Renaud le dépassait d'une tête, le témoin réussit à le faire se sentir tout petit à côté de lui.

Au sortir de la salle, les enquêteurs et le technicien échangèrent leurs opinions sur les réponses et surtout sur le comportement suffisant de Marchand. Tous s'entendirent sur un point : ils espéraient le voir condamné et enfermé derrière les barreaux, même s'il ne s'avérait jamais être le meurtrier. C'était plus fort qu'eux.

— *The bastard*[49] !

— Il n'est pas jojo, en effet ! confirma Tougas.

— Bâtisse ! j'aurais bien voulu lui envoyer une bonne décharge de Taser !

Emma demeurait songeuse.

— Hé ! Pendant que je vous ai tous les trois… Quelqu'un s'est introduit chez moi, hier.

Les trois hommes s'arrêtèrent de parler.

— *Boy oh boy, are you serious*[50] ?

49 Le salaud !
50 Oh là là, vous êtes sérieuse ?

— La moustiquaire de la porte arrière a été coupée puis réparée à l'aide d'une colle invisible de l'intérieur, mais repérable de l'extérieur. J'ai fait le tour et rien n'a été abîmé ou volé. Sauf une pomme.

— Encore une pomme ? Tu crois que ç'a un rapport avec l'affaire ? demanda Renaud.

— C'est un drôle d'adon…

— Si c'est ça, il a du front tout le tour de la tête ! Bâtisse ! Qu'est-ce qu'on fait avec ça ? Tu veux qu'on te fasse surveiller, toi aussi ?

— Je ne veux pas qu'on mobilise un policier qui serait sûrement plus utile ailleurs.

— Tu veux prendre le risque ? intervint Michel Tougas.

— Ne vous en faites pas pour moi, j'ai mon Glock…

Burn lui lança un regard sans équivoque.

— *We have to be cautious*[51] !

— Je sais, chef.

Soucieux, le capitaine s'éloigna avec Tougas tandis que Renaud suivait Emma dans son bureau et s'assoyait sur le coin de sa table de travail.

— Tu vas me parler des mots croisés, maintenant ?

Après avoir promis de ne rien dévoiler aux autres membres du QG, Renaud l'écouta lui parler des trois grilles et de celles qui ne manqueraient pas de suivre.

— Tu es certaine que ça va aller ?

— J'en ai vu d'autres, dit-elle, se sentant moins en sécurité qu'il n'y paraissait.

*

Emma rentra chez elle avec appréhension. Rien ne lui sembla déplacé ou brisé. Elle s'était promis d'appeler la compagnie de systèmes d'alarme, mais elle n'avait pas eu le temps de le faire durant

---

51 Il faut être prudent !

la journée et il était maintenant trop tard, le service des ventes était déjà fermé. Elle était tout à coup à l'affût du moindre bruit, inhabituel comme normal. Elle souleva le coin du rideau plusieurs fois, ce soir-là, afin d'observer la rue et le balcon dans l'espoir ou la crainte de surprendre le messager clandestin.

Puis, en buvant un verre de beaujolais et en écoutant Tori Amos, elle repassa l'interrogatoire de Marchand dans sa tête. Bien qu'il se dît antireligieux, elle était loin d'en être certaine. Elle était en droit de penser qu'il pouvait bien être celui qu'elle recherchait.

Une belle tête de Saraf! J'ai d'ailleurs bien aimé la voir, sa tête à claques, prise au dépourvu, à la fin.

Puis une autre tête, celle de Vigneau, se matérialisa dans son esprit.

Marchand détrône-t-il Vigneau? Que tu sois un de ceux-là ou un autre, je te démasquerai!

Déterminée, Emma se joignit au siffleur de *Cornflake Girl* en appréciant la robe claire du vin.

*

Renaud, attablé devant une bière et Jean St-Arnaud, s'évertuait à tenter de tirer les vers du nez du courtier, tandis que ce dernier répondait évasivement, l'air ennuyé. L'interrogatoire ne menant nulle part, le sujet féminin revint sur le tapis à une vitesse folle. Jean St-Arnaud se sentit obligé de raconter ses mille et une fredaines avec tous les détails, pertinents ou non.

Bâtisse! Il n'a que ça en tête!

Arbitrium
(Jugement)

Samedi 18 juin

Dans le plus grand silence, Emma passa une partie de la journée à tenter de décortiquer la grille encore et encore. Elle avait besoin de calme, de recul. Besoin de mettre de l'ordre dans tout ça. Recommencer depuis le début : jeu, mensonges, dettes, vengeance et, bien sûr, religion.

Elle s'attarda sur certains mots : « le jeu en vaudra la chandelle », « ce ne sont que les prémices », « destin », « victimes », « rôle », « langue de Dieu », « nom prédestiné ».

Quel jargon !

Emma se leva et chercha dans son appartement le moindre indice qui lui permettrait de découvrir… Quoi au juste ? Des traces laissées lors de l'intrusion et pouvant mener à la découverte de celui qui cherchait à la déstabiliser ?

Elle repassa tous les éléments, peaufina son canevas, dressa le profil de chaque homme et les possibles motivations de chacun d'être le meurtrier.

Y a-t-il un lien entre Dunstan et Ève, à part leurs prénoms bibliques ? Ou le fait qu'ils étaient joueurs ? Étaient-ils amants ? Ce qui aurait pu déplaire à quelqu'un. Ou, avec leur propension à trop parler ou à mentir, étaient-ils de connivence pour nuire à quelqu'un ? Une chose est sûre, comme la grille est loin d'être terminée, l'assassin n'a pas fini de sévir.

Puis elle continua de penser :

Il est insaisissable et complexe dans sa façon de procéder, mais il y a forcément une erreur qui a été commise ou qui le sera. Il y en a toujours une, et il la commettra forcément. Le crime parfait n'existe pas, je suis bien placée pour le savoir.

Le son chantant de son téléphone la ramena sur terre.

— T'aurais pas une place pour une âme esseulée ?

— Tu sais que ça me ferait le plus grand bien, à moi aussi ? Je t'attends, Simon, répondit Emma qui ne demandait qu'à se changer les idées.

Moins d'une heure plus tard, il était là.

— Ça me fait plaisir de te voir, dit-elle en le serrant dans ses bras, sur le même seuil où elle avait étreint Elliot trois jours plus tôt.

— Je me suis arrêté chez Depachika, annonça-t-il en brandissant deux *bento*. Trop chaud pour cuisiner.

— Tu me gâtes ! s'exclama Emma, impatiente d'ouvrir la petite boîte à lunch pour découvrir quels trésors elle recelait.

Elle déplia deux petites tables, qu'elle installa au salon pendant que Simon débouchait une bouteille de Fumées Blanches.

— Je t'écoute, dit-elle en attaquant ses nouilles fines comme du fil dentaire.

— J'ai parlé avec Romain, qui travaille toujours aussi fort, qui demeure toujours à la même adresse, qui a toujours son chien et qui est toujours célibataire.

— Mais encore ?

— On se verra peut-être le week-end prochain. Il m'a demandé la semaine pour y réfléchir, s'excita Simon.

— Tu es sûr de vouloir renouer ?

— Je l'aime. Ça, j'en suis sûr.

— Et que peut-on contre l'amour ?…

— Tu veux parler de ton bel Elliot ?

Prudente, Emma lui raconta sa soirée sans s'attarder sur les détails et sur ses états d'âme.

— OK, la glace est brisée. Et maintenant ?

— Je n'ai pas eu de ses nouvelles depuis ce jour-là.

— Sacrebleu! ils sont tous pareils, les gars! On fait une petite gaffe, et pfft! on n'entend plus parler d'eux. Tous des Romain! Qu'est-ce qu'ils veulent au juste, dis-moi?

Emma se dit qu'elle ne savait pas ce qu'*ils* voulaient, mais qu'*elle* savait ne pas savoir ce qu'elle voulait.

Simon se tut, croyant ainsi l'obliger à s'épancher, mais comme pas un mot ne filtrait…

— Bon, tu ne veux pas en parler… OK. J'imagine que tu ne veux pas non plus parler de ton enquête Jobidon?

— Tu sais que je ne peux pas…

— Allez… juste un petit aperçu, insista-t-il.

Malgré l'envie de ne plus songer à l'enquête pour la soirée, Emma se laissa convaincre par le ton suppliant de son ami, mais aussi par la subite pensée qu'elle pourrait avoir besoin de ses connaissances professionnelles à un moment donné.

— Tu sais que tu es mon meilleur ami et tu sais que tu devras tout, mais alors tout, garder pour toi. Jure-le.

Gaucher, Simon leva la mauvaise main. En le sachant fiable, la détective se lança.

— Voilà, conclut-elle, deux meurtres et trois grilles plus tard, je nage encore en eau trouble.

— Sacrebleu! Trois grilles et deux meurtres! De l'imagination et pas manchot, le gars!

— Les victimes étaient courtiers immobiliers, Joseph et Ève…

— Et la troisième sera Adam ou Marie, ironisa Simon. Généalogie 101, ajouta-t-il en voyant l'air ahuri d'Emma.

Cette dernière reconnut bien là son ami de toujours. Un frisson la parcourut, elle qui avait fait poster un vigile devant la demeure de Marie Lavigne.

— Pour finir, il me parle en latin après chaque crime.

— Il te *parle* en latin? Où? Quand?

— À l'aide de messages qu'il laisse sur place et qui expliquent, plus ou moins, la raison du geste.

— Ah! Enfin un dossier à ta mesure!

— Il ne connaît pas Emma Clarke. *Veni, vidi, vici* [52] ! Je vaincrai! s'écria-t-elle en levant un poing triomphant.

Ils entrechoquèrent leurs verres en portant un toast à la réussite de l'affaire et au retour de Romain. Simon s'apprêtait à en faire autant pour celui d'Elliot, mais Emma leva la main comme pour dire «stop».

Elle lui parla plutôt des menaces formulées par le tueur ainsi que de ses soupçons à propos de Tardif. Son grand ami méritait bien sa confiance.

— Sacrebleu! s'exclama-t-il.

*

Alice mettait la table pour leur rituel souper du samedi soir. Sushis au menu, repas de prédilection de Louis, friand de poisson. Elle espérait qu'il ne serait pas d'humeur massacrante et elle poussa un soupir d'exaspération lorsque les baguettes s'échappèrent de ses mains tremblantes.

Lorsqu'il entra, elle se battait avec le limonadier. Elle faillit abandonner en le maudissant, mais comme elle avait un urgent besoin d'un verre de vin, elle fit un ultime effort et le liquide coula finalement dans les coupes.

— À nous, dit Louis en levant son verre, visiblement fatigué mais de bonne humeur.

Alice se contenta d'esquisser un sourire en levant le sien. Elle s'affaira ensuite à dresser les assiettes, qu'elle disposa entre les bougies et les fleurs enjolivant la table.

— Wow! Belle table! Et wow! Des sushis!

— Ton rendez-vous a bien été? demanda-t-elle en ayant l'impression de marcher sur un nid de guêpes.

Louis s'assit lourdement.

---

52   Je suis venu, j'ai vu, j'ai vaincu!

— Eh bien, j'ai expliqué au couple les meilleures options possible pour faire le choix le plus sensé dans leur situation. Les taux hypothécaires sont à la baisse, les gens doivent en profiter. Et devine quoi ? Ils m'ont écouté, comme de raison, déclara-t-il en levant son verre de nouveau.

— Comme de raison…

Trop occupé à se servir, Louis ne semblait pas voir le trouble chez sa femme – qui, pensait-elle, devait pourtant être visible comme un tsunami balayant une côte.

Il fallait qu'elle plonge. Qu'elle avoue sa faute. Sa conscience l'exigeait. Il faudrait qu'il comprenne. Qu'il ne se fâche pas trop. Qu'il lui laisse une chance.

Alors, Alice prit son courage à deux mains.

— J'aurais quelque chose d'important à te dire.

Son mari la regarda en biais en mangeant un morceau de Dragon Eye.

— Quand tu étais à la pêche… J'étais seule… Jean aussi.

Il la fixait maintenant.

— Il m'a appelée pour me demander comment ça allait pendant ton absence et… il m'a invitée au resto.

Ayant retenu son souffle, Louis répondit d'un ton soulagé :

— C'est bien que mon ami prenne soin de ma femme en mon absence.

— Au cours du souper, il m'a dit qu'il ne savait pas pourquoi tu n'avais pas sauté en parachute l'autre jour. Et que… il n'y avait pas eu de problème technique, dit-elle comme si elle s'avançait en terrain miné.

Louis pencha la tête, la releva, semblant chercher une explication plausible.

— De quoi il se mêle, celui-là ? J'ai eu un appel urgent et il a fallu que je parte.

— Pourquoi tu m'as raconté qu'il y avait eu un problème technique ?…

Il prit une grande lampée de vin et soutint son regard, presque avec arrogance.

— Parce que je ne voulais pas que tu sois au courant de quelque chose.

Il donnait à Alice l'impression d'avoir la situation en main.

— Tu me fais des cachettes! s'indigna-t-elle.

— Non, c'est simplement que ce n'est pas encore le moment de t'en parler.

Louis paraissait désinvolte. Au-dessus de ses affaires. Il se servit un Kamikaze, que sa femme jugea bien choisi pour l'occasion.

Offusquée et loin d'être certaine d'avoir entendu la vérité, Alice attaqua:

— Eh bien, moi aussi, je t'ai caché quelque chose... La soirée s'est tellement bien déroulée avec Jean que... que... on a couché ensemble.

Une météorite tombée sur la toiture n'aurait pas eu plus d'effet. La main de Louis portant le sushi à sa bouche s'arrêta à mi-chemin. Un silence de mort s'installa dans la salle à manger.

Alice regretta aussitôt ses paroles. Elle aurait peut-être dû enfouir son secret au fond de son cœur. Elle avait craint que Jean ne s'échappe; la colère de Louis aurait alors été décuplée, elle le savait. Mieux avait valu prévenir les coups. Oui, mieux avait valu.

Les yeux de Louis transpercèrent sa femme comme des poignards.

— Belle manière de prendre la relève quand son chum n'est pas là, lança-t-il d'une voix blanche.

Sur ces mots, il se leva, déposa fermement sa serviette de table et prit la porte qu'il referma avec fracas.

Alice cala le reste de son verre. Apeurée, elle arpenta la salle à manger, puis la cuisine, puis le salon. Où allait-il? Quelle folie s'apprêtait-il à faire? Elle devait prévenir Jean. Elle attrapa son téléphone mobile et le chercha dans ses contacts. Après quatre sonneries, elle entendit le message de la boîte vocale. Elle écouta la voix chaude jusqu'au bout, puis débita tout sans prendre le temps de respirer.

— Jean, c'est moi, Alice. Louis est au courant pour nous deux. Il vient de passer la porte. En colère, tu le devines… Désolée, je n'ai pas pu me retenir plus longtemps, il fallait que je le lui dise. Je préfère que tu sois prévenu. J'espère que tu ne m'en voudras pas trop.

Salaud! Tu vas savoir à qui tu as affaire, songea Louis, les dents serrées. *Non seulement tu sautes sur tout ce qui porte une jupe, mais tu me prends ma femme en plus! Il faudrait te tremper tout entier dans l'eau bénite pour te purifier! Tu réussis tout, mon vieux, mais, là, t'as échoué. Ton «meilleur chum» ne te pardonnera jamais ça. Jamais. Ce sera peut-être ton premier échec et c'est avec moi que tu as décidé de le vivre.*

Sa première idée fut de se rendre chez Jean, mais, après concertation avec lui-même, il décida d'attendre le moment opportun pour lui dire son fait et le lui faire payer.

Il emprunta la bretelle de l'autoroute 15 et roula jusqu'à Montréal, où il fit un grand tour de ville, pour finir par se garer aux abords du parc La Fontaine. Il marcha durant un temps interminable, les mains dans les poches, seul avec ses pensées. Pourquoi Alice avait-elle laissé une faiblesse momentanée prendre le dessus? Parce qu'elle était seule durant un week-end? Improbable. Peut-être l'avait-elle toujours désiré? Insoutenable. Il revit nettement le lit tout défait, le dimanche où il était rentré plus tôt que prévu. Détail dont il n'avait pas osé lui parler. Cette pensée le mit hors de lui.

*

Invités chez leurs amis, Marie Lavigne et Georges Ménard, son mari, sonnèrent à la porte de la somptueuse demeure située sur une des plus belles rues de la ville de Lorraine. Sur l'immense terrain d'environ deux mille mètres carrés, on trouvait une imposante piscine qu'aurait enviée un club de nage synchronisée, un spa pouvant recevoir confortablement une dizaine de personnes, et tous les appareils de jeux dont pouvaient rêver les enfants. Tout cela au cœur d'un environnement boisé, à l'abri des regards.

— Georges, une bière? demanda l'hôtesse.

— Volontiers, merci.

— Et toi, Marie?

— Du vin blanc.

Quelques personnes, inconnues de Marie pour la plupart, se prélassaient dans le spa ou dans la piscine. La déception se lut sur le visage de la femme lorsqu'elle aperçut Marc Vallières, le notaire mal fagoté qu'on disait bipolaire, à tort ou à raison.

Marie décida de se glisser dans la piscine à l'eau salée.

— Quel bonheur, l'eau salée enveloppant notre corps! soupira-t-elle, avant de saisir le pied de son verre.

Elle surprit, à ce moment, le regard, désapprobateur et inquisiteur, de Marc Vallières. Par la suite, elle remarqua plus d'une fois la mine courroucée du notaire. Chaque fois qu'elle prenait une gorgée de vin, en fait.

Mais qu'est-ce qu'il me veut? J'ai le droit de boire ce que je veux. Ah, c'est ça! Il ne supporte pas que j'aie remporté le magot lorsqu'on a joué la dernière fois. Et puis, qu'il aille au diable!

La soirée se passa à deviser, à pavoiser, à se pavaner et à boire sous le chapiteau loué pour l'occasion. Puis le sujet inévitable arriva sur le tapis, l'univers immobilier. Tous commentaient le métier sans le connaître, chacun y allant de ses opinions, trop souvent faussées, avec un sans-gêne qui faisait dresser les cheveux sur la tête, la plupart le jugeant en en ignorant les réelles implications.

Grisée, Marie le défendait plus vigoureusement que nécessaire.

— Vous ne savez pas ce que c'est! L'immobilier vous prend tout votre temps, votre énergie, et parfois même votre vie de famille. C'est si exigeant, n'est-ce pas, Louise?

Désirant protéger l'harmonie entre ses amis, Louise préféra ne pas envenimer la conversation. La soirée se poursuivit sans encombre, tous étant de bonne humeur, y compris Vallières qui racontait une blague après l'autre. Tous sauf Mariette qui connaissait sans doute par cœur les envolées de son mari et semblait s'ennuyer ferme. Tous sauf aussi Marie, qui ruminait sur sa chaise.

Nimium ne crede colori
(Ne vous fiez pas aux apparences)

Dimanche 19 juin

Mouillée de sueur, Emma se réveilla en sursaut après un cauchemar pour le moins traumatisant. Devenu machiavélique, Tardif s'exprimait sans bégayer, manipulait un serpent avec adresse et le brandissait sous son nez en la menaçant de faire d'autres victimes si elle ne stoppait pas l'enquête sur le Cruciverbiste. Il la forçait à s'agenouiller au pied d'un immense crucifix et à jurer de convaincre Burn du bien-fondé de sa décision.

Certains étaient religieux. Qu'en était-il de Tardif ?

En mettant le pied à terre, Emma sut ce qu'il lui restait à faire.

Après avoir avalé son espresso en trois gorgées, elle prit soin de glisser son Glock dans son holster. Elle dévala l'escalier, enfourcha sa moto et se rendit au QG où elle emprunta une voiture banalisée. Puis laissa la voix du GPS la guider à travers la ville en se demandant si elle ne faisait pas une erreur monumentale. Elle écouta néanmoins son instinct qui lui disait d'aller au bout de son idée.

Le soleil naissant colorait les façades décrépies du quartier qui ne respirait pas l'aisance. Emma savait l'homme lève-tôt, même le dimanche. Elle jeta un œil excité à sa montre : 9 h 35. Elle rangea le véhicule devant un immeuble juste assez éloigné de celui où il demeurait, bien décidée à y camper toute la journée, s'il le fallait. Pour tromper une éventuelle attente, elle avait cru bon de prendre les grilles du matin. Mais, au final, elle compta le nombre de voitures garées, de balcons, de portes défraîchies. Puis elle s'amusa avec les adresses en additionnant leurs chiffres jusqu'à ce qu'elle le voie, casquette vissée sur la tête, sortant du numéro 2074. Elle le revit, serpent enroulé autour du bras, et ne put s'empêcher de frissonner.

Éternel piéton, il pressa le pas vers le coin de la rue où il entra dans un dépanneur. La détective sortit de la Dodge Avenger – le plus incognito des véhicules de la flotte de la SQ – et rasa les voitures, pour se cacher derrière une fourgonnette qui avait vu neiger. Elle le suivit à distance raisonnable pendant qu'il prenait la direction de la rue Ontario, tournait rue Joliette pour finalement aboutir rue Adam où il ralentit devant un mastodonte à deux clochers, lequel occupait un espace pharaonique dans le modeste quartier. Tardif tourna la tête en direction de l'église Très-Saint-Rédempteur et sembla hésitant.

Quelques fidèles montèrent les 16 marches qu'Emma avait dénombrées pendant que les cloches se mettaient en branle, permettant aux battants de frapper les parois de métal. Elle sursauta et consulta sa montre : 10 h. Elle resta tapie, attendant la suite. Attente qui lui parut durer une éternité. Elle vit son collègue regarder l'heure à son tour avant de finalement continuer sa marche. Trois rues plus loin, il sonna à une porte en bois qu'il poussa au bout de quelques secondes.

Sitôt la porte refermée derrière lui, Emma s'en approcha à pas feutrés. Sous la file des noms inscrits sur la plaque en métal vissée au-dessus de la sonnette, seul le mot « orthophonistes » dansa devant ses yeux. Ainsi, Tardif tentait de soigner son bégaiement ! Une vague de pitié monta dans sa gorge. Elle l'entendit de nouveau la menacer sans buter sur les mots, dans son cauchemar, lorsqu'il lui ordonnait de cesser son enquête. Des larmes piquèrent ses yeux.

Sa décision de le suivre allait accompagner ses pensées toute la journée. Devait-elle en parler au principal intéressé ? Délicat, étant donné qu'elle l'avait volontairement suivi. Comment aurait-elle pu avouer à son collègue qu'elle le soupçonnait ? Et si elle s'était trompée sur tout la ligne à son sujet ? Si les grilles n'étaient qu'un passe-temps pour lui aussi, et si le fait que ses parents habitent à deux pas de chez Dunstan ne signifiait rien ?

Un cabinet d'orthophonistes ouvert le dimanche ?

La policière fit demi-tour, réintégra l'Avenger et se dirigea vers le centre-ville. En descendant la rue Saint-Denis, elle songea au nombre étonnant de « saints » qu'on pouvait trouver au Québec. Plusieurs rues, villes et villages de la province avaient été baptisés en l'honneur de personnages assez influents pour être canonisés et jouir d'une renommée désormais éternelle.

Le culte des anges et des saints ne date pas d'hier…

Emma eut la chance de pouvoir garer l'Avenger devant la Grande Bibliothèque dont elle admira la façade abondamment vitrée. Elle entra et vit tous les étages ouverts, laissant entrevoir des étagères bourrées de livres. Elle s'approcha du comptoir des renseignements et s'enquit du poste qu'occupait Luc Marchand.

– Référence et documentation, deuxième étage. Mais il ne travaille pas aujourd'hui, dit la jeune fille en refermant son registre.

La détective préféra l'escalier à l'ascenseur suspendu en plein centre et qui, impudique, dévoilait tous ses rouages. L'absence de bruit, outre les pas feutrés sur les tapis, donnait aux gens qui fréquentaient les lieux un sentiment d'apaisement, une envie de se vautrer dans les lourds fauteuils en cuir, un livre à la main.

Difficile d'imaginer Marchand ici…

Emma zigzagua à travers les rangées d'interminables bibliothèques remplies au maximum. Puis elle repéra la section qui l'intéressait. Impressionnée, elle effleura du bout des doigts des dictionnaires de toutes sortes, des livres anciens comme des plus récents. Donc, Luc Marchand était un spécialiste des ouvrages de référence. Rien ne manquait ici pour créer des grilles de mots croisés.

Elle se présenta au comptoir, sortit son badge discrètement et questionna le bibliothécaire à propos de son suspect. Il afficha un sourire affable, lui affirma connaître un homme instruit, à l'écoute des besoins de sa clientèle, « ma foi, plutôt régulière », et amoureux de son travail.

L'employé modèle, quoi!

— Plusieurs abonnés ne jurent que par lui. On le surnomme « l'érudit des mots ».

Après avoir posé les questions qui la turlupinaient, voyant qu'elle ne tirerait rien de plus de l'employé admiratif, Emma abdiqua.

*

— En cette fête de la Sainte-Trinité, rendons grâce à Dieu! Rendons-Lui le culte qu'Il mérite en louangeant Sa nature divine sans égale en Ses trois personnes, le Père, le Fils et le Saint-Esprit. Ce dogme, estimé comme étant, par sa dimension, le premier des mystères divins chrétiens, est impératif et fondamental à la foi inébranlable de tout croyant.

Marc Vallières écoutait avec déférence le curé proclamer les paroles évangéliques.

— Le rôle de Saint-Esprit en est un d'envergure, continuait le prêtre. Appelé à devenir la voix intérieure de chacun, il doit s'acquitter d'une imposante mission, la prise de conscience collective propre à notre sainte religion. Chacun doit reconnaître le Bien et le Mal en faisant abstraction de tous, proches ou amis. *Vince malum bono*[53]!

En même temps que les autres fidèles réunis dans l'église, le notaire répéta la formule, puis se signa.

---

53 Surmonte le mal par le bien.

Audi alteram partem
(Écouter l'autre partie)

Lundi 20 juin

Selon les prévisions, le beau temps qui perdurait depuis une dizaine de jours céderait sa place, dès le lendemain, à une météo beaucoup plus maussade. Comme si la grisaille avait attendu le jour des funérailles pour se manifester.

Les obsèques d'Ève Laflamme auraient lieu au même cimetière que celles de Dunstan. Emma se promettait d'analyser, avec Renaud, le comportement des différents suspects et d'ainsi tenter de repérer un signe ou un détail qui aurait pu leur échapper.

Arrivée tôt pour préparer ses interrogatoires, la détective sourit en constatant combien le QG grouillait de monde en ce lundi matin. Les secrétaires essayaient de se concentrer sur leurs tâches pendant que les policiers préparaient leur ronde, tantôt en bougonnant, tantôt en se taquinant. Il y avait file devant la machine à café.

Victor Vigneau attendait Emma à son bureau à 10 h, et la rencontre avec René Lemieux était prévue à 14 h, au Comptoir.

Mais, avant, elle devait se présenter au bureau de Burn.

— Toc, toc, fit-elle.

— *Yes.*

Au ton de la voix, elle conclut que le capitaine n'était pas d'excellente humeur, ce qui lui donna une furieuse envie de tourner les talons.

— Bonjour, chef. Ça va comme vous voulez?

— Hum, hum…, grommela-t-il.

Emma décida de rester debout plutôt que de prendre une chaise.

— Monsieur Burn…

À ces mots, il leva la tête et la jaugea. Il était rare qu'elle l'appelle par son nom.

— *It's serious*[54] ?

— Je voulais que vous sachiez que, depuis le début de l'enquête, j'ai cru bon d'intégrer Elliot Carrière au dossier…

— *Oh, come on, Miss Clarke*[55] !

Elle inspira profondément et débita ce qu'elle avait à dire d'un seul coup :

— Il connaît bien le secteur où les meurtres ont été perpétrés et la mentalité des gens qui y vivent, argua-t-elle. Il peut être de bon conseil, et puis il a de l'expérience. Je sais, vous allez me dire que ce n'est pas courant entre nos deux corps policiers, mais…

— *Sit down*[56] ! dit Burn sur un ton plus véhément qu'il ne l'aurait voulu, se retenant de sortir de ses gonds en pensant à Carrière.

Emma obtempéra sans riposter.

— J'ai pensé qu'il serait temps de cesser les guerres de fiefs. Chacun peut apporter quelque chose dans une enquête. Nous avons besoin de tous les bons effectifs, plaida-t-elle.

— *I could stick you a penalty*[57], déclara-t-il sur un ton protocolaire.

Élève de l'ancienne école, Arthur Burn ne voyait absolument pas les deux corps policiers marcher main dans la main. Chacun son domaine : la grande ville de Montréal relevait du SPVM et les régions tout autour appartenaient à la SQ. Sa chère SQ. C'était comme ça et ça devait le demeurer.

Depuis qu'elle était en poste, Emma tentait de changer les choses. Cela s'avérait être une tâche ardue. Elle connaissait assez Arthur Burn pour savoir qu'il chérissait autant son corps policier

---

54 C'est sérieux ?
55 Oh, allons, mademoiselle Clarke !
56 Assoyez-vous !
57 Je pourrais vous coller une sanction.

que sa propre autorité et qu'il ne mettrait jamais sa menace de sanction à exécution.

— Mes intentions étaient nobles. Je voulais vous en parler, mais tout est allé si vite. Je n'ai pas fait ça avec l'intention de vous cacher quoi que ce soit. Je crois sincèrement que Carrière peut nous être utile. En plus, je sais qu'il vous respecte.

Emma avait parlé avec aplomb, sur un ton qui ne laissait place à aucune mauvaise interprétation.

Burn semblait en proie à une lutte intérieure en la regardant avec circonspection et en suçant vivement ses Tic Tac. Puis la colère qui déformait son visage un peu plus tôt s'estompa, cédant la place à une expression un peu plus avenante.

— *Miss Clarke, you are my best and I trust you*[58].

— Merci, chef.

— *Never betray that*[59], ajouta-t-il sur un ton péremptoire.

— Vous trahir n'a jamais été mon intention, affirma-t-elle en le regardant droit dans les yeux.

Resté seul, Burn fulmina intérieurement contre Carrière, cet homme qui avait toujours convoité son job sans avoir eu la chance d'y accéder, justement parce qu'il était d'ailleurs.

Il n'était pas autrement surpris de la décision de sa lieutenante. Il la savait rebelle, mais devait aussi admettre qu'un vent nouveau soufflait tant dans la grande pièce de la Sûreté que dans la salle de réunion, avec ses nouvelles façons de faire et de penser. En son âme et conscience, il comprit qu'il lui pardonnerait cet « écart de conduite », mais il réalisa aussi qu'il aurait besoin d'une sacrée dose d'abnégation pour accepter qu'Elliot Carrière mette son nez dans l'enquête en cours.

58 Mademoiselle Clarke, vous êtes ma meilleure et j'ai confiance en vous.
59 Ne trahissez jamais ça.

Le besoin de nicotine se présenta à son cerveau, qui eut toutes les difficultés à y résister. Burn ouvrit son tiroir, se contentant de vérifier que le paquet s'y trouvait toujours.

*

À 9 h 50, Emma entra aux Immeubles V. V., à Blainville. Pendant que plusieurs lignes téléphoniques monopolisaient la réceptionniste, elle admira le mur tapissé des photos des courtiers avec, en leur centre, le directeur, fier et souriant. La dame de la réception prévint Victor Vigneau, qui ne tarda pas à arriver d'un pas pressé. Il pria la policière de le suivre. L'homme mince à l'air préoccupé la précéda dans un espace bien éclairé. Un amoncellement de dossiers encombrait une table de travail d'imposante dimension, contrastant avec la petite taille de l'homme qui s'assit derrière.

— Lieutenante Clarke, que me vaut l'honneur, cette fois ? dit Vigneau, l'air sûr de lui.

Enterré sous la paperasse, le téléphone sonna. Plutôt que de répondre, le directeur appela sa secrétaire.

— Vous pouvez prendre le message, Lucie ? Merci. Depuis l'annonce du décès, les appels affluent de partout. Comme si je n'avais pas assez à faire. Où en étions-nous déjà ? demanda-t-il d'une manière désinvolte.

— J'aimerais vous poser certaines questions à propos de deux événements.

— Deux ?

— Joseph Dunstan et Ève Laflamme.

— Ah oui !… Dunstan.

Emma ouvrit son carnet noir et enchaîna :

— Bien que Joseph Dunstan ait travaillé chez votre concurrent, vous le connaissiez ?

— Comme ça, répondit-il en faisant un geste imprécis de la main.

– On vous dit amateur de poker, tout comme l'était Joseph Dunstan.

– J'aime bien, mais remarquez, je n'exagère pas, contrairement à lui. J'apprécie surtout le bon moment de camaraderie que ce jeu fait naître.

– Aviez-vous des contacts autrement que par le poker, avec lui ?

– Seulement lors de certaines réunions que René et moi organisons de temps à autre pour les affaires.

– Quelle opinion aviez-vous de lui ?

Vigneau parut tout à coup nerveux et sembla jongler avec les mots avant de répondre.

– Il empruntait de l'argent à tout vent. Je me suis laissé prendre à son jeu à quelques reprises. Il m'a toujours remboursé, mais toujours avec du retard. Remarquez, ce n'était pas un mauvais bougre, il était juste bougon lorsqu'il perdait au jeu, et je dois aussi mentionner que sa réputation de mythomane le précédait.

– Menteur… au jeu ou dans son travail ?

L'homme croisa les mains sur son bureau. Une gourmette en or ornait son poignet droit et une montre de belle valeur, le gauche. L'anneau entourant son annulaire annonçait qu'une dame Vigneau partageait sa vie.

– J'ai souvent entendu parler de lui par la bouche de mes courtiers. Vous savez, la compétition est forte, on en prend et on en laisse.

– Parlons d'Ève Laflamme. Elle travaillait avec vous depuis longtemps ?

Vigneau se rembrunit, eut même l'air triste.

– Ève était avec nous depuis presque un an déjà.

Il devint pensif avant de poursuivre :

– Elle était l'une de mes meilleures. Travaillante comme pas une, motivante pour les uns et gênante pour les autres. Le succès dérange, vous savez.

Emma sauta sur l'occasion.

– Et pour vous… elle était gênante ?

Il se braqua sur sa chaise.

– Je ne suis pas un assassin ! Ni pour Ève ni pour Dunstan ! Que ce soit bien clair entre nous.

– Je n'insinue rien de cela, monsieur Vigneau. Je ne suis là que pour éclaircir une situation complexe. Où étiez-vous le soir du meurtre, soit lundi dernier ?

Hésitant, il répondit :

– J'étais à une réunion chez les AA, comme tous les lundis soir.

La policière nota l'information dans son carnet.

– Vous y étiez avec quelqu'un ?

– Avec presque toujours les mêmes personnes. Remarquez, de temps à autre, certains nouveaux se greffent au groupe.

Connaissant les règles de l'organisme, Emma tendit tout de même sa perche :

– Vous pouvez me donner des noms ?

Comme elle s'y attendait, la question le déstabilisa.

– Je ne connais que leurs prénoms. Vous savez, les gens qui fréquentent cet endroit le font d'une manière discrète, s'offusqua-t-il. De là le terme « anonymes ».

– Bien sûr. Même si l'endroit est… disons… privé, j'aurais besoin de l'adresse.

– Hum… je ne sais pas si…

– Je ne crois pas que vous ayez le choix, monsieur Vigneau, dit-elle avec aplomb, le regard vissé au sien.

L'homme se résolut à lui donner l'adresse, non sans un sentiment de malaise. Emma sentit les mauvaises vibrations et décida de creuser un peu plus.

– À quelle heure êtes-vous rentré chez vous ?

Il se gratta la tête.

– Aux alentours de minuit… On aime bien rester, après la rencontre, pour discuter.

Emma prit tout son temps pour noter l'information dans son calepin.

— Madame Vigneau devait vous attendre à la maison. Pourrait-elle confirmer vos dires?

Le directeur se dandina sur sa chaise, visiblement mal à l'aise.

— Doit-on la mêler à tout ça?

— Vous craignez quelque chose?

— Non, non. C'est juste que… qu'elle est fragile émotionnellement. Je ne voudrais pas que ça la perturbe.

Mon impression: c'est toi qui sembles perturbé…

— Vous vous doutez que je dois faire mon travail. C'est moi qui irai la voir et je ferai bien attention à elle, lui assura Emma sans pouvoir s'empêcher de penser qu'il cachait peut-être quelque chose à sa femme.

— Votre épouse travaille-t-elle?

— Non. Son état psychologique ne le permet plus.

— Je peux vous demander des précisions?

Vigneau eut soudain l'air las et répondit d'une voix monocorde:

— Dépression grave qui lui fait inventer des histoires rocambolesques.

— Vous pouvez expliquer?

— Elle se raconte des trucs et se plaît à les croire.

Emma vogua vers l'autre sujet.

— Vous connaissez quelqu'un qui aurait voulu du mal à Ève Laflamme?

Pour la seconde fois, l'homme afficha un air triste. Apparemment, l'allusion à la courtière le rendait morose.

— Ève était… disons… omniprésente. Elle avait cette personnalité percutante qui pouvait devenir incommodante pour certains.

— Des noms vous viennent en tête?

— Quelques-uns de mes courtiers, comme Mathieu Lavoie ou Jean St-Arnaud.

— Parlez-moi d'eux.

— Lavoie ne la portait pas dans son cœur. Cocasse… Je parle de cœur et il chante dans un chœur, dit-il avec un fou rire étriqué. Il est choriste liturgique.

Encore la religion…

Vigneau recula dans son fauteuil.

— Mathieu a du mal à se faire accepter en tant que choriste. Ses collègues l'asticotent à ce propos. Il tente donc de se faire valoir en tant que courtier, mais Ève lui faisait ombrage. Comme à pas mal de gens d'ailleurs.

— Vous pensez que monsieur Lavoie avait plus de difficulté que les autres ?

— Il ne faisait pas exception.

— Vous avez aussi parlé de Jean St-Arnaud.

— Entre autres. Jean a un faible pour la gent féminine, mais il n'accepte pas d'être supplanté par elle. Un duelliste qui n'accepte pas de perdre, renchérit-il.

L'allusion au duelliste frappa Emma.

— Donc, si je comprends bien, compte tenu de sa personnalité, plusieurs personnes auraient pu aimer voir Ève Laflamme disparaître.

— Disons-le comme ça, corrobora-t-il en laissant son regard vagabonder au-delà de la fenêtre.

— Monsieur Vigneau, vous aimez résoudre des grilles de mots croisés ? osa Emma.

— Pourquoi me posez-vous cette question ? demanda-t-il en affichant un air concerné.

— Vous avez une tête à aimer les mots.

Vigneau se tortilla sur sa chaise.

— Je fais ceux de *L'Intégral* tous les matins. Comme beaucoup de gens, j'imagine…

— Vous n'en faites pas d'autres ?

Il la fixa et fit non de la tête en pinçant les lèvres. La mimique n'échappa pas à la détective.

– Je vous remercie, monsieur Vigneau. Ce sera tout pour l'instant.

En marchant jusqu'à sa moto, Emma se dit que la dernière affirmation du directeur ne voulait pas dire grand-chose, mais au moins il s'intéressait aux mots croisés.

Elle prit son téléphone.

– Salut, Renaud.

– Ah! Emma, je suis en route pour le bureau de Vallières.

– Je t'appelle à temps. À moins que tu n'aies déjà rencontré Prieur?

– Pas encore, j'y vais demain matin.

– Parfait. J'ai posé à Vigneau la même question embarrassante qu'à Marchand, concernant les mots croisés. J'avais décidé d'attendre encore un peu avant de mettre ça sur le tapis, mais j'ai changé d'avis. Ce serait bien si tu l'intégrais aussi à ton interrogatoire à un moment où les notaires ne s'y attendent pas.

En raccrochant, Emma repensa aux révélations de Vigneau à propos de sa femme. Avait-il quelque chose à cacher? Elle sentait qu'il était plus urgent de rencontrer madame Vigneau que le choriste ridiculisé.

*

Renaud foula le sol d'un immeuble de trois étages du vieux Sainte-Thérèse où il grimpa l'escalier jusqu'à l'étude du notaire Marc Vallières. La réceptionniste qui l'accueillit semblait venir d'un autre monde : cheveux roux crêpés, joues fardées, cils noirs exagérément longs et décolleté plongeant.

– Bonjour, monsieur. Que puis-je faire pour vous aider?

Elle l'accueillit avec une voix suave et tout le respect possible. Renaud était étonné : il ne se serait pas attendu à tant d'obligeance de sa part.

– J'ai rendez-vous avec maître Vallières.

— Veuillez vous asseoir, je vais le prévenir de votre arrivée.

Le policier examina la salle d'attente où revues et journaux s'empilaient dangereusement sur la table basse qui trônait au milieu de la pièce ainsi que sur celles qui se trouvaient sur les côtés, près des chaises. Partout, l'avertissement « Défense de fumer » tapissait les murs.

Bâtisse ! J'espère bien ! C'est un vrai nid à feu ici !

La dame se leva et le pria de la suivre. Il put admirer ses courbes féminines à peine dissimulées sous un chemisier semi-transparent de même que sa croupe rebondie sous la jupe d'été, que les hauts talons mettaient en évidence. Elle le fit entrer. Il la remercia.

Des piles aussi imposantes, de dossiers cette fois, encombraient le bureau du notaire, qui semblait travailler sur ceux-ci, ne se donnant visiblement pas la peine de les déplacer afin d'être plus à l'aise. Marc Vallières était, quant à lui, égal à lui-même : chevelure hirsute, barbe de trois ou quatre jours, chemise froissée aux manches roulées jusqu'aux coudes.

— En quoi puis-je vous être utile, cette fois ? demanda-t-il, l'air avenant.

— J'aimerais que vous me parliez d'Ève Laflamme. Elle était votre cliente ?

— À l'occasion. Quelle tristesse… mourir si jeune.

Renaud nota le changement de comportement radical du notaire, depuis qu'ils s'étaient rencontrés à la sortie de l'église.

— Surtout de cette façon, dit l'enquêteur.

— J'ai entendu parler d'un serpent…

— C'est inusité, je vous l'accorde.

— C'est vrai qu'elle n'avait pas la langue dans sa poche ! lança le notaire.

— Vous la connaissiez bien ?

— Comme ça… (Il haussa les épaules.) Elle me confiait des dossiers.

— Parlez-moi de cette… langue.

– L'humilité ne l'étouffait pas. La réussite était tout ce qui comptait pour elle et elle s'en vantait, même beaucoup. Plusieurs devaient se réveiller la nuit pour la détester.

Un sourire étrange se dessina sur ses lèvres. Renaud se dit, encore une fois, que cet homme était difficile à cerner. On pouvait deviner une soudaine méchanceté, dans ses paroles et son regard, après la compassion exprimée quelques instants plus tôt.

– Où étiez-vous, lundi soir dernier? Le 13 juin, plus précisément.

– Je dois me faire contrôler par la Chambre des notaires à la fin du mois. Je faisais donc le ménage des dossiers consignés dans la voûte, dit-il en se grattant la barbe.

– Seul?

– Je n'ai besoin de personne pour le faire. Je préfère prendre les choses en main, dans ce genre d'affaires. J'aime que tout soit à l'ordre, vous comprenez?

Bâtisse! C'est toi qui dis ça!

– Revenons à Ève Laflamme. Savez-vous si elle était joueuse comme Dunstan?

Le notaire haussa les épaules en signe d'ignorance.

– Quel genre de clientèle avait-elle?

Il afficha un drôle de sourire.

– Une clientèle assez… spéciale, maintenant que vous m'y faites penser. De curieux personnages, si vous me permettez.

Les mots « curieux personnages » sonnaient faux dans la bouche de l'homme dépenaillé assis devant Renaud.

– Que voulez-vous dire par là?

– Eh bien… sa clientèle était éclectique, c'est le moins qu'on puisse dire. On aurait dit qu'elle la ramassait tantôt dans la rue, tantôt dans les galeries d'art. N'importe qui pourvu que ce soit payant. Pour elle, seul le résultat comptait, elle réussissait là où les autres échouaient. Elle avait quelquefois le don de finaliser des transactions inhabituelles, mais toujours rentables.

– La dernière fois où vous l'avez eue dans votre bureau remonte à…

– Le vendredi avant sa mort, en compagnie d'un client avec lequel elle faisait souvent des affaires. Monsieur… Attendez…

Vallières fureta dans un fouillis inextricable avant de mettre la main sur l'information. Renaud se demanda comment il avait bien pu faire pour s'y retrouver et, aussi, comment il avait pu se souvenir avec autant d'exactitude de la dernière fois où il avait vu Ève Laflamme.

– Voilà… Clermont. Hervé Clermont. Il lui mangeait dans la main.

Le sergent Lapointe nota le nouveau nom dans son calepin.

– Avez-vous déjà eu connaissance d'une querelle ou d'un malentendu entre elle et un de ses clients?

– Elle les encensait tellement, c'était difficile de lui en vouloir. Non, je dirais que c'était surtout parmi les gens du métier qu'elle suscitait de l'animosité.

– Quelqu'un en particulier?

Le notaire recula sur son siège.

– Un peu tout le monde, personne en particulier. Du moins, pas à ma connaissance.

– Vous n'oubliez personne?

– Non.

Il semblait bien sûr de lui. Renaud décida que le moment était venu de le prendre par surprise.

– Vous aimez les jeux de mots, monsieur Vallières?

L'homme de loi se balança d'avant en arrière dans son fauteuil, les mains croisées sur la poitrine.

– Jeux comme dans… Scrabble?

– Comme dans… mots croisés.

Vallières se mit à rire. Rire qui sonna faux aux oreilles de Renaud.

— À l'occasion, je me contente de faire ceux de *L'Intégral,* lorsque je sors dîner tout seul, en me lançant une sorte de défi. Mais quel est le rapport avec les meurtres ?

Pour toute réponse, Renaud se leva.

— Vous ne répondez pas, sergent ?

— Ce sera tout pour aujourd'hui. Merci, maître.

Le notaire demanda à la réceptionniste de raccompagner le sergent. Chemin faisant, ce dernier se plut à contempler le fessier bien roulé jusqu'à ce qu'il disparaisse de son champ de vision.

Après que Renaud eut franchi la porte, Marc Vallières ouvrit le tiroir de son bureau et caressa amoureusement la couverture de sa Bible.

*

Cinq minutes à l'avance, Emma se faufila à travers les tables alignées sur la terrasse du Comptoir, en les dénombrant une à une, et choisit la dernière au fond. Chic comme toujours, René Lemieux se pointa avec 10 minutes de retard.

— Excusez-moi, je suis en retard, ce n'est pas mon habitude. Pour me faire pardonner, je vous offre un verre ou…

— Un allongé, ça ira.

— Garçon, deux allongés, s'il vous plaît ! lança-t-il.

Il s'approcha de la table, y posa les bras et regarda Emma assez intensément pour qu'elle en ressente un malaise. Elle décida de ne pas perdre de temps en civilités.

— Ève Laflamme a disparu à son tour. Que savez-vous d'elle ?

Lemieux répondit du tac à tac :

— Pas grand-chose. Elle travaillait chez mon homologue, Victor Vigneau.

— Vous n'aviez pas de contacts avec elle ?

— Seulement lorsque nous faisions des réunions communes avec Victor.

– Vous la connaissiez peut-être par ce qu'en disaient ses collègues ?

– D'après la rumeur, elle ne donnait pas sa place lorsque venait le temps de négocier et de remporter la palme. En fait, j'aurais bien aimé l'avoir dans mon équipe, celle-là !

– Ç'aurait fait deux courtiers disparus au sein de votre bureau.

– Ça n'aurait pas été évident, je vous le concède, reconnut-il en passant une main dans ses cheveux.

– Où étiez-vous, le 13 juin en soirée ? C'était un lundi.

Lemieux réfléchit.

– Ah oui !… j'étais au théâtre. J'y suis abonné, vous vous souvenez ?

La policière eut la nette impression qu'il élaborait un mensonge, là, devant elle.

– Encore seul ?

– Absolument.

– Et on y jouait quelle pièce, cette fois ?

– *L'Amant.* Excellente pièce, en passant, vous devriez voir…

Emma l'interrompit :

– Donc, vous n'avez rien à me révéler concernant les inimitiés d'Ève Laflamme ?

L'homme joignit devant lui des mains parfaites, manucurées.

– Il y a bien des gens qui ne mâchaient pas leurs mots à propos d'elle.

– Continuez.

– J'ai entendu dire que plusieurs courtiers ne la supportaient pas. Trop flamboyante. Trop présente. Mais est-ce vrai ? On-dit, ragots, placotages ? Appelons ça comme vous voulez. Je ne sais pas. Peut-être devriez-vous chercher de ce côté…

Je sais très bien ce que j'ai à faire, merci.

– Ne vous en faites pas pour moi.

– Je n'insinuais rien, dit Lemieux en prenant une gorgée de café.

Emma regarda la tasse quand il la déposa sur la table.

— Vous pouvez me décrire Louis Bellavance ?

— Louis est souvent en pétard, si vous me permettez l'expression. Un impatient, un colérique. Bref, un tempérament solide. Il ne la portait pas dans son cœur, c'est connu. Il ne se privait pas de commentaires… disons… bien sentis.

— Et Mathieu Lavoie ?

— Un homme taciturne que je ne connais pas, à vrai dire.

— Il ne joue pas au poker avec vous tous ?

Lemieux secoua la tête en signe de dénégation.

— Vous m'avez déjà dit entretenir des relations d'affaires avec les notaires Prieur et Vallières.

— Ils sont tous les deux de la région. Prieur voyage entre ses bureaux de Rosemère et de Montréal. Et Vallières est… je dirais… à part. Tout le monde connaît ses sautes d'humeur. On parle de bipolarité, entre nous.

— Vous savez si la maladie a été diagnostiquée ?

Il haussa les épaules. Le temps de le surprendre était venu.

— Les grilles de mots croisés… vous aimez ?

Lemieux parut mal à l'aise. Se passa de nouveau la main dans les cheveux. Se racla la gorge.

— C'est un jeu d'intello. Le suis-je assez ?

Emma ne vit aucune raison de ne pas aller droit au but.

— C'est aussi un jeu pour se détendre ou se prouver quelque chose, ou encore, pourquoi pas… se lancer un défi.

Le regard de l'homme devint fuyant.

— C'est important pour l'affaire ?

— Je vous voyais amoureux des mots, comme ça. Comme des belles et bonnes choses ainsi que des voitures luxueuses.

— Mes parents privilégiaient les études supérieures, c'est pourquoi il est primordial, pour moi, d'avoir un bon français. J'ai étudié dans les meilleurs collèges, rétorqua-t-il.

Le jeu du chat et de la souris était bien amorcé. Emma sauta dans l'arène sans les périodes de silence qui normalement faisaient partie du jeu. Elle préféra y aller sans détour afin de ne laisser aucune chance au suspect de trop réfléchir à ses réponses.

— Le latin faisait-il partie du programme, dans ces collèges ?

— Je n'ai pas retenu grand-chose de cette langue belle mais désuète. Plus personne ne l'emploie aujourd'hui. C'est dommage, d'ailleurs, répondit-il en prenant un air désolé.

Il joue bien. Et si je le flattais ?...

— Ça dépend des points de vue. Les gens érudits se plaisent à la connaître ou à l'utiliser en certaines circonstances. Dans une conversation, par exemple. N'êtes-vous pas de cet avis ?

Elle remarqua les petites ridules qui se creusaient au coin de ses yeux.

— Vous avez raison, il y a toujours de ces gens désireux de jeter de la poudre aux yeux, répliqua-t-il sèchement.

Emma soutint son regard.

— Et les reptiles... vous connaissez ?

Lemieux rit de bon cœur, comme pour se donner du temps avant de répondre.

— Je ne vois pas l'intérêt de ces bestioles.

Il laissa passer quelques secondes et enchaîna, d'une voix posée :

— Vous doutez de moi, n'est-ce pas ?

— Je dois aller au fond des choses avec vous comme avec tous les autres.

— J'ai autre chose à faire que d'assassiner les gens, affirma-t-il, tout bas.

— Je vous le souhaite, car, entre vous et moi, un séjour à l'ombre n'apporte rien de bon.

René Lemieux se leva, laissa un billet et quelques pièces sur la table et salua la lieutenante.

Enfin seule, Emma jeta un œil autour, ramassa la tasse avec une serviette de table et la cacha dans le sac stérile qu'elle avait pris au laboratoire.

Puis elle parla à son iPhone :

« Vu Lemieux. Toujours aussi insaisissable, mais je crois l'avoir ébranlé. Voir le choriste et revoir les deux amis, St-Arnaud et Bellavance. »

Comme la météo du lendemain promettait un temps pluvieux, Emma chaussa ses espadrilles et courut jusqu'à ce que son cœur lui ordonne d'arrêter. Alors qu'elle montait l'escalier menant à son appartement, la même impression d'être épiée la fit se retourner d'un bond. Une silhouette noire, portant une casquette, se tenait appuyée, les deux mains dans les poches, contre le mur du garage du voisin. Se sentant repérée, elle fit demi-tour et disparut au coin de la ruelle. Emma dévala l'escalier et mit ses chaussures de course au défi pour une seconde fois. Lorsqu'elle arriva à l'angle de la ruelle, l'ombre s'était volatilisée. La policière courut jusqu'au prochain coin de rue, mais ne trouva personne d'autre qu'une mère poussant un landau. Furieuse, elle rebroussa chemin.

Nil admirati
(Ne s'étonner de rien)

Mardi 21 juin

La journée s'annonçait moche. Le ciel de plomb permettrait sans doute aux nuages lourds de crever et de déverser ondées, voire orages, sur la ville. Suzie Marseille, vêtue d'un pantalon et d'un veston court aussi gris que le ciel du jour, se rendit au QG dans le but d'aller chercher ses notes. Sa lieutenante lui avait confié la mission d'interroger Louis Bellavance, le charmant courtier en prêts hypothécaires dont elle avait déjà vu la photo dans une publicité. Elle aurait le plaisir et le devoir, bien sûr, de lui poser les questions nécessaires. Enfin, un travail à sa mesure ! pensa-t-elle.

Son entrée, pour le moins remarquée, provoqua des sifflements de la part des policiers présents. Suzie leur jeta un regard courroucé avant de se faufiler derrière son paravent. De son cubicule, elle entendit les commentaires admiratifs qui continuaient d'aller bon train. Au retour, se disant qu'il valait mieux assumer ces éloges, elle gratifia les hommes de son plus beau sourire.

— Wow ! Impressionnante, sergente ! Tu devrais, par contre, laisser tomber la cravate. Trop masculin, dit l'un d'eux.

— Vrai. Nous, les gars, on préfère une femme… femme, renchérit un autre.

— Hé ! T'as oublié ton rouge à lèvres ! la taquina encore un autre.

Sitôt dans la Charger, la policière dénoua la cravate, la fit disparaître derrière le siège passager et défit les deux premiers boutons de sa chemise. Voilà, elle était prête pour sa mission.

Louis était en retard. Suzie l'attendit, assise à la terrasse du Comptoir dont l'immense auvent avait été tiré en cas de pluie, un verre d'eau minérale devant elle. Elle le vit arriver en prenant tout son temps, s'excuser, enfin presque, et s'asseoir de l'autre côté de la table. Comme elle s'y attendait, elle le trouva beau. Elle imagina volontiers les yeux marron l'apprécier dans l'intimité.

La question coup de poing de Louis l'arracha brutalement à sa rêverie.

— Votre lieutenante vous a déléguée?

— Personne ne m'a déléguée. Nous avons chacun notre rôle.

Sa contrariété ne passa pas inaperçue.

— Je disais ça comme ça... C'est elle que j'avais déjà rencontrée.

— Nous allons bien nous entendre, vous verrez. Vous désirez boire quelque chose?

Elle se forçait à employer de jolis mots. Elle en était capable lorsque les circonstances l'exigeaient.

— Merci, ça va aller comme ça. Nous n'en avons pas pour une heure, après tout.

Déçue, la policière se lança. Elle avait son boulot à faire.

— Vous êtes au courant pour Ève Laflamme? commença-t-elle en se disant qu'elle aurait de beaucoup préféré lui demander s'il était libre pour le week-end.

— Qui ne l'est pas?

— Où étiez-vous, lundi soir passé? En charmante compagnie? ironisa-t-elle.

Bellavance ébaucha un sourire en consultant son agenda électronique.

— Avec des clients. Comme tous les soirs de la semaine.

— On peut avoir leurs coordonnées?

Il chercha leur numéro dans son mobile.

— Votre rendez-vous s'est terminé à quelle heure?

— Tard. Les clients n'arrêtaient plus avec leurs questions.

L'enquêtrice s'obstina.

— Tard… comment?

— Comme vers 11 h.

— Et ensuite?

— Ensuite?… Je me suis arrêté prendre une bière au Pub.

— Le Pub?

— Vous ne connaissez pas? C'est tout près d'ici.

— Je suis de Montréal, précisa Suzie. Sur quelle rue?

— Chemin de la Grande-Côte.

— Y vous connaissent, là-bas?

Voilà que le langage usuel de la policière reprenait ses droits.

— Pas par mon nom.

— Vous avez jasé avec quelqu'un?

— Non, j'ai feuilleté *L'Intégral* que je n'avais pas eu le temps de lire.

Suzie nota « Pub » dans son calepin. Elle se promit d'aller y faire un tour avec la photo de Louis qu'elle avait pris soin d'insérer dans son carnet.

— OK. Ève était votre cliente? Pour les hypothèques, je veux dire.

— *Yes*, madame! Et c'était ma cliente la plus difficile.

— Dans quel sens?

— Exigeante comme c'est pas possible! Toujours à ergoter, à en demander encore plus, à me faire suer, finalement. Comme un autre que je connais…, marmonna-t-il en tapotant la table du bout des doigts, le regard devenu sombre.

— Quel autre?

— Désolé, ça n'a pas de rapport avec Ève. C'est… personnel.

— Vous auriez donc eu toutes les raisons de vous en débarrasser?

Le manque de tact habituel de Suzie Marseille prenait invariablement le dessus.

— Vous parlez d'Ève ou de ma vie personnelle?

— Je ne veux pas vous accuser, Louis. Je peux vous appeler Louis? lança-t-elle, désirant rajuster le tir.

– C'est mon nom, après tout, répondit-il en haussant les épaules.

– Revenons à Ève Laflamme, dit la policière en croisant les bras sur la table et en le regardant d'un œil malicieux. Savez-vous si quelqu'un aurait voulu lui donner le chien de sa chienne ? Voyez ce que je veux dire ?

– Vous avez des expressions… colorées.

– C'est ma force, tout le monde comprend ce que j'veux dire, déclara-t-elle, enchantée de sa réponse.

– Je ne sais pas jusqu'à quel point. Tout est possible, surtout dans le milieu de l'immobilier. Les couteaux volent bas certains jours.

– Avec vous aussi ?

Louis se rappela la dernière fois où il avait négocié avec Ève et il ne put que se sentir soulagé de sa disparition. Il pouvait comparer cet apaisement aux endorphines produites au moment de s'endormir.

– Elle était tout sauf facile.

Suzie n'approfondit pas le sujet, se contentant d'observer le courtier en prêts hypothécaires pendant qu'il consultait son téléphone.

– Bon, c'est terminé ? Grosse journée devant moi. Ève Laflamme m'attend justement dans sa tombe, cet après-midi, dit Louis sur un ton fanfaron.

Voyant l'air ahuri de la sergente, il enchaîna tout bas :

– Je dois y aller, c'est bon pour le business. Les courtiers immobiliers sont mes clients, vous comprenez ?

L'homme quitta la terrasse et salua la sergente en levant le pouce.

Sans vraiment savoir pourquoi, celle-ci se sentit abandonnée.

Suzie se servit de son téléphone pour repérer le Pub. L'établissement venait tout juste d'ouvrir ses portes pour le dîner. En voyant le long bar, les tables en bois naturel, les tissus anglais et l'éclairage tamisé, la policière ne put s'empêcher de marmonner :

— Cibole! C'est noir et ancien. Vraiment pas mon genre.

Elle s'approcha de l'homme qui essuyait des verres derrière le comptoir.

— Suzie Marseille, Sûreté du Québec, récita-t-elle sur un ton protocolaire en montrant son badge.

— Une policière, ce matin?

Elle lui tendit la photo de Louis Bellavance.

— Vous connaissez cet homme?

— Il vient ici de temps en temps, mais je ne connais pas son nom.

— Pas grave, moi je le connais. Vous travaillez le lundi soir?

— Pas toujours. Mais, en ce moment, je remplace un collègue le lundi, précisa-t-il en continuant d'astiquer les verres d'un air indifférent.

— Cet homme était ici, lundi soir dernier?

La sergente avait posé la question en se doutant déjà de la réponse du serveur.

— C'est un endroit plutôt populaire, ça devient difficile de vous confirmer la présence de qui que ce soit, dit-il en soupirant.

— Il lisait *L'Intégral*…

Le serveur haussa les épaules.

Suzie repartit bredouille en pestant contre «l'endroit populaire».

*

Chaque début de semaine, une grande fébrilité s'emparait d'Emma. La quatrième grille ne tarderait pas à lui être livrée si la tendance du messager se maintenait. Elle ouvrit la porte sur un spectacle morose et déprimant. Une légère bruine mouillait le macadam et laissait des perles sur le pare-brise des voitures, comme un voile semi-transparent dont on parerait le visage d'une mariée.

Ses yeux inspectèrent le balcon, la boîte aux lettres et même les premières marches de l'escalier au cas où le vent aurait fait voleter le message un peu plus loin. Quel message lui livrerait-il la prochaine fois? Elle voulait plus d'indices. Elle aimait le défi que cette chasse lui donnait envie de relever, et se surprenait à attendre la suite avec une sorte de hâte presque maladive.

Pour faire diversion, elle ouvrit son cahier noir, chercha le numéro de Mathieu Lavoie parmi toutes ses notes, le composa et laissa sonner le téléphone plusieurs fois sans qu'une boîte vocale se déclenche.

Ah! ces courtiers! Impossible de les prendre au vol...

*

La secrétaire de Paul Prieur était l'antithèse de celle de Marc Vallières : la cinquantaine, les cheveux bien lissés rassemblés en une toque, le maquillage inexistant sauf pour un rouge à lèvres très pâle, le tailleur bien coupé. Henriette Moisan mena Renaud jusqu'à son patron.

— Comme nous nous revoyons, sergent! Votre lieutenante aurait-elle peur de moi?

— Je ne crois pas qu'Emma Clarke ait peur de qui que ce soit, rassurez-vous.

Calmement, l'homme de loi contourna son bureau et s'assit avec affectation.

— En quoi puis-je vous être utile, cette fois?

— Nous devons revoir toutes les personnes autour desquelles Ève Laflamme gravitait.

Prieur eut un petit rire nerveux.

— Désolé, elle ne gravitait pas autour de moi.

— Elle était votre cliente?

— Quelquefois.

— J'ai entendu dire qu'elle était vaniteuse et bavarde.

Le notaire maintint le regard de Renaud, mais ne dit rien.

Bâtisse! Pas plus bavard que la dernière fois, le notaire!

Claire Cooke

— Je ne m'attarde pas à ce genre de choses, les ragots… La vie est trop courte.

— Vous avez déjà entendu dire qu'elle aurait pu être joueuse ?

Prieur lui jeta un regard absent.

— Je l'ignore. Ce que je sais, par contre, c'est que les joueurs s'empêtrent eux-mêmes dans leurs filets, dit-il d'un ton suffisant.

— Vous le savez… Mais, vous-même, vous jouez ?

— Raisonnablement.

— Vous faites référence à Joseph Dunstan ?

Le notaire s'anima un peu.

— Ah ! lui n'était pas raisonnable. Il était incorrigible et avait le jeu dans le sang.

— Il méritait donc la mort ?

Renaud savait qu'il n'y allait pas de main morte, mais il espérait ébranler cet homme que rien ne semblait réussir à émouvoir.

— La mort… C'est un mot un peu fort. La rédemption serait beaucoup plus juste. Soit dit en passant, chacun mène sa vie comme il l'entend. Tous les goûts sont dans la nature. Pour ma part, je vis comme je le veux. Tout simplement.

— Votre confrère, Marc Vallières, qu'en diriez-vous ?

— Rien de particulier.

— On parle de la possibilité qu'il soit bipolaire.

— Jamais entendu rien de tel.

Le notaire avait l'air détaché de tout cela. Renaud décida d'attaquer.

— Si vous deviez tuer quelqu'un, l'idée d'utiliser un serpent ne serait pas bête…

Maître Prieur le toisa, impassible.

— Une idée drôlement recherchée, en effet. Il y en a qui prennent de grands moyens pour arriver à leurs fins. Celui-là donne la chair de poule.

| 273 |

— On a tous eu envie, à un moment ou à un autre, d'assassiner quelqu'un, de le voir disparaître. N'est-ce pas, maître Prieur? Ça vous est sans doute déjà arrivé.

Le notaire affichait toujours un calme olympien.

— Si on laissait libre cours à tous nos vices, il n'y aurait plus grand monde sur terre, sergent, rétorqua-t-il en appuyant sur le dernier mot et en le fixant de ses yeux d'un bleu éteint.

— Les grilles de mots croisés vous font vibrer?

L'homme de loi le regarda, un sourcil haussé.

— Vous êtes certain que votre question est pertinente?

— C'est à moi d'en juger.

Bien adossé, les mains posées à plat sur les appuie-bras, Prieur sembla se concentrer.

— Les mots m'ont toujours intéressé, d'aussi loin que je me souvienne. Quelle belle langue nous avons! Je la pratique abondamment dans mon travail. Une bonne connaissance du français revêt une importance capitale dans le notariat. Mais de là à faire des mots croisés…, déclara-t-il comme s'il se parlait à lui-même.

Renaud nota que c'était la première fois que le notaire donnait une aussi longue réponse.

— Dommage, je vous voyais bien… penché sur une grille.

Prieur sembla sortir d'une rêverie.

— Dites-moi, qu'est-ce que ce jeu vient faire dans toute cette affaire?

— Que faisiez-vous le soir du 13 juin?

L'homme de loi consulta son agenda.

— J'ai signé une transaction avec un couple charmant.

— Y avait-il un courtier immobilier avec vous?

— Jean St-Arnaud.

— Ça s'est bien passé?

— Lorsque les clients sont partis, Jean et moi avons discuté à l'extérieur.

— De quelque chose en particulier?

Prieur prit le temps de réfléchir.

– De tout et de rien. Comme on le fait dans la majorité des conversations.

– Et ensuite ?

– Je suis rentré à la maison.

– Des témoins ?

– Peut-être le doré aux amandes qui m'a sustenté.

Renaud se leva pour partir.

– Ah ! dernière chose… Vous vous êtes rendu à l'église de Rosemère la veille du meurtre de Dunstan. Pourquoi ?

– Avec toutes vos investigations, vous devez savoir que je suis marguillier. J'avais des rapports à déposer, précisa Prieur, une lueur de défi dans les yeux.

La rencontre ne s'éternisa pas. Renaud quitta l'immeuble avec en poche les coordonnées des clients du lundi 13 juin, tandis que le notaire se remettait au travail.

Au même moment, le téléphone du policier chanta à sa ceinture.

– Oui, Emma.

– J'ai pensé qu'on pourrait se voir avant les funérailles. Avec Suzie.

– Tu invites Pitbull ?

La détective pouffa.

– Tu es incorrigible, Renaud ! Dis, ce serait bien qu'on puisse manger un morceau pendant la réunion. Je peux te demander de faire un saut chez Alibi pour prendre des sandwichs ? Je n'aurai pas le temps, je dois passer au labo.

– À vos ordres, ma lieutenante ! répondit-il en mimant le salut militaire, seul dans sa voiture.

Pendant qu'Emma déposait le sac contenant la tasse marquée des empreintes de Lemieux au laboratoire, Renaud courait jusqu'au café pour éviter de se faire prendre par la pluie. Il lui sembla que le ciel menaçant pouvait, à tout moment, laisser s'échapper des trombes d'eau.

Sandwichs, croustilles et coca étaient posés sur l'habituelle table de réunion. Le mardi était généralement réservé au débriefing hebdomadaire, mais ce jour-là faisait exception.

— Burn n'est pas là ? s'étonna Renaud.

— Un autre dossier, administratif celui-là. On fait la réunion entre nous.

Emma ouvrit le dossier « Le Cruciverbiste ».

— Allez, Suzie, on commence par toi.

— Ben, pour faire changement, j'ai pas rencontré le plus moche ! s'exclama la sergente en sifflant comme un homme.

— C'est vrai, Louis Bellavance est plutôt charmant, approuva Emma.

— Charmant ?! Y est… comment dire ?… parfait ! la corrigea Suzie.

— Alors, raconte-nous ta rencontre avec Apollon.

Emma fit un clin d'œil à Renaud pendant que Suzie consultait ses notes.

— Le soir du meurtre, y était chez des clients jusqu'à 11 h. Pauvre chou, y travaille tous les soirs, dit-elle en levant des yeux affligés. Y est ensuite allé prendre une bière au Pub, à Rosemère. Une place pas très invitante, y fait noir comme chez le loup, là-dedans !

On ne la changera pas ! Mieux vaut l'envoyer au McDo…

— Tu connais le Pub ?! s'exclama Renaud en lançant un regard complice à Emma.

— Je le connais… maintenant, se justifia-t-elle. J'suis allée là-bas, tout de suite après avoir vu Louis, pour questionner le personnel. J'avais une photo de lui. Je l'avais découpée dans le journal. Je l'ai montrée au gars derrière le bar. Y m'a dit qu'il le reconnaissait, mais y peut pas confirmer qu'il l'a vu ce soir-là.

— Il a parlé à quelqu'un, au Pub ? demanda Emma.

— Y m'a dit qu'il a bu une bière en lisant *L'Intégral*. J'ai le numéro de ses clients, par contre.

— Bien, tu les contacteras. Ensuite ?

— Y m'a dit qu'Ève était sa cliente la plus pénible. Euh… y m'a répété qu'elle était difficile, comme un peu tout le monde a dit. J'ai pas approfondi ça.

Emma parut contrariée. Suzie tenta de se racheter.

— Y m'a laissé entendre que quelqu'un d'autre le faisait suer…

— Quelqu'un comme qui ? demanda Emma.

— J'ai pas insisté là-dessus, c'était pas important pour l'affaire.

Emma nota et se tourna vers Renaud.

— Et vous, cher Watson ?

Le sergent-détective se racla la gorge avant de commencer. Il savait ses interrogatoires bien ficelés. Du moins, mieux que ceux de sa collègue.

— Je suis allé voir Marc Vallières en premier. Vous devriez voir sa secrétaire, grimée comme ça se peut pas !

— Et le notaire ?

— Égal à lui-même. C'est à l'envers là-dedans. Il y a des papiers et des interdictions de fumer partout. Quelque chose pour tenir les pompiers en alerte !

— Accouche qu'on baptise, Lapointe !

— Ça vient, ça vient, Marseille.

Renaud résuma sa rencontre avec le notaire et mentionna le nom d'Hervé Clermont, le client qui mangeait dans la main d'Ève Laflamme.

— Dernier point : ses changements d'humeur sont dérangeants. On sent bien que quelque chose ne tourne pas rond chez lui, conclut-il.

— Changements d'humeur comme dans bipolarité ?

— J'ai déjà connu quelqu'un qui souffrait de ça et je trouve les symptômes ressemblants.

Armée de son crayon-feutre, Emma avait inscrit ces nouvelles informations sur le tableau, dans la colonne «Vallières».

— OK. Et Prieur?

Renaud changea de page.

— L'homme froid par excellence! Un vrai serpent! Le soir du meurtre...

Le crayon-feutre glissait sur la surface blanche pendant que Renaud parlait.

— On questionnera les clients et Jean St-Arnaud. Autre chose?

— Il a trouvé l'idée du serpent géniale tout en paraissant horrifié.

Emma notait ce qu'il disait en continu.

— Il m'a aussi demandé si ma lieutenante avait peur de lui...

On sentait bien que Renaud voulait faire réagir Emma, mais elle se contenta de lever les yeux et d'esquisser un maigre sourire.

— Miss Clarke a peur de personne... sur ses deux pattes, en tout cas, ironisa Suzie. Tu y as dit?

Emma se tourna vers elle et la fusilla des yeux.

— Bâtisse! Pour qui tu me prends, Suzie? Ah, laisse tomber... Je vous ai parlé de sa secrétaire? s'empressa-t-il d'ajouter.

— Laisse tomber toi-même, don Juan! répliqua Suzie.

— Tout le contraire de celle de Vallières. Barbie versus marâtre de Cendrillon. Vous voyez le style? Ne lui manquait que son chat Lucifer.

Emma, concentrée, inscrivait les renseignements importants dans les colonnes tracées sur le tableau. Chaque suspect y avait sa place: Victor Vigneau, René Lemieux, Marc Vallières, Paul Prieur, Louis Bellavance, Jean St-Arnaud et Luc Marchand.

Après avoir déballé et retranscrit ses propres notes sur les deux directeurs, elle récapitula:

— On n'est pas autrement surpris des qualificatifs associés à Ève et à Dunstan. Tous disent la même chose: menteur et joueur compulsif pour Dunstan, et bavarde et vaniteuse pour Ève. Personne ne semble savoir si elle jouait, elle aussi. Est-ce la raison de leur mort? Les suspects n'ont pas vraiment d'alibi solide pour les deux soirées où les meurtres ont eu lieu. Ils avaient bien des activités de prévues, mais les fins de soirée sont nébuleuses, sauf en ce qui a trait à St-Arnaud qui était en charmante compagnie pour la nuit. On sait aussi que la plupart ont un lien plus ou moins fort avec la religion.

Emma prit une gorgée de coca.

– Cependant, il y a du nouveau. On sait maintenant que Vigneau est dans les AA. Ce sera peut-être utile en temps voulu. On a aussi un nouvel élément: le choriste, Mathieu Lavoie. Les deux directeurs en ont parlé. On doit creuser ça.

– Cibole! Choriste liturgique en 2011, on aura tout entendu! lâcha Suzie.

– Tous les hommes sont dégoûtés par l'histoire du serpent, intervint Renaud. Du moins, c'est ce qu'ils montrent. Pas certain que l'assassin n'ait pas eu mal au cœur lui-même quand il s'en est servi.

– Que pensez-vous de tout ça? demanda Emma. Vous avez un doute sur un des hommes?

Renaud réfléchit, puis se lança:

– C'est certain qu'on ne porte pas Marchand dans notre cœur, on dirait qu'il est capable de tout. Quant à Vallières, sous des dehors brouillons, il peut très bien être organisé au quart de tour. On a déjà vu ça. J'ai plus de doutes sur lui, qui n'est pas très stable psychologiquement, que sur Prieur, qui ne perd jamais les pédales. Par contre, il faut penser qu'un meurtrier est censé garder son sang-froid. Quant aux deux directeurs... je ne sais pas. Le courtier en prêts hypothécaires... hum... pas sûr que ce soit lui. Et pour St-Arnaud... je pense qu'il a d'autres chats à fouetter. Pour ne pas dire d'autres ch...

Emma lui jeta un regard sans équivoque. Il lui sourit effrontément.

– Et toi, Suzie?

– Je suis assez OK avec Renaud, surtout pour Louis. Y a pas l'air d'un meurtrier. Pis l'autre, V. V… faut se méfier d'un homme trop «gentil», conclut la sergente en mimant les guillemets.

– Nan… pas V. V. Vraiment trop gentil, répliqua Renaud.

– On sait jamais… sergent Lapointe, rétorqua Suzie sur un ton chantant.

Renaud haussa les épaules.

– Et toi, Emma?

Songeuse, la lieutenante répondit:

– On a de nouveaux éléments: le client d'Ève Laflamme, Hervé Clermont, et Mathieu Lavoie. Renaud, j'aimerais que tu t'occupes de Clermont et, moi, je vais voir le choriste. Je suis curieuse de le connaître. J'irai aussi faire un tour au domicile de V. V., j'ai besoin de rencontrer sa femme.

– Et moi, je fais quoi? J'attends que le train passe?

– J'ai une mission délicate pour toi, Suzie.

Intéressée, la sergente s'approcha sur le bout de sa chaise. Emma expliqua la mission en question et ajouta en se levant:

– Puis, Suzie… tu ferais bien de t'habiller en civil pour…

– Je mettrai mes plus beaux habits!

– Bon, laissons décanter tout ça. Vos conclusions sont intéressantes, ça mérite réflexion. Merci à vous deux, la séance est levée.

Suzie sortit, mandat en poche.

Enfin, de la viande autour de l'os…, se réjouit-elle.

En voyant Renaud nettoyer la table de tous les restes du lunch, Emma le taquina:

– Tu es bon à marier, sergent Lapointe.

– Ce sera toi ou moi, le premier à le faire?

Pour toute réponse, Emma piqua du nez sur les papiers à rassembler.

– Maintenant qu'on est seuls…, continua Renaud, Vallières s'amuse à faire les grilles de *L'Intégral*, tandis que Prieur dit que ça ne l'intéresse pas.

— Pour ma part, j'ai revu Lemieux hier. Je crois que je l'ai ébranlé quand je lui ai parlé des grilles. Il se sent soupçonné. Ça me plaît bien de le laisser sur la corde raide.

Un mot la tracassait : bipolarité. Elle se promit de faire des recherches sur Internet à propos de ce terme galvaudé. En effet, la méconnaissance de ce trouble de l'humeur permettait à chacun d'y aller de son appréciation, souvent à tort et à travers, quant au diagnostic. Dans le cas du notaire Vallières, l'allusion à la maladie revenait trop souvent dans les conversations pour qu'on n'y accorde aucune importance.

Aussitôt dans son bureau, Emma consulta son ordinateur.

« Bipolarité : aussi appelée psychose maniaco-dépressive, est définie par des fluctuations anormales de l'humeur ponctuées plus spécifiquement de périodes d'excitation marquée (manie) et de périodes de mélancolie (dépression). [...] Un état "maniaque" très intense peut conduire à des symptômes psychotiques importants pouvant être confondus avec la schizophrénie (trouble mental grave).

La prise de lithium est généralement la solution adéquate, malgré la contrainte de faire un bilan sanguin régulier afin de vérifier le taux du médicament absorbé et ainsi éviter l'intoxication.

Une alternative est la prescription d'antipsychotiques qui font office de thymorégulateurs. »

Maladie pouvant conduire à des symptômes psychotiques graves... *C'est inquiétant. C'est quelqu'un qui a l'impression qu'il a le pouvoir de contrôler les pensées des autres. Tiens, tiens... ça ressemble assez à ce que Saraf essaie de faire avec moi...*

Emma prit le temps d'imaginer le notaire Vallières créant des grilles de mots croisés, parlant en latin, pendant Dunstan au bout d'une corde et admirant un serpent qui s'en prenait à Ève Laflamme.

Si la maladie est diagnostiquée chez Vallières, il y a sûrement moyen de vérifier si une pharmacie lui fournit la médication nécessaire...

Désireuse de laisser une autre chance au pauvre Tardif, elle composa le numéro de son poste et lui demanda s'il était possible de trouver ce genre d'information. Il lui assura que rien n'était impossible, qu'il avait de bons contacts et qu'il s'en occupait.

*

En cette journée triste où le ciel laissait tomber un crachin par intermittence, Emma et Renaud se présentèrent au salon funéraire où Ève était exposée. L'urne trônait sur un piédestal entouré de gerbes de fleurs toutes plus remarquables les unes que les autres. À son image, quoi.

Les enquêteurs virent les visiteurs s'approcher et se recueillir quelques instants devant le vase contenant les cendres de la courtière. Emma reconnut certains collègues d'Ève ainsi que les directeurs des deux agences, Lemieux et Vigneau. La famille se tenait au centre, acceptant les condoléances de proches et d'autres personnes qu'elle ne connaissait pas.

Comme la lieutenante n'avait pas encore eu l'occasion de les rencontrer, Renaud lui désigna les deux notaires. Les différences entre eux étaient flagrantes. L'un à tête chauve, protocolaire dans son complet foncé. L'autre, les cheveux en bataille et le pantalon froissé.

Emma et Renaud se dirigèrent d'abord vers Marc Vallières.

– Maître Vallières, je vous présente Emma Clarke, lieutenante-détective.

– Bonjour, maître.

Il la regarda furtivement en cachant ses mains dans ses poches.

– Lieutenante, ça me fait plaisir de vous rencontrer… enfin.

– Quel malheur, dit-elle en montrant l'urne.

– En effet, répondit-il avec un haussement d'épaules.

Elle nota le regard fuyant, les larmes au bord des cils, l'air contrit…

Tout ça est-il feint ?

— Le sergent Lapointe m'a dit qu'elle était votre cliente ?

— Comme la plupart des courtiers qui sont ici aujourd'hui.

— Elle est décédée de façon atroce, ne pensez-vous pas ?

Vallières se dandina, les mains toujours enfoncées dans ses poches.

— C'est assez spectaculaire…

Renaud prit Emma par le coude pour l'entraîner vers Paul Prieur.

— Excusez-moi, je dois voir quelqu'un d'autre, dit-elle à son interlocuteur.

Paul Prieur, qui les regardait s'approcher de lui, détailla Emma de la tête aux pieds, à la manière d'un inspecteur, un imperceptible sourire aux lèvres.

— Lieutenante Clarke.

Il ignora la main tendue, préférant saluer la policière d'un léger signe de tête.

— Vous me connaissez ?

Il croisa les bras en la fixant d'une manière indéchiffrable.

— On vous a vue au point de presse, lors du décès de Joseph Dunstan.

Ignorant la remarque, Emma fit un mouvement du menton en direction de l'urne et lança :

— Ce n'est pas tous les jours qu'un serpent entre par inadvertance dans un appartement.

Elle savait qu'elle tentait le diable et n'en était que plus stimulée. Prieur prit son temps pour répondre en parlant un peu plus bas et en soutenant toujours son regard, ce qui agaça la détective.

— C'est en effet un moyen recherché pour faire taire quelqu'un.

Emma allait répliquer quand on pria les gens de se rendre à la chapelle, un étage plus haut.

— On ne peut les exclure comme suspects, ni l'un ni l'autre, souffla-t-elle à Renaud en montant l'escalier.

Le prêtre, muni de son bréviaire, réclama le silence afin de procéder à la cérémonie commémorant le passage d'Ève Laflamme sur terre. Cérémonie qui s'avéra grandiose malgré la petitesse de l'endroit. Mots choisis, musique et chorale étaient au menu.

Le directeur Vigneau avait même invité Mathieu Lavoie à chanter, comme s'il voulait lui donner sa chance. Le choriste s'avança cérémonieusement, suivi de quelques chantres. Ils entonnèrent un *Ave Maria* qui fit frissonner l'assemblée. Qui aurait dit qu'Ève Laflamme lui permettrait un jour d'avoir son moment de gloire parmi ses collègues ?

Renaud donna un coup de coude à Emma.

— C'est le fameux choriste. Tu l'as entendu ? On peut dire qu'il est en possession de son art. C'est quand même spécial qu'on lui ait demandé de chanter à l'enterrement d'Ève. Il ne pouvait pas la blairer.

— Qui a bien pu prendre cette décision ? réfléchit la détective à voix haute.

Mathieu Lavoie se retira et se tint prêt pour un deuxième chant. Le curé pria ensuite Léa Lacroix de monter sur l'estrade afin de lire le texte qu'elle avait réussi à rédiger à travers ses larmes. La jeune femme parla de son amie avec beaucoup d'émotion. On l'applaudit.

Emma se demanda si la courtière courait des risques dans toute cette affaire. Avait-elle un défaut qui pouvait susciter l'animosité du justicier ?

Les choristes interprétèrent un nouveau chant. Le son de ces voix s'élevant à l'unisson touchait l'assemblée qui ne pouvait résister à l'envie de se balancer au rythme de la musique. Puis le silence se fit. Le célébrant, bras en croix, amorça la messe en insistant sur l'importance de la foi, peu importe ce qui était arrivé. Il ponctua son discours de phrases rituelles, invitant les gens à répéter les mots sacrés.

Emma constata que la plupart connaissaient les prières d'usage et les gestes qui les accompagnaient. Elle épia du coin de l'œil les directeurs et les notaires. Vallières et Vigneau respectaient les rites à la lettre.

La célébration terminée, le cortège suivit l'officiant jusqu'au terrain qui accueillerait Ève, situé à l'arrière de l'immeuble. La bruine avait cédé la place à un vent désagréable, qui s'acharnait à chasser les nuages gris et à retourner les parapluies. Emma resserra son blouson et noua un peu mieux son écharpe. Alors qu'elle observait les stèles environnantes, des images désolantes lui revinrent en mémoire.

Pourquoi tant s'échiner quand on sait qu'on finira tous dans de petits espaces comme ceux-ci?...

Renaud et elle s'étaient retirés derrière l'assemblée, dans le but de l'analyser à leur guise.

— Bâtisse! Pourquoi j'ai l'impression qu'il fait toujours un temps exécrable pour les enterrements? Comme s'il fallait que le ciel pleure la personne disparue.

— Bonne observation, mon cher Watson!

Le sergent l'observa à la dérobée.

— Suis-je vraiment ton Watson, dis-moi?

— Ça te plaît de l'être?

— Hum, hum…

Renaud sauta sur l'occasion et renchérit sur le ton de la confidence:

— À son Watson, il ne faut rien cacher.

Dubitative, elle tourna son visage vers lui. Il tendit sa perche:

— Tu crois que Sherlock a des secrets pour Watson?

— Des secrets bien gardés? Évident!

— Depuis tout à l'heure, le sergent Carrière et toi n'arrêtez pas de vous zieuter.

Emma avait remarqué Elliot aussitôt qu'il s'était présenté sur le terrain. Elle avait interprété son absence à la cérémonie dans l'église comme une fuite volontaire. Elle se promettait tout de même d'aller lui parler après la mise en terre.

Elle pinça le bras de son collègue pour se venger. Fier d'avoir tapé dans le mille, celui-ci afficha un sourire victorieux.

La détective délaissa Elliot et Renaud pour observer, à tour de rôle, les hommes présents. Elle essaya de détecter un semblant d'indice qui prouverait que l'un d'eux était le meurtrier. Tous étaient rassemblés dans la prière pendant que le prêtre psalmodiait les phrases usuelles appelant au recueillement.

À la fin de la litanie, parmi toutes les personnes réunies autour de la niche creusée dans le sol, elle vit Victor Vigneau, l'air éploré, essuyer une larme avec sa manche ; René Lemieux, comme toujours très élégant, examiner l'assemblée ; Louis Bellavance, boudeur, ne regarder personne ; Jean St-Arnaud, songeur, lorgner son ami ; Mathieu Lavoie, les yeux fermés, fredonner un air tout bas ; Paul Prieur, solennel, croiser les doigts et baisser la tête ; Marc Vallières, débraillé, faire son signe de croix.

Le vent s'était radicalement calmé et avait cédé le pas à une brume de plus en plus dense. Ève fut inhumée sous un épais brouillard.

Comme dans Harold et Maude…, songea Renaud.

L'assemblée commença à se disperser. Emma repéra Elliot qui se dirigeait vers l'automobile banalisée de la police municipale. Elle lui fit un signe de la main. Il l'attendit, mains dans les poches.

— Bonjour, Elliot.

— Bonjour, lieutenante, répondit-il, empruntant un ton strictement professionnel. Beau temps pour des funérailles.

OK, il veut jouer à ce jeu-là ?

— J'ai rencontré les deux notaires juste avant la cérémonie. Des antithèses, je dois le dire. J'ai examiné les physionomies des hommes présents et…

Elle parlait. Il ne l'écoutait plus. Trop occupé à détailler le visage café au lait encadré par la chevelure indisciplinée, les lèvres bien définies, le menton volontaire. Il nota le long foulard crème noué sur la veste en cuir, le pantalon étroit, les bottines pataugeant dans l'eau accumulée dans l'herbe. Le visage d'Isabelle, sa femme depuis maintenant 15 ans, s'interposa entre eux. Une manière de lui rappeler son devoir. La relation s'engourdissait, du moins pour lui. Quant à Isabelle, jamais elle ne lâcherait prise, il en était convaincu. Ses yeux remontèrent vers le regard vert qui le dardait et qui semblait demander s'il avait bien enregistré ce qu'Emma avait dit.

— Je crois qu'il faudra reprendre cette conversation, avança cette dernière.

— Quand vous voudrez, dit-il en affichant son sourire ravageur, ce qui accentua les ridules de chaque côté de ses yeux.

Ils restèrent là un moment à se jauger, puis il ouvrit la portière de la Chevrolet noire, s'y engouffra et disparut dans le brouillard.

Furieuse, Emma tapa du pied, faisant gicler une bonne dose d'eau par-dessus ses chaussures.

Merde!

Elle secoua la tête et se dit qu'elle aurait bien le temps de s'occuper de ses bottines et de ses états d'âme plus tard. Pour l'instant, une enquête était en cours et avait besoin d'elle.

Le ciel recommença à cracher son fiel.

Lui aussi, il joue au yoyo!

La policière aperçut Mathieu Lavoie, debout aux abords de l'amas de terre fraîche transformée en masse boueuse par la pluie. Elle s'en approcha en ouvrant son parapluie.

— Mes condoléances, monsieur Lavoie. Je suis Emma Clarke, de la Sûreté du Québec, section criminelle, annonça-t-elle sur un ton plus incisif que nécessaire.

— Je sais qui vous êtes, dit-il en levant des yeux embués.

Elle décida de se reprendre.

— Je crois que vous avez transporté les fidèles aujourd'hui.

L'homme esquissa un sourire pauvre.

— Je ne voudrais pas vous importuner en cette journée, mais j'aimerais vous poser quelques questions.

Hagard, il la regardait sans la voir. Il lui fit pitié.

— Pourrait-on se retirer pour…

Emma n'eut pas le temps de terminer sa phrase que Lavoie devenait aussi mou qu'une guenille et s'effondrait sur le sol dans un bruit sourd. L'instinct policier en alerte, elle se pencha sur lui et prit son pouls. C'était bien la première fois qu'elle se permettait de toucher quelqu'un sans savoir s'il était mort.

— Renaud, appelle une ambulance! cria la détective en même temps qu'elle se tournait vers l'attroupement qui s'était formé autour d'eux. Quelqu'un peut aller chercher de l'eau froide?

La compresse réveilla les sens du choriste, qui tenta de se relever.

— Restez calme, on va prendre soin de vous.

Un mélange d'hébétude, de crainte et d'une émotion qu'Emma ne put qualifier passa dans le regard de l'homme. Les ambulanciers prirent la relève, puis le camion jaune partit vers l'hôpital le plus proche.

— Un sensible, celui-là! lança Renaud.

Soudain, un éclat de voix retentit. Louis Bellavance et Jean St-Arnaud se chamaillaient avec des mots qu'Emma et Renaud ne distinguaient pas, les deux hommes étant trop éloignés.

— Les deux amis en ont gros sur le cœur, on dirait.

— Ouch! dit le sergent en secouant une main dans les airs.

Bellavance et St-Arnaud gesticulaient et parlaient de plus en plus fort.

*

Les deux amis ne s'étaient pas revus depuis le fameux dimanche où ils s'étaient donné rendez-vous au club de parachutisme. En réalité, chacun avait ses raisons de fuir l'autre.

— T'AS PAS ASSEZ DE TOUTES TES PUTES? hurla Louis, enragé.

— Je te le répète… je m'excuse. Ça ne se reproduira plus. Alice est d'accord avec moi, dit Jean sur un ton aussi bas que celui de Louis était tonitruant.

— Ne prononce plus jamais son nom devant moi. T'AS COMPRIS ? cria ce dernier, maintenant à cinq centimètres du nez de Jean.

— Ali… euh… elle ne veut pas… pas plus que moi d'ailleurs… que notre amitié s'arrête là à cause d'une incartade.

— INCARTADE ?! INCARTADE ?! rugit Louis. UN SALAUD ! C'est ça : un salaud. Voilà ce que t'es ! Et tu le sais. C'est pour ça que tu m'as évité depuis ce temps-là. Si t'avais eu un brin de cervelle, tu m'aurais appelé et t'aurais voulu t'expliquer.

— Tu as raison, je craignais ta réaction. Mais tu as une femme extraordinaire qui t'adore. C'est ma faute. Ne la punis pas.

— Regarde qui parle ! Mêle-toi de tes affaires ! Ma vie privée restera privée, désormais.

Son index touchant durement l'épaule de Jean, qui tentait de garder son calme, Louis lui jetait sa colère à la tête.

— Je pensais que t'avais plus de couilles. Dire que je t'admirais pour ce que tu accomplissais. Et là, tout ce que t'as réussi à faire, c'est perdre ton meilleur ami, si meilleur ami il y a déjà eu. Parce qu'au cas où tu le saurais pas, c'est pas une chose qu'on fait subir à son meilleur pote. Je souhaite que toutes tes « incartades », comme tu dis, et surtout la dernière qui était de trop, te le fassent payer cher, un jour. Très cher, lui déclara-t-il sur un ton devenu étrangement calme.

*

Léa erra dans le cimetière, ignorant la bruine qui lui voilait les yeux. Elle entendit les éclats de voix, mais ne s'en soucia pas. Par choix, elle n'ouvrit pas son parapluie, laissant la fine pluie arroser son visage après cet après-midi pénible. Elle devait réfléchir. Faire le plein dans son esprit après y avoir fait le vide. Elle s'ennuyait déjà de son amie si pétillante à qui elle confiait tout. Dire que, dorénavant, Ève ne serait plus là. Jamais. La tristesse envahit son cœur.

Quel être voulait du mal à ses semblables à ce point ? Assez pour en arriver à les assassiner. Léa savait qu'Ève n'avait pas d'amis à part elle, son travail l'accaparant beaucoup trop. Elle savait aussi que plusieurs de ses collègues ne l'aimaient pas. Pendant la cérémonie, elle avait étudié tous ceux qui se trouvaient là, cherchant à percevoir un signe quelconque qui aurait pu lui permettre de découvrir une fibre maniaque chez l'un d'eux. Elle ne les connaissait qu'en surface, après tout. Mais parmi les gens qu'elle côtoyait régulièrement, elle ne se résignait pas à condamner quelqu'un. Elle refusait de croire que l'un d'eux soit assez tordu pour tuer son prochain.

La vibration de son téléphone la tira de ses pensées.

— Léa Lacroix ? dit une voix masculine pas particulièrement avenante.

— C'est moi.

— Luc Marchand.

En entendant le nom, Léa revit Ève lui raconter sa rencontre avec cet homme et tenta de maîtriser un frisson désagréable.

— Je veux visiter l'immeuble de la rue Boismenu. Demain à 11 h.

Plus curieuse qu'outrée par le manque de délicatesse, la jeune femme obtempéra et, pour la forme, proposa 11 h 30. Elle allait enfin voir de quoi il retournait avec ce client singulier, même si une peur insidieuse se frayait un chemin dans sa tête.

Léa eut le réflexe d'appeler Emma Clarke pour l'informer du rendez-vous. Après tout, elles avaient parlé de lui durant leur bref entretien chez Ève.

Emma s'empressa de composer le numéro du poste de Burn. Il fallait que le policier qui était en faction devant chez Léa soit sur les lieux de cette rencontre du lendemain.

— *Of course, Miss Clarke ! Whatever's needed*[60].

---

60 Bien sûr mademoiselle Clarke ! Tout ce qui est nécessaire.

*

Pendant que tous assistaient aux funérailles, Suzie Marseille, vêtue d'un pantalon beige et d'une blouse bleu électrique, se pointa aux Immeubles V. V., où la réceptionniste l'accueillit.

— Je peux vous aider ?

— En fait, je sais pas trop... C'est possible de parler avec un courtier ?

La dame parut embarrassée.

— Euh... attendez que je voie si un de nos courtiers est encore ici.

J'sais, j'sais... y sont aux funérailles, se dit Suzie.

La réceptionniste tenta de joindre la personne en question à l'aide de l'interphone, visiblement sans succès.

— Vous pouvez patienter ici un instant ? Je vais voir.

Ravie, Suzie répondit :

— Bien sûr ! Mais avant, vous pouvez me montrer votre directeur ? demanda-t-elle en indiquant le mur.

— V. V. ? Oh, pardon... monsieur Vigneau. C'est celui qui est au centre et qui affiche un sourire de gagnant, dit-elle, pleine de fierté.

Sitôt la dame disparue, Suzie sortit son téléphone, sélectionna la fonction « appareil photo » et prit quelques clichés de l'homme à la figure souriante.

Cibole ! En plein centre, à part ça ! C'est fou comme quand on est patron, on veut se mettre en évidence.

Puis, avant que la réceptionniste ne revienne, elle s'éclipsa sans demander son reste.

Sans plus attendre, elle se rendit à l'adresse de Sainte-Thérèse où les AA tenaient leurs assemblées. Comme la porte était verrouillée, elle frappa à la fenêtre. Un homme vint lui ouvrir.

— Suzie Marseille, sergente à la Sûreté du Québec, dit-elle fièrement en exhibant son badge.

L'homme l'invita à entrer.

– Ouf, quel temps ! Vous êtes animateur ici ?

– Tout à fait. Que puis-je faire pour vous ?

– Je sais que vos séances sont confidentielles, mais j'aimerais quand même vous montrer la photo d'un homme qui vient ici le lundi soir. C'est important pour une enquête.

Elle repéra sur son téléphone la figure de Victor Vigneau.

– Je reconnais ce monsieur. Charmant, d'ailleurs…

– Y était ici, le lundi soir, 13 juin ?

L'homme réfléchit.

– Le 13 juin… Ah non. J'ai dû partir quelques jours en raison d'un décès dans ma famille. Et comme il n'y avait personne pour me remplacer, j'ai annulé les réunions.

– Vous me dites que cet homme était pas ici ?

– Absolument. Mais… vous avez quelque chose à lui reprocher ?

– Non, non, simple formalité, dit Suzie. Merci, monsieur.

Elle ne marcha pas jusqu'à sa voiture : elle vola.

– Attaboy ! C'est la lieutenante qui va être contente de sa sergente ! C'est moi qui vais lui apprendre la meilleure nouvelle. Le « gentil » directeur a menti, roucoula-t-elle.

*

Emma agita le heurtoir fixé à la porte d'une imposante résidence de Blainville. Une jolie dame mince au sourire avenant ouvrit la porte. Emma se présenta en montrant son insigne.

– Entrez, lieutenante.

Emma la suivit jusqu'à une grande pièce éclairée où trônait un piano à queue. Un Steinway, le rêve de tout pianiste. Ses yeux avaient du mal à s'en détacher.

– C'est vous qui jouez ?

– Ah ! vous savez, il y a longtemps, je jouais, comme vous dites. Maintenant, je pianote.

– Il y a plusieurs manières de pianoter.

— Cet instrument permet autant l'apaisement que le défoulement, c'est extraordinaire. N'arrêtez surtout pas de laisser libre cours à vos doigts, dont les ongles sont d'ailleurs parfaits pour la pratique de cet art…

Emma baissa les yeux vers ses mains posées sur ses genoux.

— Excusez-moi, j'ai remarqué, reprit la dame. Toutes les pianistes souffrent de ce manque de féminité. De beaux ongles longs… on en a toutes rêvé. Et puis, vos yeux ne mentent pas.

Elle avait récité tout ça avec de l'éclat dans le regard. Emma avait imaginé une femme mélancolique plutôt que celle, agréable, qui l'entretenait de piano.

— Alors, vous vouliez me parler de Victor? demanda-t-elle dignement.

— D'abord, pardon de vous déranger.

Madame Vigneau fit un signe de la main qui voulait dire: « Ça va. »

— J'ai rencontré votre mari dans le cadre d'une enquête…

— Oui, je sais, l'enquête sur les meurtres des courtiers.

— Vous vous doutez que nous ne pouvons écarter aucune piste. Nous avons donc questionné tous les gens qui, de près ou de loin, avaient des relations avec les victimes. Votre mari n'est pas une exception.

— Je me doute que vous faites ce que vous avez à faire.

— Je cherche à savoir où il a passé la soirée du 13 juin. C'était un lundi.

— Comme tous les lundis soir, il devait être aux Alcooliques anonymes.

Du regard, Emma l'incita à continuer.

— S'il ne s'y rendait pas, le divorce l'attendait et il le savait. Nous avions eu plusieurs discussions à ce propos.

— Êtes-vous en mesure de me confirmer sa présence là-bas, le soir du 13 juin?

La jolie dame se braqua.

– Il ne me tient pas au courant de ses allées et venues. Par contre, je tiens pour acquis que, le lundi soir, je l'oublie. Comme bien d'autres soirs, en fait…

Emma sentit l'affabilité de son interlocutrice se métamorphoser en acrimonie. Elle voulait en savoir plus de la part de cette femme qui, selon son mari, ne savait pas ce qu'elle disait. Puis ses yeux bifurquèrent vers une table basse où était posée une pile de grilles de mots croisés surmontée d'un crayon de plomb et accompagnée de quelques dictionnaires.

– C'est un loisir?

– Le sien. Je préfère la lecture. C'est devenu une telle passion chez lui qu'il a essayé d'en créer par lui-même.

Troublée, mais n'en laissant rien paraître, la détective enchaîna:

– Que pouvez-vous me dire d'autre au sujet de votre mari?

Madame Vigneau se leva et alla caresser les touches du piano. Emma l'envia.

– Mon mari a fait son chemin tout seul. Il a travaillé fort. Il est aimé de ses courtiers, surtout depuis qu'il a arrêté de boire. Il faut lui donner le mérite qui lui revient. Mais il n'est pas parfait. Dans sa vie privée, c'est un autre homme, je vous l'assure!

– Que voulez-vous dire?

– Vous parliez de relations tout à l'heure. Je ne suis pas dupe. J'ai toujours su qu'il avait une liaison. Je suis indisposée depuis un certain temps, mais cela ne l'autorise pas à bambocher, pesta-t-elle en prononçant le dernier mot avec dédain.

Le chat sortirait-il du sac?

– Il est entouré de belles femmes. Vous savez comment sont les hommes… D'après eux, c'est normal qu'ils se laissent séduire, ironisa-t-elle.

– Excusez-moi de vous demander ça, mais quand vous vous dites indisposée, vous parlez de votre santé?

La dame inspira lourdement.

— La dépression. Le mal du siècle. Tout le monde nous croit fous… Ce n'est pas parce qu'on n'est pas toujours dans son assiette qu'on n'a pas toute sa tête, s'indigna-t-elle.

Cette femme est tout sauf folle…

— Je vous crois. Et… c'est un peu délicat de vous demander ça, mais… vous connaissez votre rivale ?

Madame Vigneau fixa Emma avant de balancer :

— C'était Ève Laflamme.

Le nom tomba comme un couperet. La surprise était de taille. Victor Vigneau, l'amant d'Ève Laflamme !

Vous êtes un petit cachottier, V. V. … Où étiez-vous le 13 juin au soir ? À nous deux, monsieur le directeur !

*

Renaud se gara devant un bungalow qui avait grand besoin d'être rafraîchi. Avec la peinture écaillée autour des fenêtres, la gouttière décrochée sur le côté de la corniche, l'asphalte aux multiples cratères, la maison ne rendait pas justice à ses voisines plutôt proprettes dans cette rue de la ville de Lorraine. Heureusement pour elles, un permis de rénovation était affiché sur la grande baie vitrée du salon.

Le policier sonna et patienta en examinant les alentours.

Une femme ni mince ni rondelette, la mine blafarde sous une chevelure polychrome et affublée de vêtements de travail, le reçut.

Pas surprenant que son mari mangeait dans la main d'Ève Laflamme…

— Je peux vous aider ? demanda-t-elle d'une voix rocailleuse.

— Renaud Lapointe, sergent-détective à la Sûreté du Québec.

La femme, le regard devenu inquiet, recula d'un pas.

— Il est arrivé quelque chose ?

— J'aimerais simplement parler à monsieur Clermont. Il est ici ? Elle poussa un long soupir de soulagement.

— Il est au sous-sol en train de bricoler. Suivez-moi.

La maison n'était pas habitée. Du moins, pas encore. Partout, des outils et des débris de démolition jonchaient le sol. Le sergent-détective suivit la dame dans l'escalier. Un homme de belle prestance, aux cheveux coupés court, à l'œil pénétrant et à l'air grave l'accueillit.

— Belle corvée! dit Renaud.

— On ne chôme pas. Je viens tout juste d'acquérir cette maison pour une bouchée de pain. Je dois la rénover pour la remettre ensuite sur le marché.

— Vous habitez près d'ici?

— Un peu plus loin. Soyez rassuré: chez moi, c'est un peu plus accueillant qu'ici, répondit Clermont en montrant le désordre d'un geste de la main.

Renaud examina l'homme d'affaires et ne fut pas surpris de sa dernière remarque. Tout, à commencer par les poils de sa barbe taillée comme une haie entretenue par un jardinier, dénotait la minutie chez lui.

— Vous pouvez disposer, madame Lafrance, dit-il à la femme qui écoutait au bas de l'escalier.

Puis, se tournant vers Renaud, il précisa:

— Ma femme de ménage qui devient journalière au besoin.

Renaud comprit aussitôt sa méprise: cette dame ne pouvait absolument pas être l'épouse de cet homme.

— Je suis désolé, nous ne pouvons que nous asseoir sur le tas de planches.

— Ça va aller.

— J'imagine que vous voulez parler d'Ève Laflamme?

— Elle était votre courtière depuis longtemps?

— Depuis le début de sa carrière, je crois bien.

— Comment la décririez-vous?

Il esquissa un rapide sourire qui adoucit son visage.

— Une courtière qui faisait des miracles avec une promesse d'achat.

— Et en tant que personne?

Clermont s'excita. Même marquée d'une grande retenue, la gestuelle en disait parfois beaucoup plus long que les mots eux-mêmes.

— Là, elle prenait la place qui lui revenait. Elle savait ce qu'elle voulait et ne s'en laissait pas imposer, déclara-t-il avec admiration.

— Selon certains, la place qu'elle revendiquait ne lui appartenait pas toujours. Elle semblait faire des jaloux parmi ses collègues. Vous savez quelque chose à ce propos?

Le visage de Clermont se durcit de nouveau.

— Le succès dérange, sergent, c'est connu.

— Lui connaissiez-vous un ennemi en particulier?

Il haussa les épaules.

— Je crois que tout le monde a des ennemis. Pas nécessairement mortels, soit dit en passant. Pour en arriver là, il faut en avoir plus que marre des autres, mais encore plus de soi-même. Le meurtre n'est pas toujours perpétré contre la bonne personne. (Il fit une pause.) L'assassin, par peur de se faire du mal ou pour s'épargner une nouvelle fois, se trompe en dirigeant son arme vers autrui alors que, sans s'en rendre compte, il se tue lui-même.

Hervé Clermont, devenu songeur, jouait avec le tournevis qu'il avait dans les mains depuis le début de l'entretien, le faisant tournoyer avec l'habileté d'un jongleur. Renaud sentit un frisson lui parcourir le dos en entendant des paroles aussi profondes et, surtout en imaginant l'arme dangereuse que l'outil pouvait représenter. Il fit un effort pour se ressaisir.

— Que faites-vous, à part la rénovation?

— Maintenant, je ne fais que ça. Je suis psychologue de formation. J'ai pratiqué jusqu'à l'année dernière, puis j'en ai eu assez de tous les problèmes des gens. De les écouter, de les conseiller. Il faut dire que ma clientèle était assez spéciale. Pas la clientèle de la plupart de mes confrères. J'ai dû m'endurcir, me blinder durant toutes ces années, puis j'ai eu besoin de changer de vie. Rénover me ramène à la base, m'apaise et ne m'oblige pas à penser aux dossiers du lendemain, expliqua-t-il d'un air plus détendu.

Renaud comprenait mieux le faciès de l'homme, qui s'était durci avec les années, à force de se forger une carapace.

— C'est vrai qu'être psychologue ne doit pas être de tout repos tous les jours. Dites-moi, vous connaissiez Joseph Dunstan?

— Très peu. Je l'ai rencontré une seule fois, lors de la visite d'une propriété, et ça n'a pas été plus loin.

— Vous saviez qu'il était un joueur de poker?

— Je l'avais su par Louis Bellavance, mon courtier en prêts hypothécaires. Il devait de l'argent à beaucoup de gens, d'après lui. Encore un autre aux prises avec des problèmes insurmontables d'ego. Chacun pallie ses lacunes comme il peut.

— Revenons à madame Laflamme. Était-elle joueuse aussi?

— Je l'ai déjà rencontrée au casino. Je crois qu'elle aimait bien jouer. Surtout lorsqu'elle gagnait, ajouta-t-il en souriant.

— Elle jouait aux machines à sous, ou à la grande table avec le croupier?

— Les jeux plus élaborés, comme le poker, la faisaient vibrer.

— Vous aimez jouer?

— À l'occasion. Peu, en fait.

— Où étiez-vous le soir de sa mort, soit le lundi 13 juin?

— Je me rappelle ce soir-là. Il faisait chaud, l'air était humide. Je travaillais ici, dans la poussière. Seul.

En insistant sur ce dernier mot, il sembla défier le sergent.

— Vous avez appris de quelle façon elle a été tuée?

Clermont croisa les bras, le tournevis toujours à la main.

— Une morsure de serpent, c'est bien ça?

Le sergent acquiesça.

— Le tueur aura probablement voulu se punir d'une trop grande contamination intérieure. Il en a rajouté, si vous voulez mon avis. Un meurtrier trucide toujours sa victime au moyen de gestes salvateurs, afin de soulager sa conscience. Il a alors l'impression d'éradiquer ses démons.

Après cette évocation, Hervé Clermont sembla se recueillir.

— Vous êtes croyant ? lui demanda Renaud.

L'ancien psychologue releva la tête et son regard s'illumina.

— Dieu m'a aidé à prendre cette importante décision d'améliorer ma vie. Si vous saviez comme il m'a fait du bien. Il est toujours de bon conseil. Il faut écouter plus sage que soi. Vous devriez essayer, si ce n'est déjà fait.

Le policier s'attendait à cette réponse. Peut-être à cause de la tranquillité de l'homme qui se confiait à lui aujourd'hui.

— C'est surprenant comme les gens ont besoin de religion, même à notre époque.

Clermont le regarda avec consternation.

— Si tous entendaient le message du Tout-Puissant comme il se doit, ils trouveraient le bon chemin plutôt que la déchéance qu'ils connaissent.

Ébranlé par cette affirmation, Renaud posa tout de même *la* question fatidique :

— Les mots croisés vous intéressent ?

— J'adore ! Les jeux d'esprit nous focalisent, nous font évoluer intellectuellement, bien sûr, mais aussi spirituellement. Ève les adorait aussi. Elle disait toujours que c'était un excellent moyen autant pour communiquer que pour se lancer un défi.

Renaud osa sa dernière question :

— Hum… j'aurais quelque chose d'indiscret à vous demander. Vous entreteniez une relation un peu plus… personnelle avec Ève Laflamme ?

Hervé Clermont soutint le regard du sergent perspicace.

— Absolument pas !

*

Avant de retourner en ville, Emma se rendit au bureau de Jean St-Arnaud où personne, à part lui, n'était présent.

Elle vit un homme dans la jeune trentaine, grand et élancé, lui tendre la main.

— Bonjour, monsieur St-Arnaud.

— Madame, dit-il en lui faisant son plus beau sourire. Suivez-moi.

La détective entra dans un bureau minuscule décoré avec soin.

— Monsieur St-Arnaud…

— Jean, la corrigea-t-il.

— Bien sûr, Jean… J'aimerais vous poser certaines questions…

— … à propos d'Ève Laflamme, continua-t-il.

Emma sourit devant cet homme transpirant la confiance en soi.

— Bon, alors… le soir du meurtre, soit le 13 juin, il semble que vous ayez finalisé une transaction chez le notaire Paul Prieur.

— Pour une fois, c'était un dossier sans complication.

— Vous pouvez me décrire la soirée?

St-Arnaud recula sur sa chaise et croisa les doigts sur sa poitrine.

— Eh bien, c'était une soirée normale. Des clients qui hallucinent parce qu'ils achètent leur première maison. Le notaire qui lit l'acte de vente… excusez-moi… toujours aussi ennuyeux, et les deux tourtereaux qui s'embrassent à la fin de la séance. C'était beau à voir. Un vrai conte de fées!

Emma sourit.

— Vous êtes resté plus tard que vos clients?

— Le notaire voulait jaser. C'est rare, avec Prieur, il est plutôt du genre réservé.

— Il vous a parlé de quelque chose en particulier?

— De la pluie et du beau temps, dans mon souvenir.

— Comment le décririez-vous?

— Comme je vous l'ai dit, en apparence un homme froid et réservé, mais, au fond, un grand sensible. Il ne faut pas se fier à son air condescendant, c'est un homme avec lequel il est agréable de converser.

— Changement de sujet, vous travaillez avec Victor Vigneau?

— En fait, son bureau principal est à Blainville. Ici, c'est un bureau satellite.

— Vous pouvez me parler de lui?

Le courtier se balança sur sa chaise, l'air à l'aise.

— C'est un travaillant. Acharné, même. Et apprécié, surtout depuis qu'il ne boit plus.

— Ça fait longtemps?

— Je dirais trois ou quatre ans. Depuis qu'il se fait aider chez les AA.

— Vous êtes au courant...

— Je ne dévoile pas un secret d'État, il en est tellement fier.

Emma alla à la pêche:

— Il avait une relation particulière avec Ève Laflamme?

St-Arnaud hésita à répondre. Le silence dura cinq, six secondes.

— Il vous en a parlé? demanda-t-il, l'air soupçonneux.

La détective joua le jeu.

— Quelqu'un m'en a parlé.

— Il y a quelque temps, je les ai surpris à la réception d'un hôtel des Laurentides. V. V. payait la note, avoua-t-il, mal à l'aise. Il m'avait fait jurer de me taire.

— Donc, vous en avez déduit qu'ils étaient amants.

— Difficile de faire autrement, déclara-t-il en affichant un sourire évocateur.

— Vous me direz si je suis indiscrète... Vous avez eu une altercation avec votre ami Louis Bellavance après les funérailles, cet après-midi.

L'homme se rembrunit et déglutit péniblement.

— C'est personnel, en effet. Les femmes me font souffrir, vous savez, avoua-t-il, la mine contrite.

— Les femmes... comme Ève Laflamme?

— Oh non! Pas celle-là, heureusement!

Emma le remercia pour son temps, puis envoya un message texte à Renaud et à Suzie :

« RDV au QG. Urgent. »

*

Encouragée par sa réussite, Suzie se rendit chez les clients de Louis Bellavance. Elle frappa à la porte d'un appartement situé au deuxième étage d'un immeuble ayant besoin d'un bon coup de pinceau.

Cibole ! Je les comprends de se chercher une maison !

Un homme d'une vingtaine d'années vint ouvrir.

— Suzie Marseille, de la Sûreté du Québec.

— Il est arrivé quelque chose ? demanda-t-il, alarmé.

— Soyez pas inquiet, je voudrais seulement valider une information avec vous.

La policière posa quelques questions à l'homme, qui confirma la déclaration de Louis. Cela ne l'avançait pas, cette fois. Elle était cependant rassurée : le courtier en prêts hypothécaires n'avait rien inventé.

Lorsqu'elle reçut le message texte d'Emma, Suzie prit la direction du QG.

*

La rencontre de Renaud avec les clients alibi du notaire Prieur ne révéla rien de particulier non plus. Ils corroborèrent ses dires, tout simplement.

Les notes d'*Hakuna matata* retentirent sur son téléphone.

— Direction QG !

*

Synchronisés, Emma, Renaud et Suzie se garèrent dans le stationnement.

— Je dépose ma mallette dans mon bureau et je vous rejoins, dit Emma.

En entrant dans la salle de réunion, Renaud dit :

— Suzie, je voulais te dire… T'es pas mal, dans tes nouveaux habits.

— Ça fait pas trop madame ?

— Falbala peut aller se rhabiller !

La sergente sourit. Décidément, c'était sa journée. Des interrogatoires concluants et Renaud qui lui faisait un compliment.

Emma, soucieuse, enleva son perfecto qu'elle lança sur une chaise.

Impatiente de raconter sa journée, Suzie s'empressa de prendre la parole, l'air réjoui :

— J'ai une nouvelle plus que croustillante…

— Raconte, dit Renaud.

Elle relata sa visite aux Immeubles V. V. ainsi que chez les AA.

— Le « gentil » directeur était pas chez les AA le soir du meurtre, balança-t-elle, trop heureuse d'apporter du nouveau à l'enquête.

— Hum, hum… Ainsi, il a menti sur son emploi du temps, déclara Emma.

— Bâtisse ! Ça fait presque plaisir quand un suspect se permet de mentir !

— Tu veux m'accompagner lorsque je le confronterai avec ça et avec le fait qu'il était l'amant d'Ève Laflamme, sergente ?

Les deux sergents s'exclamèrent en même temps :

— AMANT !

— Sa femme me l'a avoué, et Jean St-Arnaud me l'a confirmé.

— Cibole ! Tout le monde était au courant ?

— Non, c'était ultrasecret. Il avait fait jurer à St-Arnaud de ne pas en parler. Et toi, Renaud, qu'as-tu à raconter ? lui demanda Emma.

— Eh bien… Hervé Clermont est un psy défroqué qui s'exprime avec des phrases… ben, d'ex-psy! Il a décidé de laisser tomber sa clientèle bourrée de problèmes pour se lancer dans la rénovation. Aussitôt qu'on parlait d'Ève, son visage s'illuminait. Peut-être que lui aussi était son amant? railla-t-il. Le soir du meurtre, il démolissait des murs de sa maison délabrée. Il était seul, d'après ce qu'il m'a dit.

— Où est cette maison?

— À Lorraine, au sud de la 640.

— C'est là qu'il habite?

— Non, un peu plus loin. Je ne le sens pas très dangereux, si tu veux mon avis.

— Restons prudents, Renaud.

— Bâtisse! Je ne sais pas si on peut rencontrer des gens ordinaires. Clermont est un autre drôle de pistolet qui croit en Dieu, qui philosophe sur les bibittes du tueur et qui adore les mots croisés.

— Drôle de pistolet? Souviens-toi que j'aime aussi les mots croisés, objecta Emma.

— Mais toi, on les connaît, tes bibittes, et elles ne sont pas très venimeuses, répliqua Renaud en lui faisant un clin d'œil. Ah oui!… J'ai aussi vu les clients du notaire Prieur, qui ont confirmé ce qu'il m'avait dit. Ils ont signé et sont partis tout heureux d'être enfin propriétaires.

— Et moi, j'ai vu les clients de Louis Bellavance. Rien à signaler, renchérit Suzie.

— Ça en fait au moins deux qui disent la vérité, conclut la lieutenante. Une étincelle vaut mieux que la noirceur!

*

Emma rentra chez elle, la tête lourde. La migraine qu'elle sentait venir l'obligea à avaler deux comprimés en vitesse. Encore secouée par sa rencontre de l'après-midi avec Elliot, le vague à l'âme, elle s'arrêta au piano d'où s'élevèrent les premières notes de *Mad World*.

Au même moment, l'homme dansait au son des notes du piano qui s'échappaient par la fenêtre ouverte, allant jusqu'à fredonner l'air. Il sifflota, aussi, satisfait de son après-midi aux funérailles et de plus en plus convaincu de la légitimité de ses actes.

La colère irradiant jusque dans ses veines alors qu'elle repensait au sergent de la Rive-Nord, Emma s'arrêta.

Pour qui il se prend? Je ne l'ai quand même pas violé! Il était consentant, que je sache…

Elle s'obligea à enfiler camisole, cuissard et espadrilles. Elle devait courir ce soir, s'aérer l'esprit et faire taire et la migraine et la rage qui habitait son cœur. Elle courut plus rapidement que d'habitude pendant que l'air humide qui lui fouettait le visage lui rappelait la bruine sortant d'un atomiseur.

Dissimulé derrière une haie, casquette descendue sur les yeux, il la regarda voler sur le macadam, et admira sa ténacité, sa détermination à s'entraîner, même avec un ciel crachant une pluie désagréable. Lorsqu'elle fut hors de vue, il sortit de sa cachette et, se remémorant Gary Jules, valsa au milieu de la rue.

Revigorée après cet exercice où elle avait, pour la centième fois, repassé interrogatoires et indices dans sa tête, s'interdisant de ressasser plus longtemps de viles pensées à l'égard d'Elliot Carrière, Emma décida de rester éveillée dans le but d'enfin connaître le fantôme qui se présenterait peut-être sur son balcon.

Un pot d'eau citronnée et une grille posée sur ses genoux auraient raison du sommeil, croyait-elle. Après avoir laissé un coin du rideau replié afin de pouvoir apercevoir le démon, elle s'installa confortablement dans son fauteuil rouge. Si confortablement que, vers le milieu de la nuit, n'y tenant plus, elle s'endormit.

Is fecit cui prodest
(À qui le crime est utile)

Mercredi 22 juin

Emma s'éveilla en sueur et en sursaut après avoir fait un cauchemar pour le moins troublant. Elle faisait équipe avec le démon meurtrier. Elle se tenait à ses côtés, consentante et ravie d'y être. Il osait la tenir par les épaules, plus en signe de possession que de protection. Elle se laissait guider, béate devant cet homme dont elle ne voyait pas le visage, comme dans la plupart des rêves. Ils avaient chacun posé un pied sur les dépouilles de Joseph Dunstan et d'Ève Laflamme gisant devant eux. Emblèmes de leur victoire. Et on les applaudissait avec toute la gratitude possible d'avoir enfin débarrassé la planète de ces eaux troubles.

Mécontente de s'être endormie au milieu de sa mission, elle se leva, ajusta son long t-shirt et partit à la recherche du papier qui était peut-être déjà à sa porte. Mais il n'y était pas.

Je n'ai rien manqué, finalement…

L'espoir de recevoir un nouvel envoi l'excitait plus qu'elle ne voulait l'admettre. Elle commençait à trouver un plaisir malin, même pervers, à participer au jeu démoniaque du tueur. Son cerveau, sollicité à plein, en redemandait.

Emma sauta sous la douche, enfila des vêtements sombres, à l'image de la température boudeuse, et descendit l'escalier. Arrivée près de sa moto, elle s'arrêta aussi net que son cœur cessa de battre. Le papier l'attendait là, coincé sous le pare-brise. Elle avait déjà songé à faire surveiller les environs de son immeuble, mais avait conclu que le meurtrier sentirait le traquenard et risquerait de changer de tactique.

Elle prit l'enveloppe et remonta l'escalier deux marches à la fois. Elle se dépêcha de lire le message, pour ensuite le relire posément, comme lors des envois précédents.

Vous aimez jouer, madame la détective ? Cela se voit, cela s'entend.

J'ai un pressentiment... ou devrais-je dire, une certitude...

Les lettres trouvent leur place dans les cases jusqu'à maintenant.

Je me trompe ?

Je suis ravi que la récréation vous plaise.

Alors, jouons encore !

Et si je vous provoquais en duel ?

Remarquez, j'en ai bien envie... compte tenu de votre combativité.

Dans le but de vous aiguiller... QUI SUIS-JE ?

Votre mission principale : ME DEVINER.

Mon ambition première : VOUS ORIENTER VERS CET OBJECTIF.

Unitas virtute !

Interdite, Emma revit la moustiquaire lacérée, la pomme disparue. Elle imagina les pas dans le couloir, jusqu'à l'ottomane où il s'était sans doute emparé de la grille afin de vérifier si elle participait à son jeu perfide. La violation de son domicile lui souleva le cœur.

Elle tenta de mettre un visage sur l'intrus qui avait osé s'infiltrer dans ses quartiers, dans son intimité, dans sa vie. Elle se remémora la physionomie des suspects. Un à un, ils passèrent dans sa tête. Elle revit en particulier Marchand et Vigneau, qui l'agaçaient plus que les autres. À la fin, elle pensa à Tardif, son collègue bègue, renfermé et discret, qui résolvait des mots croisés, lui aussi.

Pourquoi veux-tu que je réussisse à t'identifier ? Il y a quelque chose que je ne saisis pas encore... Eh bien, comme tu le dis, jouons encore, la récréation n'est pas terminée !

Horizontal n° 2, 3ᵉ :   J'ai hérité des sept du Saint-Esprit (singulier)

Horizontal n° 3, 2ᵉ :   Donne le coup de grâce

Horizontal n° 6, 1ᵉʳ :   On m'a investi de la mienne

Horizontal n° 7, 1ᵉʳ :   Cherchez l'aiguille dans la botte de foin

Horizontal n° 9, 1ᵉʳ :   À l'échelle de la planète

Horizontal n° 10, 1ᵉʳ :   L'évidence ne l'est pas toujours

Horizontal n° 10, 2ᵉ :   Le fin du fin

Horizontal n° 15, 1ᵉʳ :   Pour Adam et Ève

Horizontal n° 15, 2ᵉ :   Pas très catholique

Vous avez des doutes ? Continuez à chercher…

Vous ne brûlez pas encore, vous n'êtes que tiède.

Remarquez, si vous mettez à l'œuvre vos talents de limier…

Vertical n° 2, 1ᵉʳ :   Elle a péché avant les autres

Vertical n° 2, 2ᵉ :   Ce n'en est pas une ! (3 premières lettres)

Vertical n° 2, 5ᵉ :   Pour la troisième fois

Vertical n° 3, 1ᵉʳ :   N'est pas toujours celui que l'on croit

Vertical n° 4, 2ᵉ :   Influence réciproque

Vertical n° 5, 2ᵉ :   Fait cavalier seul

Vertical n° 9, 1ᵉʳ :   Demande précision au quart de tour

Vertical n° 13, 1ᵉʳ :   J'y assiste, en chair et en os

Je vous laisse travailler… *ad litteram !*

SARAF

Je ne suis que tiède, hein ?… Eh bien, c'est ce qu'on va voir ! Tu goûteras à la sauce Emma Clarke ! Je t'aurai, coûte que coûte !

Aussitôt, elle chercha les traductions des mots latins sur Internet.

Unitas virtute : « L'union fait la force. »

Ad litteram : « À la lettre. »

À la troisième lecture du texte, Emma eut l'impression que quelque chose lui échappait. Quelque chose comme du déjà vu ? Elle n'aurait su le dire… Elle demeura soucieuse un moment, puis se remit au travail.

Alors, en horizontal... « Le Saint-Esprit en avait sept »... C'est « dons », mais au singulier. Va pour « don ». Toujours aussi imbu ! « Donne le coup de grâce »... Je pense à « tuer », mais avec sept lettres commençant tout de même par « t »... je tente « trucide ». Bien sûr ! « On m'a investi de la mienne » commence par « m »... On peut être investi d'une... oui, « mission ». Tous les maniaques racontent la même chose... Tu ne fais pas exception ! « Cherchez l'aiguille dans la botte de foin »... J'ai déjà le « ez » de la fin et ça commence par « e ». Voyons voir en vertical 2... « Ce n'en est pas une », trois lettres commençant par « fi », pourquoi pas « fic » pour « fiction » ? Je sais malheureusement que c'est sérieux et... morbide.

Emma frissonna malgré la chaleur et, sans y penser, brisa le crayon qu'elle tenait à la main. Abasourdie, elle le regarda comme s'il avait atterri là comme par magie. Après un moment qui s'était éternisé, elle revint à la réalité.

Où en étais-je ? Ah oui ! en horizontal... « cherchez dans la botte de foin »... Oui, « écumez ». « À l'échelle de la planète »... Quoi ? Il veut sévir partout ? Je ne sais pas, j'y reviendrai. « L'évidence ne l'est pas toujours »... Quatre lettres et j'ai déjà le début, « ni »... « niée ». Quant au « fin du fin »... disons un « as ». « Pour Adam et Ève »... quatre lettres avec « e » en avant-dernière... ça doit être « éden ». Et le dernier en horizontal... « Pas très catholique »... Tu ne parles qu'à travers ta religion ! Aucune lettre, à suivre...

Elle se leva, histoire de se dégourdir un peu et de se verser un troisième café. Elle arpenta la cuisine en réfléchissant à l'énergumène qui semblait s'amuser comme un fou. Pourquoi l'avait-il choisie ? Comment la connaissait-il ? Où voulait-il en venir si ce qu'il désirait était qu'elle le découvre ?

Elle se rassit, attentive plus que jamais à la grille qui se dessinait de manière plus concrète.

En vertical, maintenant. « Elle a péché avant les autres »... C'était bien « Ève ». Le prénom de la deuxième victime figure dans le plan de la grille... Et s'il faisait la même chose avec les prochaines ?

Emma leva la tête et regarda par la fenêtre, mais ne vit rien.

— Il commence à jouer avec mes nerfs !

« Pour la troisième fois » ... *La dernière lettre est un « r »... « ter »,* *évidemment. Me prévient-il de la troisième victime ? « N'est pas toujours* *celui que l'on croit »... débute par « su » ... six lettres se terminant par* *« t », c'est sûrement « suspect ». Je me trompe sur les suspects ? On verra* *bien... « Influence réciproque »... J'ai « sm » en deuxième et troisième* *lettres... Ça commence forcément par une voyelle... un « a », « e », « i »,* *« o »... oui, « osm » ... « osmose », bien sûr ! « Fait cavalier seul »...* *C'est un message ? Tu n'as pas de complice ? Avec un « o » en deuxième,* *je tente « solo ». « Demande précision au quart de tour »... Je n'ai pas le* *temps pour les devinettes. Vite, Internet ! J'ai le choix entre « cadenas »,* *« cadence » et « codéine ». Les trois mots peuvent s'appliquer à la défini-* *tion et à l'affaire en cours... Je les garde en réserve. Et la dernière, « J'y* *assiste en chair et en os » ... J'ai déjà le début, « ent », plus un « r » en* *cinquième, et le mot contient 12 lettres...*

Elle réfléchit et, tout à coup, s'enflamma :

Et si c'était... « enterrements » ? Bien sûr, « en chair et en os »...

Emma fit les cent pas entre le frigo, la cuisinière et la table. Elle s'obligea à se calmer et à se remémorer chaque visage aperçu lors des deux funérailles. Avait-il toujours été là ? Allusion ou tromperie ?

Son cerveau faisait des pirouettes, ses idées s'emmêlaient et s'éclaircissaient tour à tour. Elle n'était sûre de rien, mais elle sentait qu'elle avançait. Un pas à la fois. Il y avait cependant une chose dont elle était certaine : elle se trouvait au cœur d'une énigme hors du commun.

En scrutant sa mémoire, elle était certaine que jamais Tardif ne s'était présenté aux funérailles. Elle poussa un énorme soupir.

Tout converge pour l'innocenter...

Emma examina la nouvelle grille sur laquelle les plus récents mots étaient inscrits. Elle s'attarda sur la première définition en horizontal 9 : « À l'échelle de la planète ».

J'ai déjà « aps » et un « e » à la fin. Je ne connais pas ce mot-là...

Elle consulta Internet où elle trouva «apside». Elle se concentra ensuite sur les deux mots en vertical 5 et 6. Pour «Sur votre piano», elle avait déjà un «i» comme deuxième lettre. Ce serait «mi» ou «si». Elle éprouva de la haine envers le tueur en repensant à l'intrusion dans son appartement.

En horizontal 8… «Leur détresse» sera bien sûr «SOS». C'était donc «si» en vertical 5. Et enfin, en vertical 6, je note «dard».

	1	2	3	4	5	6	7	8	9	10	11	12	13
1	V	e	r	b	i	c	r	u	c	i	s	t	e
2	i	v		a							d	o	n
3	c	e		t	r	u	c	i	d	e		i	t
4	t				r	o	l	e					e
5	i	f		o								e	r
6	m	i	s	s	i	o	n						r
7	e	c	u	m	e	z							e
8	s		s	o	s		D						m
9		a	p	s	i	d	E						e
10	n	i	e	e		a	S			g			n
11	o		c		s	r	T			o			t
12	m	e	t	h	o	d	I	q	u	e			s
13				l		N	i						
14			n		o								
15	e	d	e	n									
16				e	p	i	a		u	u			
17				c									
18		t			e	t			m		s		
19		e	l							o		e	
20	C	r	u	c	i	v	e	r	b	i	s	t	e

Il veut donc s'acquitter de la mission dont on l'a investi en tuant certaines personnes, peut-être quatre, dont Ève. Il épie les futures victimes et vraisemblablement… moi. Il n'a pas de complice. Et… il se prend pour Dieu le Père en me parlant de ses dons, de son érudition, de son génie et de son QI. Hum… ça ressemble étrangement à Marchand qui se prend pour trois autres!

Quant à moi, il sait que je suis méthodique. Et aussi que je suis cruciverbiste et pianiste. C'est peut-être tout ce qu'il sait de moi… Va savoir s'il m'attribuera d'autres qualités pour mieux m'attirer dans ses magouilles. L'allusion au fait que je ne traque pas les bons suspects doit être là simplement pour me dérouter…

On aime tous les deux les mots. Par contre, je n'ai pas d'affinités avec le latin, désolée! Ça viendra, tu me l'enseignes tellement bien! Le « ter » est inquiétant… Une troisième victime? Qui est en danger?

Plus ça se corsait, plus Emma ressentait une fièvre indéniable vis-à-vis du duel bien orchestré. Elle se repaissait du jeu diabolique, à son corps défendant. La manipulation du meurtrier allait au-delà de ses frontières psychologiques. Son cerveau n'enregistrait plus que le défi imposé qu'elle voulait à tout prix relever!

— Tu crois que je suis un pion sur ton échiquier ou, mieux, une marionnette dont tu peux tirer les ficelles? continua-t-elle à voix haute. Tu te méprends, là.

Puis sa colère se mua en fantasme sadique.

— Si je connaissais ton adresse, je te laisserais mariner en t'envoyant d'aussi bonnes perches que les tiennes avant de te dénoncer. Je te traquerais en t'empêchant de sévir encore. Je te ferais languir. Je torturerais ton joli cerveau. Je jouirais de te voir ressentir la peur de ta vie avant que tu me supplies d'arrêter le calvaire!

Elle cacha la grille en lieu sûr, sous le couvercle de son piano, claqua la porte arrière et dévala l'escalier.

*

Après s'être assurée que Victor Vigneau était au bureau ce matin-là, Emma demanda à Suzie de la rejoindre sur place. Il fallait le surprendre.

— Je commencerai l'interrogatoire et…

— C'est parfait! s'emballa Suzie, surexcitée.

— Mais, d'abord, il faudrait te calmer, sergente.

Suzie hocha la tête et inspira.

Pendant que la réceptionniste terminait un appel, Emma et Suzie observèrent le mur de photos. Le directeur, l'air de dire: «Je suis pleinement heureux au centre de mes courtiers», affichait son plus beau sourire.

En reconnaissant les deux policières, en particulier Marseille qui lui avait fait faux bond, la secrétaire sourcilla.

— Vous avez rendez-vous avec quelqu'un?

— Nous venons voir votre directeur, répondit Emma.

— Je vois s'il est libre, dit la réceptionniste en prenant le récepteur.

— Je préférerais vous suivre jusqu'à son bureau, s'enhardit Emma.

— Mais…

La dame n'eut pas le temps de protester que déjà les enquêtrices la devançaient dans le corridor. En les voyant débarquer dans son bureau, Vigneau bégaya quelques mots d'excuse à son interlocuteur avant de raccrocher.

— Que se passe-t-il, mesdames? demanda-t-il sur un ton autoritaire.

Elles s'assirent en face de la large table de travail derrière laquelle le petit homme semblait perdu.

— Nous pouvons? demanda sèchement Emma. Ce sera long.

Elle le vit blêmir sous ses bijoux dorés.

— Il se passe que vous n'avez pas dit la vérité, dit-elle en ouvrant son cahier noir. Où étiez-vous, le soir du 13 juin?

Vigneau devint livide, perdant de sa superbe.

— Je vous écoute, insista-t-elle.

— Je me suis trompé de jour.

— Ah oui! Ça arrive ces choses-là. Vous étiez où? continua Suzie, qui avait une grande envie de le cuisiner.

Le directeur hésita de longues secondes avant de répondre.

— J'ai soupé avec Ève Laflamme.

Les deux femmes ne bronchèrent pas.

— Nous devions parler d'une affaire complexe, poursuivit-il.

— Quel genre d'affaire?

— Une affaire… personnelle, précisa-t-il, la sueur perlant sur son front.

Emma nota l'information et la souligna.

— Ça se passait où?

— Au Pub, à Rosemère.

Encore là! se dit Suzie.

— Vous avez pris la même voiture?

— Non, elle m'a rejoint.

— Vous êtes connu, là-bas?

— J'y vais souvent.

— À quelle heure en êtes-vous partis?

Vigneau réfléchit.

— Je dirais qu'Ève a quitté le Pub vers 20 h. Elle avait dit avoir une grosse journée le lendemain. Je suis resté pour prendre un café et parler un peu avec le serveur.

— Vous savez son nom?

— Yvan, je crois.

— Vous ne vouliez pas rentrer chez vous?

Il parut mal à l'aise.

— J'avais le goût de relaxer un peu avant…

— Vous n'aviez pas plutôt envie de suivre votre maîtresse chez elle?

De livide, l'homme devint écarlate. Muet, il regarda les deux policières tour à tour. La consternation se peignait aussi clairement sur son visage que sur celui d'un enfant découvrant que le père Noël n'existe pas.

– Nous sommes au courant. Des gens bien intentionnés à votre égard…

– J'ai droit à ma vie privée !

– Si vous répondiez à la question, monsieur Vigneau.

– Je ne l'ai pas suivie, elle était trop fatiguée.

– C'est pas bien de mentir, V. V. On vous appelle bien V. V. ? demanda Suzie.

– Vous comprendrez que vous êtes maintenant sur la sellette, avec votre histoire, continua Emma.

– JE N'AI PAS TUÉ ÈVE ! s'écria Vigneau. Pas plus que je n'ai tué Dunstan, ajouta-t-il sur un ton plus normal.

– Vous êtes dans notre mire. Ne l'oubliez pas, V. V., conclut Emma en insistant sur le diminutif.

– Je l'ai pas cru un seul instant. Et toi ?

– Difficile à croire, en effet. Le fait qu'il ait été avec elle l'incrimine d'emblée, mais ne prouve rien, Suzie. Nous attendrons notre heure… Viens, allons au Pub.

Après avoir décliné son identité à l'homme occupé à nettoyer une table, Emma demanda à voir Yvan, le serveur.

– C'est moi.

– J'aurais quelques questions à vous poser concernant Victor Vigneau.

– Ah ! monsieur le directeur !

Yvan confirma que Vigneau était bien là le soir du 13 juin, en compagnie de la courtière décédée.

– Quel malheur ! se désola-t-il.

Il certifia aussi que l'homme était resté pour prendre un café et piquer un brin de jasette avec lui après le départ de la courtière, pendant environ une demi-heure.

*

Frank Demers, le policier chargé de surveiller Léa Lacroix, arrêta la Dodge banalisée à une certaine distance de la maison devant laquelle était planté un écriteau « À VENDRE », avec la photo de la courtière.

Une Mercedes qui avait vu le temps passer, mais qui de toute évidence avait eu la chance d'être bichonnée par son propriétaire, se gara de l'autre côté de la rue. La Golf rouge de Léa tourna ensuite le coin et s'immobilisa dans l'entrée. Le petit homme à la chevelure noire ferma sans brusquerie la portière de sa voiture et s'avança vers la courtière. Sans sourire ni affabilité, il la salua. Elle lui parla durant quelques secondes, avant de se mettre à marcher devant lui en direction de la maison.

Pendant qu'ils étaient à l'intérieur, Demers examina le véhicule du visiteur. Il en fit le tour, regarda à travers la vitre. Rien ne retint son attention à part la page de *L'Intégral* déposée sur le siège passager, sur laquelle la grille de mots croisés du jour était à moitié résolue. Le policier réintégra sa berline et attendit la suite.

Dix minutes plus tard, il les vit sortir de la maison et parlementer. À voir l'expression et les gestes du client, il jugea que la visite n'avait pas été concluante.

— Trop cher. Les propriétaires rêvent en couleurs !

— Le quartier le justifie, monsieur Marchand.

L'homme chétif retira sa casquette et se gratta le crâne avant de la remettre en place.

— Le marché s'en va à vau-l'eau. Les gens sont devenus fous et croient que les autres n'y connaissent rien.

Décontenancée, Léa observait l'individu opiniâtre sans pouvoir s'empêcher de penser à Ève qui en avait eu à découdre avec lui.

— Le marché étant ce qu'il est…

— Ah ! Arrêtez de me parler de ce foutu marché ! lança-t-il en fouettant l'air de la main. Vous n'avez que ce mot à la bouche, tous autant que vous êtes !

Léa resta maîtresse d'elle-même.

— Si la maison ne vous convient pas, vous n'êtes pas obligé…

Marchand ne la laissa pas terminer.

— Votre amie, Ève Laflamme, avait plus de pouvoir de persuasion que vous, déclara-t-il en la dévisageant avec insistance.

Le regard sagace, la peau criblée de cratères… La jeune femme eut un frisson.

— Lorsque les propriétaires seront prêts à entendre raison, rappelez-moi.

L'homme tourna les talons et partit aussi paisiblement qu'il était arrivé dans sa Mercedes astiquée. Léa démarra sa Golf, recula pour sortir de l'entrée et s'enfuit sur les chapeaux de roues.

Arrivée au coin de la rue, elle composa le numéro d'Emma Clarke.

Comme convenu, Frank Demers fit son rapport à sa lieutenante.

— La rencontre n'a pas été longue. J'ai l'impression que ça ne s'est pas très bien passé, madame Lacroix est partie en faisant crisser ses pneus.

— Tu avais déjà vu la voiture du client dans l'environnement de Léa Lacroix ?

— Je me suis posé la question. Et non, jamais.

— Tu as remarqué quelque chose d'autre ?

— J'ai fait le tour de son véhicule et tout ce que j'ai vu, c'est *L'Intégral* sur le siège passager. En fait, à la page des mots croisés, à moitié faits.

— Tiens, tiens… Merci, agent Demers. Continue d'être vigilant, tu deviens les yeux de la Sûreté.

Marie, ah! Marie… dite la Madone! Bénie entre toutes les femmes! La seule digne de ce nom! Interdiction vous est donnée de perpétuer la profanation de ce doux et saint prénom. Le devoir d'humilité, d'oubli de soi et de sobriété incombe à toute Marie. En tout lieu. En tout temps. C'est impératif!

Cet amour inconditionnel du goulot liquéfie, rend inapte à vivre une vie décente. Le nectar, en apparence bienfaisant, entraîne inévitablement la non-maîtrise des sens. Le besoin obsessif amène à apprécier le moindre pinard et conduit tout droit à la névrose, à la perte du réalisme.

Il aurait fallu envisager le sevrage obligatoire – un supplice, il est vrai –, mais la peine en aurait valu le sentiment de libération.

Votre renoncement à l'effort oblige donc l'auteur de ces lignes à se servir de grands moyens. La seule délivrance ne peut s'accomplir qu'à travers un liquide plus essentiel, plus salutaire, et plus funeste aussi.

Inéluctable, le destin veillera à châtier ce désir incontrôlable, faisant fi de cette dépendance et vous délivrant de ce joug néfaste.

Fluctuat nec mergitur[61].

---

61 Elle tangue, mais ne sombre pas.

Moderatio in omnibus
(De la mesure en toute chose)

Jeudi 23 juin

Depuis quelques jours, l'homme avait vu et revu le policier habillé en civil, assis dans la voiture banalisée de l'autre côté de la rue, sirotant son café, se croyant à l'abri des regards. À intervalles réguliers, on lui apportait déjeuner, dîner, souper.

Toutes les heures, il sortait de sa cachette et se faisait agresser par l'infernale humidité. Il traversait la rue, allait jusqu'au portail du jardin et s'assurait qu'aucun intrus ne se trouvait dans les parages. Il réintégrait ensuite sa cachette au plus vite, trop heureux d'être de nouveau au frais.

Il lui faudrait déjouer le policier en usant d'extrême prudence. Après avoir examiné l'environnement cinq fois plutôt qu'une, il avait étudié la haie de cèdres haute comme deux hommes ceinturant la propriété ainsi que le passage boisé camouflé entre le jardin et le ravin bornant l'arrière du terrain.

Le jeudi, en fin d'après-midi, la courtière avait l'habitude de se prélasser sur une chaise longue, au bord de l'immense piscine dont l'eau translucide reflétait la mosaïque bordant son pourtour. Toujours accompagnée d'une bouteille de vin plantée dans un seau rempli de glace, elle réglait un dossier ou deux par téléphone, puis elle somnolait pendant que l'alcool finissait de se répandre dans ses veines.

Par une température dépassant les 30 degrés, Marie Lavigne sortit de la véranda et descendit avec précaution l'escalier afin de ne pas laisser choir le seau. Elle déposa l'objet sur la table surplombée d'un large parasol et s'installa sur la chaise en polymère. Afin de se protéger du soleil, elle plaça la chaise dos à l'ouest. Dos au boisé.

Depuis un moment déjà, l'homme surveillait les alentours. Le policier venait tout juste de terminer sa ronde. Il était en faction depuis presque une semaine et, comme il n'avait pas eu à intervenir, sa vigilance s'était peu à peu relâchée. Il était maintenant bien au frais dans sa bagnole, toutes fenêtres fermées. Dans cette banlieue-dortoir, en plein après-midi, les rues désertes n'accueillaient que les écureuils, les oiseaux et quelques chats lézardant au soleil.

Et lui. Et elle.

Il accéda au boisé à partir de la rue parallèle et, sans bruit, s'y faufila. Le ravin, assez profond pour qu'on y dégringole et qu'on s'y casse la figure, ainsi que la pente abrupte menant au terrain lui donnèrent du mal. Cette étape franchie, il se retrouva derrière l'imposante haie. Il patienta le temps que son pouls redevienne régulier. Puis, avec d'infinies précautions, il écarta quelques branches afin de l'apercevoir. Il savait déjà qu'il y avait, derrière le feuillage, une clôture en fer forgé fermée par un portail verrouillé. Il ne vit que le dossier de la chaise longue, les pieds nus aux ongles manucurés et le seau contenant la divine bouteille, à l'abri sous le parasol dans le but d'éviter la surchauffe.

Il resta camouflé à l'observer.

Le téléphone sonna. Marie s'exprimait en gesticulant. Il n'arrivait pas à entendre un traître mot, l'air chaud portant la voix dans la direction opposée. Il voyait la main tenant le verre se lever à un rythme effarant. L'entretien dura un peu plus d'une quinzaine de minutes. Minutes pendant lesquelles la femme ingurgita près du tiers de la bouteille. Minutes pendant lesquelles il ne sentit pas les rayons du soleil le darder et ne ressentit pas la chaleur accablante.

Souriante après avoir raccroché, Marie remplit de nouveau sa coupe, porta un toast au beau temps, s'étendit sur sa chaise et baissa son chapeau sur ses yeux.

Le moment était là. À portée de main. Il lui fallait agir. Et vite. Il couvrit ses espadrilles de couvre-chaussures plastifiés, éliminant ainsi tout risque de laisser des pistes sur la terre. Enfila ensuite ses gants, les colla sur les manches longues de sa chemise à l'aide de ruban adhésif. Baissa sa casquette sur ses yeux. Serra son couteau au creux de son poing. Ne couvrit pas sa figure. Il fallait qu'elle le voie, qu'elle le reconnaisse, même si, dans l'immédiat, elle ne comprendrait pas la raison de son geste.

Agile, il passa par-dessus la clôture et avança en douceur jusqu'à la courtière, alanguie sous l'effet de la chaleur et de l'alcool. Il la surprit en surgissant devant elle, brandit son couteau, qu'il pointa vers la poitrine. Stupéfaite, Marie n'émit qu'un son beaucoup trop faible pour réussir à alerter le voisinage.

– Lève-toi!

Engourdie, incapable de faire un geste, elle ne croyait pas à cette vision d'horreur. Bien sûr, elle le reconnut malgré la visière de la casquette masquant la moitié de ses yeux, mais son cerveau refusa l'information.

– Je t'ai dit de te lever, prononça-t-il d'une voix plus appuyée.

Toujours muette et sous le choc, Marie finit par se mettre debout en titubant. Pétrifiée, elle resta plantée à côté de sa chaise, sans oser le regarder directement. Il sentit la peur ou plutôt la terreur l'asservir. Cet instant où on se sait perdu. À la merci de l'autre. Il jubila.

Il ne la toucha pas, se contentant de la guider à la pointe du couteau, jusqu'au bord de la piscine où l'escalier de béton bleu se perdait dans l'onde. Il fixa le dos voûté sous le poids de la frayeur, les épaules grelottantes malgré la chaleur étouffante. Il l'obligea à descendre en piquant juste assez la base de la nuque avec l'arme.

– Vas-y. L'eau n'attend que toi. Tu verras, tu m'en remercieras.

Il savait qu'elle n'oserait pas se défendre. Qu'elle n'offrirait qu'une faible résistance, le couteau étant trop menaçant.

— Tu as peur de descendre? Allez… l'eau sera rafraîchissante, par cette chaleur.

Sa voix était doucereuse. Comme s'il voulait lui faire du bien.

Il érafla la peau à l'aide du couteau. Sentant la pointe de la lame entailler sa nuque, terrorisée, Marie obtempéra. En cherchant aux alentours un visage familier, elle eut un vertige et faillit perdre l'équilibre, l'alcool mêlé à la panique n'y étant pas étranger.

Il afficha un sourire indéfinissable en regardant la jupe estivale flotter autour de ses cuisses, tandis que l'eau atteignait la blouse légère et montait sans s'arrêter, moulant graduellement le haut du corps.

Il descendit à son tour, une marche à la fois.

— L'eau est source de vie, mais parfois…, dit-il d'une voix éteinte.

Prise d'un frisson incontrôlable malgré la canicule, la femme le supplia du regard. Son corps restait figé, incapable d'esquisser le moindre mouvement. On aurait dit que les vapeurs de l'alcool voulaient s'échapper par tous les pores de sa peau afin de la dégriser comme par magie. S'exprimer, parlementer et surtout hurler… Mais aucun son ne parvint à franchir la barrière de ses lèvres.

Il la regarda avoir la peur de sa vie et décida que maintenant elle devait savoir.

— L'eau est purificatrice. Je ne ferai que te baptiser une seconde fois, dit-il d'une voix qu'elle ne reconnut pas.

Donnant un coup de hanche, il l'agrippa par la nuque. La força à plier les genoux. Enfonça sa tête sous l'eau.

Marie se débattait comme une furie, tentant de lui donner des coups de poing et de pied, mais la masse d'eau ralentissait ses mouvements. Elle réussit tout de même à sortir sa tête de l'eau. Elle eut à peine le temps de prendre une demi-bouffée d'air que les mains meurtrières l'immergeaient une deuxième fois.

Ses bras, battant tant l'air que l'eau, faisaient naître un remous tout autour. Des bulles sortaient de sa bouche et montaient du fond du bassin. Elle résistait autant qu'elle le pouvait, mais l'homme était trop fort, même s'il n'avait pas une musculature imposante.

Le liquide, s'infiltrant dans ses poumons, la faisait suffoquer et souffrir plus qu'il n'est possible de l'imaginer. De l'air, de l'air, de l'air… Ses yeux s'agrandirent de manière démesurée, comme s'ils voulaient sortir de leurs orbites. Elle ne sentait même plus l'agression de l'eau sur leur cornée. Seule était perceptible la douleur qui lui arrachait l'intérieur de la poitrine. La recherche du souffle vital s'avéra un but inatteignable.

Puis son cerveau s'embruma, comme sous l'effet de trop d'alcool. Beaucoup trop d'alcool. Jamais son corps n'était parvenu à cet état d'engourdissement. Une étrange sensation l'envahissait petit à petit. Ses muscles se relâchaient les uns après les autres. Les battements de son cœur décéléraient à un rythme inquiétant. Elle sentait la vie s'échapper, abdiquer sous tant de pression. Son corps tenta un dernier soubresaut, croyant pouvoir retenir une ultime étincelle de vie. Il ne réussit qu'à devenir léthargique, comme un chiffon indolent se balançant sur les remous générés par ses gestes désespérés.

Marie abandonna, se laissa aller jusqu'à ne plus se défendre, ne plus bouger. Son corps, à bout de forces, devint cadavre.

L'homme sentait de moins en moins de résistance sous ses doigts. Il continua tout de même à maintenir la tête fermement, serrant le cou de plus en plus en psalmodiant :

– *Nunc est bibendum*[62].

Puis il relâcha son étreinte et regarda la femme portée par le liquide réparateur, la jupe et la blouse gondolant mollement à la surface de l'eau. Les cheveux blonds ondulaient en miroitant sous le soleil, et le chapeau se baladait tel un jouet d'enfant abandonné après la baignade. Il prit le pouls. Non. Plus rien. C'était fini. Jamais il n'aurait cru que ce serait une tâche aussi ardue. La vie s'interdisant de quitter un corps faisait valoir ses droits jusqu'au bout.

---

62   C'est maintenant qu'il faut boire.

En sortant de l'eau, il se dirigea vers la bouteille de vin. L'envie déchirante d'en avaler une rasade le supplicia. Il décida plutôt d'en vider le quart restant dans le bosquet. Les rosiers allaient-ils proliférer sous l'effet de l'alcool ou se dessécheraient-ils comme l'âme humaine ? Il n'en savait trop rien. En vérité, il s'en foutait !

Avec une satisfaction proche de l'euphorie, il glissa le message sous la bouteille.

Enfin, il admira la scène avant de faire le chemin inverse et de se faufiler à travers la haie. Ni vu. Ni connu.

*

Après avoir fait sa ronde de 15 h, Alain Bernier s'engouffra dans la Dodge noire et se dépêcha d'en fermer la portière.

Une Infiniti tourna alors le coin de la rue et se rangea devant un des garages. Georges Ménard, le mari de Marie Lavigne, en descendit et, porte-documents à la main, déverrouilla la porte d'entrée.

Le policier pouvait maintenant se détendre un peu ; l'homme de la famille était de retour.

Quelques minutes plus tard, un hurlement déchira l'air et retentit jusqu'au bout de la rue. Sortant en hâte de son véhicule, Bernier en entendit un deuxième. Un cri d'animal blessé. Il se précipita dans le jardin et ce qu'il vit le glaça sur place. Une femme flottait mollement à la surface de l'eau. Son mari, immergé jusqu'à la taille, se prenait la tête à deux mains en se lamentant.

Le cerveau de Bernier faisait des efforts considérables pour comprendre ce qui s'était passé. Un accident ? Un suicide ? Ou pire ? Mais comment était-ce possible ?

— Sortez de là ! Je m'en occupe !

Ménard, figé sur place, semblait incapable de respirer. Bernier descendit dans l'eau, l'aida à sortir de la piscine, le fit asseoir et vérifia son pouls qui battait à toute allure. Il repartit vers la femme et essaya en vain de trouver un semblant de pouls. La teinte de la peau des mains, placées en éventail, révélait déjà qu'elle ne vivait plus.

— Vous restez là! Je cours appeler des renforts et je reviens tout de suite!

Le policier rejoignit le véhicule de fonction et empoigna le microphone de la radio.

— Répondez…, ordonna-t-il tout haut.

— Centrale, j'écoute, dit la voix trop calme pour la circonstance.

— Agent Bernier, ici. Je suis devant le 55, rue de Hauterive, à Blainville. C'est dans le secteur Fontainebleau. Une femme s'est noyée. J'ai besoin de renfort. Vite!

La standardiste ne réagit pas outre mesure et parla d'une voix monocorde:

— 10-4. J'envoie une voiture.

À toute vitesse, Bernier retourna dans le jardin et trouva l'homme dans la même position que lorsqu'il l'avait laissé, sauf qu'il affichait maintenant un air hagard. Il s'en approcha et revérifia son pouls, qui s'emballait toujours autant.

À grands coups de sirène, l'escouade municipale se gara à la va-vite en face de la propriété. Elliot Carrière et Jules Bureau descendirent d'une des voitures et coururent jusque dans le jardin, où un spectacle désolant s'offrit à eux. Le corps d'une femme flottait sur l'eau qui miroitait sous le soleil déclinant, bras en croix et jambes ouvertes, rappelant une poupée de chiffon oubliée là. La jupe relevée laissait entrevoir une culotte en dentelle rose, et un chapeau de paille, parti à la dérive, dodelinait au gré du frémissement de l'eau.

Ils virent ensuite l'homme prostré, assis sur le bout d'une chaise longue. En s'en approchant, Elliot constata qu'il sanglotait. Il tenta de le rassurer en posant une main sur son épaule. Un homme laissant couler ses larmes le mettait toujours mal à l'aise. Il ne se souvenait d'ailleurs pas de la dernière fois où il avait lui-même donné libre cours à sa peine.

Georges Ménard leva un visage défait vers le policier.

— Elle ne peut pas s'être suicidée… Je n'y crois pas. Elle allait bien, tout allait bien, murmura-t-il en essuyant ses larmes du revers de la main.

— Il vaudrait mieux aller à l'intérieur avec le sergent Bureau.

Elliot se tourna vers l'agent Bernier, qui ne bougeait pas, et lui dit tout bas :

— Ce serait bien d'aller chercher des mouchoirs.

— Oui, oui…

— Et ne pars surtout pas. J'aurai des questions pour toi aussi.

Lorsqu'il apprit que Marie Lavigne était courtière, le sergent-détective, méfiant, se mit à chercher un message en latin. Message qu'il découvrit sous le cadavre de la bouteille voisinant avec le seau à glace maintenant rempli d'eau.

Il n'y toucha pas, laissant les techniciens s'en occuper, mais consulta tout de même Internet. La signification qu'il trouva le surprit à peine.

Encore une lubie de la part de ce monstre! songea-t-il.

Il arpenta le terrain et constata qu'une haie de cèdres dissimulait un portail en fer forgé cadenassé. Il en écarta les branches et découvrit un ravin naturel. Il se pencha pour en évaluer la profondeur.

Toute une expédition pour quelqu'un qui veut entrer par là! Pas très profond, mais assez abrupt pour risquer de se casser le cou. Comment un homme a-t-il pu s'introduire dans la cour par l'avant sans que Bernier le remarque, alors? Beau mystère à éclaircir! se dit-il.

Son cœur fit trois tours dans sa poitrine lorsqu'il se décida à prévenir Emma.

*

Emma arriva au QG un peu avant 19 h, après une journée folle. Elle déposa sa mallette dans son bureau et se rendit à celui de

Burn qu'elle trouva penché, l'air contrarié, sur une feuille pleine de chiffres.

— Toc, toc… Je peux entrer ?

Le capitaine leva les yeux et la pria de s'asseoir d'un geste de la main.

— *Give me one minute*[63].

Il termina sa lecture, enleva ses lunettes et s'appuya sur le dossier de son fauteuil.

— Vous avez l'air absorbé. C'est à propos de notre affaire ?

— *No, no… Other thing*[64].

— Vous travaillez aussi tard que moi.

Burn leva les yeux au ciel en haussant les épaules.

— *Chief inspector would like a full report on your case. For Monday*[65].

— Même si l'affaire n'est pas encore terminée ?

— *You know him*[66]…

Édouard Dubois, inspecteur-chef du Service des crimes contre la personne, avait la réputation de vouloir tout contrôler. En poste depuis un an à peine, il s'imposait tant par sa stature que par son désir d'avoir la main haute sur toutes les affaires en cours. Arthur Burn, dérangé dans ses habitudes, fulminait lorsque son supérieur plongeait un nez inquisiteur dans ses affaires. L'homme que Dubois avait remplacé vouait une confiance aveugle à son capitaine, et Burn s'était senti appuyé pendant des années. Les diktats du nouveau nommé l'énervaient au plus haut point.

— *So, something new*[67] ?

Emma parla de la nouvelle grille, du fait que l'homme l'avait mise au défi de deviner qui il était, ainsi que de l'indice qu'il lui avait

63 Donnez-moi une minute.
64 Non, non… Autre chose.
65 L'inspecteur-chef voudrait un rapport au sujet de votre affaire. Pour lundi.
66 Vous le connaissez…
67 Alors, du neuf?

donné à propos des enterrements. Elle résuma aussi les derniers interrogatoires, en insistant sur celui de Vigneau.

— *He is… how to say?… spooky! Be carefull, though*[68]…

— Je suis une grande fille. Et puis j'ai un chef qui ne demande qu'à secourir sa lieutenante, ajouta-t-elle sur un ton taquin.

Son téléphone vibra dans sa poche.

— Emma, c'est moi, Elliot.

Le cœur d'Emma bondit comme un acrobate.

— Il a encore frappé! À Blainville, cette fois. Chez Marie Lavigne.

Emma sentit l'adrénaline envahir son cerveau. Elle promit d'être là dans une demi-heure.

— Vous m'accompagnez?

— *You bet!* répondit Burn en attrapant son téléphone et ses clés.

La lieutenante ouvrit toutes les fenêtres de la Charger, en attendant que l'air conditionné ait atteint sa force maximale, et programma le GPS. Le flot routier, dense en cette veille de fête nationale, les obligea à rouler sur l'accotement, gyrophares et sirène allumés. Burn s'agrippa au tableau de bord avec l'air de celui qui pense qu'il ne s'en sortira pas.

Yeux rivés sur la route, sentant l'inquiétude de son chef, Emma lui demanda d'appeler Jeanne Léonard. À contrecœur, Burn lâcha l'objet de survie, composa le numéro et obtint la pathologiste en quelques secondes.

— Je pars à l'instant.

— *Waiting for you, Jane*[69].

Le capitaine saisit une seconde fois le tableau de bord avec ses deux mains, comme si celui-ci pouvait le retenir à la vie. Emma lui lança un regard oblique.

Il vendrait à coup sûr sa mère pour une cigarette!

— Il faudrait demander la même chose à Lapointe et à Marseille, suggéra-t-elle.

---

68 Il est… comment dire?… sinistre! Soyez prudente, même si…
69 Nous vous attendons, Jeanne.

Un grognement accueillit sa proposition.

Pendant que son chef s'affairait au téléphone, Emma réfléchit. Un troisième assassinat, quel massacre! Elle ne voulait surtout pas que la situation lui échappe. En fait, il n'en était pas question! Si Burn n'avait pas été là, elle aurait frappé le volant de toutes ses forces.

Espèce de monstre! Trois meurtres en moins d'un mois… On peut dire que tu ne chômes pas! Qui es-tu? Où te terres-tu? Le jeu a assez duré, Saraf! Montre-toi enfin, merde!

Elle sollicita ses neurones, les sommant de faire leur travail subito presto. Elle enrageait de nager au milieu des eaux noires d'un lac sans fond.

— J'avais raison…, dit-elle soudain à voix haute.

— *About what[70]?*

— Les prénoms bibliques.

— *Hum, hum… Indeed[71]…*

En dépit de la gravité des événements, Emma envisagea de nouvelles funérailles de manière moins négative. Elle demanderait à Renaud de filmer discrètement les gens qui y assisteraient et tenterait de déchiffrer les états d'âme imprimés sur le visage des suspects.

Elle songea aussi qu'elle reverrait Elliot. Aurait-il changé d'attitude? Elle l'ignorait, mais savait par contre qu'elle ne lui ferait pas de cadeau.

Au sortir de l'autoroute, la Charger monta la longue pente en direction de la rue principale de la localité prospère. Les trop nombreux arrêts obligatoires ralentissaient sa course, même si Emma s'arrêtait à peine. Rien ne l'effrayait autant que la possibilité de frapper un enfant courant après son ballon au milieu de la rue.

En arrivant à destination, la policière constata que la résidence de style manoir, en pierres grises, dotée d'un double garage et d'une

---

70 À propos de quoi?
71 En effet…

porte d'entrée en acajou, ne détonnait pas dans son environnement, les propriétés avoisinantes étant des sosies.

Le ruban jaune sécurisait la scène et empêchait les badauds de passer. Si un voisin trop curieux insistait pour s'approcher, les policiers feraient comme d'habitude leur boulot de chiens de garde.

Un des policiers leur désigna le portail du côté droit de la propriété. Elliot vint à leur rencontre et serra la main de Burn. Son regard fuyait celui d'Emma en se concentrant sur le capitaine. Le sergent-détective expliquait encore la situation que déjà Emma s'avançait dans le jardin.

Le corps avait été sorti de l'eau et gisait sur un matelas en styromousse. Le visage et les membres bleuis de Marie Lavigne indiqueraient le nombre d'heures passées sous l'eau. Élément que Jeanne Léonard confirmerait.

Bien qu'Emma ne s'approchât pas outre mesure du corps et s'ingéniât à garder son sang-froid, une image obsédante, s'obstinant à se faire trop précise, s'imposa à son esprit. Image qu'elle tenta de reléguer au plus profond de ses souvenirs, mais qui refusa de s'éclipser.

La grande baignoire… Le corps ensanglanté… Le fantôme de ce qui avait été…

Michel Tougas la tira de ses pensées en l'informant qu'il avait récupéré le téléphone de la victime.

— OK, Michel, se força-t-elle à répondre avec autant d'aplomb que possible.

Puis son esprit reprit sa course folle…

Ses jambes en guenille avaient alors refusé de la supporter plus longtemps. Elle était tombée à genoux, mains sur les cuisses, yeux écarquillés, incapables de s'arracher à la vision surréaliste. Candice Clarke nageait dans son sang, ses poignets ouverts laissés à l'abandon ne lui ayant laissé aucune chance. Avait-elle été blessée d'abord ? Par qui ? Pourquoi ? Était-elle droguée, donc impuissante à se battre contre la mort envahissante? Après toutes ces années, cela demeurait une énigme.

Bouleversée, Emma revint dans le jardin de la rue de Hauterive. Elle enfila ses gants et s'obligea à s'activer. En cherchant la nouvelle citation latine, elle fut distraite par un feu crépitant dans un foyer extérieur en grès.

Il ne fait pas assez chaud comme ça…

Curieuse, elle s'en approcha. Et alors, ses idées se mirent en place…

Le feu… Saraf… brûleur de péchés… Les bougies chez Ève, un feu de foyer chez Marie. Et chez Dunstan?

Tout commençait à prendre forme, à avoir du sens. Il fallait seulement trouver le point commun.

Où est la citation?…

Emma regarda vers Elliot, toujours en conversation avec Burn.

Il a dû la sécuriser dans un sac…

Arrivée au portail fermé par un cadenas, elle jeta un œil au ravin qui n'était pas des plus profonds, mais tout de même abrupt, et se demanda qui, à part un garçon téméraire, aurait osé l'escalader.

— *In vino veritas*, dit Elliot qu'elle n'avait pas entendu arriver.

Elle l'interrogea sans parler.

— La vérité est dans le vin. Coincé sous une bouteille de vin. Encore un défaut dérangeant pour lui, peut-être? Et, cette fois, c'est l'as de carreau qui est estampé au verso du papier.

— Encore un as…

— J'ai consulté Internet, qui ne donne pas plus de signification particulière que pour l'as de cœur.

— Un troisième as… Il ne manque que celui de trèfle.

Avec appréhension, Emma repensa aux croix de la grille initiale. Se pourrait-il qu'il y ait un rapport entre les quatre as, les quatre croix et autant de meurtres?

— Si c'était l'explication pour les as? lança-t-elle à Elliot, après lui avoir fait part de ses réflexions.

— À moins qu'il y ait une autre signification, ce serait logique.

— Pour ce qui est du vin, reprit-elle, nous en saurons peut-être plus en questionnant…

— Son mari est à l'intérieur. C'est lui qui l'a trouvée.

— Où était Bernier pendant ce temps-là ?

Emma voulait son ton professionnel et exempt de toute mièvrerie.

— À son poste, j'imagine. La seule autre entrée est ici, mais comme vous avez pu le voir, il faudrait que notre gars soit audacieux et surtout agile comme un singe…

— Et peut-être plus jeune qu'on le pense…, continua-t-elle.

Elle désigna le foyer extérieur.

— Je l'ai vu en arrivant. Qui veut allumer un feu par une chaleur pareille ? la questionna Elliot.

— Pensez-y. Les bougies chez Ève…

Leur discussion fut interrompue par l'arrivée de la pathologiste.

— Ah ! Jeanne, l'accueillit Emma.

— Bonjour à vous deux. Sergent Carrière, ça fait longtemps. Ça va ?

— Mieux que le pauvre nouveau veuf.

La médecin, en sueur, s'approcha du corps et s'agenouilla.

— Ouf ! Quelle chaleur ! Et quel dégât…

— *Indeed*[72], acquiesça Burn qui s'était approché d'eux.

Jeanne Léonard sortit les instruments de son portuna et entreprit d'examiner le corps.

Les mêmes images lancinantes refirent leur circuit dans le cerveau d'Emma, sans demander la permission…

Après avoir fait la lugubre découverte du corps de sa mère, Emma n'avait pu réprimer un haut-le-cœur qui lui avait fait rendre, sur le carrelage immaculé, le lunch qu'elle avait pris avec ses copines deux heures plus tôt. Elle avait alors fermé les yeux et était demeurée prostrée devant le cercueil improvisé, jusqu'à ce que son corps

---

72 En effet.

s'arrête de trembler, que son sang stoppe son marathon entre sa tête et ses orteils, et que les battements de son cœur redeviennent à peu près normaux. Comme si c'était possible…

Que fallait-il faire dans un moment pareil? Le voisinage? La police? Premier réflexe: son père.

— Des marques de serrement sont visibles de chaque côté du cou, prouvant que la tête a été maintenue sous l'eau, commença Jeanne, sortant Emma de son cauchemar. D'après le bleuissement et le gonflement de la peau, je dirais que ça ne date pas de plus de quelques heures. Comme… au milieu de l'après-midi, confirma-t-elle à Elliot et à Burn pendant qu'Emma s'enfuyait à l'intérieur en comptant les cinq marches qui menaient à la véranda.

La lieutenante salua Jules Bureau, qui lui adressa un sourire évocateur.

— Comment va-t-il? demanda-t-elle, faisant mine de n'avoir rien vu.

— Sous le choc. Une jolie femme réussira sans doute à le consoler mieux que moi, dit-il en lui décochant un clin d'œil.

Il sortit, la laissant seule avec le mari.

Georges Ménard, abasourdi, n'avait pas bougé de son siège.

— C'était son préféré, dit-il en caressant les bras du fauteuil.

— Vous pouvez me raconter comment vous l'avez trouvée?

Il inspira un bon coup.

— Je suis arrivé un peu après 18 h. J'avais une bonne nouvelle à lui annoncer… J'ai été promu aujourd'hui.

Il s'arrêta, au bord des larmes.

— Ce n'est pas possible! s'exclama-t-il. Une si belle nouvelle qui en côtoie une si épouvantable… Je l'ai cherchée dans toute la maison avant de me rendre dans la véranda. C'est de là que je l'ai aperçue flottant à la surface de l'eau. Je me suis précipité dehors et, à la couleur de ses mains, j'ai bien vu qu'elle était mor… Qu'elle n'était plus là, murmura-t-il, la voix brisée.

Il éclata en sanglots. Emma le prit par les épaules et le consola du mieux qu'elle put.

— C'est très éprouvant, je sais, monsieur Ménard.

— Tu n'as vu personne? demanda Elliot à l'agent Bernier.

Toujours choqué, celui-ci blêmit encore davantage.

— Absolument personne. Je ne comprends pas par où il a pu passer… J'ai fait ma ronde aux heures, comme d'habitude, et je n'ai rien vu d'anormal en regardant par-dessus la clôture, expliqua-t-il, l'air effaré.

— Rassure-toi, Bernier, ce n'est pas ta faute. Il est rusé…

À cet instant, Renaud et Suzie entrèrent dans le jardin et jaugèrent la scène d'un seul coup d'œil.

— Cibole! C'est pas reposant!

— Encore le même maniaque? demanda Renaud à Elliot, qui acquiesça avant de rejoindre Emma, restée seule avec Georges Ménard.

Burn, attendu pour une réunion au QG, emprunta le véhicule de Suzie, se disant que les membres de son équipe se débrouilleraient très bien sans lui et que les deux sergents-détectives n'auraient qu'à repartir ensemble.

Suzie Marseille, les pouces passés dans sa ceinture où pendaient matraque et revolver, se précipita vers Bernier en fulminant.

— Pis, toi, tu dormais au gaz? Laisser quelqu'un s'introduire chez la personne dont t'as la garde, c'est incroyable!

L'agent n'osa pas répondre vertement à la sergente comme il avait envie de le faire, mais n'en pensa pas moins : *De quoi je me mêle? Qu'est-ce que t'aurais fait de mieux à ma place?*

— Suzie, laisse-le tranquille, voyons! Il n'a pas voulu ça, intervint Renaud.

La policière eut un geste d'impatience avant de s'éloigner, entreprenant de chercher des indices un peu partout sur le terrain.

La pathologiste ayant fini ses premières observations, les bran-
cardiers soulevèrent le corps et le transportèrent dans le fourgon
mortuaire dont ils refermèrent les portes bruyamment. Jeanne
Léonard suivit le véhicule noir à bord du sien. C'en était fini de
Marie Lavigne.

Le mari s'étant calmé, Emma put reprendre la conversation où
elle l'avait laissée.

— Je voudrais que vous sachiez… Ce n'est pas accidentel.

Abasourdi et livide, Georges Ménard la fixa, le regard lointain.

— Pas accidentel… Ce n'est pas possible! s'écria-t-il, la tête entre
les mains.

— Je crois savoir ce que vous ressentez…

— Nous étions si proches… J'ai peine à croire que je ne la verrai
plus.

Emma lui laissa quelques secondes pour digérer la nouvelle.

— C'est difficile de vous demander ça, mais… votre femme
avait-elle un ennemi?

— Pas que je sache, répondit-il en secouant la tête.

— Un client? Un collègue?

— Il y avait bien ce Vallières qu'elle n'aimait pas beaucoup,
hasarda-t-il.

— Le notaire Vallières?

— Nous sommes allés chez des amis il y a quelque temps et il y
était aussi. D'après ce qu'elle m'a dit, il n'a pas arrêté de lui lancer
des regards noirs durant tout l'après-midi.

Les épaules de l'homme s'affaissèrent, comme s'il venait de les
libérer d'un poids énorme. Emma aperçut Elliot, qui était demeuré
discret dans un coin de la pièce.

— Elle savait pourquoi il la dévisageait?

— Si elle le savait, elle ne m'en a pas parlé.

— Un message a été trouvé sous la bouteille de vin vide que votre
femme avait laissée sur la table de jardin. Il dit: «La vérité est dans

le vin. » Vous croyez que Marie pouvait faire l'objet de critiques parmi les gens qu'elle côtoyait... à cause de l'alcool ?

Ménard releva la tête et parut déconcerté.

— Vous avez bien dit que la bouteille était vide ?

— Plus une goutte...

— Écoutez... ma femme aimait prendre un verre de vin, c'était son péché mignon. Mais de là à boire toute une bouteille en un après-midi...

Et il fulmina :

— Si ce notaire est l'enfant de salaud qui a fait ça !

— Je vous comprends d'être en colère, mais rien ne prouve que c'est lui. Et puis, la vengeance n'arrangera rien. Nous nous en chargeons, c'est notre travail.

— A-t-elle été... victime du même malade que ses collègues ?

La colère cédait sa place au dépit, et vice versa, depuis le début de l'entretien. Emma pensa à la citation latine qui avait été trouvée sur chaque scène de crime, mais décida de n'en rien dire au mari effondré.

— Si c'est le cas, soyez certain que nous ferons tout pour le trouver et le faire condamner.

Ces mots la ramenèrent des années en arrière...

Après les investigations usuelles en pareilles circonstances, Emma avait compris que la trop grande quantité de cocaïne trouvée dans le sang de sa mère l'avait fait sombrer dans le coma. Celle-ci avait dû s'ouvrir les veines sous l'effet de la transe provoquée par la drogue. L'enquête avait donc conclu qu'il s'agissait d'un suicide.

Compte tenu de la fragilité du milieu dans lequel évoluait Candice, la conclusion était plausible. Néanmoins, Emma n'aurait jamais eu la conscience tranquille si elle n'avait pas fait sa propre enquête sur les gens qui gravitaient autour d'elle. Aussitôt son diplôme de policière en poche, elle s'était évertuée à chercher le ou les responsables de ce mal de vivre chez sa mère, sans trouver quoi que ce soit.

Aujourd'hui, elle ne pouvait que se mettre à la place de Georges Ménard qui désirait voir l'assassin de sa femme payer pour ce qu'il avait fait. Elle repensa au notaire Vallières, mais eut une pensée particulière pour Victor Vigneau, membre des Alcooliques anonymes.

— Savez-vous à quelle heure elle est rentrée ?

— Elle m'a appelé en arrivant vers… 14 h.

— Effectivement, si elle n'était là que depuis quelques heures, c'était difficile d'écluser une bouteille complète.

Sur ces mots, la détective se leva.

— Je vous laisse avec ces dames, dit-elle en désignant deux femmes en uniforme qui venaient d'entrer.

Maintenant que les ambulancières s'occupaient de Georges Ménard, Emma et Elliot sortirent prendre l'air. Un malaise évident planait sur eux. Pour se donner une contenance, ils revinrent sur le message de l'assassin et le feu qu'il avait allumé. Emma lui raconta sa rencontre avec Vigneau et lui fit part de ses doutes de plus en plus persistants depuis la découverte du nouveau mot mentionnant l'alcool.

— Comme s'il réprouvait les gens qui boivent… C'est troublant, en effet.

Ils étaient seuls dans un coin du jardin, à l'abri des regards.

— Troublant…, répéta Elliot tout bas avant de la plaquer contre la clôture, de mêler ses lèvres aux siennes et de perdre ses doigts dans la tignasse brune.

Un autre feu les embrasa, leur faisant oublier qu'ils étaient sur une scène de crime.

Haletants, ils se regardèrent, le regard enflammé. Puis le sergent-détective battit en retraite et prit congé de l'équipe pendant qu'Emma sortait de leur cachette.

Renaud s'avança alors vers elle.

— J'aimerais bien être dans le coup, cette fois…

Elle le regarda, consternée.

— Pour l'autopsie, précisa-t-il.

Secouée par la fougue d'Elliot, Emma voyait mal comment Renaud pouvait avoir envie d'assister à l'examen d'un cadavre.

— Si tu y tiens...

Et il s'éloigna.

Suzie, qui n'avait rien perdu de la conversation, vint tout près, de son collègue.

— Tu veux me voler ma job?

En guise de réponse, il la toisa.

*

Aussi offusquée que perturbée, Emma avait de la difficulté à comprendre le sergent qui avait osé un geste aussi déplacé sur une scène de crime.

Il se sauve quand ça fait son affaire, en plus! Je ne jouerai pas à pile ou face avec deux hommes en même temps, le meurtrier et lui...

Troublée par le caractère inusité de la situation, le baiser brûlant et le désir qu'il avait fait naître au creux de ses reins, elle se mordit la lèvre inférieure jusqu'à pousser un petit cri. Puis elle se reprit.

— Je ne me laisserai quand même pas manipuler! Vous devrez répondre de vos actes, sergent Carrière!

Emma ne se cacha pas qu'elle était soulagée que Burn ait dû partir plus tôt. Cela lui permettait d'être seule dans la voiture.

Après avoir pesté contre Elliot à voix haute, elle s'attaqua au meurtrier:

— Tu ne t'arrêteras donc jamais! Combien d'autres victimes feras-tu?

Il réussissait à la fouetter, à l'obséder. Elle ressentait un plaisir immoral à faire équipe avec lui. Cela la prenait aux tripes. Le savait-il?

J'ai l'impression que mon téléphone va se mettre à vibrer et que, tel un associé, il va vouloir discuter des bonnes affaires de la journée. «La troisième a eu son compte. Vous l'avez trouvée, madame la détective?

Passons maintenant à la prochaine. Je ne vous dis pas tout de suite qui ce sera ni comment ça se fera. Je vous laisse y réfléchir. » Marie... *Les prénoms bibliques ne peuvent pas être simplement un adon.*

Le doute s'effaçait au fur et à mesure que les crimes étaient perpétrés. Mais un nouveau prenait forme...

C'est moi qui fais équipe avec lui ou lui avec moi ? Il pourrait s'enrôler dans la police. À moins que... il n'y soit déjà ?

En arrivant devant le Pub, Emma dut s'arrêter au passage à niveau. Pendant qu'elle comptait les secondes avant que la locomotive ne se montre le bout du nez, elle tourna la tête vers la belle façade à l'anglaise de l'établissement. Sa pensée revint à Elliot. Alors qu'elle revoyait les longs doigts masculins caresser le pied du verre à vin, une vague lancinante monta dans son ventre. Elle maudit le sergent-détective pour tout ce chamboulement.

Pendant qu'elle patientait derrière les barrières surmontées de clignotants, elle pensa aussi à la grille qui la hantait. Aux mots qui occupaient son esprit, nuit et jour. À cet homme qui ne voulait qu'une chose : qu'elle parvienne à l'identifier. Jamais elle n'avait connu un criminel désirant autant se dévoiler.

Tu crois que je ne réussirai pas si tu me lances ce défi ? Méfie-toi, Saraf !

Elle attrapa son calepin et inscrivit le nom de la victime en le disant à voix haute :

– Marie Lavigne, 12.

Le train passé, Emma continua son chemin, plus déterminée que jamais.

Sitôt rentrée, elle se versa un verre de rosé et repassa sa journée en revue. Les images se succédaient en s'accrochant derrière ses yeux. Comme un mauvais film. Le corps de la noyée, le veuf éploré, le ballet d'experts tel un essaim de mouches, Jeanne penchée sur le cadavre bleu, sa mère ensanglantée et... le baiser fou d'Elliot.

Defectus
(Malaise)

Vendredi 24 juin

C'était la fête nationale. La Saint-Jean-Baptiste. Grand jour des Québécois. Concerts en plein air et autres festivités étaient au programme dans de nombreux parcs de la province, activités que le rituel feu d'artifice terminerait en beauté. C'était donc congé obligatoire, sauf pour les services essentiels comme les hôpitaux et la police. Quant aux presses des quotidiens, elles resteraient muettes jusqu'à la prochaine nuit où, là, elles se remettraient à fonctionner à plein régime pour raconter le dernier meurtre en long et en large.

Suzie Marseille fulminait. L'enquête qui battait son plein nécessitait la présence de tous ceux qui en savaient un peu plus long sur l'affaire. La sergente ne pourrait donc pas participer à la fête que sa famille organisait chaque année pour la Saint-Jean, depuis des lustres.

Cibole! Si au moins j'avais un rôle important. Tout ce qu'on me demande, c'est de me tenir prête au cas où... Vachement valorisant! Toujours les mêmes qui se tapent les interventions les plus hot *pendant que, moi, je fais la statue en attendant qu'on m'appelle. J'ai bien eu des jobines, mais rien pour réveiller un mort. En plus, c'est vendredi, j'aurais pu passer la fin de semaine à pêcher avec mes frérots,* se dit-elle, nostalgique.

*

Emma s'éveilla tôt et, malgré son envie de paresser dans son lit, ne put y rester plus de 30 secondes. Courbaturée, elle sentit tout le poids de sa nuit agitée. Un rêve avait hanté son sommeil. Elle passait et repassait les menottes au meurtrier, tandis que les courtiers inquiets et pressés d'en savoir davantage la harcelaient de questions toutes plus pertinentes les unes que les autres.

C'était jour de fête, mais l'enquête ne devait pas en souffrir. Aussitôt levée, la détective composa le numéro de mobile de Burn.

— Bonjour, chef. Je vous dérange?

— *No, no. Chelsea and I have a coffee. So*[73] ?

— Vous la saluerez de ma part. J'ai pensé qu'on pourrait organiser une réunion lundi, avec les courtiers des deux agences, afin de calmer les inquiétudes.

— *OK. But, in the afternoon. I have a meeting before noon*[74].

Emma se doucha et avala un allongé en même temps qu'une rôtie au beurre d'arachide. Elle laissa un message dans la boîte vocale de Victor Vigneau avant de sauter sur sa moto et de se rendre au restaurant Charly's, à Rosemère.

Pour une rare fois, on aurait dit que la météo s'était levée du bon pied en ce jour férié. La chaleur intenable avait fait place à un temps plus sec. Trop souvent, une pluie diluvienne venait briser le charme des festivités organisées un peu partout pour la fête nationale du Québec.

Il y avait sur la terrasse du Charly's une foule impressionnante. Des tables avaient même été ajoutées dans le but d'accueillir le plus de personnes possible. On sentait l'effervescence d'un jour particulier, et la promesse d'un week-end plus clément achevait d'accrocher un sourire aux visages.

Emma entra en se disant que, tout compte fait, il serait préférable de rencontrer Mathieu Lavoie à l'intérieur, à l'abri de tous les gens réunis en groupes, chacun faisant à qui rirait et crierait le plus fort.

---

73   Non, non. Chelsea et moi prenons un café. Alors?
74   OK. Mais dans l'après-midi. J'ai une réunion en avant-midi.

Le serveur lui désigna une table à côté de la fenêtre. Au moins, ils auraient l'impression de se trouver à l'extérieur et d'être de la fête, soutint-il.

La policière commanda un espresso et consulta le menu, même si elle savait qu'elle ne mangerait rien. Enfin, elle vit un homme presque sans âge, mince, cheveux châtains, imberbe, s'avancer vers elle. Vu de près, il ne devait pas dépasser les 40 ans. Emma ne l'aurait pas reconnu après l'avoir vu aux obsèques, affublé de son costume liturgique dans l'église, puis de son imper et de son chapeau à l'extérieur. Là, il avait l'air d'un homme quelconque, passant tout à fait inaperçu.

— Bonjour, monsieur Lavoie. Vous n'avez pas de rendez-vous aujourd'hui?

— C'est un des jours de l'année, avec Noël et le jour de l'An, où les clients nous laissent un peu de répit.

— Vous venez donc rencontrer une policière. Pas très gai.

Il afficha un maigre sourire.

— Vous voulez un café? demanda Emma qui se sentait l'âme généreuse en ce jour de fête.

— Un décaféiné me plairait bien, merci.

Elle fit signe au serveur.

— Comment va votre santé?

— Oh! ça va. Un trop-plein d'émotions… Merci de vous être occupée de moi.

— Vous chantez depuis longtemps?

Lavoie afficha une mine ambivalente avant d'expliquer:

— J'ai été enfant de chœur dans ma jeunesse. Au début, l'idée me rebutait. Ensuite, j'ai pris goût à l'atmosphère rassurante de l'église, au calme ambiant. J'écoutais les choristes et, sitôt rentré, je faisais des vocalises dans le but de leur ressembler.

— Vous portez bien votre nom, aussi.

Il sourit faiblement.

— C'était la première fois que vous chantiez devant vos collègues?

Il se rembrunit en hochant la tête.

— Ils savaient que vous pratiquiez cet art ?

— Un art qu'ils ne voient pas comme tel.

— Vous croyez qu'ils ont changé d'avis après vous avoir entendu ?

L'homme se contenta de la fixer sans prononcer un mot.

— Parlez-moi d'Ève Laflamme.

Après avoir pris une grande inspiration, il balbutia :

— C'était une femme qui réussissait plus que la moyenne.

Emma le regarda, mais ne dit rien. Lavoie dut continuer :

— Aussitôt qu'elle est arrivée au bureau, l'ambiance n'a plus jamais été la même.

— Que voulez-vous dire ?

Il remua sur sa chaise.

— Même si certains l'adulaient, d'autres la détestaient.

— C'était votre cas ?

Son nez était agité d'un tic agaçant.

— « Haïr » est un grand mot. Pour ma part, j'aurais aimé lui ressembler.

— Pourquoi ?

— Elle ne s'en faisait pas si quelqu'un ne l'appréciait pas.

— Est-ce qu'Ève Laflamme dénigrait votre loisir ?

— Je ne l'ai jamais entendue dire quoi que ce soit, dit-il, mais j'imagine qu'elle le faisait en catimini. Elle était championne à ce jeu-là.

Le ton s'était durci tout à coup.

— Vous pouvez élaborer ?

— …

Le tic nasal devenait de plus en plus insistant.

— Et ceux qui la détestaient avaient tous la même raison de le faire ?

— Elle ne laissait pas sa place… Elle respirait tout l'air dont elle avait besoin pour satisfaire son appétit de briller.

Il répète tout ce que tout le monde a déjà raconté…

— Vous saviez où elle habitait ?

— Un appartement… Par là, répondit-il en indiquant l'ouest.

— Vous êtes déjà allé chez elle ?

— Non, dit-il après une brève hésitation qui n'échappa pas à Emma.

— Vous en êtes sûr ?

— Jamais elle ne m'aurait invité chez elle, je n'étais pas assez… intéressant.

— Le soir de sa mort, le 13 juin, que faisiez-vous ?

La question ne parut pas le prendre au dépourvu.

— Le temps était chaud et humide. J'ai fait une longue promenade dans le parc, au bord de l'eau. La fraîcheur dégagée par l'eau m'apaise toujours.

— Où exactement ?

— Rosemère, là où la rivière est la plus belle.

Emma nota l'information dans son calepin.

— Dites-moi… Vous avez été surpris qu'on vous demande de chanter à ses funérailles ?

Emma le sentit se raidir sur sa chaise, même si le mouvement était à peine perceptible.

— Je ne m'y attendais pas du tout. (Silence.) Lorsque V. V. m'a invité à le faire… je…

Il s'arrêta.

— Continuez.

— Non… rien.

Les spasmes de son visage redoublèrent sans que rien d'autre trahisse ses états d'âme. Connaissant pourtant les signes précurseurs du malaise, Emma confondait, cette fois, tics nerveux et embarras.

— Rien, sauf que… peut-être qu'elle ne me détestait pas comme les autres.

Ou il est vraiment vulnérable, ou il joue franchement bien la comédie…

— Quelle était votre relation avec Marie Lavigne ?

Mathieu Lavoie passa une main sur sa joue pendant que son nez continuait de s'agiter.

— Elle était parmi ceux qui ridiculisaient ma passion.

Emma donna un grand coup :

— Elle a été retrouvée morte hier. Noyée, en fait. Vous le saviez ?

— Elle aussi ?! s'exclama-t-il.

— Il s'agit d'un meurtre, encore une fois. Quelqu'un en veut aux gens de votre milieu.

Elle guetta sa réaction. Il demeurait ahuri.

Bien des tueurs feignent la stupeur à la perfection…

— Ce n'est pas moi… je le jure ! s'enflamma-t-il.

Elle le fixa.

— Vous le jurez ?

— Tuer quelqu'un… j'en serais… incapable, avoua-t-il d'une voix chevrotante.

La policière demeura silencieuse pendant un moment, laissant le courtier retrouver son calme.

— Vous connaissiez Joseph Dunstan ?

— Comme ci comme ça.

— Quelle relation aviez-vous avec lui ?

— Je le voyais lors des réunions organisées par nos directeurs… et, oui, une fois j'ai négocié une promesse d'achat avec lui.

— Ça s'est bien passé ?

— C'était un dur à cuire, un autre qui ne cédait pas sa place.

— Il a gagné ?

— Comme toujours…

Le mobile d'Emma vibra.

— Vous m'excusez un instant. J'ai laissé des messages ce matin, c'est important.

Il ne broncha pas alors qu'elle se retirait à l'extrémité du bar.

— Monsieur Vigneau. J'ai pensé réunir vos courtiers ainsi que ceux de l'Agence Châteaubriand afin d'éclaircir certains points et de les rassurer le plus possible.

Le directeur hésita avant de répondre.

— Que diriez-vous de lundi après-midi?

— Bien, bien. Disons… 14 h? Permettez-moi d'en discuter avec Lemieux. Et… pardonnez encore ma méprise de l'autre jour, dit-il d'une voix repentante.

Emma revint vers Mathieu Lavoie.

— Désolée, je devais régler quelque chose.

Il fit un signe de la main signifiant qu'il n'y avait pas de problème.

— Où en étions-nous? Ah oui… Dunstan. Le poker, vous aimez?

— Je préfère chanter.

— Vous aviez déjà entendu parler de ses talents de joueur?

— Ça circulait dans les rangs. Il devait de l'argent un peu à tout le monde. Certains disaient qu'il les évitait quand ses dettes devenaient trop substantielles.

— Sa mort vous a surpris?

Il recula sur sa chaise et croisa les bras.

— Une mort… c'est toujours particulier, même si certaines surprennent moins que d'autres.

La détective nota sa réponse dans son carnet et, en relevant la tête, surprit le regard dénué de toute émotion que l'homme posait sur elle. Elle le soutint un instant avant qu'il ne détourne les yeux.

— Et Ève… Elle jouait aussi?

Pour toute réponse, Lavoie haussa les épaules.

— Comme vous avez l'habitude des églises, vous connaissez le latin?

Un semblant de sourire se dessina sur ses lèvres, et son tic s'apaisa.

— Il est présent dans les chants.

— Et ailleurs?

Il réfléchit avant de répondre.

— J'emprunte les mots communs lorsque je prie, avoua-t-il humblement.

Il semblait refermé sur lui-même, comme une huître. Elle osa tout de même…

— Vous aimez les jeux de mots?

Cette fois, seul un tressaillement presque imperceptible agita le faciès de l'homme.

— Les mots croisés, par exemple? insista-t-elle.

Emma avait de la difficulté à détacher les yeux de ce nez qui recommençait à bouger.

— Ce n'est pas mon genre. Chanter est mon seul loisir.

Tout en la regardant, son regard se perdait dans le vide, faisant naître chez Emma une drôle de sensation.

— Ce sera tout pour l'instant.

Le temps extraordinaire fit flancher Emma. Elle composa le numéro de Jeanne en tentant de se convaincre qu'une toute petite heure volée le midi de la Saint-Jean ne ferait de mal à personne et ne nuirait certainement pas à l'enquête. Personne ne l'attendait dans l'après-midi et il fallait bien manger un morceau.

En attendant son amie, Emma enregistra ses impressions à la suite de son tête-à-tête avec Mathieu Lavoie:

« Vu le choriste. Homme renfermé aux prises avec des tics énervants. Rien ne transpire plus que ça. Me semble plus vulnérable que dangereux. »

Elle vit Jeanne marcher d'un pas alerte vers sa table. Elle se leva et l'embrassa.

— Bonjour, Jeanne. Ça va?

— Tu me sors de mon labo, ça ne peut que me faire du bien. La route m'a permis de faire la relation entre les blessures franches et les résidus sous les ongles…

— Qu'est-ce que tu prends? l'interrompit Emma qui en avait assez entendu.

C'était un temps idéal pour boire du vin rosé, qu'elles commandèrent avec une salade de saumon.

— Alors, quoi de neuf ? demanda Jeanne.

Se doutant que son amie faisait allusion à sa vie amoureuse, Emma préféra parler du cas de l'heure.

— L'enquête progresse. L'assassin est un personnage pour le moins nébuleux, mais, en même temps, il affiche ses couleurs. Il laisse des objets et des messages. D'après ses écrits, il nous laisse croire qu'il ne peut tolérer certains vices. Mais je me demande si ce sont ses seules motivations… J'ai l'impression qu'il y a autre chose.

— Tu as affaire à de drôles de pistolets. Vraiment !

— Je ne me reposerai pas tant que je n'aurai pas vu la fin de l'histoire.

— Et tes amours ?

— Bah… Tu n'as pas autre chose à me demander ?

Jeanne la fixa droit dans les yeux.

— J'aimerais bien que tu assistes à l'autopsie de Marie Lavigne.

— Jeanne… je ne crois pas, répondit Emma en jouant avec le pied de son verre.

— Tu l'as vue ? Un noyé est beaucoup moins effrayant qu'un pendu.

C'est ce que tu crois…

Elle revit le visage… Le visage de sa tendre sœur émergeant encore une fois du plus profond d'elle-même. Elle aurait préféré qu'il y reste enfoui, mais, à tous les coups, il s'éveillait, se faisait valoir, ravivait les mauvais souvenirs. Pendant qu'elle menait le bal de la rébellion, sa jumelle se faisait sage comme une image. L'enfant parfaite, la préférée de sa mère… Rose devenue rivale pour la conquête de l'attention maternelle. Puis, un jour, l'indomptable avait failli à sa tâche…

— Son visage sera caché, je le jure !

Revenant à la réalité et voyant l'espoir imprimé sur le visage de son amie, Emma s'efforça de prendre un air moqueur :

— Renaud sera à la hauteur… Beaucoup plus que moi, tu sais.

— Et si tu venais avec lui ? Tu auras au moins franchi le cap et tu pourrais toujours te retirer si l'envie de déguerpir te prenait.

La détective demeura pensive un moment.

— Fais-le comme si tu le provoquais, renchérit Jeanne. Comme si tu lançais un défi à ce fou furieux.

Connaissant la guerrière, elle l'avait piquée au vif. Avait trouvé les mots.

— Tu procèdes quand ? demanda Emma d'un ton qu'elle voulut provocant.

Encouragée, Jeanne hésita à afficher sa joie. Elle se contenta de proposer :

— J'ai un autre cas à terminer lundi… Que dirais-tu de mardi, en fin de matinée ? Le déjeuner sera passé depuis un bout, ça t'évitera la nausée, ironisa-t-elle.

Elles levèrent leurs coupes de nouveau, les lèvres étirées en un sourire triomphant chez Jeanne, une lueur sauvage au fond des yeux chez Emma.

Plutôt que d'assister au traditionnel feu d'artifice, Emma profita de sa fougue pour aller délier son corps et apaiser son esprit en feu, en parcourant au pas de course les 12 rues habituelles.

Casquette sur les yeux, feignant de s'intéresser aux étalages du marché, l'homme la regarda passer comme une flèche avec un sourire malicieux.

Iratus
(Colère)

Samedi 25 juin

Emma ramassa *L'Intégral* lancé sur le pas de sa porte.

« Un troisième courtier de la Rive-Nord froidement assassiné ».

La première phrase de l'article :

« Les enquêteurs sont-ils en mesure d'arrêter l'hémorragie ? »

Sous sa photo mise en évidence :

« Emma Clarke, lieutenante-détective à la Sûreté du Québec, et principale enquêtrice chargée de l'enquête. »

Elle lut l'article alarmiste – cela allait de soi – dans lequel on relatait que le meurtrier n'avait pas de véritable *modus operandi*. Qu'il s'en prenait tant aux femmes qu'aux hommes. Qu'il sévissait au domicile de ses proies, toutes travaillant dans le domaine de l'immobilier. Et qu'il ne frappait jamais de la même manière.

« Est-ce un clin d'œil de sa part ? Ses victimes devaient-elles mourir dans leur environnement ? Est-ce son tour d'entrer dans leur intimité ? A-t-il un jour souffert à cause d'elles ? Autant de questions qui restent, jusqu'à maintenant, sans réponses. »

Le journaliste décrivait ensuite avec moult détails les meurtres inventifs dont avaient été victimes les trois courtiers, avant d'enjoindre aux enquêteurs de la SQ de faire diligence. De déployer tous leurs effectifs. De se faire épauler par d'autres corps de police s'il le fallait.

Les yeux d'Emma s'arrêtèrent sur une courte phrase :

« Plus l'enquête traînera en longueur, plus de meurtres il y aura. »

Comme si on se traînait les pieds ! Tu penses que je ne le sais pas ?

Le papier se terminait par une phrase assassine :

« L'intelligence de l'enquêtrice principale est-elle surpassée par celle du meurtrier ? »

C'est trop fort ! Je ne me laisserai pas faire ! Je vous montrerai à tous que l'intelligence n'est pas de tuer, mais de réussir à résoudre l'affaire. J'en fais le serment !

Emma pesta contre ce partenaire imposé qui n'en faisait qu'à sa tête, qui montait les médias contre son corps policier et qui se jouait d'elle.

Elle courut au piano où Chopin l'entraîna dans sa *Valse minute.* Valse rapide qui lui fit penser au petit chien de George Sand courant après sa queue, ce qui avait inspiré le musicien. Elle s'acharna à reprendre les premières notes encore et encore, avec plus d'énergie que nécessaire, mais la rage gangrenant son cœur l'empêcha de rendre la pièce à sa juste mesure.

*

Après s'être repu de l'article de *L'Intégral*, et surtout de la dernière phrase vantant son intelligence, l'homme ne put s'empêcher d'esquisser un sourire de fierté et d'orgueil. Ses talents étaient reconnus par la toute-puissance journalistique !

Afin d'encore plus certifier la finesse intellectuelle de la détective, il songea qu'il était temps de lui lancer un autre défi. Le nouveau mystère la forcerait à redoubler d'ardeur. Oh oui ! il oserait confondre et déjouer tout ce beau monde !

Le désir irrépressible de caresser la photo de la détective – du bout des doigts d'abord, d'une pleine main ensuite – le conforta dans son choix d'en avoir fait son Élue.

Avec un soin jaloux, il découpa l'article et la photo et les glissa sous la couverture de sa Bible, où s'accumulait déjà tout ce qui avait été publié depuis le premier événement. Il relut pour la centième fois le texte annonçant la nomination d'Emma Clarke au poste de lieutenante-détective. Satisfait, il referma le livre saint et le rangea à sa place habituelle.

*

Emma passa le week-end à étudier la grille devenue obsédante et à rédiger le rapport destiné à l'inspecteur-chef. Elle nota toutes les informations dans le moindre détail et procéda de façon chronologique afin de ne rien laisser au hasard, louant son canevas qui lui fut d'une grande aide dans les circonstances. Plus les renseignements seraient exacts, moins Édouard Dubois aurait de nouvelles exigences. Et plus elle pourrait continuer à se concentrer sur l'enquête.

Il était temps de revisiter la Rive-Nord. La détective monta sur sa moto et laissa l'air humide fouetter son visage jusqu'à Blainville, devant la résidence de Marie Lavigne, qui semblait déserte. Elle s'approcha et poussa le portail en fer forgé menant au jardin, où l'onde bleue frémissait sous l'effet d'un vent mou.

Les doigts sur sa nuque, froids malgré la chaleur, la firent frissonner. Elle tenta par tous les moyens de se concentrer sur la vue du corps de Marie, noyée dans l'eau limpide, deux jours auparavant. Mais le seul qu'elle réussit à visualiser fut celui de Rose, submergé par une autre eau, celle du lac.

Meilleure nageuse qu'elle, Emma n'avait pas su la surveiller pendant que sa mère était allée chercher à boire. Elle avait pourtant essayé de la tirer du péril de toutes ses forces, mais la quantité d'eau avalée par sa jumelle avait eu raison de la petite vie d'à peine sept ans. En état de choc, Emma n'avait même pas pu invoquer le courage qu'il lui avait fallu pour plonger ni la force que ses bras de fillette avaient dû déployer pour voler à son secours. Aucun mot n'aurait pu être assez fort.

Dévastée, sa mère l'avait, par son regard posé sur elle durant toutes les années qui avaient suivi, visiblement condamnée pour ce drame qui la consumait. La sage Rose avait disparu, ne lui laissant que la turbulente Emma pour lui rappeler son calvaire. La culpabilité, qui grandissait même avec les années, n'avait plus quitté Emma.

Elle essuya ses yeux mouillés et s'obligea à se concentrer sur le drame du moment. Elle reprit son rituel, en fermant d'abord les yeux.

Rose, aide-moi…

Après une bonne minute et toute la volonté du monde, Emma sentit qu'elle n'arriverait pas à faire entrer le tueur dans sa tête. Qu'ils ne vibraient pas en parallèle. Voyant l'inutilité de sa démarche, furieuse, elle remonta sur sa moto et la poussa un peu trop sur l'autoroute en hurlant au vent :

— Maudit Saraf ! Maudit ennemi !

Simon l'attendait, assis sur la dernière marche de son escalier, espadrilles aux pieds.

— Tu as une sale mine…

— Il s'est décommandé. C'est la deuxième fois, avoua-t-il, l'air dépité.

— Encore Romain…

Il acquiesça en faisant une moue aussi triste que comique.

— On va courir et ensuite on fêtera nos déconfitures en se faisant livrer une pizza toute garnie d'aliments de mauvaise qualité, OK ?

Patientia
(Patience)

Dimanche 26 juin

Satisfaite de son rapport, Emma le fit parvenir à Burn afin qu'il le lise et le commente au besoin. Aligner toutes ces données n'avait pas été vain. Cela lui avait permis de se recentrer sur l'enquête. Déterminée, elle saisit la chemise du « Cruciverbiste », en sortit son canevas et peaufina le portrait des suspects. Tout était maintenant aussi net que possible dans sa tête. Il ne manquait que *la* faille. La toute petite faille qui changerait la donne et permettrait de mettre la main au collet du criminel.

Elle reçut la réponse de son chef par courriel, une heure plus tard.

« *I think it's perfect! Don't count on me to challenge you, you're so detailed. You can send it to him by email today, so he will be happy of our efficiency*[75]. »

Après le joyeux festin de la veille, Emma mangea légèrement pour ensuite s'installer au piano où Chopin reprit ses droits avec son *Op. 70 n° 2*. Elle laissa ses doigts voguer au rythme de la valse en se disant que Burn avait quand même eu du culot d'écrire *notre* efficacité.

Elle retrouva son lit avec plus de crainte qu'elle ne l'aurait voulu. Éveillée au beau milieu de la nuit, en proie à l'anxiété à cause de

---

75 Je crois que c'est parfait! Ne comptez pas sur moi pour me mesurer à vous, vous êtes si minutieuse. Vous pouvez le lui envoyer par courriel aujourd'hui : il sera heureux de notre efficacité.

son sempiternel cauchemar, elle eut une idée qu'elle ne trouva pas bête. Par acquit de conscience, elle se leva, évita d'allumer, arpenta le corridor et vérifia la porte arrière. Le vain exercice la laissa pantelante, même si elle s'en sentit soulagée.

Elle vérifia que son arme était toujours camouflée sous le second oreiller. Rassurée, elle ferma les yeux.

Progressionis
(Progression)

Lundi 27 juin

L'inspecteur-chef avait répondu au courriel d'Emma en lui posant quelques questions d'ordre technique. Elle avait précisé certains points et, en retour, il lui avait souhaité bonne chance pour la suite de l'enquête.

La détective croisa Burn à la machine à café.

— Bonjour, chef. Vous avez passé un beau week-end ?

— *The murderer prevents me from sleeping soundly*[76].

— Pareil pour moi. C'est le premier cas qui me fait faire autant d'insomnie. Par contre, la rédaction du rapport pour monsieur Dubois m'a permis de mettre en lumière certains points.

— *Like ?*

Elle l'entraîna vers la salle de réunion et ferma la porte derrière eux.

Elle synthétisa sa pensée concernant la façon d'opérer du meurtrier, les éléments qui se recoupaient et le fait que Luc Marchand était toujours présent dans le décor.

— Un client qui en veut aux courtiers parce qu'ils ne lui donnent pas entière satisfaction. Ç'a peut être un beau profil de tueur.

— Hum, hum…, marmonna Burn.

Emma enchaîna avec ses autres déductions et, en les verbalisant, elle pensa encore une fois que Marchand n'était pas le seul à revenir

---

76 Le meurtrier m'empêche de dormir paisiblement.

sans cesse ; il y avait aussi Vigneau, qui faisait partie des AA, était l'amant d'Ève Laflamme et avait menti sur son emploi du temps.

Pendant qu'elle parlait, la policière avait épinglé les photos des hommes sur le babillard. Comme Burn n'avait jamais vu leurs visages, il aurait ainsi une vision plus nette de l'affaire.

— J'ai réalisé ce week-end que chaque directeur avait perdu un joueur en alternance. Dunstan travaillait chez Lemieux, Ève, chez Vigneau, et Marie, chez Lemieux. Peut-on supposer que Vigneau sera encore privé d'un de ses courtiers la prochaine fois ? J'ai même pensé que, sous des dehors compétitifs, ils pouvaient en réalité se tenir la main et être tous les deux *le* meurtrier.

— *Brilliant ! Go, go*[77]..., dit Burn, impatient d'entendre la suite.

Emma parla des deux notaires qui n'avaient aucun intérêt à éliminer leur clientèle. Du choriste *reject* qui aurait enfin *la* place à laquelle il pensait avoir droit après s'être débarrassé des collègues qui se moquaient de lui.

En parlant à voix haute, c'était comme si elle se résumait toute l'affaire à elle-même. Elle s'assit sur le bras du fauteuil faisant face à Burn.

— Regardons du côté de Louis Bellavance, le courtier en prêts hypothécaires. Pour lui non plus, il n'est pas avantageux de réduire sa clientèle. Par contre, on l'a vu en venir presque aux mains avec Jean St-Arnaud, son grand ami. Il peut être assez violent lorsque quelque chose entrave son chemin. Et il y a Jean St-Arnaud...

Elle s'arrêta net.

— Et si... et si Jean et Mathieu étaient des victimes plutôt que des suspects ?

Emma se leva comme un bouchon de bouteille de champagne qui saute.

— Merde ! Jean et Mathieu sont des prénoms bibliques ! Ça m'a échappé. Je les ai toujours vus comme suspects. Et ils travaillent tous les deux chez Vigneau. Si le meurtrier garde la même tendance,

---

77 Brillant ! Allez, allez...

il choisira sa prochaine victime chez V. V., et il se rendra à son domicile. Il faut poster un policier devant chez eux, au même titre que chez Léa. Ça s'impose, chef!

— *Absolutely*[78] !

— Alain Bernier. Donnons-lui une seconde chance. On se voit plus tard chez les courtiers, lança Emma avant de se précipiter vers la réception où elle ordonna à Roberta d'affecter Bernier à la protection de Jean St-Arnaud, et Masson à celle de Mathieu Lavoie, le jour même.

Elle lui demanda également de convoquer les journalistes pour le lendemain, à 16 h, et de réserver la grande salle pour les accueillir.

*

L'inquiétude faisait ses ravages chez les courtiers. Les traits creusés pour certains, le visage défait pour d'autres accusaient le manque de sommeil et l'angoisse grandissante. Le son des conversations faisait penser à un essaim d'abeilles survolant un buisson de roses fraîchement écloses.

Renaud et Suzie ouvrirent et branchèrent les ordinateurs portables sur la grande table rectangulaire. La sergente ajusta ensuite sa ceinture et, jambes écartées, se campa sur ses deux pieds comme pour signifier à l'assemblée qu'ils n'étaient pas là pour rigoler.

Emma avait convenu avec Burn que la présence du sergent-détective de la police locale était souhaitable afin d'offrir tout le soutien dont les courtiers pourraient avoir besoin, étant donné la proximité du poste de Blainville. Après avoir salué tout le monde, Elliot Carrière s'assit sur la chaise qui était tout au bout de la table, dans le but évident de se tenir à distance d'Emma.

Burn serra la main de Vigneau et salua de la tête les courtiers. Emma en fit autant et les dénombra en un rien de temps: 82 personnes venues entendre les policiers au sujet de leurs collègues

---

78 Absolument!

assassinés. Sujet pour le moins délicat et impensable encore un mois plus tôt.

Emma risqua un coup d'œil vers Elliot qui consultait ses notes comme si de rien n'était. Elle oscillait entre la rage et la déception qu'il ne lui prête pas plus d'attention.

— Mesdames et messieurs, je vous demanderais un peu de silence, s'il vous plaît.

On entendit des chaises racler le sol, des toussotements et des cuillères tinter sur les soucoupes.

— L'équipe d'enquêteurs aimerait s'entretenir avec vous à la suite des... perturbations survenues au cours des dernières semaines, continua Vigneau qui ne voulait vraisemblablement pas envenimer la situation déjà inacceptable et inquiétante.

Burn croisa les bras sur la table et prit la parole :

— Bonjour à tous. Merci d'être ici. *My name is Arthur Burn*[79], capitaine du Service des crimes contre la personne à la Sûreté du Québec, et voici l'équipe d'enquêteurs qui travaillent avec moi. Je laisse la parole à la lieutenante-détective Emma Clarke, qui vous exposera la situation en date d'aujourd'hui.

Emma reconnut le ton solennel de son chef en pareille circonstance. On aurait même dit que son fort accent intensifiait la gravité du moment. Elle croisa les bras sur la chemise rouge marquée « Le Cruciverbiste ».

— Merci d'être ici. La réunion a pour but de vous informer et de vous rassurer concernant les malheureux événements. Alors, voilà, trois de vos collègues ont perdu la vie de manière tragique. En fait, il s'agit d'assassinats.

Elle s'arrêta le temps de mesurer le poids de ses paroles.

— Joseph Dunstan, Ève Laflamme et Marie Lavigne avaient-ils un lien en dehors de leur travail ? Avaient-ils quelque chose en commun qui pourrait relier les méfaits ? Avaient-ils le même ennemi ? Vous ont-ils raconté des choses qui vous ont troublés

79   Mon nom est Arthur Burn.

dans les derniers mois ? Autant de questions et peut-être autant de réponses aussi.

Emma avait parlé calmement, en insistant sur chaque question.

— Quelqu'un dans cette salle est-il au courant de faits, même s'ils vous semblent anodins, qui pourraient nous mettre sur une piste ? Si oui, s'il vous plaît, informez-nous-en.

Les courtiers se regardaient, l'air interrogatif.

— Certains d'entre vous ont-ils déjà eu affaire à un dénommé Luc Marchand ? reprit la lieutenante. Si oui, peuvent-ils lever la main ?

Elle compta… Un, deux, trois, quatre, cinq.

Elle les invita à se présenter.

— Si ce monsieur entrait en contact avec quelqu'un d'autre dans la salle, il serait bon de nous en avertir.

— J'ai eu un message de lui, hier, intervint Jean St-Arnaud. Il veut visiter une propriété. Je ne m'en fais pas trop, il grogne mais ne mord pas.

Emma garda son sérieux.

— Vous le connaissez ?

— Je l'ai déjà rencontré, oui.

— Quand le voyez-vous ?

— Demain après-midi.

— Vous pouvez nous donner l'adresse et l'heure ?

— Le 611, rue Meilleur, à Sainte-Thérèse, à… attendez un peu…, dit-il en consultant son horaire sur son mobile. À 14 h 30.

— D'accord, c'est noté.

— Pourquoi nous parlez-vous de Marchand ? Je vous l'ai dit, il ne mord pas.

— Parce que son nom revient souvent dans votre milieu et que nous savons qu'il avait déjà rencontré deux de vos collègues. Comme nous venons d'apprendre que la troisième victime a eu maille à partir avec lui… Cela dit, ça ne veut peut-être rien dire, ce n'est que précaution.

— Vous avez un indice qui pourrait nous aider à y voir plus clair ?

— Les indices sont encore ténus. Quoique… On peut penser à quelqu'un de religieux, répondit Emma qui voulait provoquer une réaction chez un des directeurs ou des courtiers qui pourrait s'avérer coupable.

Des murmures se firent entendre, et des têtes, dont celle d'Emma, se tournèrent vers Victor Vigneau qui semblait ébranlé. Quant à René Lemieux, il paraissait dans sa bulle, bras croisés et regard tourné du côté des fenêtres. Emma crut déceler l'ombre d'un sourire sur ses lèvres.

— Religieux ? En tout cas, quand on connaît un tant soit peu Marchand, on ne le voit certainement pas fréquenter les curés, intervint St-Arnaud.

Malgré le sarcasme, l'atmosphère demeurait lourde, presque irrespirable. Léa Lacroix leva la main et dit tout haut ce qu'une bonne partie des personnes assises dans la salle craignaient, mais n'osaient formuler.

— Peut-on penser à un tueur en série ?

— Cette théorie ne peut être écartée. Mais ne nous emballons pas tant que nous ne connaîtrons pas les liens entre les victimes…, déclara Emma, tentant de calmer les ardeurs.

La seule idée d'un meurtrier en série souleva un vent de panique dans l'assemblée. La grande peur qui sévissait chez les courtiers depuis les dernières semaines se manifestait maintenant au grand jour.

Burn dut faire tinter sa cuillère contre sa tasse afin de ramener l'ordre.

— *OK, folks, we are not there yet*[80] ! Miss Clarke l'a dit, tant que certains liens ne sont pas prouvés, on ne peut rien affirmer.

L'apaisement fut long à venir. Emma regarda encore une fois du côté des directeurs. Vigneau affichait un air stupéfait, alors

---

80   OK, tout le monde, nous n'en sommes pas encore là !

que Lemieux, après s'être détourné de son point d'observation, la dévisageait.

— Si c'était le cas, nous devons déterminer la ou les raisons profondes qui amènent cette personne à commettre l'irréparable, continua-t-elle en soutenant le regard de Lemieux. Comme vos collègues ne sont pas décédés de la même manière, nous devons savoir quel message l'assassin désire faire passer et quel autre dessein le stimule. Un meurtrier a toujours des motivations très précises, avant d'élaborer un plan d'abord, et pour décider ensuite de passer à l'acte.

Tout en parlant, elle avait observé les directeurs, cherchant à provoquer un signe de malaise chez eux. À l'évidence, Vigneau transpirait, tandis que Lemieux paraissait indifférent.

La fébrilité était palpable dans la grande salle. Tout le monde se regardait en chiens de faïence.

Elliot interrogea Emma des yeux. Elle opina de la tête.

— Je suis Elliot Carrière, sergent-détective du service de la police municipale, ici, à Blainville. Nous savons donc qu'il y a trois morts. Au cas où cet homme opérerait de nouveau dans votre milieu, nous devons demeurer vigilants afin de stopper l'hémorragie. Nous vous demandons donc de ne pas traîner en chemin, comme vous dirait votre mère, et de veiller à être plus attentifs qu'à l'ordinaire. Je sais, c'est l'été, il fait chaud, mais, pour un certain temps, fermez vos portes et n'oubliez pas de les verrouiller. Si vous voyez des mouvements, des gestes ou des comportements suspects, n'hésitez pas à communiquer avec l'un d'entre nous. Nos cartes sont disponibles ici, sur la table.

— *So*, vous aurez compris que la lieutenante Clarke est l'enquêteuse principale au dossier, mais que tous les autres policiers ici présents sont aussi là pour vous aider. *And don't forget*[81], c'est très

81 Et n'oubliez pas [...].

important de nous faire part de tous les détails qui pourraient vous venir à l'esprit. *Thank you all*[82].

On entendit le bruit des chaises qu'on repousse, le son des téléphones qu'on réactive, le brouhaha de voix entremêlées.

Jean St-Arnaud se présenta devant Emma. Sensible aux charmes d'une jolie femme, il préférait s'adresser à la lieutenante plutôt qu'à la sergente, qu'il ne trouvait pas assez gracieuse, toujours campée dans ses bottines au bout de la table.

— Excusez-moi, je pourrais vous parler seul à seule ?

Ils s'éloignèrent dans un coin de la pièce, le regard de Vigneau braqué sur eux.

— Eh bien… c'est délicat. Il y a un détail… Enfin, ce n'est peut-être pas pertinent.

— Je jugerai.

— Voilà… Il y a V. V. qui ne décolérait pas à propos d'Ève.

Emma le dévisagea.

— Comme je vous l'ai déjà confié, V. V. et Ève étaient amants. Mais, ensuite, la belle a viré mon directeur pour se ruer sur Lemieux. Meilleur parti, vous comprenez ?

— Comment l'avez-vous su ?

— Mes yeux de lynx aguerri en savent long sur la question…, précisa St-Arnaud en lui faisant son plus beau sourire. Je les ai aussi vus échanger un baiser langoureux dans la Porsche de Lemieux, derrière son bureau. Il faut dire qu'ils manquaient de discrétion. V. V. l'a appris d'un certain informateur. Il ne s'en est pas remis, le pauvre.

Curieuse, la policière l'encouragea à continuer.

— Quel genre de comportement affichait Vigneau ?

— Je dirais… silencieux, mais assez révélateur.

St-Arnaud tourna sur lui-même, cherchant le directeur des yeux.

— Un homme relégué au second plan peut être de très mauvaise humeur.

---

82 Merci à tous.

Il affichait l'air satisfait de celui qui se fait une gloire d'avoir enfin percé le mystère. S'il s'était écouté, il se serait sûrement astiqué les ongles sur la poitrine. Emma eut envie de sourire, mais réussit à se contenir.

— Pourquoi dites-vous « silencieux » ?

— Ses yeux en disaient long. Il n'a l'air de rien comme ça, mais il peut vous fusiller du regard. Donc, de silencieux il peut devenir furieux. Il y a eu une ou deux violentes altercations entre eux.

— Entre les directeurs ? demanda Emma.

— Entre Ève et lui. Je ne suis pas le seul à les avoir entendus. Plusieurs prétendaient qu'ils se chamaillaient à propos d'un dossier, mais j'ai l'habitude de ces scènes qui ne trompent pas. C'était trop émotif pour qu'il s'agisse de travail.

Il se rapprocha de la lieutenante et murmura :

— Et mon pif ne m'a pas trompé, des menaces ont même été proférées.

Intéressée, Emma se dit qu'elle devait revoir le « gentil » directeur bafoué par sa douce qui s'était envolée vers les plates-bandes du concurrent.

— Merci, monsieur St-Arnaud. J'en prends bonne note.

— Appelez-moi Jean, répondit-il en la gratifiant du même sourire qu'un peu plus tôt.

En retournant à sa place, elle vit Suzie Marseille en grande conversation avec Léa Lacroix. La sergente devait instruire la courtière du travail complexe d'une policière affectée aux affaires criminelles.

La vibration de son portable interrompit le fil de ses pensées. Tardif confirma la provenance des médicaments que prenait Vallières, témoignant de sa bipolarité.

Emma travailla jusque tard afin de préparer le point de presse du lendemain. Il ne fallait pas tout dire aux journalistes. Le but n'était pas d'alarmer la population, et encore moins les courtiers qui en avaient plus qu'assez sur les bras.

Elle tourna dans son lit davantage que les nuits précédentes. L'image du notaire débraillé lui revint en mémoire. René Lemieux l'avait pourtant encensé la première fois qu'elle l'avait questionné. Le trouble dont il souffrait pouvait-il l'amener à commettre des actes irrémédiables ?

Son esprit revint au point de presse et une idée germa. Idée qui lui plut. La rencontre avec les journalistes ne devrait pas s'éterniser.

Obreptio
(Surprise)

Mardi 28 juin

Malgré sa nuit presque blanche, Emma, tendue comme un arc, se leva comme un ressort. Outre le fait qu'elle ne voulait pas décevoir Jeanne, elle désirait par-dessus tout anéantir le sentiment de panique chaque fois ressenti devant un cadavre. « Fais comme si tu le provoquais, comme si tu lui lançais un défi », lui avait dit Jeanne. Pour cette seule raison, elle était prête à tout.

Incapable d'avaler quoi que ce soit, elle se contenta d'un espresso bien tassé. Pour tromper le temps, elle survola le journal où on annonçait la conférence de l'après-midi, s'acharna à résoudre les grilles du jour, farfouilla dans son ordinateur, se versa un deuxième café, révisa encore ses notes avant la rencontre avec les journalistes, ramassa la vaisselle et passa enfin sous la douche.

À 10 h 30, Emma partit avec l'idée de défier le Cruciverbiste. En songeant qu'elle ferait la surprise de sa vie à Renaud, un sourire précaire se dessina sur ses lèvres.

L'ascenseur s'enfonça jusqu'au sous-sol. Autant dire jusqu'en enfer! On l'escorta dans le dédale de corridors aseptisés jusqu'à la porte fatidique.

Nombre de pas depuis l'ascenseur : 50.

Renaud, excité comme un jeune premier, était arrivé 20 minutes avant l'heure. Jeanne Léonard, un léger sourire planant sur les lèvres, n'avait qu'une envie : se moquer du sergent pour qui c'était le baptême du bistouri. Elle n'en fit rien, ressentant elle-même une excitation certaine à l'idée d'initier Emma Clarke au grand saut dans le vide.

Pierre, l'assistant de la pathologiste, ferait le travail manuel, et une deuxième assistante se chargerait des aspects techniques : mesures et photos. La pathologiste inscrirait les informations pertinentes sur sa tablette électronique, en même temps qu'elle veillerait sur Emma.

On poussa la porte. Emma entra. On entendit le bruit caverneux du mécanisme de fermeture derrière elle. Ce qui la fit sursauter et se demander ce qu'elle faisait là. Trop occupé à examiner le corps dont la tête avait été recouverte, Renaud ne remarqua rien.

Jeanne vola à la rencontre de son amie et lui dit tout bas :

— Je suis contente que tu sois là. Ça va ? Je veux que tu saches que tu es libre de t'approcher ou de rester à l'écart. À ta guise. Ce qui est important aujourd'hui, c'est de t'imprégner de l'ambiance et d'entendre ce qui va se passer plutôt que de le voir. Ça ne sert à rien de te brusquer. Vas-y à ton rythme, comme quand on fait du cardio, la taquina-t-elle en lui tapotant l'épaule.

Emma resta muette.

— Si tu ressens le besoin de t'asseoir, mon bureau est juste là, ajouta Jeanne en désignant une table sommaire campée sur quatre pattes, droite comme un soldat.

L'image de son amie dévorant son dîner sur le meuble en présence d'un corps horrifia la policière, qui préféra s'attarder à la chaise montée sur roulettes. Sa bouée de sauvetage.

Emma déglutit. L'atmosphère de cette pièce sentant diablement le désinfectant la rendait nauséeuse. La première chose qu'elle aperçut, après l'uniforme vert de Jeanne, fut l'étiquette identificatrice suspendue à l'orteil de Marie Lavigne. Elle se refusa un regard, même furtif, en direction des outils acérés alignés sur la table en acier.

Pour se donner la force nécessaire, elle imagina le faciès du Cruciverbiste à travers les physionomies des suspects. Elle s'ingénia à les détailler les unes après les autres, espérant que *la* véritable se manifesterait tout bonnement, comme ça, dans cette salle lugubre.

Se retournant, Renaud l'aperçut.

— Bâtisse! Je rêve…, marmonna-t-il en la rejoignant.

Le cœur d'Emma devint aussi fade que le sourire qu'elle adressa à son collègue.

— Tu veux t'approcher avec moi? lui offrit-il.

Elle eut un mouvement de recul.

— D'ac, comme tu veux.

Le corps gisait sur le ventre, un linge blanc recouvrant la tête. Jeanne donna le feu vert à tout le monde en commentant les marques de violence repérables sur le corps, dont les ecchymoses laissées par les doigts qui avaient serré le cou.

— Un peu plus bas, on remarque une fine coupure sur la nuque, dit-elle après avoir relevé un peu le drap. Sans doute faite par un couteau, lequel n'aura eu qu'un rôle secondaire à jouer, par contre. Si on examine le reste de l'arrière du corps, il n'y a rien d'anormal, ajouta-t-elle en faisant signe à l'assistant de tourner le corps sur le dos, et en jetant un regard à Emma pour s'assurer qu'elle tenait le coup. On doit vérifier si la femme a subi de la violence sexuelle.

Pendant que l'assistant faisait le nécessaire, l'estomac d'Emma se contractait. Difficile de dire si c'était en raison de l'absence de nourriture ou d'un malaise grandissant.

— Comme aucune lésion n'est apparente, on ose croire que ce n'était pas la raison de l'agression. Cas rare. Normalement, un homme en profite du fait qu'il manipule un couteau avant d'arriver à ses fins, commenta Jeanne.

— Hé là! Tous les hommes ne sont pas des violeurs, quand même! s'insurgea Renaud.

— Non. Cependant, la plupart des cadavres féminins qui passent sur ma table ont subi ce genre d'attaque. Vous n'avez qu'à lire les journaux, sergent, ironisa-t-elle.

— Pour une fois, on a affaire à un tueur intelligent qui ne pense pas juste avec sa queue, répliqua-t-il.

La pathologiste sourit intérieurement.

— Nous procéderons tout de même aux tests, sergent Lapointe.

Emma entendait les déclics de l'appareil photo ainsi que le cliquetis des instruments qu'on déplaçait sur l'acier. On aurait juré un duo d'escrimeurs maniant le fleuret.

Après cet épisode, elle avait besoin d'un répit. La tête lui tournait. Elle longea le mur pour atteindre la chaise à roulettes, mais un haut-le-cœur irrépressible la fit plutôt se précipiter vers la sortie. Elle poussa vivement la porte et s'appuya sur le mur de céramique du long corridor, où elle tenta de reprendre son souffle. Puis, déçue de sa réaction, elle rouvrit la porte et défia les trois paires d'yeux qui la regardaient. Elle s'entêta à demeurer dans la salle inhospitalière, les yeux braqués sur le cadavre blanc, bien décidée à affronter ses démons et, surtout, à défier le fou à lier.

Le travail achevé, son amie la rejoignit.

— Tu as été exceptionnelle! Ce n'est pas inné, tu sais. On croit que ça l'est, surtout quand on désire travailler dans ce domaine, mais affronter la réalité est tout autre. Tu aurais dû me voir la première fois, je n'étais pas belle à regarder. Je suis repartie sur une civière, avoua-t-elle en faisant la grimace.

Emma n'en croyait pas ses oreilles de l'entendre ainsi lui faire la part belle. Elle qui la pensait au-dessus de tout ça.

— Une petite salade pour me faire pardonner? la pria Jeanne en joignant les mains.

— Je ne demande pas mieux que de me changer les idées.

— À la bonne heure! Je rentre terminer le travail et je te rejoins chez Alibi.

— Tu sais, Jeanne... je t'admire.

La pathologiste lui fit son plus beau sourire.

— Tu as pensé à quel point *je* t'admire?

Durant la première demi-heure, la conversation tourna autour de l'enquête. Emma mangeait du bout des lèvres pendant que Jeanne avalait sa verdure avec appétit.

— Je viens de rencontrer quelqu'un. Rassure-toi, ce n'est pas un de mes clients, plaisanta Jeanne.

Elles rirent un bon coup.

— C'est fantastique! Tu veux qu'on en parle? dit Emma, trop heureuse d'enfin causer d'un sujet léger.

Jeanne, qui n'avait pas si souvent un public pour l'écouter, ne se fit pas prier pour relater en long et en large ses deux premières rencontres avec Alexis, le nouvel élu.

— Et... il sait ce que tu fais dans la vie? demanda Emma.

— Oui, et ça le fascine! répondit Jeanne, le visage illuminé. À toi, Emma, et à la résolution de ton enquête, proposa-t-elle en levant son verre d'eau minérale.

Emma entrechoqua le sien sur celui de son amie «charcutière».

*

La policière se gara à côté de l'Aston Martin anthracite.

— J'aimerais voir René Lemieux, dit-elle en exhibant son badge.

— Il vous attend?

— Il me recevra, affirma Emma sur un ton qui ne laissait aucunement croire qu'elle repartirait bredouille.

— La lieutenante-détective Emma Clarke aimerait vous voir, le prévint la réceptionniste.

Quelques secondes passèrent avant qu'elle ne raccroche.

— Il arrive.

— Inutile, je connais le chemin.

Dans le corridor, Emma et René Lemieux marchaient l'un vers l'autre, comme au ralenti. Comme s'ils voulaient que le moment dure afin qu'ils puissent mieux se préparer à cette rencontre impromptue. La lieutenante se plut à imaginer le directeur en meurtrier cruciverbiste.

Il la salua en lui tendant une main moite.

— Comment puis-je vous être utile, cette fois ?

Le ton était bienséant, presque froid. Loin de douter du bien-fondé de sa démarche, Emma ouvrit son carnet noir à la page du 20 juin et ne laissa pas le suspense se prolonger plus longtemps.

— Si on parlait de votre relation avec Ève Laflamme ? dit-elle avec aplomb.

Lemieux posa les bras sur les accoudoirs de son fauteuil et joignit les mains.

— De quelle relation parlez-vous ?

Le ton se voulait provocant, à la limite de la suffisance.

— De la relation que vous me disiez ne pas avoir le 20 juin dernier, continua-t-elle en soutenant son regard.

Le directeur se replaça sur son siège sans répondre, apparemment en proie à un malaise grandissant. Comme s'il s'aventurait sur une pente savonneuse. Au bout d'un moment, qui dura les 20 secondes qu'elle put dénombrer, la lieutenante enchaîna en lisant les notes de son cahier :

— Vous la connaissiez peu. Vous la voyiez seulement lors de réunions chez Vigneau. Bellavance et Lavoie ne la supportaient pas. C'est facile de mettre la faute sur les autres, n'est-ce pas, monsieur Lemieux ?

Emma leva les yeux et prit tout son temps avant de continuer. Les légères gouttes perlant au front de l'homme ne lui échappèrent pas.

— Vous étiez au théâtre le soir du meurtre, continua-t-elle en insistant sur les derniers mots. Et… ironiquement, le titre de la pièce était… hum, laissez-moi voir… ah oui ! *L'amant*. Drôle de coïncidence…

Lemieux eut un mouvement d'humeur.

— D'accord, je suis découvert, avoua-t-il avec le regard fuyant de celui qui ne désire que déguerpir de l'endroit où il se sent tout à coup pris en souricière.

L'air vainqueur en même temps que suspicieux qu'afficha Emma le força à se justifier. Il le fit avec tout le calme possible en pareille circonstance.

— Ne vous méprenez pas, je parlais seulement du fait que nous étions amants, je n'ai pas dit que je suis l'auteur de ce crime crapuleux.

— C'est elle qui vous avait choisi, ou vous avez fait en sorte qu'elle devienne votre maîtresse ?

L'homme se braqua comme un animal féroce prêt à foncer sur sa proie.

— Vous n'avez pas le droit de…

— Pourquoi ne pas l'avoir dit plus tôt ?

— Ça ne regarde que moi. Ça relève de ma vie personnelle.

— Pas lorsqu'il est question de meurtre, monsieur le directeur. Tout mensonge ou toute omission peut être interprété comme un désir de vouloir cacher un élément crucial de façon délibérée…

*

Luc Marchand se gara devant le 611 de la rue Meilleur, une quinzaine de minutes avant l'heure dite. Comme il n'avait pas eu le temps de terminer les grilles du journal, ce quart d'heure lui permettrait de se mettre à jour. Son défi quotidien consistait bien sûr à les résoudre, mais aussi à le faire en un minimum de temps.

Le client ne remarqua pas, quelque cent mètres plus loin, le véhicule banalisé avec, à son bord, le policier Alain Bernier.

La rutilante BMW sport noire de Jean St-Arnaud s'avança comme une flèche dans la rue résidentielle et tourna dans l'entrée de la propriété. Bernier remercia le ciel qu'aucun enfant n'ait traversé au même moment.

À contrecœur, Marchand sortit de sa Mercedes et salua sèchement le courtier.

— Monsieur Marchand, c'est toujours un plaisir de vous voir.

— N'essayez pas de me flatter, j'en ai vu d'autres.

Toujours aussi avenant et sympathique, se dit Jean.

— Cette propriété a profité d'une cure de rajeunissement, disons, sommaire, soit dit en passant.

— Je l'avais déjà remarqué. Comment justifiez-vous le prix demandé ?

— Comme je vous l'ai dit, le côté rustique des rénovations a incité le proprio à réviser son prix.

— Hum, hum…, dit Marchand, méprisant.

Jean détesta l'homme suffisant qui n'avait rien pour l'être.

*

En arrivant au QG, Emma entendit le bourdonnement qui s'échappait de la grande salle réservée aux rencontres de haute importance. Elle était heureuse d'avoir pu la réserver à temps, car les états-majors la réquisitionnaient de plus en plus souvent pour leurs réunions.

En y jetant un coup d'œil, elle vit journalistes, caméramans et photographes s'affairer à installer leurs équipements. On branchait fils et rallonges et on testait flashs et microphones. Elle reconnut les journalistes assidus. On s'interpellait, on échangeait, on parlementait. L'effervescence était à son comble. Cette histoire macabre prenait de plus en plus d'ampleur, et le public en redemandait toujours plus. Les médias se devaient d'être à l'affût de la moindre information afin de pondre *le* grand titre du journal du lendemain ou de diffuser *la* nouvelle télévisée qui ferait réagir.

Emma se retira dans son bureau le temps que tout soit en place et revêtit l'uniforme protocolaire.

On frappa à sa porte.

— Salut. On peut réviser nos notes avant le grand cirque ? demanda Renaud.

Ils pensèrent aux questions que risquaient de leur poser les journalistes et décidèrent ce qu'ils répondraient, même si Emma mijotait toujours son plan B, qu'elle mettrait volontiers à exécution si l'occasion se présentait. Comme elle l'espérait, en fait.

La délégation policière, en uniforme d'apparat et galons à l'épaule, se présenta dans la grande salle, salua l'assemblée et subit les flashs des appareils photo sans broncher.

Après qu'on eut égrené le compte à rebours usuel lorsque le point de presse était retransmis en direct à la télé, le capitaine des crimes majeurs prit la parole :

— Mesdames et messieurs, bienvenue. *You know my team*[83], dit-il en présentant tour à tour ses effectifs. Je cède la parole à Miss Clarke, qui connaît le dossier sur le bout de ses doigts.

Emma s'assit le plus droit possible sur la chaise inconfortable.

— Nous sommes ici pour vous permettre de comprendre et de connaître certains détails concernant les tristes événements survenus dans le monde de l'immobilier depuis quelques semaines. L'enquête avance, plusieurs pions se mettent en place, c'est encourageant. De nouveaux éléments nous font espérer un proche dénouement…

Bernard Paiement ne perdit pas de temps et posa la première question à travers le brouhaha :

— Après le troisième meurtre, vous avez un suspect ?

Pour une fois, Emma fut reconnaissante à Paiement de son empressement légendaire. Tout ce qu'elle voulait, c'était passer un message clair au meurtrier et voilà que le journaliste lui en donnait l'occasion.

Elle croisa les bras sur la table et se lança en espérant que ce qu'elle allait révéler aurait une résonance inquiétante aux oreilles du meurtrier :

---

83 Vous connaissez mon équipe […].

— Un suspect qui semble religieux et qui communique avec nous en latin est désormais dans notre mire, dit-elle avec tout l'aplomb voulu. Il n'a qu'à bien se tenir, c'est une question de quelques jours avant qu'on frappe à sa porte.

Un tollé s'éleva parmi l'assemblée.

Meditatio
(Recueillement)

Mercredi 29 juin

Les grands titres des quotidiens se ressemblaient :

« L'assassin immobilier parle en latin et semble découvert ! »

« Un meurtrier qui s'exprime en latin est dans la mire de la nationale ! »

« Le latin comme moyen de communication ! Suspect identifié ! »

Tous les médias ne parlaient que des messages laissés par l'assassin sur les lieux des crimes. Les lignes téléphoniques ne dérougissaient pas au QG. Tout le monde s'arrachait Emma Clarke.

Après avoir répondu à tout un chacun, elle se sauva du QG et rentra chez elle.

Aujourd'hui était un grand jour. Celui qu'elle avait choisi pour réaliser l'idée qui l'avait éveillée au beau milieu de la nuit, deux jours auparavant. Emma choisit ses vêtements avec soin, comme si cet acte revêtait une réelle importance. Même si elle avait toujours entendu dire qu'Il ne jugeait pas, par principe, elle voulait paraître à son meilleur. Pour la circonstance, et parce que le temps avait fraîchi depuis la veille, elle enfila un pantalon noir, un chemisier blanc, ses bottines et compléta l'ensemble avec son perfecto.

Après la matinée mouvementée, elle décida de changer d'air en roulant jusqu'à Saint-Sauveur, une séduisante localité des Laurentides, où on était chaque fois surpris par l'effervescence qui faisait le bonheur des commerçants. Peu importait le jour de la semaine, et ce, durant tout l'été, le village débordait de touristes, les boutiques et les restaurants les attirant comme des aimants.

Elle sélectionna la liste de musique classique sur son iPod, pour déjà se plonger dans une ambiance plus calme. Aussi passionnée de vitesse qu'elle pouvait l'être, Emma s'obligea à rouler dans les limites permises tout au long du voyage. La route était belle ; le débit de circulation, tranquille. Elle fredonna les airs connus en imaginant ses doigts qui frôlaient les touches de son piano.

Emma gara sa moto à côté d'une boulangerie réputée et déambula dans la rue bordée de commerces proposant vêtements, objets d'art et mets de toutes sortes.

Au centre de la rue principale, elle s'arrêta et l'admira depuis l'autre côté de la rue. L'église aux portes rouges trônait tel un phare dans toute cette agitation. La flèche de son clocher était devenue un symbole dans la vallée. Le toit en acier gris étincelait sous le soleil d'été. Semblable à de la dentelle, l'immense fenêtre en demi-cercle de la façade – aux 32 cercles et 22 rectangles qu'Emma dénombra – permettait à la lumière d'entrer dans la nef.

Fiévreuse, Emma monta en les comptant les marches qui menaient au parvis. Aussitôt la lourde porte refermée, plus rien ne venait perturber la paix des fidèles. Le silence, presque gênant, assaillit la visiteuse. L'endroit était désert, sauf pour un couple d'âge mûr venu se recueillir. Elle fut saisie par la sobriété de l'intérieur où tout avait été modernisé, contrastant avec l'extérieur en pierre d'époque.

Elle longea lentement l'allée et s'assit sans faire de bruit.

Elle vit l'Homme sur la croix, semblant souffrir en silence. Le sang s'écoulant de ses pieds et de ses mains rappelait qu'il avait dû se soumettre pour sauver ses semblables.

Elle réfléchit au pourquoi de la religion. Pourquoi ralliait-elle certaines personnes plutôt que d'autres ? Pourquoi celles-ci devenaient-elles ferventes ou même endoctrinées? Questions qui demeuraient sans véritables réponses depuis la nuit des temps.

Les rites plus ou moins secrets qui avaient ponctué l'enfance d'Emma refirent surface. Son esprit vagabonda jusqu'à la tragédie qui avait mis fin à cette enfance. Jusqu'à la cérémonie troublante qui avait suivi le décès prématuré de sa sœur. Chavirée, elle ressentit le même désespoir, la même solitude… Revit le regard douloureux de sa mère… Réentendit les incantations et les prières prononcées… Se remémora l'odeur lancinante des lys blancs… Et revit le plat Marassa en acajou, symbole de l'âme d'un jumeau disparu, qu'on plonge dans l'eau savonneuse, qu'on assèche à l'aide d'un linge immaculé, pour ensuite l'enduire d'huile d'olive. Ce plat était remis aux jumeaux, qui étaient considérés comme des êtres dotés de pouvoirs surnaturels chez les adeptes du vaudou, et ce, dès leur naissance, en l'honneur de leur gémellité.

Se sentant coupable d'être en vie depuis ce jour funeste, Emma avait décidé de mettre en évidence celui de sa jumelle au centre de sa table et avait juré qu'elle le nourrirait de fruits tous les jours de l'année, en guise d'offrande et de repentir. Rituel qu'elle avait su préserver jusqu'à maintenant. En imaginant la main, encore inconnue, toucher le pourtour du bol et voler la pomme, son cœur se serra.

Une envie soudaine la fit s'agenouiller sur le prie-Dieu, yeux fermés, doigts posés sur son tatouage représentant une rose blanche. En mémoire de Rose… Elle pria *la* force impénétrable et inépuisable de l'aider à faire la lumière sur les événements tragiques qu'elle avait à résoudre. D'amener le meurtrier à faire un faux pas. Un seul. Il ne pouvait s'en tirer sans aucune punition. Ce serait trop injuste.

L'image d'Elliot apparut derrière ses yeux. Le souvenir de leurs étreintes se mua en appétit vorace, presque douloureux, à l'intérieur de son ventre. Il la désirait sans en avoir l'air. Elle ressentait la même chose. Était-ce voué à l'échec? La lassitude qui l'envahit lui fit monter les larmes aux yeux.

Emma inspira un bon coup avant de se lever et de se diriger vers la sortie. La tâche l'attendait ; ce n'était pas le moment d'abandonner. Lorsqu'elle arriva près des portes, un livre imposant déposé sur un lutrin attira son attention. La Genèse.

Elle le feuilleta et en caressa les pages en papier bible que le tueur utilisait depuis le début de l'aventure. Elle en lut plusieurs extraits, puis encore quelques autres, ne pouvant se résoudre à le refermer. Elle dévora les feuillets racontant la légende d'Adam et Ève, qui l'avait toujours impressionnée, comme une histoire d'amour inachevée et souillée.

Ève, la pomme, le serpent… Marie, le vin changé en eau plutôt que le contraire… Mais Joseph, quel rapport avec la religion, à part son prénom biblique ?

Emma se résolut à quitter l'église, en doutant que le Tout-Puissant ait entendu ses prières, et se retrouva dans la lumière crue du soleil qui agressa ses yeux et qui, du même coup, caressa son visage.

Vindicetis
(Défi)

Jeudi 30 juin

La vibration de son téléphone la fit sursauter.
— Bonjour, Emma.
— Qu'est-ce qui se passe, Roberta?
— Une nouvelle enveloppe marquée à votre nom était mêlée au courrier, ce matin.

N'écoutant que ses nerfs à vif et l'adrénaline qui avait brusquement envahi son cerveau, Emma enfourcha sa moto et pesta contre tous les feux de circulation qu'elle rencontra en chemin. Elle se gara à sa place réservée et courut jusqu'à l'entrée, sans prendre le temps de dénombrer ses pas.

L'air grave, Roberta lui tendit l'enveloppe.

Emma s'isola dans son bureau et se pencha sur le jeu devenu obsession.

Votre cerveau est en effervescence, madame la détective?
Envie d'enfin me reconnaître?
Je vous lance le défi d'y parvenir.
Le jeu se précise. Les pions se mettent en place.
Vous y prenez goût, même un malin plaisir, pas vrai?
Remarquez, c'est de bonne guerre.

Vous ne brûlez pas.
La tiédeur vous aveugle encore, malgré vos suppositions…

Gardez les yeux ouverts, bon sang !

Faites travailler vos cellules grises, qui ne demandent que ça !

La partie en est presque à son point culminant.

La récréation tire à sa fin. La cloche sonnera… *paulo* !

Emma chercha le mot « *paulo* » sur le Web. Il signifiait « sous peu ».
Alors qu'elle relisait le message, la même impression revint la
hanter. Comme un mot, une phrase ou même une intonation qui
accroche l'oreille…

*La tiédeur m'aveugle ? Qu'est-ce que tu en sais ? Donne-moi juste les
indices dont j'ai besoin et on verra qui est le plus fort !*

Horizontal n° 5, 2ᵉ :	Ce qui nous unit (dans le désordre)
Horizontal n° 6, 2ᵉ :	Sevrage
Horizontal n° 6, 3ᵉ :	Au moins un de vos suspects le fait comme il respire ! (première et dernière lettres)
Horizontal n° 7, 2ᵉ :	Si vous réussissez, j'en aurai une encore plus haute de vous !
Horizontal n° 8, 2ᵉ :	Garde son sang-froid (abréviation)
Horizontal n° 8, 3ᵉ :	Grand clerc
Horizontal n° 9, 2ᵉ :	Dieu le redevient de plus en plus
Horizontal n° 13, 1ᵉʳ :	Début d'un liquide désormais interdit
Horizontal n° 14, 1ᵉʳ :	Le Père l'a précédé
Horizontal n° 16, 4ᵉ :	Est en odeur de sainteté !
Horizontal n° 19, 1ᵉʳ :	Ne le perdez pas, vous êtes bien partie !
Horizontal n° 19, 2ᵉ :	Souvent fait avec ses origines

Je vous vois, penchée sur le papier, avide de découvrir votre adversaire,
découverte qui, soit dit en passant, vous surprendra ! Vous n'avez qu'à ouvrir
l'œil et l'oreille…

Vertical n° 1, 3ᵉ :	Peut être proclamé saint
Vertical n° 4, 3ᵉ :	La mienne est parfaitement justifiée
Vertical n° 4, 4ᵉ :	Équivalent de grossière plaisanterie (3 premières lettres)

Vertical n° 6, 1er :   Huis clos

Vertical n° 7, 1er :   Vous fouillerez dans le moindre...

Vertical n° 8, 1er :   Ma mission l'est

Vertical n° 8, 2e :   Faute (2 premières lettres)

Vertical n° 8, 4e :   Lieu destiné à la souffrance (première et dernière
                              lettres)

Vertical n° 9, 4e :   Au pied de la lettre

Vertical n° 10, 1er :   Un aperçu de mes connaissances

Vertical n° 10, 2e :   Cercle vicieux

Vertical n° 11, 1er :   Votre meilleur ami

Vertical n° 11, 4e :   Me décrit beaucoup mieux! (le contraire de
                              H-15-2e) (première et dernière lettres)

Vertical n° 12, 2é :   Œil de lynx, fin limier !

Le temps presse, plus une minute à perdre !

Vous laisseriez votre adversaire gagner la partie ?

Je vous ai choisie. J'ai tout misé sur vous.

Allez, ne me décevez pas !

J'ai envie de pousser le jeu un peu plus loin...

Vous êtes aguerrie dans l'art de jouer avec les mots.

Vous savez que les nombres aussi peuvent s'exprimer ?

Même lorsqu'ils se contentent de chuchotements

ou quelque autre subtilité.

Labor omnia vincit improbus !

SARAF

De quels nombres tu me parles, là ?

Emma relut les définitions pour tenter d'y voir plus clair.

Tu m'as choisie en misant... quoi au juste ? De l'argent avec tes partenaires de poker ? Tu joues avec mes nerfs, mais tu ne gagneras pas. Juré sur la tête de ma sœur !

Elle consulta Internet pour savoir ce que voulait dire « *Labor omnia vincit improbus* » : « Un travail opiniâtre vient à bout de tout. »

Bien sûr !

Bien qu'impatiente de s'attaquer aux chiffres, elle décida de les garder pour le dessert.

Alors, go. « Ce qui nous unit »… Quoi d'autre que ton jeu pervers ? Quatre lettres dans le désordre et je n'en ai aucune. Passe ! « Sevrage »… Deux lettres… Je n'en ai pas une, encore une fois ! « Au moins un de vos suspects le fait comme il respire »… J'ai déjà le « r » comme dernière lettre. Qu'est-ce qu'on fait comme on respire ? On ment, bien sûr… L'expression populaire. Donc, ce serait à l'infinitif : « mentir ». Première et dernière lettres, « mr ». Au moins un de vos suspects… Un ou des suspects ? J'ai déjà eu un aperçu avec Vigneau et Lemieux… Certains peuvent-ils être de connivence ? Comme les deux notaires ? Ou les deux directeurs ? Tu es donc assez informé pour savoir ça ? À moins que tu me parles de toi en voulant me mener sur une fausse piste ?

« Si je réussis, il en aura une plus haute de moi »… Estime ?… Six cases. Je tente « estime ». Beau défi ! « Garde son sang-froid »… Abréviation de deux lettres commençant par « d ». Passe ! « Grand clerc »… Ça finit par « m »… Sans doute « imam ». Tiens, tu changes de religion ? « Dieu le redevient de plus en plus »… Deux lettres ? Éclaire-moi, Tout-Puissant ! « Début d'un liquide désormais interdit »… J'ai déjà un « l ». Et si c'était « alcool » ? Il veut me dire qu'il ne boit plus ? Voyez-vous ça ? Un clin d'œil de la part de V. V. ? En parlant de mentir…

« Le Père l'a précédé »… Père avec une majuscule… Il parle donc de Dieu… Dieu a précédé le Fils ? Le Saint-Esprit ? Ces deux entités portent-elles un autre nom ? Voyons en vertical… « Est en odeur de sainteté »… Deux lettres. Qui est en odeur de sainteté ? Ça peut être n'importe quel titre ecclésiastique. À suivre… « Ne le perdez pas, vous êtes bien partie ! »… J'ai « el » comme deux premières lettres sur quatre… Allons-y pour « élan ». La dernière en horizontal : « Souvent fait avec ses origines »… Qu'est-ce qu'on fait avec ses origines ? Pour ma part… Ne va pas là, Emma… À suivre…

Tu veux que je sois sur le bout de ma chaise. Sache que je suis capable d'en prendre !

Pendant une seconde, Emma douta de la dernière phrase dictée par son cerveau. Énervée, les jambes assaillies par des fourmillements, elle se leva et fit quelques exercices d'étirement.

Due pour un café...

Elle rencontra Suzie et Renaud dans le corridor.

— J'ai reçu une cinquième grille, dit-elle tout bas au sergent.

— Quelque chose qui parle ?

— Il aime que je nage dans le mystère, mais ça viendra, ça viendra...

Emma ne voulait pas avouer qu'elle avait l'impression de patauger dans la vase et que, si des signes plus concrets ne se manifestaient pas bientôt, elle imaginait déjà ses pieds s'y enliser jusqu'au point de non-retour.

— De quoi vous discutez, vous deux ?

Emma jeta un regard qui en disait long à Renaud. Le temps était venu de parler des grilles à leur collègue.

S'il fallait écouter tous les malades qui profèrent des menaces... Au diable l'intimidation !

En entendant la confession d'Emma, Suzie écarquilla les yeux à la manière d'un animal apeuré.

« Cibole ! » fut le seul mot qu'elle put articuler.

— Rien de nouveau de votre côté ? demanda Emma.

— Comme notre affaire stagne, Burn veut me confier un dossier pas mal moins *hot*, répondit Renaud en maugréant.

Emma savait que Renaud ne se contentait pas de miettes. Qu'il lui fallait de la viande autour de l'os. Elle lui tapota l'épaule, puis repartit vers son bureau avec son café fumant pour entamer la deuxième phase, le vertical.

Avant de commencer, elle buta sur les nombres 13 et 20. Les décortiqua de toutes les manières avant de les abandonner, à regret.

Non, non, les mots d'abord...

« Peut être proclamé saint »... Toi, je suppose ? Plusieurs personnes ou objets peuvent être saints et je n'ai que la lettre la plus commune, « e ».

« La mienne est parfaitement justifiée »… La « haine », bien entendu !
Oui, monsieur, il faut que tu en sois même habité ! « Équivalent de
grossière plaisanterie »… Les trois premières lettres seulement. Comme
j'ai déjà les deux dernières en « ac », j'opterais pour « fac », pour
« facétie ». Je sais malheureusement que ce n'en est pas une… « Huis
clos »… La « cour ». Hâte de t'y retrouver ! « Vous fouillerez dans le
moindre… » « recoin ». C'est exactement ce que je fais ! « Ma mission
l'est »… « Utile » ? C'est toi qui le dis ! Comme tous les autres avant
toi, d'ailleurs… « Faute »… Comme dans ceux-qui-se-permettent-
d'en-faire-et-à-qui-tu-fais-passer-un-mauvais-quart-d'heure ? Un
synonyme de « faute »… J'ai seulement un « e »… Et qu'est-ce que c'était
en horizontal 8, déjà ? « Garde son sang-froid »… Quelqu'un qui n'a
pas peur… Un instant, réfléchis… « Erreur » ? Et en horizontal, ça fait
« dr » pour « docteur »… qui garde son sang-froid. Donc, « er ». Parlons
de toi… Tu n'as droit qu'à une toute petite erreur et je te trouverai.

Emma inspira lourdement avant de continuer.

« Lieu destiné à la souffrance »… Deux lettres, première et dernière.
C'est ton paradis, espèce de démon ! L'enfer. Donc, « er », encore une fois.
« Au pied de la lettre »… J'ai déjà le « b »… C'est « nb » pour « notez
bien ». « Un aperçu de mes connaissances »… Eh bien, c'est le latin !
C'est une de tes nombreuses connaissances ? « Cercle vicieux »… Il me
manque encore quatre lettres sur six. Passe ! « Votre meilleur ami »… Je
l'ai déjà, « sd »… Simon Dumas… Qu'est-ce que Simon vient faire là-
dedans ? Ne va pas jouer là, je te préviens, Saraf ! « Me décrit beaucoup
mieux »… Le contraire du H-15-2ˣ ? Ah oui ! « Pas très catholique ».
Aucune lettre, ni en vertical ni en horizontal. On verra plus tard…

La dernière, maintenant. « Œil de lynx, fin limier »… « Emma » ?
C'est bien la première fois que je me retrouve dans une grille ! Tu veux
me provoquer ?

Son prénom clignota devant ses yeux. Ses neurones étaient en
feu. Tout était voulu. Savamment planifié. Elle le réalisait plus que
jamais. Et le plus cruel, c'est qu'elle en redemandait. La volonté de
le découvrir ne la laissait plus en paix. Ne la laissait plus dormir.

Elle reprit le message et lut de façon aléatoire :

– … défi d'y parvenir… malin plaisir… tiédeur vous aveugle… adversaire qui vous surprendra… ouvrir l'œil et l'oreille…

Furieuse et exaspérée, elle chiffonna le papier en boule et le lança à bout de bras. Puis, reprenant son souffle, elle revisita les cases vides.

Travaille, Emma, travaille ! En vertical 9, « cadenas », « cadence » ou « codéine » ? Eh bien, ce sera « cadenas ». En horizontal 9, « Dieu le redevient de plus en plus »… Pas possible, c'est « in » ! Horizontal 12 : « Présents de pied en cap »… Pourquoi pas les « os » ? Et en horizontal 19… on ne renoue pas avec ses origines ? C'est ça… « renouer » !

	1	2	3	4	5	6	7	8	9	10	11	12	13
1	V	e	r	b	i	c	r	u	c	i	s	t	e
2	i	v	■	a	■	o	e	t	a	■	d	o	n
3	c	e	■	t	r	u	c	i	d	e	■	i	t
4	t	■	■	■	r	o	l	e	■	■			e
5	i	f	■	o	■		i	e	n	l	■	e	r
6	m	i	s	s	i	o	n	■	a	a	■	m	r
7	e	c	u	m	e	z	■	e	s	t	i	m	e
8	s	■	s	o	s	■	D	r	■	i	m	a	m
9	■	a	p	s	i	d	E	■	i	n	■	■	e
10	n	i	e	e	■	a	S	■	■	■	g	■	n
11	o	■	c	■	s	r	T	■	■	■	o	■	t
12	m	e	t	h	o	d	I	q	u	e	■	o	s
13	■	■	h	l	■	■	N	i	■				
14			n	i	o	■							
15	e	d	e	n									
16			■	e	p	i	a	■		u	u	■	
17		■	■	c									
18		t	■	f	■	e	t	■		m	■	s	
19	■	e	l	a	n	■	r	e	n	o	u	e	r
20	C	r	u	c	i	v	e	r	b	i	s	t	e

Emma analysa la grille dans son ensemble en malmenant son crayon. Le mordillant, le faisant tournoyer, le tapant contre le bureau.

Qu'est-ce que j'ai ? Tout et rien. Il me mène en bateau et, moi, je vogue sur les flots de l'inconnu...

Elle se leva. Refit les cent pas. Et aperçut le papier froissé qui la narguait depuis son coin. Elle le récupéra et le déplia en le pressant sur son bureau.

Elle avait beau le lire et le relire, l'impression de déjà vu était toujours présente sans qu'elle puisse mettre le doigt dessus. Pour faire diversion, elle se rua enfin sur les chiffres dont elle espérait un miracle.

J'avais peut-être raison de tout comptabiliser... Logiquement, il faut que je parte de la grille elle-même. Ce sont les seuls chiffres que j'ai. Chuchotements et subtilité... Si je commençais par les simplifier...

Elle barbouilla une feuille de plusieurs équations développées à partir des chiffres déjà inscrits sur la grille, mais n'en tira rien. Rien du tout. Pensive, elle passa plusieurs fois son crayon sur le 260, résultat du 13 multiplié par le 20.

Elle prit ensuite ses notes et trouva la page où elle avait écrit les noms des suspects, puis elle les classa en ordre croissant.

PAUL PRIEUR   10
RENÉ LEMIEUX   11
LUC MARCHAND   11
JEAN ST-ARNAUD   12
VICTOR VIGNEAU   13
MARC VALLIÈRES   13
MATHIEU LAVOIE   13
JOCELYN TARDIF   13
LOUIS BELLAVANCE   15

Quatre noms ont 13 lettres, comme la première ligne, dont Tardif. Mais...

Emma l'avait déjà éliminé. Reviendrait-il la hanter? Elle raisonna ainsi, se parlant parfois à haute voix:

OK… Quatre des noms ont 13 lettres. Deux des quatre ont un prénom biblique, Marc et Mathieu. Quant aux deux autres, Victor et Jocelyn, leur prénom n'a aucun rapport avec ça. Peut-on penser qu'ils en auraient contre les gens qui en portent un? Possible… Dans ce cas, Vigneau a encore une corde de plus à son arc déjà bien tendu. Chaque fois qu'un élément s'ajoute, ça me ramène à lui…

Elle prenait le temps de noter chaque information à côté des noms.

D'autre part, cinq de tous les hommes ont un prénom biblique, Paul, Luc, Jean, Marc et Mathieu. En plus de Jean et de Mathieu, les notaires Paul Prieur et Marc Vallières pourraient bien être de futures victimes. Quant à Luc Marchand, je le vois plus en bourreau qu'en victime, et il pourrait très bien s'attaquer à d'autres membres du milieu immobilier… Il nous reste donc René Lemieux et Louis Bellavance, dont les noms ne contiennent pas 13 lettres et dont les prénoms ne sont pas bibliques. Ouf! méchant casse-tête!

Elle se prit la tête entre les mains et massa ses tempes qu'elle ne voulait pas voir devenir douloureuses.

Conclusion: doit-on se méfier davantage de Lemieux et de Bellavance, de Marchand l'anti-courtiers, ou de Vigneau dont le nom totalise 13 lettres en n'ayant rien à voir avec la religion, même si lui est religieux? En plus, tous les hommes sont joueurs, sauf peut-être Marchand et Lavoie. Et les trois victimes l'étaient aussi. Le meurtrier estampe chaque fois un as derrière les messages en latin. On doit chercher soit du côté des suspects qui jouent, soit de celui de ceux qui peuvent exécrer ce loisir.

Emma attrapa son crayon et analysa encore une fois le profil de chacun des suspects, décortiquant ses différentes caractéristiques: son emploi, ses intérêts, ses particularités, son appartenance ou non à la religion, les raisons qui pourraient l'amener à tuer. Elle recula de quelques pas pour juger de l'effet sur le tableau. Tous les éléments étaient partagés. Leur seul point commun : le milieu immobilier. Sauf pour Tardif.

Trop stimulée pour classer la grille en attendant, impuissante, le quatrième crime, elle relut ses notes à propos du symbolisme des nombres.

— Le 13, source de déséquilibre… une évolution fatale vers la mort… vers l'achèvement d'une puissance. Le 13 est symboliquement synonyme de superstition, de malheur, on le sait.

Rivée à son écran, le pied battant l'air et les nerfs à vif, elle continua à lire :

— Dans le domaine religieux, on dit que, lors de la Cène, Jésus était entouré des 12 apôtres et de Judas, le traître appelé « treizième apôtre ».

Mais qu'est-ce que ça me dit ? Il ne se compare pas à Judas. Au contraire, il ne veut surtout pas trahir son Maître. Il s'improvise « agnus Dei », ange protecteur de Dieu, et brûleur de péchés. Il y a aussi le 13 relié au latin… Quant au 20, on dit qu'il aide à rétablir le lien avec Dieu, donc qu'il amène à une sorte d'éveil spirituel. Pas étonnant ! Mais y a-t-il autre chose à savoir ?

Les lettres et les chiffres s'emmêlèrent jusqu'à ce que ses yeux crient grâce.

Je gage qu'il a voulu m'induire en erreur en me parlant de nombres. Pour me dérouter, me faire douter ou me distraire d'un élément beaucoup plus important…

— Je n'ai rien de concret. RIEN ! *NADA !* QUE DALLE ! fulmina-t-elle.

Emma avait pesé si fort sur son crayon que la mine s'était cassée. Elle aurait voulu hurler. Elle frappa du poing sur son bureau, en proie à une colère qu'elle ne pouvait plus contenir. Voilà qu'il réussissait à la faire sortir de ses gonds. En furie, elle lança le crayon à travers la pièce.

— Sois maudit, Saraf !

Elle continua son exploration sur Internet :

— Le 20 se prend pour un génie, un sauveur... recherche la gloire à tout prix... le nombre de la transcendance... La croix est son symbole...

Tiens, tiens... Les croix du début sur la grille ? Et si on reprend le 13, ça donne 1 + 3 = 4. Les quatre croix de la grille, les quatre as ? Et là, quelque chose d'intéressant... « pour s'accomplir pleinement, il doit s'associer avec un 1 ».

Elle reprit la liste des noms.

Qui fait 1 ? Le seul que je peux voir est Prieur : la somme des lettres de son nom fait 10. Mais si Prieur est le meurtrier, il ne peut pas être en même temps le 20 et le 1 ! Mais attends, je suis aussi un 10... Donc un 1. Il a besoin de moi pour s'accomplir... C'est donc moi l'heureuse élue !

Le clignotement de son téléphone la délivra de l'emprise de ses pensées devenues meurtrières.

— *You have a minute*[84] *?*

Soupir d'exaspération.

Non, elle n'avait rien de nouveau à lui apprendre. Il ne se doutait pas qu'elle était occupée, qu'elle s'acharnait à découvrir la vérité ?

— J'arrive, chef, répondit-elle en espérant n'avoir pas pris un ton trop cassant.

À regret et agitée, Emma délaissa les papiers étalés sur son bureau.

— *Dubois is getting impatient. He asked me where we are with the Crossword fan*[85].

L'inspecteur-chef... Ne manquait plus que ça !

— Ça progresse. J'ai reçu une nouvelle grille, ce matin. De nouveaux indices sont là, j'en suis sûre. Il suffit que je me concentre afin de relier tout ça. Donnez-moi encore un peu de temps, dit-elle, sur le qui-vive.

— *You know how he's... anxious*[86].

Et moi, je ne le suis pas, anxious, *peut-être ?*

---

84 Vous avez une minute ?
85 Dubois devient impatient. Il m'a demandé où on en est avec le cruciverbiste.
86 Vous savez comme il est... anxieux.

— *The box has to work, other cases are important too. He wants you*[87]…

— On peut faire appel à Suzie. Elle a démontré ses compétences dans cette affaire, proposa la lieutenante, agacée. Je vois même qu'elle se réalise de plus en plus.

Burn se balançait sur sa chaise, se sentant de toute évidence coincé entre l'arbre et l'écorce.

— Elle a été efficace pour l'enquête. Elle m'a surprise, vous savez.

Emma se débattait dans l'eau bénite.

Pas question que j'abandonne l'affaire à quelqu'un d'autre…

Elle savait qu'avec l'histoire des grilles, elle seule devait dénouer l'impasse autour du fou meurtrier.

Il faut qu'il me laisse aller là-dedans. J'ai un duel à terminer…

S'efforçant d'être convaincante, elle enchaîna :

— Renaud aussi est disponible. Laissez-moi terminer ce dossier, le supplia-t-elle. Je sens que le dénouement est proche.

— *I trust you. You know that. But*[88]…

— Je vous le promets. Je fais le plus vite possible.

— *I know, I know… One week. You have one week*[89] ! conclut-il.

— *Thank you,* chef ! répondit-elle, ravie, en tournant les talons.

Le capitaine la regarda filer en se répétant qu'elle devait avoir raison. Qu'il devait lui faire confiance, même si son instinct lui disait qu'elle risquait de faire une entorse aux règlements de la Sûreté. Eh bien, il n'aurait qu'à l'expliquer à l'inspecteur-chef.

Les yeux fermés, il s'imagina inspirer une longue bouffée d'Export 'A'.

De retour à son bureau, Emma regarda la grille.

— Si tu m'avais donné toutes les définitions dès le début, espèce de monstre, il y a longtemps que je t'aurais démasqué ! pesta-t-elle en maudissant l'assassin pour la deuxième fois en moins d'une heure.

---

87 La boîte doit marcher, d'autres cas sont aussi importants. Il veut que vous…
88 J'ai confiance en vous. Vous le savez. Mais…
89 Je sais, je sais… Une semaine. Vous avez une semaine !

Elle claqua la porte de la pièce. Trop énervée, elle préféra demeurer debout plutôt que de s'asseoir et se pencha sur le papier. La solution ne pouvait plus être très loin à présent, mais pour réussir à la découvrir, elle devait pousser la réflexion.

— Voyons les dates, maintenant…

Dunstan a été tué le 31-5-2011. Un mardi.

Donc, 3 + 1 + 5 + 2 + 1 + 1 = 13.

Tiens, tiens… En plus, 31 fait 13 à l'envers.

Encore le 13…

Ève a été tuée le 13-6-2011. Un lundi.

Le 13, encore…

Donc, 1 + 3 + 6 + 2 + 1 + 1 = 14.

Ça ne colle pas, sauf pour la date du 13.

Et Marie a été tuée le 23-6-2011. Un jeudi.

2 + 3 + 6 + 2 + 1 + 1 = 15.

Rien là non plus.

Pas de suite logique quant aux jours de la semaine. Entre Dunstan et Ève, il s'est écoulé 13 jours. Encore le 13… Et entre Ève et Marie, 10 jours. Dois-je comprendre que si son rythme se maintient, il n'y aurait plus que sept jours après le meurtre de Marie ?

En vitesse, Emma saisit le calendrier et dit tout haut :

— 23 + 7 = 30. Ce qui veut dire que le prochain meurtre serait le 30 ? Donc, aujourd'hui !

Elle arpenta son bureau. Mordilla son crayon. Regarda son téléphone qui ne tarderait pas à clignoter, l'informant du pire encore une fois. Fixa le paysage par la fenêtre sans rien y voir. Rien d'autre que ce qui se passait dans sa tête.

La migraine montait à l'arrière de son crâne. Comme une brume de plus en plus envahissante. Malgré cela, Emma s'obstina à sonder encore une fois ses équations, comme un taureau furieux décidant de faire demi-tour dans le but de s'attaquer de nouveau à la muleta.

— Ah ! mais attends… Dunstan = 13, Ève = 14 et Marie = 15. Et si le prochain était 16 ?

Excitée, elle s'acharna à calculer une date éventuelle dont la somme des chiffres ferait 16.

La prochaine date possible est le 5 juillet. Dans quelques jours. Cinq, plus précisément. Qui dit vrai ? Aujourd'hui ou dans cinq jours ? S'il ne se passe rien aujourd'hui, nous serons sur le pied d'alerte le 5 juillet. Qui sera l'heureux élu, dis-moi, Saraf ?

Un frisson d'excitation la parcourut. Il fallait faire vite avant qu'il ne cause encore plus de mal à la société immobilière.

*

— Elliot Carrière, répondit le sergent.

— Je suis le concierge de l'immeuble où habitait Ève Laflamme.

— Je vous écoute, dit Elliot en collant bien le récepteur sur son oreille, lui qui avait espéré cet appel sans vraiment y croire.

Il entendit un long soupir à l'autre bout du fil.

— Ç'a été long avant de vous appeler, j'sais. J'voulais nuire à personne, vous comprenez ? Pis j'me suis dit qu'il fallait pas que j'protège qui que ce soit.

Vas-y, shoot ! se dit Elliot, assis sur le bout de sa chaise.

— L'homme que j'ai vu sortir de chez madame Laflamme, l'autre soir, eh ben, c'était…

La bombe ! Lâchée du ciel !

— Ma conscience m'a rattrapé et vient d'parler, ajouta-t-il.

Merci, mon Dieu ! pensa Elliot pendant que l'homme lui donnait les renseignements dont il avait besoin.

— Quel genre de valise ? demanda-t-il.

*

Lorsque Emma revint dans son bureau avec sa tasse de café, le téléphone clignotait.

— Bonjour, Elliot.

— Vous vous souvenez du concierge chez Ève Laflamme ?

— Bien sûr.

— Eh bien, il vient tout juste de confesser que l'homme qui est sorti de chez elle le soir du meurtre est nul autre que Victor Vigneau. L'homme à la valise !

Heureusement qu'elle était assise : elle sentit que ses jambes étaient molles comme de la guenille.

— V. V. … qui a menti sur son emploi du temps. Qui a dit être resté…, médita Emma. Quel genre de valise ?

— Je lui ai posé la question. Il n'en a pas un souvenir précis. J'ai tout fait pour qu'il crache le morceau, mais il m'a assuré avoir révélé tout ce qu'il savait.

— Il a fallu mettre le serpent dans quelque chose pour le transporter…

— Évidemment, ça ne prouve rien. Comme c'est sur son chemin, Vigneau a pu s'arrêter là en passant avant de rentrer, ne serait-ce que pour aller lui voler un baiser. J'imagine que c'est ce qui se passe lorsqu'on voit quelqu'un en cach…

Paroles sitôt dites, sitôt regrettées. Emma sentit le malaise chez Elliot. Comme une vilaine piqûre d'insecte.

— Je ne sais pas qui a volé le baiser, Vigneau ou le serpent…, continua le sergent-détective pour faire diversion.

Un silence mi-troublant, mi-exquis s'installa. À contrecœur, Emma finit par le briser :

— Chemin ou non, cet homme a menti pour une deuxième fois.

— Je pense qu'une petite visite surprise s'impose. Je m'en charge, si vous n'y voyez pas d'inconvénient. Je suis à quelques minutes de là, proposa Elliot.

*

Elliot arriva aux Immeubles V. V. un quart d'heure plus tard. Préférant taire son statut de policier, il ne sortit pas son badge.

Il apprit que le directeur était à l'extérieur de la ville et qu'il ne rentrerait que tard dans la soirée.

— Je peux sûrement le joindre sur son mobile?

— Il n'y répondra pas. C'est urgent, monsieur? Je peux vous présenter un courtier qui pourra vous aider.

Elliot dut improviser:

— C'est à lui que je désire parler. C'est au sujet d'une transaction qui ne se passe pas bien.

— Vous avez fait affaire avec un courtier de la maison? Je peux l'appeler.

La dame devenait insistante; le policier devait trouver un autre argument.

— L'intervention d'une tierce personne serait trop compliquée.

— Dans ce cas, vous aurez plus de chances de voir monsieur Vigneau demain matin. Je suis désolée.

Déçu, Elliot ressortit de l'agence en se promettant de revenir le lendemain, à la première heure.

Il appela Emma pour l'informer de son insuccès.

— Vous connaissant, il ne s'en sauvera pas. Ni demain ni jamais, dit-elle.

Puis elle lui raconta ses découvertes sur les noms et les nombres, et lui fit ensuite part de ses suspicions.

Repertis
(Découvertes)

Vendredi 1ᵉʳ juillet

C'était la fête du Canada. Bien qu'elle fût moins soulignée que la fête nationale du Québec, il n'en demeurait pas moins que tous les travailleurs étaient en congé.

Emma ne paressa pas pour autant, n'ayant pas du tout le cœur à la fête. L'inspecteur-chef Dubois se faisait pressant ; elle devrait livrer la marchandise.

Au moins, il n'y a pas eu de meurtre, hier, que je sache…

Sitôt debout, elle reprit la grille qui la hantait depuis plusieurs jours. Elle l'inspecta dans l'espoir de découvrir *l*'indice pouvant incriminer un des suspects. Quelques mots seulement manquaient à l'appel. Elle fixa les cases vides pour lesquelles aucune définition n'avait encore été fournie, avant que ses yeux ne s'arrêtent sur deux petites lettres en apparence anodines… dont elle vérifia l'exactitude avec un autre mot aussi petit.

Emma prit le temps de réfléchir afin d'affiner son raisonnement, de mettre tous les pions en place. Elle avait joué avec les lettres et les chiffres, avait cogité sur des suppositions qu'elle avait crues plus ou moins fondées. Elle mit ensuite bout à bout toutes les constatations qu'elle avait faites au long de l'enquête. Et enfin, l'impression de déjà vu se matérialisa. Un soupçon devenu vraisemblance se mua en quasi-certitude.

Eurêka !

Elle courut au salon et chercha son téléphone enfoui sous le fouillis.

— Où es-tu, gentil téléphone ? marmonna-t-elle en détachant les syllabes et en soulevant papiers et revues.

— Ah ! te voilà !

Elle composa le numéro de Burn.

— *Hello…*

— Je sais, il est tôt, mais c'est urgent.

— *That's it*[90] ? demanda-t-il, la voix soudain moins endormie.

Emma l'imagina encore au lit, appuyé sur un coude, l'œil intéressé.

— Je vous réserve la surprise. On se voit au bureau ?

— *Give me thirty minutes*[91].

Fascinée, Emma ne cessait de scruter la grille, et de regarder avec satisfaction les deux tout petits mots qui avaient trahi le Cruciverbiste, pendant que l'impression de déjà vu confirmait sa thèse d'avoir découvert le meurtrier. Elle se serait attendue à quelque chose de plus percutant de la part de cet « associé » délirant.

Bien que tout convergeât vers lui, elle eut un doute, comme toujours à ce moment fatidique qu'était la fin d'une enquête. C'était dans sa nature.

Elle descendit en hâte l'escalier et enfourcha sa moto pour se rendre au QG.

Quelques policiers en vert buvaient un café en attendant que la cloche sonne, leur quart de travail n'ayant pas encore débuté.

— Salut, les gars ! lança Emma.

Les hommes, l'œil pas encore tout à fait ouvert, la regardèrent courir vers son bureau.

Burn arriva cinq minutes plus tard. Emma jeta la pierre dans la mare. Le capitaine ouvrit les yeux comme quelqu'un qui n'en croit pas ses oreilles.

90 Ça y est ?
91 Donnez-moi 30 minutes.

— *So, you think it's him*[92] ?

Elle expliqua brièvement comment elle en était venue à cette déduction.

— *Astonishing*[93], il faut le coffrer !

— Au moins, l'interroger. Les preuves circonstancielles sont suffisantes.

Avant d'appeler Renaud et Suzie, elle devait obtenir un mandat de la part d'un juge. Elle aurait pu demander au suspect de venir au QG pour un interrogatoire formel, mais, avec tous les éléments qu'elle avait en main, elle ne voulait pas courir le risque qu'il refuse et préféra l'appréhender blindée d'un document officiel. D'autant plus qu'il fallait le mettre hors course. Qu'il soit enfermé le 5 juillet…

Comme c'était jour de fête, une boîte vocale accueillit sa demande.

Le juge Léo Lecours reçut la lieutenante-détective tard dans l'après-midi. Il écouta ses arguments avec une attention mitigée, et finit par promettre d'y réfléchir. Il lui donnerait sa réponse au plus tard le lendemain. Comme elle le savait rigoureux, elle douta de l'issue de sa démarche. Hérissée, elle pesta contre lui en sortant de son bureau.

Pour se calmer, Emma tenta de savourer le vent tiède qui léchait son visage alors qu'elle conduisait pour rentrer chez elle. Les rues étaient désertes. Les gens devaient être occupés à préparer un barbecue pour la famille ou les amis.

Après avoir garé sa moto, elle consulta son téléphone. Peut-être avait-elle raté l'appel du juge. Or, l'appareil resta muet.

Emma déposa sa mallette et passa sous la douche. Revigorée, elle se pencha sur la grille pour la millième fois, lui sembla-t-il. Malgré les déductions qui lui avaient permis de faire la lumière sur l'affaire,

92 Alors, vous croyez que c'est lui ?
93 Étonnant.

elle ne serait satisfaite que lorsqu'elle en aurait trouvé les derniers mots. Mots qui incrimineraient encore plus le tueur.

Elle avait beau se creuser les méninges, rien ne lui sautait aux yeux. Le meurtrier avait réussi à la convaincre de participer à son jeu diabolique et, surtout, à l'y intéresser.

À part le mobile des défauts, il doit cacher autre chose de plus solide que je n'ai pas encore saisi. Allez, Léo Lecours, donne-moi mon papier! Il faut l'arrêter avant le 5…

Crispée, Emma pensa qu'aller courir l'aiderait à patienter.

Au retour, elle fut prévenue, par la secrétaire du juge Lecours, que le mandat serait prêt dès 8 h, le lendemain matin.

On ne peut dire qu'il a été brave de faire partie de cette cuvée aérienne, mais, l'exercice étant indispensable pour réussir à avoir une notion de base du fonctionnement de la voile protectrice, il s'y est résigné. En montant, l'appareil vrombissait si fort qu'il n'entendait plus les instructions données par l'instructeur avec qui il allait sauter en tandem. Une seule chose comptait : ne pas lâcher des yeux les doigts qui déverrouilleraient le mécanisme de sûreté, permettant ainsi aux deux parachutistes de valser en douceur dans les airs. En sautant dans le vide absolu, il a tout examiné avec soin. Tellement qu'il n'a rien ressenti de l'euphorie censée s'emparer de lui. Ni de la peur que ce sport extrême avait toujours suscitée en lui. L'allégresse que provoquait son dessein machiavélique dépassait largement le sentiment d'ivresse procuré par le vol plané. Il exultait. Il a dû se présenter au sol assis, jambes allongées, dans le but de glisser doucement afin d'amortir le choc, les pieds de l'instructeur faisant office de freins. Tout a été parfait !

Avide de sensations fortes, Jean saute partout, n'importe quand, n'importe qui aussi. Pas le droit. Pas le droit de les baiser toutes. Pas le droit, Jean.

Le mécanisme trafiqué aura raison de sa hardiesse, et ce sera au tour du sol de le couronner « roi des salauds ».

Ne lui reste qu'à mettre son plan à exécution et… æternum vale[94] !

---

94   Adieu pour l'éternité !

Nondum repertis
(Découvertes encore)

Samedi 2 juillet

Emma courut jusqu'au palais de justice de Montréal où le précieux papier l'attendait. Elle tiqua sur la restriction : 36 heures. Le juge Lecours n'avait, de toute évidence, pas cru à sa théorie.

Merde !

Elle jeta un œil excité à sa montre : 8 h 07.

Et s'il n'était pas chez lui ? C'est tout de même un long week-end…

Fébrile, elle envoya un message texte à Renaud et à Suzie.

« Gros doute sur meurtrier. On l'épingle ? RDV au QG. »

Elle prévint ensuite Burn, qui confirma qu'il l'attendrait avec impatience pendant qu'Elliot la rejoindrait à l'adresse du suspect.

Le cri de mort émanant de son téléphone fit sauter Renaud comme une crêpe dans sa poêle. Le cri de Tarzan. Il se maudit d'avoir relevé le défi avec ses amis, la veille, et se jura de remettre *Hakuna matata*. Les yeux bouffis et la gorge sèche – résultat des quelques bières éclusées devant le feu d'artifice –, il dut faire un effort pour lire le message.

Bâtisse ! Mets-en que j'arrive !

Le tintement annonçant un message de sa lieutenante fit râler Suzie. Hé ! Elle était en congé ! Après avoir raté la fête nationale, elle comptait bien profiter du deuxième long week-end, d'autant plus que le soleil était au rendez-vous.

En se rendant dans la cuisine avec l'idée bien arrêtée de préparer du pain doré, par curiosité, elle lut le message indésirable.

Elle oublia congé et farniente.

En avalant les kilomètres sur l'autoroute 15, Emma eut une pensée toute spéciale pour une autre personne qui, elle, ne méritait pas de se faire tirer du lit, en ce week-end de fête, par des policiers venus sonner le glas chez elle.

Sous l'œil attentif d'Elliot, la lieutenante, les sens en alerte, appuya sur la sonnette. Elle compta 22 secondes jusqu'à ce que l'homme, flottant dans son pyjama, vînt enfin ouvrir, les yeux encore ensommeillés.

Pas surpris mais quand même satisfait, Elliot observa le petit homme qui lui sembla vulnérable, planté sur le seuil de sa porte. Bien que le doute lui ait déjà traversé l'esprit, il n'avait pas vraiment cru que cet homme puisse être un meurtrier retors et sans scrupules.

Le gentil devient parfois le méchant et vice versa, pensa-t-il.

Emma fit son devoir, même si elle ne put s'empêcher d'avoir pitié de l'homme qui se tenait devant elle.

— Victor Vigneau, vous êtes en état d'arrestation. Nous devons vous interroger de façon formelle concernant les meurtres de Joseph Dunstan, d'Ève Laflamme et de Marie Lavigne.

Elle lui lut ensuite ses droits.

Le directeur resta muet.

— Le sergent Lapointe va vous accompagner jusqu'à votre chambre afin que vous puissiez vous habiller.

Renaud le prit par le bras et le poussa fermement vers l'escalier.

Pendant qu'elle attendait, Emma réalisa que des sentiments contradictoires s'affrontaient dans sa tête. L'euphorie qui l'habitait depuis la découverte des derniers signes dans la cinquième grille se battait contre son incrédulité. Durant tout le processus de résolution des grilles, elle s'était imaginé qu'elle ressentirait de l'agressivité le jour où elle se retrouverait devant le meurtrier, mais il n'en était rien.

Lorsque les deux hommes redescendirent, Suzie hérita de la tâche qu'elle affectionnait plus que n'importe quelle autre : passer les menottes à un criminel. Puis elle guida Vigneau vers la voiture de police et lui pencha la tête avant qu'il n'y monte.

— C'est le temps de faire ta prière ! lui lança-t-elle froidement.

Le directeur ne dit encore rien, mais ses yeux toisèrent la sergente en lançant des flammèches.

En se retournant, Emma aperçut madame Vigneau derrière une fenêtre de l'étage. Le visage était cependant trop éloigné pour qu'elle puisse y lire la moindre expression. Enfin, le rideau retomba.

Un peu à l'écart, Elliot avait regardé Emma accomplir cet acte combien gratifiant pour un policier, en admirant son assurance et sa ténacité. Le contraire d'Isabelle, qui, sous une apparence frondeuse, avait toujours besoin de l'approbation de son homme. Devenu songeur, il revit la femme ardente, celle qu'il n'avait pas le droit de désirer, mais qu'il avait tout de même étreinte avec avidité, respirée avec envie, goûtée avec fougue. En fermant les yeux, il sentit encore les jambes retenant ses hanches en otage, les dents martyrisant la base de son cou, ses sens en alerte.

De retour à la réalité, à regret, il dut rompre le charme.

— Eh bien, lieutenante, comment vous sentez-vous ?

— Nous doutions de lui. Doute qu'ont confirmé les autres indices.

— N'empêche, je n'aurais jamais cru cet homme capable de telles ignominies. Comment avez-vous fait pour savoir que c'était lui, en dehors de son « arrêt » chez Ève Laflamme ?

— Comme on le sait, il a d'abord menti sur son emploi du temps le soir du meurtre d'Ève Laflamme. Il s'est ensuite rendu chez elle avec une valise contenant vraisemblablement le serpent, dans les minutes qui ont précédé sa mort. Non pas dans le but de lui voler un dernier baiser, mais plutôt dans celui de l'assassiner, précisa

Emma en soutenant le regard impénétrable d'Elliot. Il n'était plus son amant, puisqu'elle l'avait quitté pour Lemieux, et plusieurs personnes l'ont entendu la menacer dans son bureau. De plus, il s'est confessé le lundi avant la mort de Dunstan, alors qu'il ne le fait jamais. La morsure du serpent paralysant la langue signifiait peut-être qu'elle avait révélé à quelqu'un qu'ils étaient amants, à sa femme par exemple. Ou qu'elle le menaçait de le faire.

Emma arrêta de parler et regarda Elliot droit dans les yeux avec un aplomb qui le déconcerta. Il pensa à Isabelle, si suspicieuse, qui devait deviner ses pensées maintenant qu'il avait succombé aux charmes de la détective.

— Hum, hum, dit-il pour se donner une contenance.

— Dans la cinquième grille, je me suis attardée sur le deuxième mot en horizontal 6, « aa », continua-t-elle. J'ai alors compris de quel sevrage il parlait lorsque j'ai fait le lien avec l'horizontal 13, « al », pour « alcool ». Les Alcooliques anonymes représentent souvent un passage obligatoire pour les gens qui ont de la difficulté à arrêter de boire. Le mot laissé chez Marie Lavigne reflète soit une jalousie parce qu'il ne peut plus boire, ou une aversion pour l'abus d'alcool. Elle n'a sans doute pas bu tout le contenu de la bouteille. Il peut très bien avoir vidé ce qui en restait dans l'herbe.

— Intéressant. Et pour Dunstan ?

— À part le fait qu'il lui devait de l'argent à cause du jeu et qu'il prenait trop de temps à le rembourser, je n'ai rien trouvé. Par contre, les mots en latin écrits sur le papier bible ne mentent pas. Si Vigneau a commis les autres meurtres, il a forcément perpétré le premier.

— Bien sûr, répondit Elliot en se caressant le menton envahi d'une barbe qu'il n'avait pas pris le temps de raser, geste qui n'échappa pas à Emma et qui fit remonter à sa mémoire l'agréable sensation de griffure sur son cou et son décolleté, ressentie il n'y avait pas si longtemps.

— Sa femme m'a confirmé qu'il était fou des mots croisés, que c'était devenu une passion. Un cruciverbiste aguerri ! Autre fait qui m'a titillée, dans les messages qui accompagnent les grilles, le mot « remarquez » revient régulièrement. À chaque nouvelle grille, j'éprouvais une impression de déjà vu ou entendu. Or, chaque fois que j'ai rencontré Vigneau, il disait ce mot plus souvent qu'à son tour.

— C'est certain qu'un langage, c'est assez révélateur. Ça devient un automatisme.

Pour finir, Emma lui parla de sa théorie des nombres qui se rapportaient aux noms des suspects, précisant que celui de Vigneau totalisait 13 lettres, comme les lignes horizontales de la grille, mais que son prénom n'avait aucun rapport avec la religion.

— J'aimerais bien qu'on voie Burn pour jaser de tout ça et préparer l'interrogatoire. Vous me suivez au poste ? Je ne roulerai pas à tombeau ouvert, promit-elle en souriant.

Sourire qui le chavira encore une fois. Elliot tournait sa langue dans sa bouche depuis le début de la conversation. Il avait besoin de savoir comment Emma allait, en dehors du dénouement de l'affaire. Mais il n'osa pas poser la question.

La lieutenante frappa à la porte du bureau de son chef.

— *Yes*.

— Elliot Carrière est avec moi. On peut entrer ?

Un grognement fut sa seule réponse.

Les deux hommes se serrèrent la main avec respect, avant que Burn ne se tourne vers Emma.

— *So, how was he*[95] ?

Emma avait rarement vu son chef si anxieux de savoir.

— Sous le choc. Je n'ai même pas entendu le son de sa voix.

Ils discutèrent ensuite de l'interrogatoire du suspect.

— Je propose que Suzie soit avec moi, dit Emma.

95 Alors, comment était-il ?

— *It's up to you*[96].

Puis Burn consulta sa montre.

— *Well... sorry... Too early for a beer. We shall recover*[97]...

Emma raccompagna Elliot jusqu'à l'ascenseur, et descendit avec lui.

— Il a quand même offert la bière, dit-il.

— Il se civilise avec le temps, j'imagine...

— Tu n'y es sûrement pas étrangère.

Il était passé au tutoiement, comme ça, tout d'un coup. Elle lui emboîta le pas.

— Tu crois?

— J'ai l'impression que tu es aussi championne à ce jeu-là...

Le silence plana en même temps que l'allusion.

— Je suppose que tu parles des mots croisés...

Elliot la regarda, une lueur malicieuse au fond des yeux.

— Cette grille t'a donné du fil à retordre.

— Je dois t'avouer une chose : de ça aussi je me suis délectée...

À son tour, Emma le surprit en l'embrassant fiévreusement et en descendant sa main jusque sous sa ceinture, avant de le laisser en plan lorsque la porte de l'ascenseur s'ouvrit.

Interdit, le sergent passa une main dans ses cheveux, sortit dans le hall et eut juste le temps de se retourner pour voir disparaître celle qui le chavirait derrière la porte automatique.

Renaud et Suzie apparurent dans l'encadrement de la porte et voulurent parler en même temps.

— Attendez, attendez.

Emma sortit la grille de la chemise rouge et leur répéta ce qu'elle avait dit à Elliot Carrière et à Arthur Burn une heure plus tôt.

---

96 Comme vous voudrez.
97 Bien... désolé... Trop tôt pour une bière. Nous devrons nous reprendre...

— Voilà comment un homme « gentil » peut devenir un bourreau de première, termina-t-elle.

— Un maniaque, tu veux dire ! s'exclama Suzie.

— J'aurais bien misé sur le méchant Marchand, le client que personne ne rêve d'avoir. Encore plus, qu'on fuit comme la peste, dit Renaud.

— Ou sur le notaire bipolaire qui peut devenir dangereux si on le laisse tout seul dans la nature, renchérit Suzie.

— Ou même le choriste qui cherche sa place dans le monde, rétorqua Renaud.

— Ouin… V. V. était bien le dernier sur la liste, ajouta Suzie.

Emma se fit la même réflexion : et s'il n'était pas le tueur, même si tout l'accusait ?

— L'important est de le mettre à l'ombre en attendant le 5 juillet. Suzie, tu vas m'assister pour l'interrogatoire, ajouta-t-elle en se levant.

Le suspect était déjà installé dans la salle d'interrogatoire lorsque Emma et Suzie y firent leur entrée. Il avait l'air désolé, même résigné, assis, là, à attendre les questions pointues que la lieutenante ne manquerait pas de lui poser.

Cette dernière se présenta devant lui armée comme pour aller à la guerre. Quant à Suzie Marseille, elle se contenta de se tenir à côté de la porte, prête à intervenir en cas de problème.

Emma nota la barbe longue et le regard indéchiffrable qui obliqua vers elle.

— Nous avons à parler, tous les deux, commença-t-elle sur un ton qu'elle voulut provocant.

Vigneau ne broncha pas.

— Parlez-moi d'Ève Laflamme.

— Je n'ai pas à être interrogé comme ça.

— J'ai assez d'éléments concordants. Alors, Ève Laflamme…

Le silence frappa les murs durant de longues secondes. Vingt-sept, selon Emma. Puis l'homme sortit de son mutisme.

— Je l'aimais, mais elle ne m'aimait pas ou… plus. Elle en aimait un autre… Si elle pouvait aimer… Elle jouait avec moi… Elle me faisait marcher, déclara-t-il avec l'air dépité qui convenait à pareil aveu.

Et s'il avait décidé de faire pitié…

— Vous n'avez pas accepté qu'elle vous quitte pour René Lemieux. Belle vengeance de vous « occuper » d'elle afin de le punir, lui. Vous l'aviez même déjà menacée…

Vigneau releva la tête et sembla tout à coup prêt à se battre.

— Vous croyez vraiment que j'ai tué Ève ? dit-il sur un ton cynique.

— Sachant que vous avez menti sur votre emploi du temps le soir du meurtre et que vous avez omis de me dire que vous étiez passé chez elle avec une valise ce même soir, à l'heure exacte où elle a été assassinée… oui, je le croirais volontiers.

Tandis qu'Emma prononçait ces mots, la satanée pitié refit surface.

— Comme nous venions de rompre, je suis allé récupérer les quelques affaires que j'avais laissées chez elle. Voilà pour la valise, se défendit-il.

La détective ne se laissa pas démonter.

— Je sais aussi que vous aimez les mots croisés…

Pour toute réponse, Vigneau se contenta de la toiser.

— En créer et me les faire parvenir ne vous causait pas trop de tracas ?

Il se braqua sur sa chaise.

— De quoi parlez-vous ?

Il aurait été anormal qu'un prévenu ne nie pas. Emma en avait l'habitude.

— Avant de m'étendre davantage sur nos rôles respectifs dans toute cette affaire, j'aimerais que vous me parliez de vos motivations profondes. J'ai bien compris le fait que certains défauts vous répugnent au plus haut point, mais il y a sans doute autre chose qui m'échappe.

Elle s'efforçait de paraître dure et cruelle, mais au fond son étrange sentiment ne la quittait pas. Elle se souvint du cas Lassonde où elle avait éprouvé la même chose, deux ans auparavant. Lassonde qui, au final, s'était avéré coupable sur toute la ligne.

Les maniaques se révèlent être des démons dans l'ombre, mais, sitôt à la lumière, ils deviennent des agneaux. Comme si la pitié qu'ils impriment sur leurs traits quémandait la grâce...

— Vous êtes membre des AA depuis longtemps ?

— Ça ne regarde que moi.

— Vous ne tolériez pas que Marie Lavigne puisse encore jouir de l'alcool, n'est-ce pas ?

Le suspect afficha l'air éberlué de celui qui ne comprenait pas ce qui se passait.

— Remarquez, je comprends que ça vous prenne un coupable, mais ce n'est pas moi. Vous devrez chercher ailleurs.

— À propos du mot « remarquez », vous n'avez pas pu vous empêcher de l'utiliser dans vos messages ?

Comme si le serpent qui avait mordu Ève s'était retourné contre lui, Vigneau se leva d'un coup, petit homme maigrelet à demi chauve, et clama :

— J'exige la présence d'un avocat !

— Vous capitulez déjà ? dit Emma en tapotant son dossier rouge avec son crayon. Heureusement que je ne l'ai pas fait avec votre jeu démoniaque.

On aurait pu entendre une mouche voler.

— Bon, d'accord. On se reprendra plus tard, ajouta-t-elle.

— Vous devez me relâcher.

— Je vous ai jusqu'à demain et je compte en profiter, répliqua-t-elle fraîchement.

La détective ramassa ses papiers et, sans le regarder, le prévint :
— Ne jouez plus avec moi, V. V. Ce n'est plus nécessaire.

Elle ne reviendrait que le lendemain. L'idée de le laisser mariner dans son jus lui plaisait bien. En se dirigeant vers la porte, Emma se retourna et vit un homme abattu. Ce qu'elle ne vit pas, c'est le regard étrange qu'il posa sur elle dès qu'elle lui eut de nouveau tourné le dos.

Après seulement deux heures de sommeil, elle s'éveilla et, comme électrifiée, se précipita dans le salon où elle saisit la grille.

« Le Père l'a précédé »… Oui, oui, oui… Et en vertical… « Peut être proclamé saint », ça fonctionne ! Un autre indice de taille. Voilà encore pour ta culpabilité, V. V. ! Tu es cuit malgré tes airs de sainte-nitouche !

Elle préféra son fauteuil à son lit, la grille à ses pieds, et réussit à sommeiller après que l'adrénaline eut enfin cédé sa place aux endorphines.

Sicut in cælo et in terra
(Sur la terre comme au ciel)

Dimanche 3 juillet

Depuis deux heures, Emma comptait les minutes et les secondes, attendant que le téléphone finisse par afficher 7 h. Heure à laquelle il était plus décent de réveiller Simon.

— Je sais, je suis tôt, dit-elle, tout émoustillée.

— À ta voix, tu ne viens pas juste de te lever, toi, articula-t-il, encore dans les limbes.

— J'ai un énorme service à te demander. Je te laisse te lever et prendre une douche ?

— Je ferai tout ça après. Allez, *shoot* !

— J'aimerais que tu fasses une recherche pour moi, dit-elle, trop heureuse qu'il accepte si vite.

Après l'avoir écoutée attentivement, il promit de faire le nécessaire.

— Hé, Simon… c'est motus et bouche cousue. J'ai décidé de ne pas faire appel à Tardif. J'ai besoin que ça aille vite, cette fois.

— Toujours aussi délinquante, hein ?

*

Même si les meurtres étaient à toute fin pratique élucidés, Emma et Renaud se présentèrent tout de même aux funérailles de Marie.

La température oscillait autour de 23 degrés. Premières obsèques célébrées sous le soleil dans ce dossier nébuleux. Signe qu'enfin on apercevait la lumière au bout du tunnel ?

Pour les obsèques de sa femme, Georges Ménard avait choisi une magnifique résidence victorienne datant du début des années 1900. Cette dernière, dont l'ameublement respectait le style de l'époque, charmait quiconque en franchissait les hautes portes parées de vitraux. Sitôt à l'intérieur, on avait l'impression d'être chez la famille de la personne décédée plutôt que dans le salon aseptisé d'une quelconque maison funéraire.

Par acquit de conscience, Emma suggéra à Renaud de filmer la cérémonie, comme prévu.

Les gens semblaient passablement éplorés. Certains pleuraient en s'agenouillant devant le cercueil fermé, alors que d'autres évitaient de s'en approcher pour ne pas éclater en sanglots. L'atmosphère rappela à Emma des souvenirs qu'elle ne désirait pas raviver.

Elle détailla, tour à tour, les hommes qui étaient soupçonnés. René Lemieux, canne à la main, observant l'assemblée ; Marc Vallières, l'éternel mal fagoté, égrenant son chapelet ; Paul Prieur, solennel, inclinant la tête ; Luc Marchand, retiré dans un coin, tâchant d'avoir l'air compatissant ; Mathieu Lavoie, l'air respectueux, attendant d'offrir sa prestation en solo.

Il finira par en faire une spécialité, des funérailles...

Bien entendu, Victor Vigneau était absent, et elle ne vit pas Louis Bellavance, non plus.

Comme elle n'aperçut Tardif nulle part, elle se remémora la définition « J'y assiste, en chair et en os », et pensa, encore une fois, qu'il ne pouvait pas être le Cruciverbiste.

Par petits groupes, on discutait, à voix basse, de l'arrestation du directeur. Si basse que les conversations ne laissaient deviner que des mots traîtres : arrêté, prison, faute, incroyable, insensé, impossible. Emma aurait juré que ses oreilles étaient devenues bioniques. Elle supposa qu'elle entendait tout, à l'instar du reste de l'assemblée.

Elle sentait qu'on la toisait, qu'on la jugeait, qu'elle était reniée par les courtiers qui ne croyaient visiblement pas à la culpabilité de leur directeur.

La cérémonie s'acheva sur une note bouleversante lorsque Georges Ménard, le mari de la défunte, récita un texte préparé pour la circonstance, louangeant sa partenaire de vie. On entendait les reniflements, et on voyait les larmes mouiller les joues.

Enfin, le propriétaire de la résidence s'avança et incita l'assemblée au recueillement. Encore une fois, Emma fut étonnée de la ferveur de chacun. Elle ne connaissait rien des paroles des prières, tandis que tous répétaient les mots sacrés à l'unisson. En voyant les regards douloureux, les mines assombries et les larmes, elle comprit que la dame était aimée, contrairement à Ève Laflamme.

Au cimetière, la dépouille fut inhumée dans le plus grand silence.

Curieuse de savoir pourquoi Luc Marchand assistait à toutes les funérailles, Emma s'approcha de lui.

— Puis-je savoir ce que vous faites ici?

Sans paraître démonté, il répliqua :

— Je suis venu lui rendre hommage pour la négociation qu'elle n'a pas réussi à conclure en ma faveur, dit-il avec l'air condescendant qu'Emma lui connaissait. Je dois démontrer de l'empathie si je veux que les courtiers travaillent pour moi, vous comprenez?

Toujours aussi agréable, monsieur Marchand!

La foule se dispersa enfin, et la policière sentit la réprobation chez les courtiers lorsqu'ils passèrent près d'elle. Elle n'avait fait que son devoir. Son travail obligatoire.

De loin, elle aperçut Jean St-Arnaud qui se précipitait vers sa voiture, sans attendre ses collègues comme les autres le faisaient.

L'impression d'être la proie d'un regard noir la tenailla. Elle se retourna, mais ne vit personne.

*

Jean St-Arnaud, perturbé et songeur, choisit de mettre le cap sur des cieux plus cléments. Durant la cérémonie, il avait compris qu'il fallait vivre ses passions. Optimiste de nature, il n'aimait pas être confronté au malheur, à tout ce qui pouvait devenir négatif ou dérangeant. La mort de Dunstan ne l'avait pas ébranlé outre mesure, pendant que celles d'Ève et de Marie l'avaient marqué plus qu'il ne voulait l'admettre. En repensant au pauvre veuf de Marie, il se félicita encore une fois de son rôle de célibataire amoureux de toutes les femmes.

Pendant le service funéraire, il avait décidé de prendre la poudre d'escampette pour le reste de l'après-midi.

– Les clients attendront. Personne ne va en mourir, murmura-t-il.

Jean brancha son iPod et roula sur l'autoroute en chantant à tue-tête *September,* d'Earth, Wind & Fire, et en dansant sur son siège. Lorsqu'il arriva au Centre de parachutisme Cirrus, le ciel était d'un bleu réservé aux mois d'été, ce qui lui permettrait de voir à des kilomètres à la ronde. Il s'en réjouit à l'avance.

– *Yes!* s'exclama-t-il en levant le poing vers le ciel.

Le courtier se rendit dans la grande salle de pliage des voilures et salua à la ronde les gens qui s'y trouvaient. Il revêtit sa combinaison, s'attela avec sangles et bretelles, puis enfila sur son dos les voiles bien pliées et repliées qui, sans faillir, devaient le retenir à la vie. Enfin, il sortit sur le terrain du petit aéroport où le soleil l'éblouit malgré ses lunettes fumées. Le responsable du vol vérifia que l'attirail était en bon ordre de fonctionnement et lui donna finalement son aval. Jean n'eut pas longtemps à attendre l'avion qui l'emmènerait vers des cieux plus effervescents que la terre ferme. Il anticipait déjà le vertige qu'il ne manquerait pas de ressentir.

L'appareil décolla avec à son bord quelques passagers, dont un débutant et son instructeur qui sauteraient en tandem. Alors que Jean regardait le jeune homme tremblotant, un tas de souvenirs affluèrent à son esprit. La première fois, personne ne savait à quoi s'attendre. Le premier saut était inquiétant, mais s'avérait toujours spectaculaire. La griserie vous habitait ensuite pendant des jours.

Il pensa à Alice. À la soirée passée en sa compagnie. Louis avait une de ces veines, le savait-il? Jean n'avait pas pu s'expliquer avec lui à la suite de sa colère mémorable – mais pour le moins justifiée, il devait l'avouer –, lorsqu'il avait su. Jamais il n'avait voulu faire de mal à son ami; la tentation avait juste été trop forte. Incontrôlable. Alice. Ses yeux, sa main frôlant sa joue, son corps…

Après une dizaine de minutes, l'avion fit demi-tour jusqu'au terrain du Centre afin de permettre le largage des passagers. Le pilote hurla le «Deux minutes!». Jean mit son casque, ajusta ses courroies et se plaça sur le seuil de la porte en tenant la barre horizontale au-dessus de sa tête, attendant que le signal lumineux passe du rouge au vert.

– *Go*, Jean! cria le pilote.

Alors que le courtier s'élançait enfin dans le vide, un sentiment de renaissance l'envahit. Après avoir volé en chute libre, tel un oiseau, durant les 50 premières secondes, il consulta l'altimètre attaché à son poignet gauche: 1373 mètres. Il était temps de passer à l'étape suivante. Jean saisit le pommeau et tira sur l'extracteur que l'air devait gonfler pour permettre au ballon ainsi formé de libérer la voilure principale. Cette dernière se défroissa, se déploya et se tendit en un immense chapeau au-dessus de sa tête. Il cria: «Youhou!» seul dans le ciel. Il profita de la langueur de la descente pour admirer la splendeur de la nature pendant de longues minutes encore, dirigeant son parachute pour atteindre sa cible.

Après l'adrénaline, les endorphines prirent la relève, lui donnant envie de dormir, là, sur la pelouse. Jean ramassa plutôt attelage et voilure, et se rendit dans l'aire de pliage. Une pause était essentielle après un pareil état d'excitation, et il ne pourrait effectuer son deuxième saut qu'une heure plus tard. Il suspendit son équipement à un crochet et échangea quelques mots avec un autre parachutiste.

De loin, il avait assisté au vol plané de Jean qu'il n'avait pu s'empêcher de comparer à un oiseau se laissant porter par le vent. Le retour au sol se passa en douceur, la voilure déployée ayant ralenti le sauteur. Juste ce qu'il fallait pour éviter la catastrophe. Il vit Jean tirer et ramasser son équipement, et se diriger d'un pas traînant vers la grande salle.

Il l'avait bien épié depuis près d'une semaine, mais ses efforts étaient restés vains, les pas de Jean le menant ou chez des clients ou à son bureau. Jamais au Centre de parachutisme. Après l'enterrement, il l'avait vu partir d'un pas précipité. Discrètement, il lui avait emboîté le pas, puis avait roulé derrière lui à distance raisonnable.

Une demi-heure plus tard, une voix émana des haut-parleurs.

– Votre attention, s'il vous plaît! Des rafales de 18 kilomètres à l'heure empêchent les détenteurs de brevet Solo de sauter jusqu'à ce que les vents dominants de l'est se calment. Avec un peu de patience, vous aurez peut-être la chance qu'ils le fassent avant la fin de la journée. Et le ciel vous attendra de nouveau!

Les sauteurs se ruèrent à l'extérieur. Tandis que les uns, aguerris et détenteurs de brevets supérieurs, s'adonnaient à leur sport, même par vents soutenus, les autres, frustrés, les enviaient en les admirant en train de valser dans le ciel.

Le champ était enfin libre, tous étant occupés à regarder en l'air. Il repéra la porte rouge au fond du couloir, celle qui menait à l'extase. Mais, pour l'instant, il décida d'emprunter la noire derrière laquelle se trouvait l'aire de pliage. Entre deux sauts, les amoureux de la grande descente suspendaient leur attirail aux crochets bien alignés. On pouvait en dénombrer une centaine. Pourquoi tant de gens pratiquaient-ils ce sport? Étaient-ils à ce point en manque de sensations fortes? Eh bien, l'un d'entre eux s'apprêtait à vivre l'expérience de toute une vie!

Quelqu'un entra. L'homme dut faire semblant de lacer ses espadrilles pendant que le nouveau venu ramassait un outil derrière le comptoir. Puis il fut de nouveau seul. D'un pas incertain, il arpenta la salle, et finit par trouver ce qu'il cherchait. Sur l'avant-dernier crochet, un sac attendait son propriétaire, Jean St-Arnaud.

Il accomplit le boulot en moins d'une minute. Vérifia les opérations deux fois plutôt qu'une. En dépit de la sueur dégoulinant sur son front et sous ses bras, l'excitation était à son comble. Il espéra seulement ne pas avoir fait d'erreur.

Quelques jours auparavant, il avait tenté l'expérience de la voltige. Non sans peine. Mais il l'avait fallu. Il devait savoir ce qui se passait lorsqu'on était entre ciel et terre. Et il devait être témoin, en direct, de la façon de faire avec l'engin. C'était essentiel. Il avait effectué le saut d'initiation en tandem avec un instructeur qui lui avait fourni toutes les indications nécessaires et, surtout, qui avait répondu à ses questions. Satisfait et en sueur, il revint sur ses pas, franchit la porte menant au grand air et respira un bon coup.

Une heure plus tard, les vents étant redevenus cléments, l'interdiction de sauter fut levée. De loin, il voyait les parachutistes s'engouffrer dans un avion à hélices, prêts à défier le ciel. Une prochaine équipée verrait un de ses adeptes s'adonner à sa passion pour la dernière fois...

Campé sur ses deux pieds, bras croisés, il s'apprêta à devenir le spectateur de son œuvre.

15 h 10

Le petit avion prit son envol. Sept passagers se trouvaient à son bord : deux tandems, deux autres solistes et Jean St-Arnaud. Ils survolèrent prés et forêts s'étirant dans la campagne. Jean n'avait de cesse de s'émerveiller devant le paysage verdoyant, les champs de maïs à perte de vue, toute la nature offerte à ses pieds.

15 h 20

Ils rebroussèrent chemin jusqu'au terrain du Centre.

— Deux minutes! cria le pilote.

Jean devait sauter le premier. Il revérifia son équipement, s'assura de sa sûreté. Puis se plaça devant la porte ouverte sur la liberté et admira l'immensité qui s'étalait en dessous de lui. Le vent fouettait son visage, tendant sa peau si fort qu'on aurait eu peine à le reconnaître. Le voyant rouge l'empêchait encore de se lancer. Le courtier jeta un œil tout en bas et repéra un point minuscule qu'il détermina comme cible d'atterrissage.

Une pensée soudaine germa dans son esprit.

Ça ne doit pas être si terrible de mourir devant toute cette beauté, c'est peut-être même une bénédiction. Hé! t'es pas prêt à mourir, quand même! Trop de choses à faire. Trop de femmes à baiser…

Pour se rassurer, il passa en revue sangles et boucles.

15 h 27

Le voyant passa au vert.

— *Go*, Jean! hurla le pilote.

Il sauta et traversa le cirrus que les vents avaient poussé. Le nom du Centre devait avoir été choisi pour rendre hommage à ce nuage qui accompagnait si souvent les sauteurs, songea-t-il. Jean savoura les premières secondes comme si c'étaient les dernières. Il le faisait toujours. Son rituel. Il se sentait comme un goéland défiant le vent. Au bout d'une minute, il consulta l'altimètre: 1382 mètres. Le moment était venu. Déjà. Il aimait tant les 50 premières secondes qu'il aurait voulu que la chute libre dure et dure encore.

Il dégagea l'extracteur qui devait s'enfler pour dégoupiller la voilure principale. Il se mit en position: corps arqué, bras en croix, tête relevée en attente de la sensation de ralentissement causée par la tension de la voile.

Surpris et inquiet, Jean continuait sa descente en chute libre, aucune toile ne s'ouvrant au-dessus de lui. Il eut du mal à réfréner la folie qui envahissait sa tête. Le sang qui battait dans ses tempes.

On lui avait appris que la panique ne devait jamais avoir sa place dans le ciel. Chaque seconde comptait maintenant. Il tira sur la poignée appuyée contre sa poitrine dans le but de dégager le parachute de réserve – ô bonheur ! – la voile rectangulaire se déplia et se gonfla dans les airs. Le soulagement ressenti n'eut d'égal que l'euphorie éprouvée au moment du saut dans le vide.

Apaisement éphémère. Une fraction de seconde plus tard, la voile se replia sur elle-même du côté droit, déstabilisant le sauteur. Un des élévateurs de secours avait lâché prise et tapait contre la voilure dans un claquement sec. Devenue folle, la toile se mit à tourner sur elle-même. Terreur ! Le parachutiste n'avait plus aucun contrôle.

Paniqué, Jean pria et supplia le ciel de faire marche arrière. Comme une manivelle qu'on aurait pu actionner afin de reculer dans le temps. Rien n'y fit. C'était peine perdue. Alors, il sut. Il sut qu'il ne s'en sortirait pas. Que sa fin était venue. Des souvenirs défilèrent derrière ses yeux maintenant tournés vers le ciel.

Il hurla sa vie sans réussir à la retenir.

Il tournoyait et virevoltait comme une feuille soufflée par le vent. Descendait en vrille au-dessus de la terre. Trop vite. Beaucoup trop vite. Comme une pierre qu'on aurait lâchée du ciel, visant le sol afin d'y laisser sa marque.

15 h 31

La spirale mortelle acheva son œuvre. Le corps de Jean heurta le sol. Durement. Fatalement. C'en était fini. De sa passion. De l'adrénaline. De sa vie. Il n'était plus désormais qu'une carcasse déchiquetée et ensanglantée attendant une meute de loups affamés – s'il y en avait eu dans les parages.

Les mains en visière devant leurs yeux afin de les protéger du soleil, les autres membres du club, stupéfaits, avaient regardé le sauteur devenu girouette suivre les frasques de la voilure et descendre en tourbillonnant avant de se fracasser sur le sol.

Incapables de bouger, ils virent trois tout-terrains, marqués de l'emblème des premiers secours, se précipiter vers le lieu de l'atterrissage. Pendant ce temps, la responsable du centre appelait les secours.

À l'écart, un non-membre, celui-là, avait, quant à lui, apprécié le spectacle. Quatre-vingt-quinze secondes d'extase où il avait pu voir, de même que tous ceux se trouvant sur le site, la descente aux enfers de Jean St-Arnaud. Il se fit la réflexion qu'il n'avait pas eu un trop grand rôle à jouer cette fois.

Son seul regret : ne pas pouvoir admirer le fautif de près. Il remédia à cet empêchement en fermant les yeux et parvint à imaginer la scène. Désarticulé comme un pantin à qui on aurait arraché jambe ou bras, du sang s'échappant des orifices supérieurs, le pécheur le fixait de ses yeux grands ouverts criant au désespoir. Se tenir ainsi quelques secondes à côté du corps devenu inutile le rassérénait. Même si ce n'était qu'en imagination.

Rassasié, il recula calmement jusqu'à atteindre le bâtiment principal, arpenta pièces et corridors, et emprunta la porte rouge. Il marcha tout droit vers l'aire d'attente des avions, et épingla la citation latine sur le tableau où on affichait les informations sur les vents ainsi que les autres messages d'importance capitale pour les parachutistes. Tout le monde étant rassemblé sur la scène de l'accident, personne ne remarqua sa présence.

En retrait dans le champ, l'homme marmonna :

— *Alta alatis patent*[98] !

*

La police municipale de Lanaudière arriva un quart d'heure plus tard dans un concert de sirènes, à bord de trois véhicules. Six hommes en débarquèrent pour courir, outillage tintant à la ceinture, vers le lieu de l'accident. Les ambulanciers étaient déjà là. En s'approchant, les policiers découvrirent un homme méconnaissable.

---

98 Le ciel est ouvert à ceux qui ont des ailes !

Une des jambes était repliée sous le corps. Mal brisée. Sans compter d'autres os qui devaient avoir subi le même choc. Du sang s'échappait du nez, des oreilles et de la bouche. Sous l'impact, le casque s'était fissuré en maints endroits, permettant au liquide foncé de s'écouler par les interstices. Les yeux étaient restés ouverts sur l'immensité, tandis que les lèvres esquissaient un sourire désincarné.

Le conducteur d'un des tout-terrains, parachutiste comme ses collègues penchés sur le corps, se releva en titubant, s'éloigna et rendit tout le contenu de son estomac.

Était-ce un suicide? Un accident à la suite d'un mauvais fonctionnement de l'équipement? Ou un meurtre? Pour un policier, tout était envisageable.

Le sergent Desmarais se tourna vers les ambulanciers.

— On n'a jamais vu ça dans les environs…

— Je n'ai jamais été témoin d'une chute mortelle depuis que je suis ici, soit depuis au moins 10 ans, dit celui qui semblait être le chef.

— Même s'il est un peu… écrasé, quelqu'un le reconnaît?

— Je ne me souviens pas de son nom. Il faudrait le demander à la responsable, là-bas, dans la cabane. Il est nouveau ici. Il a obtenu son brevet il y a environ un mois. C'est rare qu'il soit là un dimanche, il vient plutôt durant la semaine.

— Et il fait quoi comme travail pour se permettre ça? demanda Desmarais.

— Il me semble l'avoir entendu dire qu'il était courtier immobilier.

— Encore un! C'est la mode ces temps-ci! s'exclama Desmarais qui était au courant des assassinats perpétrés contre les courtiers de la Rive-Nord.

J'espère que ce fou-là ne s'en vient pas par ici…, bougonna-t-il intérieurement.

Policiers et ambulanciers s'affairaient autour de St-Arnaud. Pendant que les uns tentaient de démêler les cordes du parachute, les autres tâtaient le pouls.

— Il faudrait laisser la scène intacte. J'appelle la SQ, dit Desmarais.

Il courut vers la voiture aux gyrophares allumés et s'empara du microphone de la radio.

— Un autre courtier immobilier, c'est l'épidémie! s'enflamma Renaud.

Inquiète, Emma s'abstint de répondre.

— C'est peut-être un accident, continua-t-il, ou, pourquoi pas, un suicide?

— On verra ça…, marmonna la lieutenante, soucieuse.

Une seule chose l'intéressait: connaître le nom de la victime.

Emma et Renaud enfourchèrent les motos portant le sigle de la SQ, et parcoururent, en une demi-heure seulement, la distance qui séparait leur quartier général du club de parachutisme. Suzie Marseille et Michel Tougas les rejoindraient plus tard, à bord d'une Charger.

Sitôt arrivés au centre, ils virent au loin l'attroupement qui s'était formé autour du pauvre gars victime de sa passion.

Le regard rivé sur l'horizon, Emma marcha d'un pas déterminé.

— Les accidents de parachutisme sont rarissimes, même presque impossibles, commença-t-elle. Quant au suicide, il me semble qu'il y a des façons moins épouvantables…

— T'as raison, mais même si les accidents sont rares, ça peut arriver. Tu sais, la loi de la moyenne…, répliqua Renaud.

En se dirigeant vers le lieu de la tragédie, là-bas dans le champ, Emma se prépara mentalement à voir le cadavre.

Peut-être qu'il est si aplati après son atterrissage forcé qu'il est impossible à identifier. Ou, si nous sommes chanceux, il a glissé et…

Elle fit un effort surhumain pour regarder furtivement le corps en respirant un bon coup. Son sang eut tout juste le temps de se glacer dans ses veines. Jean St-Arnaud, disloqué, les yeux ouverts vers le ciel, gisait à cinq centimètres de profondeur dans le sol. Elle ne permit pas à son cerveau de raviver la vision d'horreur que le sang s'écoulant du nez et de la bouche du courtier ravivait en elle.

— C'est Jean St-Arnaud…, articula-t-elle.

Renaud regarda le mort de plus près.

— Bâtisse! C'est pas beau à voir!

— Drôle de coïncidence, tu ne trouves pas? dit Emma, en proie à l'inquiétude.

— Je l'ai dit tout à l'heure, ça doit être un accident. Pauvre gars, c'est pas drôle de finir comme ça.

Renaud avait du mal à détacher ses yeux des membres cassés et du sang qui s'écoulait mollement par les fissures du casque.

— Ou il s'est suicidé.

— Tu crois vraiment que Jean St-Arnaud ait pu se suicider?

— Et si c'était l'œuvre de Louis Bellavance? Tu te souviens de leur dispute aux funérailles d'Ève Laflamme? Tu sais, les batailles de chums…

— Quand même, il en faut plus que ça pour arriver à tuer son meilleur ami! l'interrompit Emma.

— On ne connaît pas la raison de leur prise de bec.

— Ça ne peut pas être si grave…

La policière s'efforça de redevenir pragmatique. Les mains gantées de latex, elle examina la voile morte un peu plus loin, même si ce travail incombait au sergent. Elle ne mit pas longtemps à constater le sabotage.

— Renaud, viens voir ça!

Le sergent enjamba les objets traînant sur le sol.

— Je ne connais pas ce sport, mais je ne crois pas que le fait que cette pièce soit enserrée dans un préservatif soit… naturel.

Éberlué, Renaud releva ses lunettes fumées sur sa tête.

— On aura tout vu…

Il se tourna vers les gens qui étaient encore attroupés autour du corps, toujours stupéfiés par la tragédie.

— Hé! Les gars! Il y a un expert en équipement parmi vous?

— Expert est un grand mot, mais comme je fais l'entretien des parachutes…, répondit l'un d'eux.

— J'ai besoin de vos lumières.

Le maître gréeur se pencha vers l'attirail.

— Attendez! Avant de toucher à quoi que ce soit, il faut mettre ça, intervint Renaud en lui refilant une paire de gants.

L'homme s'exécuta, scruta minutieusement le matériel, puis récita, comme s'il se parlait à lui-même:

— L'extracteur du parachute principal a été étouffé par le préservatif, qui a empêché le gonflement du ballonnet. Celui qui permet le déploiement de la voile. Ce n'est certainement pas lui qui a fait ça…, se désola-t-il en jetant un œil au sauteur.

Il prit le temps d'inspirer avant de préciser, l'air dubitatif:

— J'aurais pensé à me servir d'un élastique pour faire ça, pas d'un préservatif.

Emma et Renaud se regardèrent, la mine équivoque.

Un préservatif… Jean avait la réputation…

Le gréeur enchaîna:

— Ç'a dû être affreux comme *feeling* quand il a constaté que la voilure principale ne s'ouvrait pas. La hantise de tout sauteur…, murmura-t-il, réprimant un frisson d'horreur.

Comme s'il manipulait une œuvre d'art, il vérifia chaque sangle.

— Un des quatre élévateurs de secours a été coupé net sur le parachute de réserve, ce qui fait que la seconde voile s'est ouverte. Et, une fraction de seconde plus tard, elle a dû se replier sur elle-même et partir en vrille au-dessus de sa tête.

Le visage décomposé, il ajouta sur un ton affligé:

— Il a su à ce moment-là qu'il n'y avait plus rien à faire… Et dire que c'était son deuxième saut de la journée.

— Le deuxième, vous dites ? dit Emma, la curiosité éveillée.

— J'ai sauté en tandem lors de son premier saut aujourd'hui. J'étais dans le même avion que lui.

— Et tout s'est bien passé…, dit-elle, tout bas. Avec ce que vous venez de constater, est-ce qu'il aurait eu de la chance, lors du premier saut ?

— Impossible ! Avec le ballonnet enserré dans le préservatif qui a empêché le déploiement du parachute principal et la sangle coupée sur celui de réserve, il ne pouvait pas arriver au sol indemne.

Ses collègues l'écoutaient avec consternation. On voyait leur regard interloqué passer du cadavre au gréeur. Pour un peu, ils se seraient mis à pleurer comme des enfants.

— D'après vous, qu'a-t-il fait entre les deux sauts ? reprit Emma.

— Des vents dominants de l'est ont forcé les détenteurs de brevet Solo à rester au sol. Il a donc dû attendre qu'ils se calment avant de recommencer, expliqua-t-il en balayant l'air de la main.

— Et ç'a duré combien de temps, tout ça ? demanda Renaud, intéressé par l'aspect technique de l'accident.

— Un peu plus d'une heure.

Le tueur a donc agi à ce moment-là…

— Que faisaient les sauteurs en attente, pendant ce temps-là ? demanda Emma, tout attentionnée.

— Comme d'habitude, ils contemplaient les détenteurs de brevets supérieurs en train de se payer la traite dans les airs, en les enviant.

— Vous étiez du nombre qui… s'amusait, j'imagine ? voulut savoir Renaud.

Il hocha la tête.

Le cœur et les idées en émoi, Emma écoutait les explications de l'homme. Une éventualité prenait dangereusement forme dans son esprit.

Et si… et si ma petite voix…

— Vous ne m'aviez pas dit que vous n'étiez pas expert ? avança Renaud.

— Bah…, répondit le gréeur en baissant les yeux.

Emma se leva en vitesse.

— Renaud, fouille le sac qui contenait les parachutes pendant que, moi, je file à l'intérieur. Tu sais ce qu'on cherche ?

Elle courut aussi vite qu'elle le put, le cœur battant trop fort contre ses côtes. Elle ne remarqua même pas Suzie et Tougas qui couraient aussi en sens inverse, vers le lieu du drame.

Ses pensées se bousculaient, s'entremêlaient.

Elle entra dans l'aire de pliage. En fit le tour. Vérifia les murs, les longs bancs. Fit le tour des autres salles comme une poule sans tête. Demanda au préposé qui la regardait faire, la mine abasourdie, où quelqu'un pouvait épingler un morceau de papier. Il réfléchit, puis la conduisit à l'extérieur, vers la zone d'embarquement, où un grand tableau en liège affichait la température, les vents dominants, un article de revue qui vantait la sécurité du Centre et… la citation latine crainte et espérée en même temps.

ABYSSUS ABYSSUM INVOCAT[99] *!*

Emma, les doigts tremblants, se dépêcha de consulter le Web à l'aide de son mobile pendant que Renaud arrivait au pas de course.

La définition lui parut loufoque, mais compréhensible. « L'abîme appelle l'abîme. »

— Pour un gars qui s'envoyait en l'air… dans les deux sens du terme…, railla Renaud, on peut aussi dire que l'idée du préservatif était drôlement bien trouvée.

— Encore un défaut punissable chez sa victime…, dit Emma, comme pour elle-même.

— Mais… V. V. ne croupit pas au QG à l'heure qu'il est ? lança Renaud.

---

99 L'abîme appelle l'abîme.

Suzie et Tougas venaient de les rejoindre et les regardaient, l'air interrogateur.

Emma secoua la tête comme un chien au sortir de l'eau et s'éloigna pour composer le numéro de Simon.

Un, deux, trois, quatre… Allez…

— Ah! Emma! J'allais t'appeler.

Elle écouta avec attention les trouvailles de son ami. Pas autrement surprise, elle prit une inspiration et garda l'air durant quelques secondes avant de l'expirer.

— Je peux t'en demander un peu plus? se risqua-t-elle.

— Vas-y.

Simon nota les informations à la même vitesse qu'elles lui étaient données à l'autre bout du fil.

— Tu me laisses un peu de temps? C'est dimanche, j'aurai peut-être toutes les infos seulement demain.

— Fais ton possible, je t'attends.

Emma raccrocha et se tourna vers Renaud.

— Il faut faire libérer Vigneau. C'est impossible qu'il soit le meurtrier.

— Tu en es certaine? demanda le sergent, sidéré.

— Je t'expliquerai… Hé, Renaud, il ne faudrait pas que la nouvelle s'ébruite. Je ne voudrais pas que le meurtrier se doute que celui qui a été arrêté à sa place est libéré, et que lui est maintenant sur la sellette.

Ta petite voix intérieure… Toujours te fier à ta petite voix intérieure… Je sentais que quelque chose ne collait pas. Pas normale, la pitié. Pas normal de douter autant. Mais c'était nécessaire pour au moins en éliminer un pour quelques jours. Pauvre homme qui a passé un mauvais quart d'heure enfermé pour rien. Désolée, V. V.

Et toi… tu as voulu me tromper en n'opérant pas au domicile de ta proie? Et deux jours avant la date prévue… Car, oui, je crois à la chronologie. Tu as plus d'un tour dans ton sac, mais tu verras, je suis futée, moi aussi. Je te découvrirai, dussé-je y laisser ma peau!

Le QG était en émoi. Ça parlait et gesticulait fort dans les rangs.

— *OK, guys*! *We can get worked up here, but outside... keep quiet*[100]! Le premier qui évente la nouvelle se fait suspendre pour deux semaines. *Understood*[101]? lança Burn avant de tourner les talons en direction du bureau de l'inspecteur-chef.

À la fin de l'après-midi, deux policiers escortèrent un Victor Vigneau exténué, mais l'air soulagé, vers la sortie de l'immeuble gouvernemental, où il rejoignit sa femme venue le chercher à bord de sa Mercedes.

Aucun média n'avait eu vent de la nouvelle.

---

100 OK, tout le monde! On peut s'énerver ici, mais dehors... on reste tranquille!
101 Compris?

Acta est fabula
(La pièce est jouée)

Lundi 4 juillet

Assise à côté du téléphone, Emma n'osait pas bouger. Chaque fois qu'il vibrait, elle sursautait. Depuis le matin, elle n'avait réussi à manger qu'un peu de fraises dans du yaourt. Depuis, elle avalait café sur café.

Allez, Simon... Qu'est-ce que tu fais ?

Depuis la veille, elle passait et repassait l'idée dans sa tête. Certaine d'avoir trouvé un bon filon, elle n'attendait que la confirmation de ce qu'elle espérait.

Qui est dans ta mire, cette fois ? Qui d'autre mérite de goûter à ta folie ?

— Allô, répondit Léa Lacroix, essoufflée.

— Bonjour, Léa, c'est Emma Clarke. Tout va bien ?

— Oui, oui, dit la courtière, haletante. Désolée, j'ai couru depuis mon jardin.

— Ah ! d'accord. Je dois vous aviser que j'ai fait poster un policier près de chez vous.

— Je suis surveillée ?

— J'ai cru bon de le faire. Je vous expliquerai plus tard. En attendant, puis-je vous prier de rester à la maison pour les 48 prochaines heures ?

— Je peux demander à quelqu'un de me remplacer... si c'est nécessaire, dit Léa d'une voix mal assurée.

Elle ne discuta pas, semblant comprendre la situation. Cette fille était volontaire, Emma l'avait senti la première fois qu'elle l'avait rencontrée chez Ève. Hormis cela, mieux valait demeurer vigilante avec un tueur dans les parages.

— Je ne veux pas vous inquiéter, mais je ne voudrais pas…

— Je ferai comme vous le dites, lieutenante. Il n'a qu'à bien se tenir… Je suis plus forte qu'il pense, répliqua la jeune femme sur un ton qu'elle espéra assuré.

— Vous êtes super, Léa. Oh! je dois vous laisser, j'ai un autre appel. Soyez prudente!

Le numéro de Simon était affiché sur son mobile.

— Je t'écoute.

À mesure qu'il parlait, Emma soulignait chaque nom, jusqu'à ce qu'il révèle le mot magique.

Sa main se crispa sur son crayon.

— Tu en es certain? demanda-t-elle, fébrile comme une feuille de tremble.

— Absolument! Je peux savoir ce que tu comptes faire avec ça?

— Je te raconterai. Merci mille fois, je te revaudrai ça.

Le choc. Son doute confirmé. Son sixième sens ne l'avait pas trompée.

C'est bien ça. En horizontal 14… « Le Père l'a précédé »… Son père portait le même prénom que lui. Le registre de l'état civil le confirme avec l'appellation « junior ».

Et en vertical… « Peut être proclamé saint ». Ça concorde, « jeudi ».

Emma relut les définitions des mots manquants en appuyant sur chaque mot. Se creusa les méninges. Compta les lettres de chacun. Pensa en avoir déniché un nouveau. Réalisa qu'il n'en était rien. Inventoria les cases encore orphelines. Mâchouilla son crayon. Se prit la tête. Se leva. Fit les cent pas. Malmena les touches de son piano. Fulmina. Se rassit. Implora tous les saints.

Alors, un mot apparut. Se dessina sous ses yeux. Comme ça. On l'aurait dit sorti tout droit d'un chapeau de magicien. Elle misa ensuite sur un autre qui, tout à coup, lui sauta aux yeux. Et encore un autre qui s'imposa de lui-même. Clair. Net. Précis. Une apparition. Elle en traça chaque lettre avec application.

Aussi longtemps que la grille ne fut pas complétée, Emma s'entêta. La plus grande satisfaction était de marier les lettres aux cases demeurées vierges jusqu'à aujourd'hui. Les mots cruciaux à présent inscrits sur la grille, elle l'observa avec attention. Enhardie par cette nouvelle évidence, elle entoura un tout dernier mot et relia toutes les ficelles.

C'était donc lui qui la persécutait ? Elle visualisa la physionomie, se souvint de l'attitude, se remémora les allusions. Et le détesta. Et le maudit.

Les sens en feu, Emma entoura son nom en pesant sur son crayon plus que nécessaire. Elle le fit plusieurs fois, comme pour certifier la justesse de sa trouvaille, et l'ancrer dans sa mémoire. Elle examina ensuite son tableau blanc et passa en revue les commentaires qu'elle y avait inscrits pour chacun des hommes. Travail qui lui prit une bonne demi-heure.

Elle recula pour juger de l'effet.

Puis... puis sa petite voix intérieure murmura d'abord, pour s'intensifier ensuite, jusqu'à devenir tonitruante. Excitée, Emma regroupa tous les morceaux du casse-tête qui l'avaient, sans qu'elle s'en rende compte, mise sur la piste tout au long de l'enquête. Elle se permit même une dernière incursion sur Internet où elle dénicha un tout nouvel élément qui lui avait échappé et qui pouvait très bien justifier l'appellation Saraf.

Sensation d'engourdissement dans les membres en même temps que facultés intellectuelles exacerbées.

Emma réfléchit à la vitesse grand V, assise là, sur le bout de l'ottomane. Incapable de remuer le petit doigt, toute énergie utilisée par son cerveau, qui se mit à galoper comme un cheval de course.

Ne manquait qu'une dernière vérification.

Elle appela Tardif. Qui la rappela une heure plus tard.

Emma baissa la tête, mit ses doigts sur sa nuque, revit les scènes de crime tragiques de Joseph, d'Ève, de Marie et de Jean. Enfin, le meurtrier entra clairement dans sa tête. Elle le sentit, froid et calculateur. Dément. Il vibrait et la faisait vibrer.

Une sensation physique indescriptible accompagna l'euphorie psychologique.

Il était bien celui qui la persécutait... Il ne pouvait en être autrement. Si un doute avait persisté, il s'évanouit à cet instant. Ne restait du moins qu'à l'anéantir au moment où elle l'affronterait.

Un seul mot martelait ses tempes : Saraf! Saraf! Saraf!

— Tu es découvert! L'aurais-tu cru? s'enflamma-t-elle. Ton plan était ingénieux malgré tes manigances pour me laisser croire ce que tu voulais. Tu ne m'échapperas plus. Reste à connaître tes obscures motivations. Parce que tu me les avoueras. Peut-être même sous la torture. Sois certain, maître, que je serai beaucoup plus méchante qu'avec Vigneau.

Emma parlait et gesticulait dans son salon, qu'elle ne pouvait s'empêcher d'arpenter de long en large, en haïssant, invectivant et punissant le meurtrier. Après avoir marché dans le corridor, dix fois plutôt qu'une, oubliant même de compter ses allers-retours, elle ressentit de nouveau un grand vide dans son corps. Elle s'arrêta au beau milieu et resta là, pantelante, à se demander comment elle allait lui régler son compte.

Amen
(Ainsi soit-il)

Mardi 5 juillet

La nuit n'avait été qu'une succession chaotique de scènes macabres dans lesquelles se confondaient rites vaudou et catholiques. Soit le meurtrier la traquait dans un coin sombre en la menaçant de lui trancher la gorge, soit il la martyrisait en l'éventrant sur une table d'autopsie.

Le réveil indiquait 5 h. Un urgent besoin de caféine la fit sauter en bas du lit. L'odeur du café la rasséréna. Sitôt le premier avalé, elle glissa une deuxième capsule dans la machine. Enfin, la douche acheva de la mettre sur les rails.

Protocolaire, elle aligna sur sa table les outils qui lui seraient nécessaires et inséra son Glock dans son étui.

Elle savait ce qu'elle devait faire, savait comment le faire et savait surtout qu'elle n'avait pas le droit de le faire. Mais elle le ferait. Il était essentiel de terminer le duel où aucun témoin ne devait figurer sur la liste d'invités.

Elle s'habilla sobrement avec fuseau noir, t-shirt blanc et perfecto. Laça ses Converse anthracite. En verrouillant la porte, elle sentit déjà tout le poids d'une journée qui s'annonçait plus chaude que prévu. Elle enfourcha sa moto et, le cœur en marmelade, s'arrêta chez le fleuriste du marché où elle choisit un bouquet de lys blancs – dont l'odeur la heurta encore après toutes ces années – et une unique rose blanche. Elle roula ensuite jusqu'au mont Royal, situé en plein cœur de la ville.

Emma parcourut les allées entretenues entre les stèles, fleuries chez les uns, dénudées chez les autres. Elle admira la disposition symétrique des pierres dressées, fières et indélogeables, sur chaque bout de terrain où elles trônaient en guise de protection pour les corps inhumés.

Elle s'arrêta devant une pierre gris perle.

Candice Angelou-Clarke
1946-1991
(Rose Clarke 1976-1983 - inhumée au Royaume-Uni)

Elle déposa les lys dans la cavité creusée exprès sur le dessus du monument. Elle avait eu cette charmante idée qui avait fait boule de neige chez ses voisins. Depuis, plusieurs gerbes jaillissaient des stèles en pointant vers le ciel à un kilomètre à la ronde. Elle enleva les mauvaises herbes devenues envahissantes et déposa la rose blanche au pied de la pierre.

Enfin, Emma s'adressa à celle qui l'avait rejetée, puis abandonnée:

— Bon anniversaire, maman…

Elle inspira un bon coup avant de continuer:

— Il y a longtemps que tu t'es retirée. Je ne te rends pas souvent visite, tu as le droit de me le reprocher. Je comprends, même si c'est toi qui as provoqué ça.

Elle sentit les larmes humecter ses yeux, mais se força à les ravaler.

— J'ai aussi tous les droits de t'en vouloir. Avoue que tu es partie comme une voleuse. Voleuse de l'âme d'une adolescente qui avait grand besoin d'être aimée. Aussi désorientée que j'aie pu l'être, je me suis conduite comme une belle et bonne personne. Enfin… je crois. Je voulais que tu sois fière de moi. J'avance dans la vie en acquérant une expérience qui fait de moi ce que je suis.

C'est vrai ce qu'on dit? Que les absents veillent sur ceux qui restent? Je veux le croire, à tort ou à raison. Aujourd'hui, ça me plaît d'y croire. Alors, que dirais-tu de laisser ton grand repos de côté et de plutôt écouter ta fille, pour une fois.

Je voulais te dire que je dois et que je vais désobéir. Je sais, tu as envie de me sermonner comme dans le temps. Alors, vas-y! Mais sache que rien ni personne ne pourra m'en empêcher. J'avancerai comme une soldate, l'arme en avant, afin de défendre mes semblables en anéantissant l'ennemi.

Tu me demandes ce que j'attends de toi? Que tu m'épaules enfin, maintenant que j'en ai plus que besoin. Que tu me guides dans cet acte de défi insensé. Que tu me donnes la force et le courage qui me seront nécessaires. Que tu chasses les démons qui pourraient se manifester. Que tu m'envoies tout l'amour que contient ton cœur. Si amour il y a…

Emma sentit l'émotion l'envahir. Une boule compacte monta de son estomac, lui coupant le souffle.

— … déjà eu pour ta petite fille…

Elle baissa les yeux, saisit la rose blanche et, du bout des lèvres, réussit à articuler:

— Rose, je t'en prie, excuse-moi…

Les larmes coulaient maintenant librement.

Enfin, elle se remit debout, fit son signe de croix en levant la tête vers le ciel, puis en la rabaissant vers la terre où sa mère et sa sœur reposaient pour l'éternité, et murmura: «*Amen.*»

Elle quitta le cimetière en espérant être accompagnée quoi qu'il advienne.

De retour à sa moto, Emma constata que Renaud et Suzie avaient tenté de la joindre. Inutile de les rappeler, elle le ferait en temps et lieu.

Elle roula dans les rues de la ville en observant les passants.

— Un de ceux-là pourrait très bien être un meurtrier, marmonna-t-elle. Vu du dehors, aucun signe ne laisse croire qu'un détraqué se cache sous les traits de monsieur Tout-le-Monde.

Elle emprunta ensuite l'autoroute des Laurentides, puis l'autoroute 640. L'envie de rebrousser chemin la tenailla plus d'une fois, mais elle tint bon jusqu'à sa destination : Rosemère, à l'ombre des rues boisées.

Désolant qu'un meurtrier se terre par ici… Personne ne peut savoir ce que cache son voisin. Il faut toujours se méfier de l'eau qui dort.

Elle immobilisa la moto sur la rue perpendiculaire. Enleva casque et lunettes, qu'elle glissa dans son coffre. Lissa son pantalon noir. Releva ses cheveux en chignon. Vérifia que son arme était bien à sa place. Enfonça les autres instruments dans son sac. Et, le cœur battant au plus fort contre ses côtes, marcha en direction de sa destination finale. Elle lança des regards à gauche et à droite, s'assurant que nul ne serait témoin de sa démarche clandestine.

Au numéro 260 se trouvait une propriété modeste et proprette. L'immeuble en briques rouges passait inaperçu, nul artifice ne venant déranger l'œil.

260… 13 x 20, la grille, bien sûr…

Aucune voiture n'étant garée dans l'entrée, Emma estima que le champ était libre. Après avoir vérifié, une fois encore, qu'aucun témoin n'était en vue, main sur la crosse de son revolver, elle s'approcha de son but. Les entrailles nouées, elle monta l'escalier menant au balcon. S'accota au mur, puis osa un regard par la fenêtre du salon où un store à demi fermé empêchait tout intrus d'y apercevoir quoi que ce soit. Avec mille précautions, elle fit le tour de la bâtisse pour aller dans la cour arrière où la pelouse et les fleurs ne profitaient visiblement pas du même traitement de faveur que celles de la façade. Elle monta les cinq marches de la terrasse, risqua un coup d'œil par la fenêtre, mais ne vit qu'un modeste mobilier.

Personne. Elle était seule. Seule pour accomplir sa mission. Comme elle l'avait espéré.

Merci, Rose…

Qu'aurait-elle fait s'il avait été présent ? Honnêtement, elle n'avait pas voulu l'envisager. Il fallait qu'elle le prenne de court lorsqu'il rentrerait chez lui. Elle rêvait de surgir devant lui en lui pointant son Glock sous le nez. Voir son air déboussolé et interdit. Voir son regard la suppliant d'être clémente. Jouir de la peur imprimée sur son visage. Puis elle lui tirerait les vers du nez en lui posant toutes les questions qu'elle avait dans la tête pendant que les renforts seraient en route. Et enfin, elle aurait gagné.

De retour sur le balcon avant, Emma sonda la porte. Verrouillée. C'était à prévoir. Elle l'ouvrit à l'aide d'un outil spécial, la referma derrière elle et s'y appuya, le cœur battant. Elle prit son courage à deux mains – le courage ne faisait-il pas partie du forfait du policier? – et dégaina son arme.

En rasant les lattes de bois avec ses Converse, elle constata que seuls un bahut en bois noir et une unique chaise plantée au beau milieu de la pièce garnissaient le salon. Elle nota les bougies rangées dans un coin à même le plancher, ainsi que celles disposées sur le meuble noir. Toutes rouges. La cuisine n'accueillait pour sa part qu'une table ronde et deux chaises. Emma veilla à en entrebâiller la porte au cas où elle devrait fuir.

Les nerfs tendus à l'extrême et l'arme en joue, elle longea les murs du passage menant aux chambres. Dans la principale, seuls un lit, une commode et une minuscule table de nuit occupaient l'espace. Un livre épais traînait sur le petit meuble. Comme elle l'avait deviné, c'était une Bible. Curieuse, elle l'ouvrit et tomba sur l'article de *L'Intégral* annonçant sa nomination au poste de lieutenante-détective, un peu plus d'an auparavant. Doutes de nouveau évanouis.

Le lit était fait de façon parfaite, la carpette semblait avoir rencontré l'aspirateur récemment et aucun vêtement n'était suspendu aux cinq crochets vissés au mur.

L'homme vivait là avec le strict minimum. Comme un ascète.

La deuxième chambre faisait office de pièce de travail. Un ordinateur dernier cri était posé sur un bureau antique, et un classeur beige voisinait avec une console sur laquelle une série de documents étaient alignés.

Les sens en alerte, Emma entra dans la pièce, se dirigea vers le long meuble où elle reconnut le *Dictionnaire de latin* et le *Lexique thématique de latin*, déjà vus à la Grande Bibliothèque. Puis elle se pencha sur le premier papier.

Dunstan: *Vox faucibus haesit* (ma voix s'arrête au gosier)

Persona non grata (personne non souhaitée)

Auri sacra fames (exécrable soif de l'or)

— Dunstan... le joueur, le menteur..., marmonna-t-elle.

Ses yeux se posèrent sur la deuxième liste de citations.

Ève: *In os venenum* (dans la bouche, le venin)

Vanitas vanitatum (vanités des vanités)

Ad augusta per angusta (vers les sommets, par des chemins étroits)

— Ève... mordue par un serpent parce que jugée venimeuse...

Marie: *Vinum aqua miscere* (mettre de l'eau dans son vin)

Uti, non abuti (user, mais ne pas abuser)

In vino veritas (la vérité est dans le vin)

— Marie... Trop portée sur la bouteille...

En l'imaginant tenant la tête de la malheureuse sous l'eau, Emma déglutit.

Jean: *Hic salta!* (saute!)

Toto coelo, tota terra (de tout l'espace, du ciel à la terre)

— Jean... pour qui il n'a pas eu le temps d'écrire la dernière citation..., murmura-t-elle.

L'impression de déranger le criminel en plein travail la gêna. Les nerfs à fleur de peau, elle se tourna vers un texte écrit à la main qui la sidéra, même si le doute avait déjà germé dans son esprit.

Pourquoi ? Telle sera la grande question. Ils ne comprendront pas. Cherchez, mes agneaux ! Cherchez !

Les « trop » fuseront de toutes parts. Trop aimante, trop douce, trop parfaite. Ne soyez pas dupes, la perfection n'est visible que par plus grand. Sous des dehors bon enfant, la vipère est aux aguets, cherchant quelque âme à convertir. Prudence et rigueur doivent vous habiter, vous guider au-delà de vos croyances « populaires ».

Toute tare, même minime, mérite pénitence et repentir.

La femme aux deux appellations bibliques sera sacrifiée au nom des trois pécheurs. Au nom de sa trop grande bonté, Léa Lacroix deviendra un exemple. Une martyre.

Decipimur specie recti[102].

Le bruit d'une portière de voiture qu'on referme. La bouffée d'adrénaline qui envahit le cerveau. L'instinct de s'accroupir. De s'approcher lentement de la fenêtre. De s'étirer juste assez pour y jeter un œil.

Ouf ! le voisin d'en face… Quelle folie suis-je en train de commettre ?

Emma prit le temps de souffler avant de se relever et tenta de calmer les ardeurs de son cœur avant de continuer son exploration.

Non, c'est OK, continue, c'est ce que tu as à faire.

Un autre bruit. Plus feutré celui-là. La détective prêta l'oreille, épia le corridor depuis la porte et ne vit rien d'anormal. Poing serré sur la crosse de son arme, s'efforçant de marcher comme si elle était sur un nuage, elle avança dans le corridor sombre où le bois, malgré ses précautions, craqua sous ses Converse.

Merde !

Comme personne ne semblait l'attendre à la sortie du passage, elle fit demi-tour.

Mes nerfs me jouent des tours…

Elle savait qu'elle jouait dangereusement, mais revint tout de même vers la console où le prochain texte l'attendait.

---

102 Nous sommes trompés par l'apparence du bien.

Se pourrait-il qu'il ait déjoué estafettes et fins limiers d'aussi formidable manière! Qui l'eût cru? Tout cela pour enfin laisser libre cours à l'ultime plan ourdi depuis belle lurette. Impossible de rêver mieux!

Elle est là, offerte sur un plateau d'argent, aucune méfiance ne guidant ses pas. Nul n'ayant pu imaginer le stratagème pensé exprès pour la prendre dans ses filets.

Cependant, avant de jouer sa carte finale, il a bien l'intention de l'inviter à une réunion au sommet, un conciliabule inévitable afin de faire toute la lumière sur ses desseins et motivations. Elle ne pourra qu'abdiquer et surtout acquiescer devant sa loyauté, son louable projet enfin réalisé.

Elle sera la dernière, et non la moindre! Sa partenaire, son « associée ».

Un cadeau. Sa récompense.

Alea jacta est[103]!

Son corps se mit à trembler. Les genoux ramollis, elle dut s'agripper à la table pour ne pas tomber. Un vertige lui tourna la tête et les sangs.

Il est plus maniaque que je l'avais imaginé! Il a tout fait pour que je le découvre… Je n'aurais pas pu le dénoncer, il m'aurait fait la peau avant. Les textes écrits à la troisième personne… Narcissique par-dessus le marché!

Aussi effrayée qu'elle pût l'être, Emma ne se résignait pas à déguerpir à toutes jambes. Il lui fallait aller au bout de sa découverte.

En revenant à la pile de feuilles, elle en découvrit une autre qu'elle retira, comme s'il s'était agi d'un écrit ultra-délicat. Médusée, mais fascinée, elle la vit apparaître…

La grille achevée…

Elle vérifia les derniers mots révélateurs, dont les lettres manquantes étaient inscrites en rouge. Lettres formant les mots qu'elle avait fini par découvrir.

---

103 Le sort en est jeté!

À l'autre bout du bureau, le pochoir alphabet et les quatre estampes, qui avaient servi à imprimer les as.

J'ai gagné!

Emma classa les documents de façon à ce que chacun ait sa place propre, puis sortit son téléphone pour immortaliser le tout. Elle en aurait besoin pour témoigner devant monsieur le juge.

	1	2	3	4	5	6	7	8	9	10	11	12	13
1	V	e	r	b	i	c	r	u	c	i	s	t	e
2	i	v		a		o	e	t	a		d	o	n
3	c	e		t	r	u	c	i	d	e		i	t
4	t					r	o	l	e				e
5	i	f		o			i	e	n	l		e	r
6	m	i	s	s	i	o	n		a	a		m	r
7	e	c	u	m	e	z		e	s	t	i	m	e
8	s		s	o	s	D	r		i	m	a	m	
9		a	p	s	i	d	E		i	n			e
10	n	i	e	e		a	S		n		g		n
11	o		c		s	r	T		d	r	o	i	t
12	m	e	t	h	o	d	I	q	u	e		o	s
13		t		a	l		N	i		s			
14	j	u	n	i	o	r			d	e	m	o	n
15	e	d	e	n		a	m	o	r	a	l		o
16	u	e		e	p	i	a		u	u		s	t
17	d				c	r	i	m	e				a
18	i	t		f		e	t			m		s	i
19		e	l	a	n		r	e	n	o	u	e	r
20	C	r	u	c	i	v	e	r	b	i	s	t	e

Un dernier papier était dissimulé sous la grille.

Horizontal n° 11, 2ᵉ :   Je le suis, je l'applique, je l'impose (droit)

Horizontal n° 14, 2ᵉ :   Sans foi ni loi (démon)

Horizontal n° 17, 1er :	Elles m'y ont poussé... (en vertical 1) (crime)
Vertical n° 2, 4e :	La théologie n'a de cesse d'en demander (étude)
Vertical n° 6, 4e :	Crier avec bestialité (raire)
Vertical n° 7, 3e :	Excellent chanteur (maître)
Vertical n° 9, 2e :	Outre mesure (indu)
Vertical n° 13, 2e :	A des mains de maître! (notaire)

Et bien entendu... «pas très catholique» voulait dire «amoral»... «le contraire de H 15-2e... début et fin de ce qui le représente beaucoup mieux», c'est «ml» pour «moral» et... «est en odeur de sainteté», la réponse était «st» pour «saint». Tout ça confirme ma certitude que c'est bien lui, ce maniaque visiblement sans aucune morale, contrairement à ce qu'il dit, qui se croit au-dessus de tout, et qui a même voulu me faire croire ce qu'il voulait...

— À nous deux, «maître»! murmura Emma, sarcastique.

Excitée, elle recula d'un pas.

Je ne pensais pas découvrir un tel trésor... Comme Ali Baba dans la grotte. Tu ne pourras pas nier, toutes les preuves sont là, bien étalées sur ta table. La récréation est maintenant bel et bien terminée...

— Je n'ai qu'à t'attendre pour avoir l'immense plaisir de te passer les menottes..., marmonna-t-elle.

À cet instant, on l'empoigna par-derrière en lui mettant un couteau sur la gorge.

— Ce ne sera pas nécessaire..., murmura une voix éteinte.

Décharge intense d'adrénaline.

Trop absorbée dans ses pensées, Emma ne l'avait pas entendu arriver. Elle était piégée. Tétanisée, elle était incapable d'amorcer le moindre mouvement. Allait-elle mourir comme ça, au bout d'un couteau destiné à lui trancher la gorge?

L'homme ne perdit pas de temps et la déposséda de son arme d'abord, puis de son sac.

L'angoisse tenaillait Emma si fort, si violemment qu'elle avait l'impression que son cœur allait sortir de sa poitrine, son cerveau, de son crâne.

L'homme se tenant toujours derrière elle, elle ne pouvait voir son visage qu'elle arriva tout de même à se représenter en pensée. Il lui ordonna de reculer, sans faire de geste menaçant, avec la même voix d'outre-tombe. Il la guida ensuite jusqu'au salon, où la chaise droite placée au milieu de la pièce n'attendait que son otage.

Toujours invisible, il l'obligea à s'asseoir et emprisonna ses poignets ainsi qu'un montant de la chaise à l'aide des menottes, qu'il avait récupérées au fond du sac d'Emma.

— J'espère que vous n'avez pas égaré la clé, madame Clarke, murmura la voix rauque, surnaturelle.

Elle détesta l'entendre prononcer son nom.

La rugosité d'un tissu râpa ses yeux, la forçant à les fermer. Terrifiée à l'idée de ne rien voir, elle imagina tous les scénarios macabres en se demandant quel sort lui était réservé.

L'homme marchait calmement de long en large. Le crissement des semelles sur le plancher indiqua à Emma qu'il devait porter des espadrilles. Le son répété d'un déclic lui laissa penser que le couteau s'ouvrait et se refermait à intervalles réguliers. Elle enjoignit à son cerveau de rester en alerte afin de ne pas être distraite des mouvements qu'elle percevait derrière son dos.

Enfin, il se décida à parler en prenant tout son temps.

— Un Reate. Un couteau à cran d'arrêt. Vous connaissez? Cet instrument, en plus d'être esthétique, m'a aidé à me délivrer du mal en même temps qu'il affranchissait les victimes de leurs démons.

Emma n'eut aucune peine à imaginer les courtiers paralysés en voyant le couteau à la lame acérée dans la main du tueur. Elle en eut un haut-le-cœur qu'elle tenta de réprimer.

— Rien ne lui résiste, pas même une moustiquaire!

L'homme se tut dans le but probable de sonder le poids de sa révélation, mais Emma, malgré l'horreur ressentie à l'idée qu'il se fût immiscé dans son intimité, choisit de ne pas broncher.

— Inutile de dire que vous ne m'avez pas déçu, j'ai même été enchanté de constater que vous jouiez le jeu comme il se devait. C'est charmant chez vous, en passant. On vous a aidée à décorer ou vous l'avez fait vous-même ?

La voix empruntée continuait de sévir pendant que le cliquetis du couteau, amplifié par la terreur, ne cessait de résonner à ses oreilles comme s'il s'était agi d'un morceau de métal qu'on tape obstinément sur un objet tout aussi métallique.

— En fait, il n'a pas vraiment servi jusqu'à maintenant. Seulement à menacer ou à découper proprement... dans l'attente de révéler sa vraie nature. Je le réservais pour...

Garder mon calme... Respirer... Surtout, ne pas paniquer.

Toutes les fibres de son corps étaient en alerte. Bien que la tentation fût forte d'ouvrir les yeux sous le coton rêche, Emma s'efforçait de les garder fermés. Pour ne pas meurtrir ses paupières sur le tissu rugueux d'abord, mais surtout pour pouvoir continuer à se concentrer sur les mouvements derrière son dos.

— Le but du bandeau ? Permettre votre entière concentration sur ce que je vais vous raconter...

La policière bougea juste assez pour sentir une douleur sourde dans les muscles de ses bras déjà ankylosés par l'inaction.

— Si vous saviez à quel point j'ai attendu ce moment...

Les pas se faisaient traînants, se déplaçaient autour d'elle. Le son répétitif d'un froissement de tissu, comme s'il se mettait à genoux, acheva de mettre ses sens au garde-à-vous. Lorsque le bruissement cessa, l'homme continua sur le même ton monocorde, en recommençant visiblement à arpenter la pièce :

— Cet endroit est équipé d'un jeu de caméras en circuit fermé. Ah ! je sais, elles sont minuscules, c'est pourquoi vous ne les avez pas remarquées. Elles vous ont captée en pleine violation de domicile alors que vous déverrouilliez la porte à l'aide de votre bidule et profaniez ensuite mon lieu de travail. Je vous aurais bien suggéré d'en faire installer chez vous, ça vous aurait évité bien des questionnements…

Le son de la voix éraillée, allié au lent frottement des semelles sur les lattes de bois, relevait du film d'horreur. Emma imagina la voix machiavélique jumelée à la physionomie du tueur. Son cœur cognant contre ses côtes, elle demeura silencieuse. Pour l'instant, du moins. Il serait bien temps de lui dévoiler ce qu'elle avait deviné.

Surtout, ne pas lui donner d'envies meurtrières en remuant sur ma chaise… Il pourrait s'impatienter. Rester calme… c'est la seule chose à faire.

Elle sursauta lorsque son mobile vibra sur le meuble noir. Sans se laisser distraire, l'homme enchaîna :

— Ce n'est pas inhabituel d'être une jeune et jolie femme dans un milieu criminel ? Pourquoi avoir choisi ce métier plutôt qu'un autre ? Je vous aurais bien vue avocate ou, pourquoi pas… notaire.

Il se tut, semblant attendre une réponse.

Emma décida de ne prononcer aucun mot. Pas encore.

— Personne n'habite ici, je ne fais qu'y travailler. J'ai déniché cette résidence exprès. Je l'ai trouvée parfaite pour la circonstance. Vous avez noté l'adresse ? 260. Vous vous souvenez de la grille ? 13 x 20. Le nombre de cases a, en partie, été décidé à partir de cette adresse. Une des subtilités…

Il ricana âprement, sans doute fier de son génie.

— Je voulais vous attirer ici. Vous avez, par contre, devancé votre visite de quelques jours. Vous ne m'avez pas laissé terminer ma mission déjà bien amorcée. Vous avez contrecarré mes plans. Dommage…

Tu en auras au moins tué une de moins…

— Vous auriez dû patienter encore un peu. Attendre que je m'occupe d'abord de Léa Lacroix. Cette femme aux deux noms évocateurs de notre sainte religion représente un sujet intéressant.

Elle est parfaite, me direz-vous? Vous avez probablement raison, sauf pour de légers travers, comme les autres avant elle. Il n'y a qu'à gratter un peu… Elle n'aurait été qu'une pauvre brebis égarée. Une martyre, comme je l'explique si bien dans mon écrit. Mais on devra se passer d'elle…

Espèce de démon!

Emma essaya de se concentrer afin de définir la date prévue pour son cinquième meurtre, celui de Léa. Comme il fallait que la somme des chiffres totalise 17 pour poursuivre la série, elle compta mentalement et en vint à la conclusion que le 15 juillet pourrait être la date fatidique. Soit dans un peu moins de 10 jours. Elle n'osa pas refaire l'exercice pour elle-même et tenta plutôt de reconnaître la voix transformée pendant que le ricanement se faisait plus mauvais et que l'homme continuait à marcher d'un bout à l'autre de la pièce en actionnant inlassablement le mécanisme du couteau.

Son téléphone vibra encore une fois. On la cherchait.

Perdue dans les méandres de ses pensées survoltées, la détective ne se souvenait pas avoir laissé à la vue la liste des noms des suspects. Avait-elle bien entouré un nom, ou sa mémoire s'embrouillait-elle sous l'effet de la peur?

Merde! Qu'est-ce que j'en ai fait?

– On vous cherche? Je sais, vous êtes indispensable. Irremplaçable, même. Vous l'étiez pour moi aussi. J'ai fait de vous mon Élue, celle qui possède la droiture, la minutie, le jugement surtout pour enfin débarrasser l'Univers de toute personne indésirable. *Vince malum bono!* Surmonte le mal par le bien! reprit-il, de la même voix caverneuse.

Les propos de l'homme faisaient ressortir tout le fiel contenu dans son âme. La faisaient osciller entre la peur et la colère. Elle gigota sur sa chaise, et le mal de chien irradiant dans son bras droit lui donna envie de hurler. Ses bras s'ankylosaient sous l'effet de l'immobilité et sa peau ruisselait sous le cuir du perfecto. Elle eut soudain conscience de la chaleur qui régnait dans la pièce.

— Vous avez aussi pensé au fait que votre prénom se traduit par « âme », en verlan ? Il manque un « m », c'est vrai. Ce n'est pas un hasard. C'était pour mieux vous duper. Il est le Père, je suis le Fils, vous êtes notre Saint-Esprit. Notre âme.

Son monologue prêché en appuyant sur chaque syllabe de chaque mot acheva de déclencher la furie chez Emma.

Il est vraiment détraqué ! Il faut que je sorte d'ici. Que quelqu'un me libère, autrement, je n'ai aucune chance…

— Vous avez le droit de vous exprimer, madame la détective. Il faut amorcer le dialogue. Nous sommes ici pour discuter, faire le bilan, terminer notre joute avant que vous n'alliez rejoindre vos semblables… fautifs. Il faut se mettre à table, ce sera notre Cène à nous…

Le claquement du couteau se faisait plus insistant. Elle sentait l'impatience poindre chez son bourreau.

— J'y pense… Vous pourriez bénéficier du sort que je réservais à madame Lacroix. La lame entaillerait votre peau… À quel endroit sur votre corps ? Je ne sais pas encore… Je vais y réfléchir. Le liquide qui coule dans vos veines pourrait s'en écouler tout doucement jusqu'à sa dernière goutte… Vous auriez ainsi le temps de demander pardon et j'accepterais volontiers, en Son nom, de vous confesser… Oh, et puis, vous vous souvenez, dans la grille, en vertical 6, « Crier avec bestialité » ? La réponse était « raire », un synonyme de « réer ». Et vous ne savez peut-être pas, mais « Reate », la marque de ce couteau, veut dire « réer » en anglais. Pas mal, hein ?

Sous le joug d'idées meurtrières, Emma aurait voulu s'emparer du couteau pour d'abord faire cesser le bruit incessant et pour, surtout, le planter droit au cœur du monstre.

*

Au QG, on s'inquiétait de son absence.

Renaud tentait de la joindre sur son mobile, depuis quelques heures déjà.

Bâtisse! Pourquoi tu ne réponds pas? C'est pas ton genre, pourtant. Ah! c'est ça, t'entends pas la vibration d'où tu es? C'est quand même impardonnable! À quand une sonnerie normale sur ton téléphone? pesta-t-il, plus inquiet qu'il ne voulait l'admettre.

Il faisait les cent pas dans le corridor. Rien ne réussissait à le calmer.

Suzie se demandait ce que sa lieutenante fabriquait. Elle ne répondait pas à son téléphone. Elle appela au poste pour parler à Renaud, même si cela lui coûtait de lui faire part de son inquiétude. Surprise! Il lui communiqua sa propre crainte.

— Si tu venais au QG, on pourrait faire de nouveaux essais…

Elliot, après avoir été avisé de la libération de Vigneau, composait le numéro d'Emma depuis près d'une heure.

Je ne comprends pas…

À cet instant, son téléphone sonna.

— Bonjour, Elliot. Renaud Lapointe. Tu as des nouvelles d'Emma?

— Je voulais te demander la même chose, répondit-il, de plus en plus anxieux et sentant la soupe chaude.

— On la cherche partout.

— J'arrive!

— Ça ne sert à rien d'être tous campés à la même place. C'est préférable que tu restes à ton poste, on peut avoir besoin de toi dans ton coin, qui sait?

En attendant les autres, il fallait pousser plus loin. À grandes enjambées, Renaud se rendit au bureau de Burn.

— *Yes*, Lapointe.

— Depuis ce matin, Emma ne répond pas à son téléphone.

Burn leva la tête de son dossier.

– *Weird... No idea where she can be*[104] ?

– Vraiment aucune, répondit Renaud en balayant l'air de la main. Suzie est en route, je pense qu'il faut s'occuper de ça.

– *Her friend, Simon Dumas... you have his number*[105] ?

Simon, aux prises avec des questions restées sans réponses après avoir fait les recherches exhaustives demandées par son amie, composait son numéro encore et encore. Il s'était mis à réfléchir à tout ça et il craignait maintenant le pire. Il la connaissait assez pour savoir qu'elle ne reculerait devant rien pour arriver à ses fins. Et selon ses paramètres à elle.

L'air de *Iver* le tira de ses réflexions.

– Simon. Renaud Lapointe, de la Sûreté du Québec.

Un nœud se forma dans l'estomac de Simon.

– Ça ne va pas bien pour Emma ?

– Elle est introuvable. Tu as eu de ses nouvelles ?

– Je m'inquiète aussi. J'étais en train de penser... J'ai la clé de chez elle. Je t'appelle aussitôt que j'y suis ?

– 10-4, merci !

Simon sauta sur sa moto et ne respecta pas les limites de vitesse.

*

Les nerfs à vif, Emma avait peine à discerner la direction que prenaient les pas. Savoir ses sens annihilés par les menottes et le bandeau la rendait furieuse en même temps que terrorisée. Ce qui altérait son jugement. Maintenant consciente que sa volonté de résistance pouvait flancher, elle se concentra encore plus sur les bruits environnants. Elle perçut soudain, à travers le tissu, l'éclat d'un jet lumineux.

---

104 Étrange... Aucune idée où elle pourrait être ?
105 Son ami, Simon Dumas, je pense... vous avez son numéro ?

Qu'est-ce que c'est que ça ? Il doit être devant moi... Allez... libère-moi de ce satané bandeau pour que je puisse voir ton visage de monstre.

Il enchaîna sur un ton jubilatoire :

— Vous avez aimé mon petit jeu ? Avouez que cela vous a passionnée et que vous y avez pris plaisir. Vous êtes une femme de mots, comme je suis un homme de mots. Je vous ai fait fouiller, méditer et peut-être même faire de l'insomnie. Je regrette pour cela... Ce n'est jamais amusant de ne pas dormir sur ses deux oreilles. Les idées s'avèrent moins claires le lendemain. Vous en avez ressenti les effets ?

Il devine ma vie... M'a-t-il épiée durant tout ce temps-là ?

— Je vous ai fait parvenir la première grille un jeudi. Le 2 juin, jour de l'Ascension. Vous aviez remarqué ça ? Je vous ai dit dans la cinquième grille que ce jour pouvait être proclamé saint, vous vous souvenez ? L'Ascension a toujours lieu un jeudi, quarantième jour après Pâques. C'est donc le jour que j'ai choisi pour qu'enfin s'amorce ma mission : aider les irrespectueux à s'élever vers la lumière...

Les aider ! Incroyable ! Sauvez-moi... Ou détache-moi, espèce de lâche !

— *Errare humanum est.* L'erreur est humaine. Mais Dieu ne la tolère pas. Il a décidé de la punir à travers moi.

Un illuminé que la religion occupe à temps plein !

— Chaque définition décortiquée vous émoustillait, car elle vous permettait d'avancer vers votre but ultime : découvrir qui j'étais. *Verba volant, scripta manent.* Les paroles s'envolent, les écrits restent. Vous connaissez cette citation ? J'espère vous avoir fait apprécier cette langue belle et noble. Cette langue qu'on dit morte, pourquoi ne pas la ressusciter ?...

Emma ne broncha pas malgré les idées qui se bousculaient dans sa tête à une vitesse folle.

La lumière s'éteignit et les pas passèrent, lui sembla-t-il, de nouveau derrière elle.

– Enfin exaucée, vous m'avez découvert. Vous avez exulté. Dansé, même. Peut-être vous êtes-vous aussi défoulée sur votre piano, qui sait ? Mais attendez, ce n'est pas terminé. J'ai encore une ou deux surprises pour vous…

La voix continuait d'être traînante, à la limite du supportable.

De bouillante, Emma devint brûlante de rage. Alors, comme pour calmer la tempête qui s'emparait de son corps, une musique envahit l'espace. Tout bas. En murmure. Chopin… Avec sa *Marche funèbre* qu'elle n'avait jamais osé jouer.

– J'aurais aimé que vous la jouiez… pour moi…, chuchota-t-il.

Décontenancée de l'entendre dire qu'il avait profité de ses concerts solitaires, elle le détesta de toutes ses forces. Puis les pas se rapprochèrent dangereusement de la chaise. Elle se surprit à prier.

Notre Père qui êtes aux cieux… Je vous en prie, ne me laissez pas tomber. Je promets… je promets que j'irai me recueillir auprès de ma mère régulièrement…

Emma pensa à son sang s'écoulant de son corps, permettant à la vie de la quitter lentement, et, au son des notes dramatiques, les larmes lui montèrent aux yeux.

Elle sursauta lorsqu'elle sentit les doigts défaire le nœud du bandeau. Elle put enfin les ouvrir, faire cligner ses paupières plusieurs fois, tant pour chasser les larmes que pour habituer ses yeux à la lumière. Mais elle ne bougea pas, n'osant esquisser aucun geste de peur de brusquer l'adversaire.

Ne manque que le toucher… Si je pouvais attraper son sacré couteau… Il en aurait pour son argent !

La colère devenait au moins aussi forte que l'angoisse.

Les pas la contournèrent pour s'arrêter droit devant elle. L'homme était de dos et, lorsqu'il se retourna, il éblouit Emma avec le puissant faisceau d'une lampe de poche. Il avait bien manigancé son coup. Si la détective essayait d'échapper à la torture, il pouvait contrôler la situation en suivant son regard afin de continuer à l'aveugler.

Malgré le besoin instinctif qu'elle avait de fermer les yeux pour se soustraire à l'agression, Emma s'efforça de les garder ouverts, par intervalles de quelques secondes, pour tenter d'apercevoir le tueur maudit.

— Je sais qui vous êtes! lança-t-elle, furieuse.

— Ah! mais bien sûr, puisque vous êtes ici! Je vois que le jeu de devinettes a fonctionné à merveille, décocha-t-il.

Il fit une pause de près d'une minute qui parut une éternité à Emma, irritée de subir l'aveuglement insoutenable.

— J'adore jouer avec vous, madame la détective. Vous le faites tellement bien! J'aurais pu faire durer le plaisir. Vous laisser languir encore un peu. Mais... je ne peux plus résister. J'ai une révélation à faire qui, peut-être, vous déroutera... Vous voulez la connaître?

Je me demande qui déroutera qui...

Pour se donner du courage, Emma suivit le tempo de l'admirable pièce de Chopin et pensa à Burn en l'imaginant apparaître dans l'embrasure de la porte.

— Vous ne répondez pas? Vous n'êtes pas curieuse, pour une fois?

— Vous avez choisi la bonne élue, Mathieu Lavoie! éructa-t-elle, prise d'une furieuse envie de le défier.

Le silence tomba aussi durement qu'un coup en pleine gueule.

— Mathieu Lavoie, répéta-t-elle, alias Saraf, ou ange louangeur de Dieu, ou encore ange brûleur de péchés. Ça vous convenait bien, vous ne pensez pas? D'autant plus que le symbole représentant l'évangéliste Matthieu était l'ange, n'est-ce pas?

On aurait pu entendre une mouche voler dans la pièce.

— Lorsque j'ai fait le lien entre ces éléments, j'ai su que c'était vous.

Il ne baissa pas la garde, mais continua plutôt son manège avec la lampe, pendant qu'Emma espérait ne pas s'être trompée.

Enfin, la lumière agressante s'éteignit. Ses yeux eurent peine à distinguer quoi que ce soit, tant le flash avait altéré sa vision.

Lorsque sa vue redevint à peu près normale, elle le vit, Mathieu Lavoie se tenant devant elle, un sourire cruel barrant son visage. Elle avait vu juste.

Alors, il éclata de rire. Un rire sadique, presque malheureux, qui ne s'arrêtait plus.

Elle le regarda droit dans les yeux, froide, sans cesser de le défier.

— Vous avez tout manigancé pour que je m'attende à voir Paul Prieur... junior, attaqua-t-elle.

L'homme esquissa un faux sourire arrogant, à la limite de la désolation.

— Vous voulez savoir comment j'ai deviné ?

Après le rire sardonique qui avait sans doute suivi la stupéfaction, il se reprit en faisant volte-face et en la menaçant avec la pointe du couteau.

— C'est facile à dire !

— Vous m'avez demandé de jouer. J'ai joué. Et j'ai su.

Emma savait qu'en effet elle jouait un jeu dangereux.

— Foutaise, vous n'avez pas pu ! C'est impossible !

Les tics qui avaient enlaidi Lavoie durant l'interrogatoire refirent surface. La policière continua néanmoins à le braver du regard. Il recula de trois pas. Se garda de parler. Sembla se murer à l'intérieur de lui-même.

— Pendant un instant, j'ai cru que c'était Paul Prieur, enchaîna-t-elle lentement, plus pour se calmer elle-même que pour l'amadouer, lui. Pas plus tard qu'hier, en fait. Vous avez été si habile pour faire passer la faute sur quelqu'un d'autre afin de m'attirer dans votre piège. Vous avez commencé avec Victor Vigneau, pauvre homme qui...

— Arrêtez vos flatteries ! Vous ne m'aurez pas avec ça ! s'enflamma Lavoie.

Ses yeux, son nez et son menton se contractaient furieusement. Il tapa à plusieurs reprises la lame du Reate dans la paume de sa main, tentant de se donner une contenance. Puis s'arrêta net en la regardant comme s'il ne la reconnaissait pas.

— Paul Prieur… junior. D'accord, j'avais tout fait en ce sens, commença-t-il sur un ton doucereux. Je dois avouer que vous êtes forte. Le mot «junior» m'a vendu plus rapidement que je ne l'aurais espéré. *Erratum. Mea culpa!* Je m'en confesse. Je vous avais bien jaugée. Je me souviens d'avoir décidé de faire de vous mon Élue lorsque, il y a un an, on a annoncé votre nomination à titre de lieutenante-détective dans un article paru dans *L'Intégral*, avoua-t-il en appuyant intentionnellement sur le titre.

Article qu'il récita *verbatim*[106]. Ce qui n'impressionna pas Emma.

— Pourquoi j'ai choisi de jouer au nom de Paul Prieur junior? vomit-il en insistant sur le dernier mot.

Il continuait comme si elle ne lui avait rien dévoilé et qu'il voulait à tout prix vider son sac. Tentée de répliquer, elle préféra le laisser se pendre un peu plus.

— Parce que c'est bien par ce mot que vous êtes arrivée à vos conclusions? Eh bien, je l'ai choisi parce qu'il vit seul, qu'il n'a pas d'enfant. Donc, qu'il ne manquerait à personne s'il venait à se faire condamner à ma place.

N'importe quoi! Il est fou à lier, je suis avec le diable!

— Ne faites pas cette tête d'enterrement! Moi qui croyais que vous adoriez jouer…

Emma vit l'homme réservé, presque timoré, rencontré au Comptoir deux semaines auparavant, transformé en un monstre manipulateur. Puis elle aperçut les bougies rouges, disposées en cercle sur le bahut noir, dont la flamme se dandinait au gré de l'air ambiant comme si elle suivait la cadence de l'entêtante pièce musicale.

Par quel rite religieux vais-je passer?…

---

106 Mot à mot.

— Histoire de nous mettre dans l'ambiance…, précisa Lavoie en l'observant à la dérobée et en battant la mesure de la musique à l'aide de grands gestes saccadés.

Il se remit à arpenter la pièce, d'une manière nerveuse cette fois. Marchant du talon. Désirant visiblement s'imposer.

Il faut que cette danse macabre cesse! Chopin, aide-moi…

Mais il ne fallait pas que tout cesse. Pas tout de suite. Rassemblant ses idées, Emma s'efforça de garder son esprit alerte. Trop de questions demeuraient en suspens. Et elle devait les poser. Cela lui permettrait de connaître le fin fond de l'histoire et surtout de gagner du temps pour que son équipe dispose d'une fenêtre un peu plus large pour venir la secourir. Mais d'abord, convaincre le démon de la libérer des menottes…

Les notes de Chopin, se frayant un passage jusqu'à son cerveau, lui donneraient la force nécessaire.

*

Simon monta quatre à quatre l'escalier et tourna la clé dans la serrure. Il entra sur le bout des pieds, craignant de trouver Emma allongée quelque part, ou blessée, ou pire encore…

Personne ne répondant à ses appels, il franchit le corridor en moins de temps qu'il n'en faut pour compter jusqu'à deux, jeta un œil à la chambre, à la salle de bains et aboutit dans le salon où rien ne semblait déplacé ou abîmé. En s'approchant de l'ottomane, il remarqua un griffonnage, la liste des noms des hommes qu'elle lui avait demandé de scruter à la loupe. Parmi les sept noms, un seul était entouré de plusieurs traits de crayon appuyés.

Il composa le numéro de Renaud.

— Je crois savoir où elle est. Chez Paul Prieur… Oui, oui, le notaire.

— Bâtisse!

— Je peux venir avec toi? Je serais là dans cinq minutes.

*

Mathieu Lavoie, le Reate toujours en main, marcha vers la cuisine en traînant les pieds. Loin d'être rassurée sur le geste qu'il s'apprêtait à poser, Emma laissa des pensées affolantes converger vers son cerveau.

Va-t-il aiguiser son couteau ? Chercher d'autres instruments de torture ?

Puis s'obligea à redevenir raisonnable.

Peut-être chercher de l'eau. Je donnerais cher pour un verre d'eau…

Elle pensa à Burn, à Renaud… à Elliot.

Ils ne me laisseront pas mourir… Je le sais, dans mon cœur, dans mes tripes. Ils arriveront à grand fracas, ils me délivreront et cet hurluberlu sortira d'ici, menottes aux poignets. C'est ça… et « ils vécurent heureux et eurent beaucoup d'enfants »… Tu peux rêver, Emma…

Lavoie revint avec la deuxième chaise.

— Vous permettez que je m'assoie aussi ? Ça nous permettra de discuter d'égal à égale, entre… associés.

Il s'assit à califourchon et s'appuya sur le dossier, l'air de rien.

L'instinct d'Emma lui dicta d'entrer dans le jeu, sachant que c'était ce qu'il désirait. Elle lui donnerait satisfaction, pour un moment, afin de laisser le temps à ses collègues d'arriver. Et puis, elle avait envie de savoir, de connaître tous les détails de son jeu machiavélique.

Le moment était venu d'entamer la discussion. Elle eut envie de le tutoyer, mais continua à le vouvoyer. Mieux valait être dans ses bonnes grâces.

— Je n'ai certainement pas l'air d'une associée avec les mains attachées ainsi derrière le dos. Comme si je vous cachais quelque chose à mon tour.

Aussitôt qu'elle essayait de se déplacer sur sa chaise, son bras droit la faisait terriblement souffrir.

— Toujours aussi astucieuse… Vous essayez de m'amadouer, madame la détective? dit-il sur un ton chantant. Attention, je ne suis pas dupe.

Emma se risqua une seconde fois.

— Soyez assuré que je suis ici pour discuter et, peut-être, négocier une trêve, déclara-t-elle sur un ton doux qu'elle espérait convaincant.

Lavoie tourna la tête vers la fenêtre.

— Force est de constater que personne ne volera à votre secours. On vous laisse tomber, là. Vous conviendrez que je ne l'ai pas fait. J'ai toujours été là, je ne vous ai pas lâchée en cours de route, moi. Et vous les appeler «vos amis»? lança-t-il, désinvolte.

— Personne ne sait que je suis ici. Personne, insista-t-elle, la voix la plus assurée possible.

Il ricana à la manière d'une hyène.

— Vous vouliez régler vos affaires vous-même? Sage décision. Je vous comprends, je suis de la même trempe.

La douleur fulgurante émanant du bras d'Emma l'empêchait de respirer à fond.

Allez, détache-moi… Je pourrai mieux réfléchir, poser les bonnes questions ou m'enfuir si l'occasion m'en est donnée…

Après réflexion, Lavoie se leva, fouilla dans sa poche et en sortit le Reate.

— À une condition: que vous restiez raisonnable, dit-il en ouvrant le couteau.

La policière soupira. Enfin, elle n'aurait plus d'entraves.

Il s'approcha d'elle en la dévisageant et en agitant le couteau.

— Je vais tenter de ne pas trop faire de dégâts…

Emma cessa de respirer.

— Et puis non… pas tout de suite, c'est trop tôt pour les ravages. La clé?

— Dans la pochette de ma ceinture.

Alors qu'il se penchait sur elle, le dégoût l'assaillit lorsqu'elle sentit son haleine fouetter son visage. La proximité de la bouche venimeuse effleurant son cou était telle qu'elle ne put s'empêcher de l'imaginer transformé en Dracula se gavant du sang de sa proie après l'avoir mordue. Nul besoin du Reate, les dents feraient tout aussi bien le travail. Elle dut prendre sur elle pour ne pas paniquer.

Il prit la clé et se tint derrière elle.

On n'entendait que le déclic du couteau qu'on ouvre et qu'on referme.

— Et si je vous faisais faux bond ? Si je reculais et vous laissais en plan ? Je pourrais revenir demain. Ça vous laisserait le temps d'anticiper mon scénario à votre guise, suggéra-t-il sur un ton bravache.

L'horreur s'empara d'elle.

Surtout ne pas fléchir... Rester sûre de moi. Invente, Emma, invente !

— Moi aussi, j'ai des choses à vous révéler, monsieur Lavoie, laissa-t-elle tomber sur un ton mielleux.

Une chape de silence s'abattit sur la pièce. Un silence assourdissant qui dura une éternité. Afin de demeurer maîtresse d'elle-même, Emma en compta les secondes jusqu'à 18.

Puis, se penchant de nouveau vers elle, l'homme murmura à son oreille :

— Vous voulez que je vous dise ? Tout le monde cache quelque chose. C'est vrai, pensez-y. Même vous, aujourd'hui. Chacun a ses secrets qu'il ne veut pas voir éventés.

Toujours derrière elle, il brandit le couteau et caressa la nuque offerte. Délicatement d'abord. Avec un peu plus de conviction ensuite. Puis, égratigna la peau où quelques perles de sang apparurent.

Emma tressaillit et sentit ses muscles se raidir sous l'effet de l'affolement, tandis que lui, en revoyant les blessures infligées à Ève, sentit un désir irrépressible monter en lui.

Un temps s'écoula, long et pénible. Visiblement en proie à une bataille intérieure, Lavoie opta pour le demi-tour plutôt que pour le déverrouillage des menottes. Il se rassit de la même manière que la première fois, pendant que son menton était secoué de spasmes.

Désarçonnée, Emma le dévisagea, ayant encore du mal à croire que c'était le choriste qui avait tout manigancé et qui la tenait prisonnière. Lui qui avait semblé si inoffensif lorsqu'elle l'avait vu au Comptoir. Elle était fiévreuse à l'extérieur et glacée à l'intérieur, et son bras la faisait souffrir plus que de raison alors que ses blessures lui brûlaient la nuque.

Il faut absolument que je réussisse à le convaincre de me détacher…

— Oh! pardon… je vous ai blessée et ai un peu abîmé votre jolie rose blanche…, dit Lavoie, suavement. La lame est bien affûtée. Il faut comprendre que je l'étrenne sur une peau neuve. En fait, pas tout à fait, mais presque…, précisa-t-il d'une voix dégagée en essuyant avec ses doigts les gouttes de sang restées sur la lame pour ensuite les porter à sa bouche. Alors, que voulez-vous savoir? demanda-t-il, une étrange lueur au fond des yeux.

— Pourquoi m'avoir choisie? l'interrogea Emma, espérant que son ton était neutre malgré l'horreur et l'angoisse que lui inspira le geste.

— C'est une excellente question pour entamer notre conversation, disons… civilisée. Pour plusieurs raisons. La première, je privilégiais une femme avec des qualités primordiales: la méticulosité, la ténacité, le jugement. La deuxième, il me fallait cette femme intellectuelle qui aurait l'envie irrésistible de me suivre dans mon jeu. La troisième, qui me plaisait bien, je savais que vous persévéreriez. J'étais bien renseigné, dit-il, sarcastique. La Sûreté du Québec m'a donc offert la candidate idéale sur un plateau d'argent. Je n'ai eu qu'à vous cueillir. L'apôtre Matthieu n'a-t-il pas dit: «On juge l'arbre à ses fruits»?

Il lissa la lame du couteau comme s'il caressait un visage aimé.

– Les mots vous parlent depuis longtemps, qu'en a-t-il été avec les nombres ?

– Ceux que vous me chuchotiez avec subtilité ? le nargua-t-elle.

Lavoie ne parut pas s'apercevoir de la dérision, perdu qu'il était dans ses propres pensées.

– J'ai la charmante manie de tout compter, toujours, dit-il. Je mets un chiffre sur tout. Absolument tout. Des escaliers aux étages d'ascenseurs et aux pas franchis pour me rendre ici ou là.

Consternation.

– Pour les uns, c'est une tare qu'ils qualifient de TOC, trouble obsessionnel compulsif. Alors que, pour les autres, dont je fais partie, il s'agit d'acuité intellectuelle.

Pas possible…

– Vous n'avez jamais essayé ? Vous auriez dû. Ça vous confère un sentiment de contrôle inégalable. L'assurance que personne ne peut vous prendre en défaut. Si vous le faisiez et que vous aviez compté les pommes se trouvant dans votre bol, vous auriez immédiatement su que quelqu'un s'était introduit dans votre bel appartement.

Emma était bouche bée. Partager cette habitude avec un être anormal lui était insupportable.

Merde !

Même si elle était heureuse qu'il ne sache pas tout d'elle, au final. Qu'il n'ait pas pu aller farfouiller davantage dans son jardin secret.

– Emma Clarke contient 10 lettres. En simplifiant, on obtient le chiffre 1, n'est-ce pas ? Et la réduction récursive, ou calcul de la valeur secrète des nombres, de votre nom en numérologie est également 1. On peut donc vous qualifier de double 1. Vous savez la symbolique de ce nombre ? Il représente la capacité de se réaliser soi-même, le point de départ, l'action, le chef et, bien sûr, la lumière. J'ai compris et su que vous étiez mon Élue. Il était inutile de chercher plus loin. Vous n'aviez pas croisé mon chemin pour rien.

– *Cuique suum.* À chacun le sien…

Le plus grand étonnement se lut sur le visage imberbe.

— Vous parlez le latin ?!

— Vous m'avez appris *ex professo*…

— En homme qui connaît parfaitement la matière, compléta-t-il.

Emma s'était évertuée à mémoriser quelques citations latines simples au cas où elle se retrouverait confrontée au meurtrier, comme aujourd'hui.

— *Alleluia ! Alter ego !* Nous serons complices jusqu'au bout.

En proie à une excitation extrême, Lavoie se leva et arpenta la pièce d'un pas plus allègre, cette fois. Emma, pour sa part, n'avait voulu que le flatter, le mettre en appétit pour qu'il se livre sans omettre de détails. Satisfaite de sa hardiesse, elle entra dans le vif du sujet.

— Cette maison n'appartient pas à Paul Prieur, affirma-t-elle.

L'homme s'arrêta net.

— Écoutez… Ne sentez-vous pas les touches de votre piano s'enfoncer sous vos doigts ? lança-t-il.

Devenus étranges, ses yeux se baladaient de gauche à droite.

— Hmm, hmm, hmm…, chantonna-t-il en balayant l'air avec grâce, en même temps que la pièce devenait mélodieuse.

Le moins qu'Emma pût dire, c'était que tout ce cirque devenait troublant. Mathieu Lavoie ne semblait pas vouloir entendre les raisons pour lesquelles elle avait deviné qu'il était le tueur.

— Vous disiez ? Ah oui !… la maison de Prieur. Vous avez découvert ça aussi ?

— Je me suis dit que ça faisait partie de votre stratagème pour faire inculper le notaire Prieur.

Il la regarda comme si elle venait de gagner le prix Nobel. Puis se décida à parler.

— J'ai eu la chance que Paul ne désire pas que ses clients puissent connaître son adresse personnelle. Celle-ci n'est donc inscrite nulle part. Ça m'a laissé le loisir de louer cette maison en son nom et d'ainsi vous attirer ici.

— Vous vous êtes vraiment servi de lui pour les raisons que vous m'avez dites tout à l'heure ?

Lavoie soupira lourdement en reprenant place sur sa chaise.

— Paul Prieur… Nous étions dans les mêmes cours à l'université. Oui, oui, j'ai commencé par de grandes études, vous savez ! précisa-t-il, après avoir lu l'interrogation sur le visage d'Emma. Nous avons même fait certains travaux ensemble. Je savais qu'il n'aimait pas l'appellation « junior ». Il la bannissait de tous les formulaires qu'il remplissait pour l'école. Il ne semblait pas désirer être le fils de… Le deuxième, vous comprenez ? Son père était notaire avant lui et il lui avait toujours fait sentir qu'il n'était pas à la hauteur. Un autre père indigne de ce nom…, soupira-t-il, la mine soudain grave.

Emma ne voulut surtout pas relever l'allusion faite au père. Pas encore…

— Paul voulait prouver le contraire. Il a travaillé d'arrache-pied pour ça. Il a réussi avec brio, je dois l'admettre. Malheureusement, il a réussi son divorce de la même manière après seulement trois ans de mariage. Il ne cherchait qu'à montrer ses lettres de noblesse. Sa femme en a eu marre et elle est partie. Ce fut un échec pour lui, mais sa carrière fut la plus forte.

— Vous étiez prêt à le faire condamner à votre place, même s'il était votre ami ?

Lavoie afficha un sourire faible.

— Ami ? Vous savez, les amis… Regardez, on ne peut pas dire qu'on se bouscule au portillon pour vous venir en aide aujourd'hui.

L'inquiétude gagna Emma ; les papillons s'agitèrent dans son estomac.

Et s'il disait vrai ? Non, non. Ils seront là, je le sens…

L'angoisse la suppliciait, mais il fallait qu'elle reste vigilante et, surtout, qu'on la délivre. Des menottes, d'abord…

— Parlant d'amis, je ne crois pas que vous me considériez comme telle si vous persistez à me garder ligotée comme un saucisson, hasarda-t-elle.

La tête de l'homme dodelina de gauche à droite pendant que des spasmes secouaient son nez. Il sembla réfléchir à la question pour finir par se lever et passer derrière elle. Seuls un silence angoissant et les notes obsédantes de Chopin emplissaient le salon. Chopin… qui, inlassable, jouait en boucle depuis le début de cette aventure on ne peut plus insolite.

Puis un froissement de vêtements, les semelles raclant le parquet et le diable faisant demi-tour encore une fois pour venir se rasseoir sur la chaise inconfortable, le couteau tournant entre ses doigts.

Désespérée et souffrante, Emma tenta de se calmer et de trouver les bons mots pour enfin le faire céder. Mais il reprit la parole comme si de rien n'était :

— En fait, je n'ai fait que jouer à l'homme-orchestre. Le prénom Paul contient quatre lettres comme les quatre croix apparaissant sur la première grille. Et quant à Paul junior, il en contient 10, tout comme votre nom. Si vous prenez les 20 cases verticales de la grille et que vous les divisez par 2, vous obtiendrez 2 x 10. Vous et Paul représentiez donc mes deux moitiés et vous m'avez bien servi, vraiment. Vous savez aussi ce que le 2 représente ? Le duo, le double, le duel. En bref, nous deux.

— Le 20 représente aussi la transcendance et il est le symbole de la croix et de la musique. Vous le saviez, ça ? le défia-t-elle de nouveau.

Il continua en ignorant sa remarque :

— Quant à mon nom, Mathieu Lavoie, la somme des lettres égale 13… Eh oui ! les 13 cases horizontales de la grille. Il portait à confusion si vous vous arrêtiez à Paul Prieur Jr., et c'était voulu…

— … car il fallait prendre en compte le point final de l'abréviation de junior, compléta Emma.

— Vous aviez comptabilisé ça ? *Pulchre, bene, recte !* Bien, très bien, parfait !

Un… un démon !

– Et, nooon… ne me dites pas que vous avez confondu Paul, le gentil, et Judas, le treizième apôtre traître ? Vous vous êtes fait prendre… Tut, tut, tut, dit-il en brandissant l'index.

Emma l'aurait volontiers giflé avec toute la rage qui la consumait.

– Ce que vous ne savez peut-être pas, c'est que j'ai également laissé transparaître ma signature dans cette grille. En vertical 11, le début et la fin de « moral » sont en réalité mes initiales, M. L.

Il partit d'un rire diabolique, comme lui seul savait le faire.

– Ça pouvait aussi être les initiales de Marie Lavigne, ajouta Emma. Comme vous aviez aussi mentionné Ève dans la grille…

– C'était le plan, en effet. Vous êtes douée, dites donc ! En fait, je n'ai fait que chuchoter par-derrière. Je suis avant tout un cruci-verbiste au moins aussi averti que vous. Je suis devenu verbicruciste par la force des choses. Pour le défi que ça représentait. Avouez que ç'a été concluant.

Avec une fierté évidente, Lavoie prit le temps de vérifier l'effet de ses paroles sur la détective.

– Autre point de départ de la grille, les 2 mots de 13 lettres chacun. J'ai travaillé drôlement fort pour élaborer cette grille thématique. Vous avez déjà pensé en créer une ? C'est assez stimulant et amusant, tout compte fait. Et vous en auriez eu l'étoffe. Mais là, il est trop tard…

Emma frissonna malgré la chaleur qui se faisait de plus en plus intense. D'autant plus que, les fenêtres étant fermées, aucun filet d'air ne leur parvenait.

– Et puis… vous saviez que Dieu a rendu aveugle l'apôtre Paul de Tarse, nommé « l'apôtre des gentils », sur le chemin de Damas ? C'était parfait, le bon gars qui se laisse berner, gloussa Lavoie vilement. En contrepartie, Matthieu était l'apôtre ayant occupé le poste le plus élevé auprès de Jésus grâce à ses capacités intellectuelles, affirma-t-il avec emphase. On le qualifiait d'homme de lettres et de chiffres. Oui, oui… Il a même rédigé une version synthétique de la vie et de l'enseignement du Sauveur. En même temps, Paul évangélisait Rome et fondait l'Église. Nous faisions une belle paire, avouez-le...

La policière était abasourdie. Même si elle s'attendait à tout de cet homme peu commun, elle devait le ramener à la réalité.

— J'ai bien vu que vous avez aussi utilisé Victor Vigneau dans les grilles... pour me dérouter...

— Ah, V. V... dit «le gentil directeur», qui m'a volé... oui, volé la femme de ma vie... celle que je ne verrai plus jamais... que je n'aurai plus jamais..., se plaignit-il en levant sur Emma des yeux embués.

Elle se sentit sur le point de fléchir, mais ce ne fut que momentané. Elle se ressaisit en une fraction de seconde en repensant à tout le mal qu'il s'était plu à engendrer. Furieusement tentée de lui lancer la vérité à la figure, elle opta plutôt pour la finesse et la rationalité, jugeant que le moment d'émotion était bien choisi pour réitérer sa demande.

— Votre récit est intéressant. La conversation se déroule comme elle doit être entre deux associés. Si vous me détachiez ? osa-t-elle. Ce serait dans l'ordre des choses.

Le regard empreint d'émotion, Lavoie se leva. Contourna la chaise. Demeura immobile et muet un moment. Puis le cliquetis de la petite serrure...

Maman, Rose... Vous êtes là...

Emma ramena ses bras ankylosés vers l'avant et les étira avec précaution en faisant la grimace.

— Merci, dit-elle en lui adressant un sourire timide.

L'homme retourna d'un pas traînant à sa place, le couteau tournant entre ses doigts.

— Les rivaux qui s'affrontent en duel le font à armes égales. Que diriez-vous de vous départir de la vôtre ? s'enhardit Emma en désignant le Reate et en frottant son bras meurtri.

Le regard de Lavoie oscilla à plusieurs reprises entre le couteau et la détective, mais, cette fois, il n'obtempéra pas.

– Parlez-moi de Joseph Dunstan.

Il se recueillit un moment et se lança.

– Tout est parti de lui… Dunstan, vomit-il. Il nous a ruinés, ma mère et moi. Non seulement il a menti en se disant l'ami de mon père, mais il s'est montré vil en ne renonçant pas à la mise risquée que celui-ci avait faite. En l'occurrence, notre propre maison. Je me suis promis, à partir de là, de le faire payer, le moment venu.

– Et alors ?

– Matthieu n'a-t-il pas dit : « Vous ne pouvez servir Dieu et l'argent » ?

– Continuez.

– C'était un Judas ! cracha-t-il. Vous savez comment est mort Judas, n'est-ce pas ?

Emma chercha dans sa mémoire les lectures qu'elle avait faites depuis le début de l'enquête, sans se rappeler avoir lu quoi que ce soit à propos du traître. Elle se contenta de regarder l'homme devant elle avant que celui-ci n'enchaîne :

– Pris de remords, il s'est pendu après sa trahison. Évangile selon Matthieu : chapitre 27, verset 5.

Il s'arrêta de parler un moment, puis reprit :

– Cela dit, ça n'a pas été facile de hisser Dunstan au bout de la corde. La poulie a été nécessaire, balança-t-il sur un ton qui donnait froid dans le dos. J'ai ensuite poursuivi avec des courtiers qui portaient, eux aussi, un prénom biblique et qui se permettaient de pécher, comme l'avait fait mon père…

Jusqu'où la religion peut-elle mener ?…

*

Simon arriva en moins de deux au QG.

– Elle m'avait demandé de faire des recherches poussées sur ces noms, dit-il à Renaud en lui tendant la feuille trouvée sur l'ottomane.

– Le nom est encerclé quatre fois plutôt qu'une, répondit le sergent, pensif.

– Et une adresse est écrite juste là, précisa Simon.

– Bâtisse ! T'as raison ! Elle doit être là-bas.

Renaud prit ses jambes à son cou et se précipita chez Burn.

– Elle est chez Prieur ! VITE !

Burn bondit de sa chaise.

– PRIEUR ! *He's the bastard ? Where is Tardif*[107] *?*

Le QG était sens dessus dessous. On courait en se bousculant dans le long corridor.

– TARDIF ? ! tonna Burn.

– Monsieur Burn…

– *Confirm Prieur's address*[108] ! ordonna le capitaine en lui remettant le papier sur lequel l'adresse était notée. *HURRY UP, FOR ONCE*[109] !

– *LAPOINTE ! COMMAND THE TACTICAL SQUAD ! WHERE IS MARSEILLE*[110] *?*

– Elle arrive.

Burn aboya ses ordres.

– *LAPOINTE, MARSEILLE, YOU GO IN THE SAME CAR. I GO WITH THE HEAD OF THE SQUAD*[111].

Il tourna les talons.

– *CALL CARRIÈRE* ! lança-t-il. *I think he has to be there*[112], bougonna-t-il en courant vers l'escalier.

– JE LE FERAI EN CHEMIN ! cria Renaud, qui, d'un grand geste de la main, invita Simon à le suivre.

Burn se dit que la lieutenante Clarke avait encore désobéi, mais que, cette fois, c'était sérieux. Il faudrait en parler quand tout serait fini. Si ça se passait bien…, pensa-t-il en frissonnant. Il la

---

107 C'est lui, le salopard ? Où est Tardif ?
108 Confirmez l'adresse de Prieur !
109 Faites vite, pour une fois !
110 Lapointe ! Appelez l'escouade tactique ! Où est Marseille ?
111 Lapointe, Marseille, vous partez dans le même véhicule ! Je pars avec l'escouade tactique !
112 Appelez Carrière ! Je pense qu'il doit être là.

reconnaissait bien, là, elle qui n'en faisait toujours qu'à sa tête. *Jesus Christ!* Où étaient ses cigarettes?

Suzie, au volant d'une berline portant les couleurs de son corps policier, ouvrait le cortège sur l'autoroute des Laurentides, à 160 kilomètres à l'heure. Renaud, guère rassuré, agrippait la poignée de sécurité. Le bruit infernal des sirènes du convoi roulant à tombeau ouvert obligeait tous les véhicules qui les précédaient à se ranger.

*

Après avoir pris une pause pour laisser le meurtrier, et elle-même, digérer les dernières paroles concernant Dunstan, Emma reprit la conversation en sachant qu'elle ne lâcherait plus. Que c'était impossible, maintenant.

— Si on continuait avec Ève Laflamme…

Les tics se manifestèrent de manière plus grave encore. Après un certain temps, Lavoie répondit:

— Ève… Elle était un modèle de réussite. Comme elle avait tendance à trop parler de ses bons coups, elle suscitait l'envie et la jalousie.

Son ton s'était radouci aussitôt qu'elle avait prononcé le nom de la courtière. Emma eut tout à coup l'impression de retrouver le choriste timoré qu'elle avait questionné lors de leur première rencontre.

— Elle était aussi la maîtresse d'un peu tout le monde, reprit-il. De René Lemieux et même de son client, Hervé Clermont, figurez-vous. Elle avait plaqué V. V., qui ne le lui avait pas pardonné.

Le ton s'était durci.

— Elle se vantait des prouesses de ses amants en leur donnant une note sur 10. Elle divulguait l'information à qui voulait l'entendre. Seuls les principaux intéressés ne se doutaient de rien. Malgré ça, je ne pouvais m'empêcher de la désirer. Elle a fini par coucher avec moi un soir de fête, au bureau. Soir un peu trop arrosé..., avoua-t-il, dépité. Elle s'est moquée de moi, je l'ai compris. Je ne l'ai jamais oubliée alors qu'elle m'ignorait. Elle n'aurait pas dû le faire. Elle a fini par payer pour ça...

Il sembla s'enfermer dans un monde que lui seul connaissait.

— Lorsque je l'ai vue, étendue sur le plancher, raidie par le poison, je me suis permis à mon tour de m'amuser d'elle. Je voulais être le dernier de ses amants. J'avoue avoir été un peu sauvage, mais avouez qu'elle le méritait. Par ailleurs, je savais qu'elle ne détestait pas...

— Et vous avez joué avec votre Reate, l'interrompit-elle. Vous pouvez m'expliquer le « P » ?

Il lui jeta un regard funeste pendant que Chopin marquait l'intensité dans sa pièce.

— Oui, le « P »... La lettre qui la représentait le mieux. Prétentieuse, parvenue, pie, perfide, pute... Vous en voulez encore ?

Lavoie s'arrêta, le regard fou, les tics envahissant ses traits.

— *Poena* pour « châtiment », « prix du sang », « vengeance ». Peine capitale. *Supplicium*[113] *!* s'exclama-t-il.

En transe, il se mit à trembler de tous ses membres.

Même si elle était éberluée, Emma ne prononça pas un mot, ne voulant surtout pas l'interrompre.

C'est la seule victime à qui il s'en est pris physiquement après le fait. Parce qu'il l'aimait...

— Et puis... Ève... le serpent... Ça vous dit quelque chose ? enchaîna-t-il. Ce n'était pas la première fois que la première femme était soumise à lui.

Il se tut et secoua la tête.

— Elle était aussi venimeuse que le reptile. Aussi mauvaise langue. C'était la meilleure manière de la faire taire et de la faire payer.

Il marqua une pause, et son visage s'éclaira.

---

113 Exécution !

— J'avoue, par contre, que ça m'a fait un velours de chanter à ses funérailles. C'est V. V. qui m'y a invité. Comme c'est étrange… Victor Vigneau, mon ennemi juré qui m'avait volé ma douce…, cracha-t-il.

— Où vous êtes-vous procuré le serpent ?

La question l'offusquant, son regard redevint menaçant et l'assurance l'habita de nouveau.

— C'était un mamba noir ! Le roi des serpents ! Pas une de ces vulgaires vipères… Mais… vous êtes trop indiscrète. On ne demande pas à son mari combien a coûté le bijou qu'il vous offre ! s'enflamma-t-il en ricanant à la manière d'une hyène.

Tardif avait raison…

La détective eut une bonne pensée pour son collègue qu'elle avait soupçonné à tort.

Mathieu Lavoie se confiait, se racontait. Emma avait pour un instant eu l'impression de le tenir sous son joug. Il avait commencé par être mauvais, était devenu un agneau prêt à lui manger dans la main, puis la méchanceté avait repris le dessus.

Il ne demande pas mieux que de déballer ses motivations. Je me sens comme une psy devant son client perturbé, qui n'attend que sa bénédiction…

— Et pour Marie Lavigne ?

L'homme fit un grand geste de la main. Comme un geste désespéré.

— Elle aimait un peu trop la bouteille, alors que moi…

— Vous buviez ?

— J'ai dû arrêter, ça devenait dangereux…

Son nez se tordait, entraînant la bouche avec lui.

— J'ai fait arrêter Victor Vigneau à votre place, la semaine dernière.

— Vous m'en voyez choqué ! Il a dû faire dans son froc, jubila-t-il.

— Vous avez aussi usé de stratégie dans la grille pour que je soupçonne V. V. d'abord, ajouta Emma.

— Souvenez-vous, il est mon ennemi, il devait payer lui aussi, même si je savais cette partie du jeu temporaire. Ça me plaisait bien qu'il ait la frousse de sa vie pour perdre l'envie de recommencer avec quelqu'un d'autre. Vigneau n'a été qu'une diversion, dans tout ça. Je suis heureux que ma combine ait fonctionné. Soyez certaine que vous n'avez souffert d'aucune faiblesse sur ce point. Même la personne la plus diligente se serait laissé prendre, lui assura-t-il, fier comme un paon.

Il l'avait menée habilement vers les deux hommes par le biais de la grille, Vigneau et Prieur. Qu'il ne crie pas victoire cependant! Avec l'idée qui venait tout juste de germer dans son esprit, la policière le bernerait à son tour. Aussitôt qu'elle aurait fini d'entendre ses aveux.

— Parlez-moi de lui.

— Vigneau est membre des AA depuis peu. Il en parle un peu trop. Pauvre homme, il n'est pas bon de tout révéler. Ça pouvait faire de lui un bon coupable pour le meurtre de Marie. D'ailleurs, je vois que ç'a fonctionné. Ça m'a donné l'idée de l'inclure dans la grille, un peu plus tard.

Emma se demanda s'il était conscient que son nez se déformait gravement.

— Sauf que j'ai compris assez vite, après l'avoir arrêté, que s'il avait été le meurtrier, il n'aurait jamais fait l'erreur d'écrire le mot « remarquez » dans les messages qui accompagnaient les grilles alors qu'il savait qu'il le prononce à tout vent. Le meurtrier, en l'occurrence vous, était trop minutieux pour commettre un tel impair.

Avec l'air qu'il afficha, Emma se dit qu'elle venait de le flatter.

— Vous avez mentionné tout à l'heure qu'Ève avait quitté Vigneau pour se mettre avec Lemieux?

— J'ai entendu une dispute où Vigneau la menaçait. Puis je l'ai vu sortir de chez elle ce soir-là, juste comme j'arrivais par l'arrière. Ils venaient sans doute de coucher ensemble, ce qui m'a encore plus incité à passer à l'acte. Vite fait, bien fait! dit-il en tapant dans ses mains, ce qui fit sursauter Emma.

Elle voyait clairement le film se dérouler dans sa tête.

— Si nous revenions à Marie…

— L'eau purifie les âmes. Marie possédait une immense piscine, digne de celles qu'on voit à Hollywood. J'avais tout l'espace dont j'avais besoin. Sa maison était surveillée depuis quelques jours. J'ai épié le policier qui ne se méfiait pas assez des allées et venues. J'ai escaladé le ravin et hop! exulta-t-il, l'air suffisant.

Les images de ce jour-là se mirent à défiler dans sa tête.

— Voir son air ahuri lorsque j'ai surgi devant elle, c'était… jouissif. Il fallait lui faire comprendre qu'elle jouait avec son destin en caressant le goulot comme elle le faisait. Tôt ou tard, elle allait en baver, en payer le prix. Je n'ai fait qu'abréger ses souffrances. J'ai eu pitié d'elle, au fond, dit-il, songeur.

Son ton changea net.

— Non, c'est faux! Je n'ai pas eu pitié! s'écria-t-il, fougueux. Je lui en voulais d'encourager cette dépendance si douce pour les sens, alors que moi… que moi, j'avais dû l'abandonner.

Le visage qu'il leva alors vers elle fut si éploré, pour ne pas dire misérable, qu'Emma fut tentée de lui pardonner. Mais elle se reprit à temps.

Oh boy! c'est effrayant! C'est d'un psychiatre qu'il a besoin…

— J'avais bien aimé chanter aux obsèques d'Ève, se réjouit-il, tout à coup. Bon prince, j'ai donc offert à l'époux de Marie de faire la même chose pour elle. D'emblée, il a accepté. C'était gracieux de ma part, vous ne trouvez pas?

Peut-on être aussi conscient et inconscient en même temps? C'est un grand malade. Il faut que je continue le jeu jusqu'au bout… Chef, Renaud, Elliot… où êtes-vous?

Elle décida d'aller dans sa direction en le flattant dans le bon sens.

— Vous vous êtes racheté, en quelque sorte?

— Je ne fais que de bonnes actions. Vous le voyez bien, je vous les explique en toute bonne foi depuis tout à l'heure.

Emma ne savait pas si elle devait qualifier ces propos de naïfs ou de carrément démoniaques.

— Et Jean St-Arnaud ? Qu'est-il arrivé, avec lui ?

Lavoie sursauta sur sa chaise.

— Ah ! mais… j'avais prévu de m'en occuper, il le méritait, ce vil séducteur. Mais je n'en ai pas eu la chance. *Tulit alter honores !* Un autre en a eu l'honneur ! Je me suis rendu là-bas, l'avant-veille du jour qui devait être son dernier, histoire de le regarder sauter une dernière fois avant que mon plan, fin prêt pour le 5 juillet, ne l'envoie *in altero*. Dans l'autre monde. Mais, ce jour-là, c'était un dimanche, donc il y avait beaucoup de monde au club de parachutisme. Je suppose qu'il aimait la foule. Pour le spectacle. Pour ma part, je n'ai besoin d'aucun public, un mardi paisible m'allait tout à fait. Bref, quelqu'un m'a devancé. Un homme qui a dû être victime de ses frasques et qui a voulu le lui faire payer. Les amis ne s'avèrent pas toujours être ceux que l'on croit. Ne pensez-vous pas, madame la détective ?

— Louis Bellavance…, dit Emma, désorientée.

Voyant qu'il l'avait déstabilisée, le choriste poursuivit :

— Rien de pire qu'un ami trahi voulant se venger. Il ne prend pas le temps de bien se préparer. La preuve, celui-là aura été déjoué. Il sera jugé, contrairement à moi qui achèverai ce que j'ai commencé, et ensuite… pfft ! qui disparaîtrai dans la nature, se rengorgea-t-il en jouant dangereusement avec le Reate.

Emma était médusée. Sous le choc. Elle en oublia sa peur de mourir, malgré le couteau brandi sous son nez.

— C'est pourquoi vous ne parlez que de trois pêcheurs dans le texte que vous avez écrit sur Léa…

— Après la mort de Jean, j'ai dû corriger cet élément sur le papier. Je ne pouvais pas m'accorder le crédit de sa mort, même si je l'avais planifiée comme les autres. Vous voyez comme je suis honnête…

On ne peut plus honnête ! À faire dresser les rarissimes cheveux sur la tête de Prieur !

— La citation épinglée au club de parachutisme, écrite sur un papier commun avec une calligraphie différente de celle des autres messages. En plus, il n'y avait pas d'as estampé à l'endos. Les fameux as dont j'ai cherché la signification sans trouver quoi que ce soit, à part peut-être un lien avec le jeu, dont ils étaient tous friands, et les quatre croix de la grille originale... J'ai trouvé étrange que vous changiez votre mise en scène. Ça ne vous ressemblait pas. Louis Bellavance, informé de votre fascination pour le latin par les médias, s'est donc servi de votre stratagème..., pensa Emma tout haut.

Lavoie la regarda, interloqué.

— Attendez... Ne me dites pas que vous m'avez imputé la responsabilité d'un meurtre dont je ne suis pas l'auteur! Vous êtes encore plus forte que je ne le croyais. Je ne vous ai pas choisie pour rien, ma chère! la louangea-t-il. Pour ce qui est des as... Les victimes étant, en toute impunité, adeptes de jeu, j'ai donc choisi ces cartes pour les représenter. Comme les quatre croix de la grille originale, en effet. Ils étaient *mes* quatre as! Ceux qui devaient payer! se vanta-t-il. Au fait, puis-je savoir quelle citation il a utilisée pour justifier son forfait? demanda-t-il, visiblement intéressé.

— *Abyssus abyssum invocat*. L'abîme appelle l'abîme, récita-t-elle machinalement.

Louis a tué son meilleur ami. Le préservatif sur le ballonnet du parachute... Inutile de se demander pourquoi...

— Nous étions deux spectateurs, plus loin dans le champ, à admirer cette vrille parfaite dans le ciel. *De profondis, clama vi!* Du fond de l'abîme, j'ai crié! Je ne l'ai pas entendu, je l'ai imaginé. Et rassurez-vous, j'ai bien veillé à ce que Louis Bellavance ne me voie pas. De toute façon, il était trop en transe pour avoir conscience de ce qui se passait autour de lui. Trop rempli d'allégresse pour s'occuper de quoi que ce soit d'autre que le résultat de son acte justicier. Je connais ce sentiment... disons... euphorisant. Que Louis m'ait ravi le plaisir de tuer Jean m'a d'abord dérouté, mais ça m'a permis de constater que quelqu'un d'autre pensait la même chose que moi à son sujet. Louis avait certainement une excellente raison pour en arriver là. Bref, je n'aurais pas fait mieux. Je l'ai admiré. Je l'aurais applaudi. *Plaudite !* déclara-t-il, l'air triomphant.

Au fur et à mesure que l'assassin délirait, Emma se gardait bien de laisser paraître la colère qui montait en elle. Elle se devait de réfréner colère et envie de mordre, et de garder le contrôle de ses émotions.

— Mais, dites-moi, comment Louis s'y est-il pris ? demanda-t-il d'un air suppliant.

Mais… il veut vraiment le savoir ? Il s'en délecte à l'avance…

— Comment, vous… l'auriez-vous fait ?

Visiblement déçu du manque de collaboration de son associée, Lavoie se renfrogna, ferma les yeux et sembla se perdre dans un autre monde.

Emma crut soudain déceler un imperceptible mouvement à l'extérieur. Elle fit semblant de détendre sa nuque en tournant la tête vers la fenêtre, mais rien ne laissa supposer qu'il y avait quelqu'un.

Ils sont là, je le sens… Je dois étirer le temps, même s'il a répondu à la plupart de mes questions. À part peut-être un dernier point…

L'homme sortit de son mutisme.

— Je crois que l'inspiration divine est venue à la rencontre de Louis. Aurais-je fait mieux ?

*

Une impressionnante armada de policiers, armés jusqu'aux dents, se déploya autour de la résidence dans un silence absolu. Les hommes en noir étaient aguerris.

On avait pris soin de garer les véhicules banalisés au bout de la rue afin de n'attirer l'attention de personne. Ni des badauds en quête de sensations fortes. Ni du meurtrier qui pourrait s'en prendre à Emma. Anxieux, Burn avait écouté le chef de l'escouade tactique donner ses ordres et assigner les tâches à ses hommes. Un grand stratège qui méritait ses galons!

On ne parlait que par signes et par gestes. On entendait à peine les cliquetis de l'imposant équipement que portaient les policiers. On aurait dit des soldats qui partaient à la guerre.

D'un geste machinal, Burn tâta la poche de sa chemise. Il aurait tué pour une cigarette.

Les sergents, de leur côté, se rongeaient les sangs pour leur lieutenante.

— Cibole! Tu te rends compte qu'elle est là-dedans?

— Si je m'en rends compte? Bâtisse! Il faut la sortir de là!

*

Décontenancée après avoir écouté les horreurs racontées par le choriste, mais rassurée par l'arrivée imminente des policiers sur le terrain, Emma s'obligea à aborder l'ultime sujet.

— Que faites-vous de Dieu, dans tout ça?

Lavoie se leva et arpenta le salon d'un pas sûr. La détective croisa les doigts pour qu'il ne jette pas un coup d'œil par la fenêtre.

Ses yeux louchèrent vers le bahut. Vers son revolver.

Continuer jusqu'à ce que tout soit prêt dehors...

— Ce n'est pas proscrit par la Bible d'attenter à la vie de nos semblables?

L'homme se fâcha.

— SEMBLABLES?! Ces... êtres ne me ressemblaient en rien! Personne n'a le droit de pécher. Dieu ne le permet pas. Pas plus que moi, d'ailleurs, philosopha-t-il.

Il éclata du même rire douloureux que plus tôt. Un rire annonciateur de danger.

— La religion! La foutue religion! Le plus grand folklore qu'il m'ait été donné d'étudier. Tout ça n'était que mise en scène, subterfuge, avoua-t-il. Avouez que je me suis bien débrouillé. Dieu, que je me suis amusé! ricana-t-il.

Les yeux d'Emma s'agrandirent de stupeur. Subterfuge! Elle n'en croyait pas ses oreilles. Après avoir cité Dieu, l'apôtre Matthieu, Paul, le latin…

— Mais… vous êtes choriste, pourtant!

— J'ai dû m'astreindre à chanter. C'était impératif dans mon cas.

La surprise imprimée sur le visage d'Emma le fit continuer.

— Je suis devenu courtier immobilier pour les besoins de ma cause. Je me suis d'abord rapproché de Dunstan, il y a quelques années. J'avais un compte à régler avec lui. Les autres se sont ensuite imposés d'eux-mêmes. Mais je suis orthophoniste et je pratique toujours.

Le mot résonna comme un gong dans la tête d'Emma. Tardif… Son bégaiement… Le dimanche matin de la Sainte-Trinité… La porte qu'on ouvre un peu plus loin que l'église… La plaque en métal sur laquelle le mot « orthophoniste » avait accroché son regard…

Elle qui pensait tout savoir sur lui après avoir fait ses recherches.

— Alors, vous n'êtes pas vraiment courtier immobilier?

Lavoie afficha son plus beau sourire.

— Ce n'était que temporaire. Ma réelle profession est orthophoniste, mais je ne l'affiche nulle part. Vous ne pouviez pas le trouver. J'ai décidé d'exercer ce métier après avoir été moi-même soigné par un de ces spécialistes. C'est lui qui m'a conseillé de devenir choriste pour guérir mon bégaiement. Tout est dans la pratique, c'est ce qui m'a sauvé. Ça et les grilles.

Emma repensa à Tardif. À cette tare qui ne le quittait pas et qu'il essayait de soigner.

— Vous pensez à votre collègue, n'est-ce pas? Bien sûr qu'il venait me voir. Le week-end pour que je puisse faire mon autre travail durant la semaine. Je l'ai pris sous mon aile. Je lui ai donné les mêmes leçons que j'avais reçues. Faire des grilles, eh oui! pour visualiser les mots sans hachures. Et faire des vocalises pour délier les cordes vocales. En prime, ça me rapprochait de vous...

Lavoie se rassit et joua avec son couteau, testant son tranchant avec son pouce. Emma avait de la difficulté à s'arracher à la vue des mains meurtrières triturant le manche en bois verni et la lame bien affilée.

Une vague déferla soudain dans son ventre...

— Il était votre complice ?

L'homme eut encore une fois un rire misérable.

— Vous ne vous souvenez pas, dans la grille... « Fait cavalier seul » ? On peut m'accuser de tous les maux, mais sûrement pas de mentir, affirma-t-il, les mâchoires serrées.

— Vous lui avez soutiré des renseignements sur moi ?

— Je n'en ai pas eu besoin, il ne tarit pas d'éloges à votre endroit, laissa-t-il tomber comme une pluie de pétales de roses.

Il fit une pause et la dévisagea.

— Vous savez qu'il rêve de devenir choriste ? C'est moi qui le lui ai conseillé. Il est même venu m'écouter chanter. J'espère qu'il ne laissera pas tomber... Quant aux courtiers, je ne les déteste pas tous. J'exècre les mécréants et les incultes. Quand on voit des gens qui se permettent de se moquer de leurs collègues dans leur dos, de les asticoter à tout propos, sans que personne ne prenne la peine de les punir, on ne désire qu'une chose : les ramener à l'ordre. *Gesta non verba !* Moins de mots, des actes ! s'exclama-t-il avec verve.

Emma jeta un œil discret vers la fenêtre.

Pourvu que la porte soit restée entrouverte dans la cuisine...

Elle l'encouragea à poursuivre d'un hochement de tête.

— J'ai promis, à partir du moment où j'ai moi-même été la cible de leurs regards méprisants, de débarrasser la terre de tous les grands pécheurs. Qu'ils soient menteurs, joueurs, vantards, buveurs ou coureurs comme l'énergumène qui m'a servi de père, ou même trop parfaits, à la manière de Léa Lacroix. C'est un péché d'être trop parfait. Ce n'est pas votre avis ?

Emma opina du bonnet en prenant un air rassurant. Et afin qu'il demeure concentré sur son récit, elle y alla de ses déductions :

— Parlant de Léa… vous aviez prévu vous en occuper le 15 juillet, n'est-ce pas ? J'ai découvert votre stratagème pour la chronologie. Vous avez commencé avec Dunstan dont la date du décès donnait un total de 13. Ensuite, les autres se suivaient, 14 pour Ève, 15 pour Marie, 16 pour Jean. Et maintenant, 17 pour Léa.

— Vous êtes futée ! *Numero dei impare gaudet !* Dieu aime les nombres impairs ! Dunstan, le 31. Ève, le 13. Marie, le 23. Jean, le 5… Malheureusement raté, celui-là. Léa, le 15. Et vous…

— Hé ! Hé ! Souvenez-vous que je suis votre associée, le sermonna Emma. Donc, vous vous êtes vengé de votre père en éliminant tous ceux qui pouvaient lui ressembler, avança-t-elle, espérant ainsi l'obliger à parler d'autre chose et à se confesser.

— C'était un tortionnaire, murmura-t-il, un trémolo dans la voix.

Il déglutit, puis continua :

— J'ai été nommé enfant de chœur parce que c'est ce que voulait ce fichu père, qui se disait religieux même si c'était faux. Je suis ensuite devenu choriste. On exorcise beaucoup de choses par le chant. Le bégaiement, entre autres… C'est gratifiant et salvateur. Tout comme jouer de votre instrument dont j'ai eu l'occasion d'admirer la rutilance lors de ma visite chez vous. Votre Lesage m'a rappelé les airs classiques que j'ai appréciés sous votre fenêtre – airs souvent chantés avec la chorale, d'ailleurs… En vous écoutant, je devinais vos états d'âme, réjouis ou moins heureux. J'ai encore plus réalisé à quel point nous étions au même diapason. Mus par la même sensibilité.

Épargne-moi la fichue comparaison entre nous deux !

Chopin continuait de jouer sans faillir sur la scène irréelle qu'elle vivait. Sans fausse note. Cher Chopin ! Très cher Chopin ! Elle n'arrivait même pas à se lasser de la pièce tournant depuis plusieurs heures. Bien qu'il s'agît de la *Marche funèbre*…

Toute la stratégie se mettait en place à l'extérieur.

Emma choisit ce moment pour mettre, elle aussi, son plan à exécution. Même si la donne avait changé.

— Sais-tu, Mathieu… j'ai une idée.

Le soudain tutoiement le surprit. Il la regarda, l'œil interrogatif.

— J'ai fréquenté l'église durant cette période riche en émotions. Tu m'y as incitée. Je suis certaine que comme tu t'y es aussi intéressé, il y a une part de toi qui a été touchée par la grâce divine…

Déconcerté, l'homme la regarda comme si elle était une apparition.

— J'aurais envie qu'on s'agenouille…

Ses yeux faisaient des va-et-vient entre le Reate et le visage de la lieutenante, l'air de se demander si elle n'était pas devenue folle.

— Je crois que ce qui nous ferait le plus grand bien à tous les deux, ce serait de prier pour l'âme des victimes, osa-t-elle.

Désorienté, tête penchée, Mathieu dansait d'un pied sur l'autre. Il ressemblait, tout à coup, à un gamin pris en faute.

— Allez… laisse-toi aller. Après s'être chamaillé avec un autre, tout enfant ne demande que réconciliation…

Regard suspicieux. Lèvres pincées. Tics importuns malmenant son nez et sa bouche. Visage déformé.

Emma plia les genoux et joignit les mains pendant que Mathieu se mettait à rire en se tapant les cuisses. Il se ressaisit ensuite et philosopha :

— Je l'ai dit tout à l'heure, la religion n'est que folklore. En fait, elle n'est pas nocive, seuls les hommes sont responsables de la façon dont ils l'interprètent.

Frustrée, la policière se leva et, avant que le tueur n'ait le temps de réagir, se rua sur le Reate.

Mathieu perdit de sa superbe, ne sentant plus que son pouls s'accélérer.

— Maintenant, tu vas m'écouter, ordonna Emma d'une voix posée. La récréation est terminée. Le duel s'achève ici. Il n'y aura pas de mal si tu suis mes instructions. À ton tour de venir t'asseoir sagement, dit-elle en désignant la chaise maudite.

Abasourdi et tremblant, il se résigna à s'avancer vers la chaise.

Au même moment, une voix puissante s'éleva :

— PAUL PRIEUR JUNIOR! VOUS ÊTES CERNÉ! VOUS ÊTES SOMMÉ DE VOUS RENDRE! SORTEZ, LES MAINS SUR LA TÊTE! *HURRY UP!*

Burn... Chef... enfin!

Mathieu Lavoie ouvrit de grands yeux de poisson pris au piège.

— Vous ne m'aviez pas dit que personne ne savait où vous trouver? demanda-t-il, plus étonné que fâché.

Il comprit que son plan était déjoué, qu'il avait dérapé. Des images angoissantes défilaient derrière ses yeux exorbités. Puis il recouvra ses sens et, comme au ralenti, se leva, se jeta sur Emma et l'empoigna par-derrière en se blessant à la main sur la lame du couteau. Tout se passa en une fraction de seconde.

Pendant que Chopin insistait sur les notes funèbres, Emma et Mathieu se battirent. Pendant un moment, leurs forces furent égales, puis celle de l'homme l'emporta sur celle de la femme. Il arracha le Reate des mains de la lieutenante et, dans la bagarre, lui en planta la lame dans le bras. Le sang gicla et souilla t-shirt blanc et perfecto noir. Emma grimaça de douleur, sentit ensuite le couteau lui égratigner la gorge, et des bras lui écraser le plexus solaire. Elle se campa sur ses jambes pour les empêcher de devenir trop molles.

— *I REPEAT.* SORTEZ! *GET OUT!* SANS ARME! LES MAINS SUR LA TÊTE EN LAISSANT LA LIEUTENANTE DERRIÈRE VOUS! hurla Burn, catégorique et obstiné, dans le porte-voix.

Au premier appel, les portes des propriétés environnantes s'étaient ouvertes sur les visages ahuris de gens stupéfaits qu'on appréhende le voisin invisible. Tous restaient figés sur place, sans dire un mot, n'osant interrompre le capitaine de la SQ, comme s'ils voulaient respecter un cérémonial.

Puisque aucun mouvement n'était perceptible depuis l'extérieur, le chef des hommes en noir fit signe à deux d'entre eux de foncer vers l'arrière de la maison. À la manière de panthères, ceux-ci montèrent sur le balcon et ouvrirent la porte entrebâillée. Ils pénétrèrent à l'intérieur dans un silence complet.

Lorsqu'il les aperçut, impressionnants et intimidants avec leur attirail costaud, Mathieu Lavoie eut un mouvement de recul et planta un peu plus le couteau dans le cou d'Emma, qui poussa un cri étouffé.

– ALLEZ-VOUS-EN ! JE M'OCCUPE D'ELLE ! hurla-t-il.

Burn, désarmé, apparut derrière les colosses.

The chorus singer! What the f...[114].

Son cœur s'emballa lorsqu'il vit la lame sur le cou d'Emma et la frayeur imprimée dans les yeux verts. Elle le regardait, digne dans l'adversité. Puis il la vit fermer les yeux, comme pour se donner du courage.

Habitué de parlementer, le capitaine ne se laissa pas impressionner et réfléchit à toute vitesse.

Just go slowly, but surely[115]..., songea-t-il.

Il s'avança et prit la parole, bien qu'il fût médusé de voir le choriste.

– *Be cool, be cool, my friend*[116]... Nous ne vous voulons aucun mal, Mathieu. Laissez partir la dame, car c'est une dame que vous serrez dans vos bras. Une dame qui ne mérite pas d'être molestée. *Think about it. You would not rush your sister*[117] ?

114 Le choriste ! Qu'est-ce que...
115 Allons-y doucement, mais sûrement...
116 Doucement, doucement, mon ami...
117 Pensez-y. Vous ne brusqueriez pas votre sœur ?

Burn avait parlé sur un ton pondéré et assuré. Emma l'en remercia du regard.

Confus, désorienté, Mathieu Lavoie ne savait plus où donner de la tête.

— Je... ne... peux... pas... j'ai... une mission... à..., balbutia-t-il.

Emma priait, même implorait sa mère de l'aider. Afin qu'elle termine l'affaire en beauté, si cela se pouvait. Elle sentait le liquide chaud s'écouler de sa blessure.

— *Remember*[118]... Vous l'avez choisie entre tous. Elle a joué le jeu jusqu'au bout... sans vous décevoir. Elle mérite votre respect. *Don't you think*[119] ?

La lame pressait la gorge d'Emma. Elle la blessait. Son chef, avec son assurance, l'aidait à tenir le coup.

— Elle n'avait pas le choix... Elle était l'Élue... La seule capable de jouer au jeu de mots, récita Mathieu d'une voix chevrotante.

— Oh! mais j'approuve votre choix! *It was sensible*[120]. Ce n'est pas tous les jours que Miss Clarke accepte de faire équipe avec quelqu'un de l'extérieur. Il a fallu qu'elle ait pleinement confiance en vous. *That she found a very good player*[121].

— Vous mentez! Elle ne l'a pas fait de bon cœur...

Déboussolé, le choriste regardait à gauche, à droite, semblant chercher une échappatoire. Pendant ce temps, le Reate se faisait plus insistant sur le cou de la policière, qui osait à peine déglutir.

— *Come on, Mathieu*[122]... Miss Clarke ne cherchait qu'à faire équipe avec vous. Il y en a même qui ont essayé de l'en dissuader, mais... elle a préféré persévérer.

Déjà que ce n'était pas sa langue maternelle, et qu'il voulait trouver les bons mots, Burn prenait tout son temps afin d'articuler chaque syllabe.

---

118 Souvenez-vous...
119 Ne pensez-vous pas?
120 Il était judicieux.
121 Qu'elle ait trouvé un joueur à sa mesure.
122 Allez, Mathieu...

Un regain d'énergie et les bonnes vieilles méthodes policières firent réagir Emma, qui donna un furieux coup de coude dans le plexus solaire de son agresseur avec son bras valide. Mathieu Lavoie arrêta de respirer et se plia en deux sous l'effet de la douleur, permettant à la détective de se libérer de son emprise.

Puis la porte avant vola avec grand fracas. Deux autres hommes en noir firent irruption dans la pièce. Mathieu Lavoie, toujours replié sur lui-même, était pris en souricière.

— Emma…, articula-t-il douloureusement en allongeant le bras comme s'il tentait de la rattraper.

Puis, contre toute attente, il réussit à hurler en pointant le couteau vers son abdomen :

— JE ME FERAI HARA-KIRI ! JE VOUS PRÉVIENS !

Sans paraître démontée, Emma s'avança.

— Tu n'en feras rien, Mathieu. Tu n'as pas le droit de le faire. C'est contre la loi chrétienne. Viens avec nous…, le pria-t-elle en lui tendant la main.

Devait-elle le croire quand il se disait imposteur religieux ? Il avait peut-être bluffé… Elle n'en savait rien et s'en foutait, à vrai dire.

L'homme semblait se battre avec ses démons en tentant de réfléchir à la vitesse de l'éclair pour réussir à prendre la bonne décision.

— Il te regarde de là-haut, je le sais. Et tu le sais aussi.

Perdu, étourdi, Mathieu Lavoie leva la tête vers le plafond.

— Tu peux lui parler, si tu veux. Personne ici n'a d'objection à la prière. Au contraire, c'est un acte loyal et sacré, dit-elle en jetant un œil à la ronde. Je suis certaine qu'Il s'attend à ce que tu Lui demandes son avis, proposa-t-elle du même ton calme et rassurant.

À bout de forces émotionnelles, le forcené baissa la garde. En même temps que le Reate tombait sur le plancher de bois dans un bruit de ferraille, Mathieu tombait à genoux, joignait les mains et implorait son dieu de l'éclairer. Prière qui dura une bonne minute. Puis, l'air rasséréné, il se signa et murmura : « *Amen.* »

Les hommes en noir n'eurent qu'à le cueillir et à lui passer les menottes qui avaient emprisonné les poignets d'Emma quelques heures plus tôt.

Celle-ci, tremblotante, mais satisfaite et fière, reprenait son souffle derrière son capitaine. Un des agents de l'escouade tactique lui fit un garrot et nettoya la blessure à son bras.

Dehors, les policiers, sur les dents, virent l'homme menotté apparaître sur le balcon.

— Qu'est-ce que ça veut dire?... murmura Elliot.

— Bâtisse! Le choriste!

— Cibole! C'était pas le notaire j'sais pas quoi?

— Sacrebleu! De quoi est-ce que vous parlez? Choriste? Notaire? Lequel est lequel? répliqua Simon.

Emma, soutenue par un homme en noir, s'avança sur le balcon et dit d'une voix lasse:

— Il faut arrêter Louis Bellavance. Il a tué Jean St-Arnaud.

Tous se regardèrent, l'air de ne rien comprendre.

Elliot se précipita vers Emma et, dans l'espoir de ne pas laisser poindre ses sentiments, philosopha:

— L'élève aura réussi à dépasser le maître! Maître... dans tous les sens du terme.

Elle lui fit un sourire mitigé. Il ne parvint pas à la leurrer: elle avait reconnu la terrible inquiétude qu'il n'avait pas réussi à effacer tout à fait de ses yeux.

Il s'approcha d'elle et examina la blessure laissée par le couteau sur sa gorge, et de laquelle quelques gouttes de sang s'étaient écoulées.

— Ce n'est que superficiel. Ça ne laissera pas de trace. Pas comme la cicatrice sous ton oreille... Par contre, tu as eu moins de chance avec ton bras. Viens, allons soigner ça.

Bien que surprise qu'il la tutoie et qu'il soit au courant de son ancienne blessure, Emma fit comme si de rien n'était.

— Merci, Elliot... pour tout.

Son regard reconnaissant alla droit au cœur de l'inspecteur principal et fit fondre la tension qui l'oppressait depuis le matin.

Avant de monter dans le véhicule de la police, Mathieu Lavoie regarda Emma et clama la célèbre lamentation :

— Tu vois, Seigneur, comme on me fait tort ! Fais droit à mon droit !

Et il ajouta :

— *Ad gloriam ! Ad honores*[123] !

Emma rétorqua, non sans un trémolo dans la voix :

— *Justicia omnibus*[124] !

---

123 Pour la gloire ! Pour les honneurs !
124 La justice est la même pour tous !

OMEGA
(Épilogue)

Réunis dans la salle de réunion du QG, Arthur Burn, Renaud Lapointe, Suzie Marseille, Michel Tougas, Jocelyn Tardif et Elliot Carrière pressaient Emma Clarke de questions. Comment s'était passée la séquestration? De quoi avaient-ils bien pu parler? Avait-il été violent tout du long? Et la plus épineuse...

— *How did you know for him*[125]?

— En dressant le profil de chacun des suspects, j'y suis allée par déduction. Mathieu Lavoie est un *reject* dans son milieu. Comme vous le savez, ce genre de personnage garde un profil bas, mais peut se rebeller lorsqu'on ne s'y attend pas. Il est choriste, donc en relation constante avec l'Église et le latin. Il n'est pas un très bon courtier immobilier, on voit que ce n'est pas sa vocation première, et j'ai trouvé étonnant qu'il n'ait pas de répondeur sur son portable. Il m'a d'ailleurs avoué être orthophoniste.

Elle raconta pourquoi il avait choisi cette profession plutôt qu'une autre. Et elle tut le fait, par respect pour lui, que Tardif le visitait depuis un certain temps.

— Avec le recul, je me suis demandé si Lavoie n'avait pas feint de perdre connaissance aux funérailles d'Ève Laflamme, alors que je m'approchais de lui pour le questionner...

— Pourquoi avoir fait arrêter V. V., alors? demanda Renaud.

— Les indices de la grille me menaient à lui. Et c'était voulu. C'était une vengeance parce que, d'après Lavoie, Vigneau lui avait volé Ève. En même temps, il y avait plusieurs éléments contre ce

---

125 Comment avez-vous su que c'était lui?

dernier. Ses mensonges quant à son emploi du temps, les menaces envers Ève, sa visite chez elle le soir du meurtre... Mais, au moment du meurtre de St-Arnaud, il était en garde à vue.

— Et Prieur? demanda Elliot.

— Quand les derniers indices de la grille, dont le mot «junior», m'ont conduite vers lui, j'ai supposé qu'il tentait de me mener encore une fois sur une fausse piste. La suite m'a donné raison. Bref, il avait tout du manipulateur exercé et réfléchi.

Emma prit une pause, en même temps qu'une gorgée d'eau.

— Et puis, il y a eu Saraf, le surnom avec lequel il a signé les dernières grilles. Qui veut dire «ange brûleur de péchés», entre autres. Et l'apôtre Matthieu, qui était représenté par un ange, devenait redondant. Comme deux et deux font quatre...

Tous l'avaient écoutée avec attention raconter le parcours sinueux qu'avait dû suivre son cerveau tout au long de cette lourde enquête, en se disant qu'ils ne pouvaient qu'admirer sa ténacité.

— Quant à ses motivations, continua Emma, voici ce que Renaud a trouvé dans son ordinateur après son arrestation, dit-elle en distribuant une feuille à chacun.

Tous la fixèrent, une lueur d'intérêt dans le regard.

— Allez-y, je vous donne le temps de lire..., ajouta-t-elle en s'assoyant sur le bras d'un fauteuil.

Cinq paires d'yeux se penchèrent sur le document.

Dans un brouillard cauchemardesque, il revoyait le garçonnet terrorisé par la seule présence de l'homme, appréhendant déjà l'atrocité des gestes qui, inéluctablement, s'ensuivraient. Tapi derrière l'escalier, l'enfant apeuré et impuissant ne pouvait qu'espérer la fin des insultes et des cris paternels, en alternance avec les supplications et les pleurs maternels, en pressant ses mains sur ses oreilles corrompues. Les repères enfantins s'étaient depuis embrouillés jusqu'à devenir fossilisés.

Alcoolique jusqu'au coma éthylique, menteur professionnel et joueur impénitent, ce père n'avait pas su mériter le respect de son fils mal aimé. Adultère incurable, le châtiment que le tyran infligeait à sa femme, jour après jour, lui valait la haine, toujours silencieuse, de cette dernière. Le fils avait souvenir des yeux vaincus levés vers le ciel ou de l'échine ployée sous tant de brutalité injustifiée. Cette mère si douce et aimante, mais imparfaite à la fois, s'était résignée à laisser la chair de sa chair dans le néant quant à l'image paternelle, qui aurait dû être idéale. Et le garçon alors révolté non seulement avait d'emblée pardonné le manque de cran maternel, mais avait ressenti le besoin irrépressible de la protéger contre vents et marées.

La mort dans des circonstances nébuleuses de ce père était demeurée une énigme jamais résolue. L'adolescent de l'époque, aux prises avec ses cruels souvenirs, s'était alors emmuré dans son silence.

Le lieu aussi abominable que sécurisant, pour la mère et son fils, qui, croyaient-ils, représenterait leur dernière ressource financière après le drame, s'était avéré désormais la propriété d'un partenaire de jeu impitoyable qui l'avait acquis grâce à une mise un peu trop ambitieuse de la part du père. La mère avait dès lors dû s'échiner pour arriver à joindre les deux bouts, alors que l'adolescent avait condamné l'ignoble individu, le tenant pour responsable de leur déchéance.

Maintenant mûri, blessé jusqu'à l'âme et armé jusqu'aux dents de ressentiment, il s'était promis de parfaire son dessein ourdi avec minutie, et ce, sans jamais faiblir, en préservant le secret enfoui au fond de sa conscience.

Vindictam[126] !

Ils relevèrent la tête, tour à tour, certains avec les yeux humides.

— Vous croyez qu'on doit le prendre en pitié ? demanda Emma, qui se leva et contourna la table. On laissera un jury en décider…

— Vous êtes une grande parmi les grands, Emma Clarke, dit Elliot Carrière, avec aplomb.

---

126 Vengeance !

Prononcée par l'inspecteur de la Rive-Nord, d'ordinaire suffisant, la remarque flatta l'ego d'Emma.

— *You bet!*

Lorsque Burn se retrouva seul avec elle, il dut l'informer, non sans peine :

— *I spoke with Ed Dubois and*[127]...

Le verdict était tombé. Un mois. Un long mois de suspension. Sans solde, il va sans dire. L'inspecteur-chef avait été formel. Pour sa désobéissance. Pour l'exemple à donner aux collègues. Nul n'avait le droit et surtout le pouvoir de mettre la vie d'un autre policier en péril, non plus que la sienne.

Emma devrait réfléchir, faire amende honorable.

Ce serait un mal pour un bien. Elle avait besoin de repos après cet épisode éprouvant. Le choriste l'avait menée en bateau jusqu'au port où il avait décidé d'amarrer. Elle l'avait déstabilisé en le devinant et en l'amenant vers la prière. Mais le plus important : elle avait gagné le duel.

Elle laisserait décanter toute l'histoire en rendant visite à son père, à Londres. La ville où elle était née la réconfortait toujours. Elle en ferait le plein pour se changer les idées après la dernière enquête, et son aventure avec l'inspecteur de la Rive-Nord.

Le procès de Louis Bellavance serait bref, car écourté par l'enregistrement de son plaidoyer de culpabilité deux jours après le début des audiences. Il reconnaîtrait avoir été victime de sa jalousie aveuglante.

Le procès de Mathieu Lavoie s'ouvrirait. Il y en aurait pour trois longs mois pendant lesquels psychiatres, experts de toutes sortes et témoins-clés – dont Emma Clarke – se succéderaient à la barre, tentant d'expliquer le comportement de cet homme tantôt réservé, tantôt carrément mauvais, victime ou de son subterfuge ou de son indicible foi...

---

127 J'ai parlé avec Ed Dubois, et...

PARCE QUE VOUS LE MÉRITEZ BIEN...
MERCI

Tout d'abord, à Ingrid Remazeilles, mon éditrice, qui a cru en mon projet, qui m'a si chaleureusement accueillie et qui a su « voir clair dans mon jeu !... ».

À son équipe professionnelle :

Marilou Charpentier, pour son accompagnement empressé et ses conseils judicieux.

À Alain Delorme, le chef de cette bande, pour le charmant accueil.

Je me suis sentie privilégiée d'avoir eu l'opportunité de partager des idées et de travailler en étroite collaboration avec une équipe du tonnerre.

À Catherine Lafrance, pour les bons mots... ;-)

À Andrée-Anne Gratton et Élaine Parisien, pour qui la virgule n'a plus de secrets.

À Patricia Juste, pour justement la justesse de la langue (sourire), et pour, surtout, avoir fait du *Cruciverbiste* ce qu'il est devenu. Chapeau à toi !

À Jacqueline, ma mère, pour avoir cru en moi, et pour le legs de l'imagination...

À Robert, mon père, pour l'amour des mots, de l'orthographe et des grilles de mots croisés, qui a sûrement eu son mot à dire dans tout ça, même de là-haut...

À mes lectrices de la première heure, Cathou et Lucie, qui se sont lancées tête baissée dans l'aventure, sans se poser trop de questions. Enfin, je pense...

À mes lecteurs de la deuxième vague, Benoit et Jacqueline, pour leur confiance en mes mots.

À Christiane, pour son implication malgré son travail prenant. Tes nombreux contacts m'ont été précieux, chère amie. Sache que je l'apprécie.

À Michel, tout aussi occupé, pour avoir mis son nez fin dans mon récit.

À tous ceux et celles qui, de près ou de loin, ont bien voulu mettre la main à la pâte en m'accordant un peu de leur temps afin de répondre à mes questions d'ordre technique. Je parle ici des policiers, enquêteurs et spécialistes. Que je pense à François Julien, spécialiste en projections de sang et à Vahé Sarafian, spécialiste de l'ADN au laboratoire de sciences judiciaires et de médecine légale, pour leurs connaissances infinies ; à Alain Coutu, policier au SPVM et à François Doré, ex-enquêteur à la SQ, pour leurs précisions quant aux rouages policiers ; à Richard Gaudet, maître gréeur au centre de parachutisme Voltige, pour son enseignement délibéré en matière de parachutisme ; à Annie Giasson, pour l'invitation spontanée et pour ses premiers sauts dans le ciel si bien racontés.

À tous mes amis qui, après en avoir entendu parler à satiété, découvriront cette histoire inventée, ces personnages créés de toutes pièces qui ont peuplé mes nuits pendant tous ces longs mois.

À tous ceux qui la liront et qui, j'espère, en retireront autant de satisfaction que j'en ai eu à l'écrire.

Et comme on garde toujours les rouges pour la fin…

À Emma et sa gang, pour les réveils nocturnes abrupts, mais ô combien bénéfiques !

À Nicolas, mon fils adoré, mon informaticien, pour d'abord avoir débogué mon ordi plus d'une fois (clin d'œil), et pour m'avoir assistée dans certains moments d'incertitude, comme d'euphorie. Et surtout, pour avoir envie de le lire (nouveau clin d'œil…).

Enfin, à mon mari, mon amoureux, mon complice, mon photographe, mon mécène aussi (je le vois sourire…), sans qui mon projet n'aurait pu voir le jour. Merci d'avoir dit oui, de m'avoir permis de me nourrir de mots. Je ne vous cacherai pas qu'au début, il s'attendait plus à un passe-temps de ma part. J'avais bien l'intention de le surprendre. Jamais je ne te remercierai assez.

Amen! Gratias!

MEA CULPA

Pardon à tous ceux que j'ai pu offenser en écrivant ces pages. Je me suis permis d'inventer et de créer cet univers pas toujours conforme à la réalité. Quelques passages ont été romancés exprès, pour le plaisir de l'imagination de chacun.

Anecdote

Achevé de corriger, en pleine nuit, sur la mer Baltique, entre Helsinki (Finlande) et Stockholm (Suède), le 2 octobre 2014.

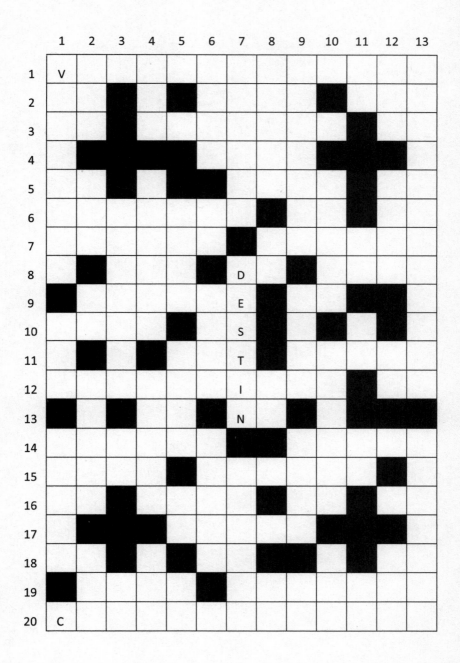